도덕적 혼란

도덕적 혼란

마거릿 애트우드 소설

차은정 옮김

민음사

—————— 나의 가족에게

차례

나쁜 소식   9

요리와 접대 기술   27

머리 없는 기수   51

나의 전 공작부인   95

다른 곳   141

모노폴리   165

도덕적 혼란   205

흰 말   248

혼령들   289

래브라도의 대실패   327

실험실의 소년들   352

작가의 말   391

나쁜 소식

아침이다. 일단은 밤이 지났다. 나쁜 소식과 맞닥뜨릴 시간이다. 나쁜 소식은, 숱 없는 쪽 찐 머리를 하고 치아에서 고약한 냄새를 풍기면서 주름 가득한 찌푸린 표정으로 입을 삐죽거리던 4학년 때 선생님의 얼굴과 까마귀의 날개를 가진 거대한 새를 떠올리게 한다. 어둠의 장막 아래서 세상을 날아다니며 흉흉한 소식을 전달하는 데 희열을 느끼는 거대한 새. 썩은 알이 든 바구니를 갖고 다니는 그 새는 해가 떠오르면 그 알들을 어디에 떨어뜨려야 할지 정확히 안다. 예를 들면 나 같은 사람에게.

나쁜 소식은 우리 집에 나쁜 신문이라는 형태로 배달된

다. 티그는 신문을 들고 계단을 올라온다. 티그의 실제 이름은 길버트다. 외국어 사용자들에게 이런 별칭을 설명하기란 불가능하다. 설명을 해야 하는 상황이 잦은 건 아니지만.

과도 정부 위원회 지도자가 이제 막 죽임을 당했군요. 티그가 알려 준다. 티그가 나쁜 소식에 둔감한 건 아니다. 오히려 그 반대다. 그는 상당히 말랐고 나보다 체지방이 적기 때문에, 나쁜 소식의 열량을(나쁜 소식은 실제로 열량이 있고, 혈압을 높인다.) 자기 몸으로 흡수하고 완화하고 전환할 능력이 더 부족하다. 나는 그렇게 할 수 있지만 그는 하지 못한다. 그는 나쁜 소식이 뜨거운 감자라도 되듯 최대한 빨리 전달해 자신의 손에서 떨궈 버리려 한다. 나쁜 소식은 그의 기운을 소진한다.

나는 아직 잠이 덜 깬 채 침대에 누워 있다. 침대에서 미적거리던 중이었다. 이제까지는 아침 시간을 즐기고 있었다. 아침 식사 전에는 제발 그런 이야기 좀 하지 마요. 나는 애원한다. 그러나 그다음 말은 하지 않는다. 이렇게 이른 시간에는 감당할 수 없다는 걸 당신도 알잖아요. 예전에는 그런 부탁을 덧붙이곤 했다. 그것은 간헐적인 효과밖에 없었다. 오랜 세월을 함께한 결과, 이제 우리는 그런 사소한 주의 사항, 상대방에 대한 유용한 요령을 꽤 많이 습득하게 되었다. 좋아하는 것과 싫어하는 것, 선호하는 것과 금기 사항 같은 것을. 내가 책을 읽고 있을 때 그런 식으로 뒤에서 불쑥 나타나지 마요. 내 부엌칼을 쓰지 마요. 물건을 아무 데나 흩뜨려 놓지 마요. 우리는 자주 반복되는 이런 일련의 잔소리를 상대방이 존중해야 한다고 제각각 생각한다. 하지만 각자의 요구 사항은 상충된다. 내가 침대에서 나쁜 소식에 신경 쓰지 않고 미적거릴 필요가 있다는 사실을 티그가 존중해야 한다면, 끔찍한 사건들을 모두 말해서 그걸 털어 버리고자 하는 그의 욕구를 나 역시 존중해야 하지 않겠는가.

아, 미안해요. 그가 말한다. 그는 내게 원망 어린 시선을 던진다. 왜 나는 이런 식으로 그를 실망시킬 수밖에 없는가. 그가 바로 이 순간, 나에게 나쁜 소식을 내뱉을 수 없다면, 그의 몸속에 있는 푸르스름한 나쁜 소식 쓸개관이나 방광이 터져 버려 그가 영혼의 복막염에 걸리리라는 것을 나는 알고 있지 않은가. 그렇게 되면 나는 후회에 사로잡힐 것이다.

그가 옳다. 나는 후회하게 될 것이다. 내가 마음을 읽을 수 있는 유일한 대상이 사라지고 없을 테니까.

이제 일어나는 중이에요. 나는 짐짓 달래는 말투로 이렇게 말한다. 곧 내려갈게요.

이제라는 말과 곧 내려간다는 말은 옛날과 의미가 다르다. 이젠 그때보다 모든 게 더 오래 걸린다. 그렇지만 아직까지는 이런 일과를 수행할 수 있다. 잠옷을 벗고, 일상복으로 갈아입고, 신발 끈을 매고, 얼굴에 로션을 바르고, 비타민 알약을 고르는 일을. 지도자. 과도 정부 위원회. 나는 생각한다. 그들에게 죽임을 당하다. 어떤 지도자인지, 어떤 과도 정부 위원회인지, 어떤 그들인지, 일 년 후에는 기억도 나지 않을 것이다. 그러나 그 같은 일들이 급격하게 확산되고 있다. 모든 것이 과도적이고, 정치를 제대로 하는 사람도 없다. 그리고 그들, 그들이라는 작자들은 아주 많다. 그들은 언제나 지도자들을 죽이고 싶어 한다. 최선의 의도였다고, 적어도 그들은 그렇게 주장한다. 최선의 의도를 가진 건 지도자들도 마찬가지다. 지도자들은 스포트라이트를 받고 있고, 그들을 살해하는 자들은 어둠 속에서 조준한다. 작전에 성공하기는 식은 죽 먹기다.

다른 지도자들, 소위 주요 국가의 지도자들은 더 이상 지도적 역할을 감당하지 못한다. 그저 이리저리 휘젓고 다닐 뿐이다. 공포에 질린 소 떼같이 흰자위를 번득이는 그들의 눈을 보면 알 수 있다. 추종하는 사람들이 아무도 없는 상황에서 통솔을 할 수는 없는 법이다. 사람들은 절망에 빠져

도덕적 혼란

포기해 버리고, 꿈쩍하지 않는다. 모두 그저 각자의 삶을 꾸려 가고 싶어 할 뿐이다. 지도자들은 계속해서 이렇게 말한다. 우리에게는 강한 지도력이 필요합니다. 그런 다음에는 자신들의 지지도가 얼마나 높은지 슬쩍 엿본다. 이것은 나쁜 소식이다. 나쁜 소식이 너무나 많이 들려온다. 그들은 도저히 감당할 수 없다.

하지만 나쁜 소식은 예전에도 존재했고, 우리는 그것을 헤쳐 왔다. 자신이 태어나기 전, 또는 아직 손가락 빠는 아이였을 때 일어난 사건을 사람들은 그런 식으로 말한다. 나는 그 표현이 아주 마음에 든다. 우리는 그것을 헤쳐 왔다. 자신이 직접 겪지 않았던 사건에 대해 헛소리를 지껄이는 것이다. 마치 우리라는 클럽에 가입하고, 그 자격을 따기 위해 조잡한 플라스틱으로 만든 우리 배지를 달기라도 한 것처럼. 그렇기는 하지만, 우리는 그것을 헤쳐 왔다라는 표현은 활기를 북돋아 준다. 그것은 일종의 진군, 행렬을 떠올리게 한다. 활보하는 말들, 포위를 당하거나 전투를 하거나 적들에게 점령을 당하거나 용을 도살하거나 40년 동안 광야를 방황하는° 가운데 넝마가 되고 진흙투성이가 돼 버린 복장. 거

° 이집트에서 탈출한 후 약속의 땅에 이르기까지 40년간 광야를 헤매야

기에는 깃발을 높이 들고 전방을 가리키는 수염 덥수룩한 지도자가 있을 것이다. 그는 나쁜 소식을 먼저 들었을 것이다. 소식을 전해 듣고, 그것을 파악하고, 어떤 행동을 취해야 할지 알았을 것이다. 측면을 공격하라! 목을 노려라! 이집트를 탈출하라! 그 같은 행동들을.

어디 있는 거예요? 티그가 계단 위쪽에 대고 말한다. 커피 준비됐어요.

여기 있어요. 나는 아래층을 향해 대답한다. 우리는 이런 공기 워키토키를 많이 사용한다. 우리 사이의 소통은 끊어지지 않았다. 아직까지는 아니다. 아직까지는 아닌이라는 말은 명예(honour)라는 말의 첫 철자 h와 같이 대기음(帶氣音)으로 발음된다. 암묵적으로 존재하는 말인 것이다. 크게 소리 내서 발화하지 않는 말.

현재의 우리를 규정하는 시제들은 바로 이런 것들이다. 그때 그 시절과 같은 과거 시제, 그리고 아직까지는 아닌 같은 미래 시제. 우리는 이 두 시제 사이에 존재하는 작은 틈에서 살아간다. 최근에 와서야 우리는 그 공간이 여전히라는 시점이라는 것을 깨닫게 되었다. 그것은 다른 사람들이 살

했던 이스라엘 민족에 관한 인유.

도덕적 혼란

아가는 틈새와 별다를 바 없는 크기다. 무릇 여기가 저리고, 눈 저기가 불편한 것같이 사소하게 탈이 나기는 하지만, 그래도 지금까지는 사소한 일뿐이다. 한 번에 한 가지 일을 하는 데 집중한다면 우리는 여전히 삶을 향유할 수 있다. 예전에, 딸이 사춘기였을 때, 내가 노인 흉내를 내면서 아이에게 장난을 치던 일이 기억난다. 나는 벽에 몸을 부딪히거나 수저를 떨어뜨리거나 기억력이 감퇴된 척했었다. 그때는 우리 둘 다 웃어 댔지만, 이젠 더 이상 우스갯짓이 아니다.

지금은 죽고 없는 우리 고양이 드럼린은 열일곱 살 때 고양이 노망이 들었다. 드럼린°이라니, 왜 그런 이름을 붙였을까. 그보다 먼저 죽은 다른 고양이는 모레인°°이었다. 한때 우리는 빙하 퇴적 지형학적 특징을 따서 고양이 이름을 짓는 게 재미있는 일이라고 생각했다. 그걸 왜 재미있어 했는지 이제는 잊어버렸지만. 티그는 드럼린의 이름을 '쓰레기 매립지'라고 지을 걸 그랬다고 말했다. 그렇지만 드럼린의 분변통을 비우는 일을 하는 사람은 바로 티그다.

우리가 새 고양이를 키울 것 같지는 않다. 티그가 죽고

° Drumlin. 빙하의 퇴적물로 이루어진 타원형의 언덕. 빙하가 움직이는 방향과 평행하게 만들어진다.
°° Moraine. 빙하에 의하여 운반되어 하류에 쌓인 돌무더기.

나면(통상 남자가 먼저 죽지 않던가?) 함께 지낼 고양이를 다시 키우겠다고 생각하곤 했다. 나는 별다른 감정의 동요 없이 그런 생각을 해 보았다. 이제는 그럴 가능성이 없다고 본다. 그때쯤이면 나는 반쯤 눈이 멀게 될 것이고, 내 다리 사이를 뛰어다니는 고양이 녀석에게 발이 걸려 넘어져 목이 부러질 수도 있다.

가련한 드럼린은 밤이면 불가사의한 소리로 울어 대며 집 안을 배회하곤 했다. 그 어떤 방법으로도 녀석을 달랠 수 없었다. 녀석은 잃어버린 무언가를 찾고 있었다. 그것이 무엇인지는 녀석 자신도 알지 못했지만. (녀석이 잃어버린 것은 사실 정신머리였다. 고양이가 정신을 가졌다고 말할 수 있다면.) 아침이면 물어뜯어 놓은 토마토나 배 조각이 널려 있었다. 녀석은 자기가 육식 동물이라는 사실을, 무엇을 먹어야 하는지를 잊어버린 것이다. 그런 고양이를 통해 내 미래의 모습을 보게 되었다. 흰 잠옷을 입고 내가 잃어버렸다는 사실조차 기억하지 못하는 무언가를 찾아 불러 대면서 어둠 속에서 집 안을 서성이는 모습. 견딜 수 없는 일이다. 나는 밤중에 깨어나 티그가 여전히 곁에 있는지, 여전히 숨을 쉬고 있는지 손을 뻗어 확인한다. 아직까지는 괜찮다.

부엌에 들어서자 토스트와 커피 냄새가 풍겨 온다. 티그

도덕적 혼란

가 그걸 만들고 있었으니 당연한 일이다. 그 냄새는 나를 담요처럼 감싸고, 내가 실제 토스트를 먹고 실제 커피를 마시는 동안 머무른다. 여기, 식탁 위에, 나쁜 소식이 놓여 있다.

냉장고에서 계속 소리가 나네요. 내가 말한다. 우리는 가전제품에 별 관심을 기울이지 않는다. 우리 둘 다 그렇다. 냉장고에는 몇 년 전에 찍은 우리 딸의 사진이 붙어 있다. 그 사진은 멀어져 가는 별이 발하는 빛처럼 우리를 향해 활짝 웃고 있다. 그녀는 다른 곳에서 자신의 삶을 바쁘게 꾸려 가고 있다.

신문 좀 봐요. 티그가 말한다.

거기에는 사진들이 실려 있다. 나쁜 소식에 사진이 곁들여져 있으면 더 끔찍하게 느껴지는가? 나는 그렇다고 생각한다. 사진이 있으면 원하든 원치 않든 보게 된다. 뒤틀린 금속 골격만 남고 소각된 차의 모습. 요즘 들어 연달아 보게되는 광경이다. 까맣게 탄 윤곽이 안쪽에 웅크리고 있다. 이런 사진에는 으레 주인 없는 신발이 나온다. 이런 신발을 보면 마음이 아려 온다. 어디론가 가는 거라고 굳게 믿으며 신발을 신는 무고한 일상적 과업이 슬프게 느껴지는 것이다.

우리는 나쁜 소식을 싫어하지만, 그것을 필요로 한다. 나쁜 소식이 우리에게 닥쳐올 경우에 대비해 그것에 대해 알고 있어야 한다. 초원에서 머리를 숙이고 평화롭게 풀을 뜯고 있는 사슴 한 떼. 이내 컹컹 숲속에서 들려오는 사나운 개들의 소리. 고개를 들고 귀를 쫑긋하라. 도망갈 준비를 하라! 아니면 사향소처럼 맞서라. 늑대가 다가오고 있다는 소식이다. 빨리 원형 정렬하라! 여자들과 아이들을 안쪽으로 보내라! 코로 거친 숨을 내쉬며 발로 땅을 거칠게 긁어라. 뿔로 적을 들이받을 준비를 하라!

그들은 절대 멈추지 않을 거예요. 티그가 말한다.

난장판이로군요. 내가 말한다. 경호원들은 도대체 어디 있었던 건지. 신이 두뇌를 나눠 줄 때 몇몇 유명인들은 꼴찌로 받았을 거라는 우스갯소리가 있었다. 예전에는.

누군가가 살인하기로 마음을 먹는다면 반드시 하고 말지요. 티그가 말한다. 그는 이렇듯 운명론자다. 나는 그의 말에 반론을 제기하고, 우리는 죽은 사람들 여러 명을 증거로 들이대며 15분 정도 흥미로운 말싸움을 한다. 그는 페르디난트 대공과 존 케네디를 거론하고, 나는 (여덟 번에 걸친 살해 시도가 실패로 돌아간) 빅토리아 여왕과 대규모 숙청을 단행함으로써 암살당하는 신세를 모면한 이오시프 스탈린을 언급한다. 예전 같았으면 이런 것이 논쟁의 주제가 되었겠지만, 이제는 진 러미 카드 게임 같은 심심풀이에 지나

도덕적 혼란

지 않는다.

우리는 운이 좋아요. 티그가 말한다. 나는 그가 무슨 말을 하는지 안다. 우리 두 사람이 여전히 함께 부엌에 앉아 있다는 사실을 말하려는 것이다. 두 사람 중 어느 누구도 죽지 않았다. 아직까지는.

그래요. 내가 말한다. 토스트 좀 잘 봐요. 타잖아요.

그렇다. 우리는 나쁜 소식을 감당해 냈다. 우리는 그것을 정면으로 맞닥뜨렸고, 이제는 평정을 되찾았다. 상처도 입지 않았고, 피를 철철 흘리지 않았으며, 화상도 입지 않았다. 신발도 제대로 신고 있다. 해는 빛나고 있고, 새들은 노래를 부른다. 기분이 좋지 않을 이유가 하나도 없다. 대부분의 경우, 나쁜 소식은 먼 곳에서 들려온다. 폭발, 기름 유출, 집단 학살, 기아, 그 모든 것. 나중에 또 다른 소식이 들려올 것이다. 언제나 그렇다. 그것은 그때 걱정하기로 하자.

몇 년 전(그게 언제였던가?) 티그와 나는 프랑스 남부, 글라눔°이라는 곳에 머물렀다. 일종의 휴가 같은 것이었다.

° Glanum. 기원전 6세기 켈트-리구르족이 세운 도시로, 글라눔 사람들은 현재의 마르세유에 해당하는 그리스 식민지 마살리아와 교류했다. 기원전 27년에 로마 제국에 편입되면서 도시민들은 로마 시민으로서의 정치적, 사회적 지위를 부여받았다. 260년 게르만족의 일파인 알레마니족

반 고흐가 「붓꽃」을 그렸던 정신 병원을 몹시 보고 싶어 했던 우리는 그곳을 실제로 보았다. 글라눔에는 짬을 내서 간 것이었다. 한동안 그 여행에 대해 생각해 보지 않았다. 그런데, 바로 지금, 그 당시, 예전의 글라눔에 나 자신이 서 있다. 3세기에 파멸되기 전의 그곳, 입장료 몇 푼을 내고 들어가는 몇 군데 폐허에 불과한 곳이 돼 버리기 이전의 글라눔에.

글라눔에는 널찍한 저택들이 있다. 공중목욕탕, 원형 경기장, 신전과 같이, 진출한 곳마다 로마인들이 문화적이고 편안한 삶을 누리기 위해 세운 그런 건물들이 있다. 글라눔은 매우 쾌적한 곳이다. 계급이 높은 군인들 다수가 여기에서 은퇴 생활을 즐긴다. 이곳은 상당히 다문화적이고 다채롭다. 우리는 새로운 것과 이국적인 것을 좋아한다. 그래도 로마와는 비견할 바가 못 된다. 시골 같은 편협한 구석이 약간 있는 것이다. 그렇기는 해도, 이곳에서는 공식적인 신들은 물론이고, 각지에서 온 신들을 다 섬긴다. 예를 들자면, 키벨레°에게 헌정된 작은 사원도 있다. 그것은 귀 두 개로

의 침략을 받아 멸망했다. 현재 프랑스 남부 생레미드프로방스에 글라눔의 유적이 있다.

○ 아나톨리아에서 숭배되었던 대지 모신. 키벨레를 열광적으로 신봉한

도덕적 혼란

장식돼 있는데, 그녀를 기리기 위해 잘라 내고자 하는 신체 부분을 상징적으로 나타낸 것이다. 남자들은 그것을 두고 농담을 한다. 귀만 자르고 넘어갈 수 있다면 다행이지. 남자 구실 못하게 되느니 귀 없는 게 낫잖아.

더 오래된 그리스 가옥들이 로마 집들과 섞여 있고, 그리스식 생활 방식이 여전히 남아 있다. 켈트인들이 이곳에 온다. 그들 일부는 우리와 같은 튜닉과 망토를 입고 제법 그럴싸한 라틴어를 구사한다. 머리 사냥 풍습을 버린 후로 그들은 우리와 잘 어울려 지내는 편이다.° 티그는 그들에게 상당한 향응을 베풀어야 했고, 나는 켈트족 지도자를 저녁 식사에 초대한 적이 있다. 그것은 작은 사회적 위험을 감수해야 하는 일이었다. 손님은 그런대로 자연스럽게 행동했고, 장단을 맞추는 선까지만 술을 마셨다. 그는 기묘해 보이는 불그스름한 고수머리에, 의식용 청동 토크°°를 걸고 있었다. 그는 내가 예로 들 수 있는 몇몇 사람들보다 딱히 더 사납지는 않았다. 하지만 그의 공손함에는 무언가 으스스

남성들은 의식을 통해 스스로 거세했다.

○ 머리에 영혼이 깃들어 있다고 믿었던 유럽의 켈트인들에게는 머리 사냥 풍습이 있었다. 기독교로 개종하면서 그 풍습을 버렸다.

○○ Torque. 고대 갈리아인이나 게르만인 등이 했던 목걸이.

한 기운이 서려 있었다.

나는 포모나°와 제피로스°°의 벽화가 그려진 주간용 거실에서 아침 식사를 하는 중이다. 일류 화가의 작품은 아니다. 포모나는 살짝 사시로 그려졌고, 가슴은 엄청나게 풍만하다. 그렇지만 이런 곳에서 항상 일류만 구할 수는 없는 법이다. 나는 무엇을 먹고 있으려나? 빵, 꿀, 그리고 말린 무화과. 신선한 과일은 아직 제철이 아니다. 더 불운한 사실은 커피가 없다는 점이다. 커피는 아직 고안되지 않은 것 같다. 소화를 돕기 위해 발효된 말 젖을 마신다. 충직한 노예가 아침 식사를 은 쟁반에 담아 가져왔다. 이 저택의 노예들은 노예제에 순응하고 일을 잘한다. 그들은 조용하고, 신중하고, 유능하다. 물론 그들은 다른 곳으로 팔려 가기를 원하지 않는다. 집에서 일하는 노예가 되는 것이 채석장에서 일하는 것보다 훨씬 나은 것이다.

티그는 두루마리를 들고 들어온다. 티그는 티그리스라는 이름의 약칭으로, 왕년에 군대에서 얻은 별칭이다. 몇몇 친한 사람들만 그를 티그라고 부른다. 그는 얼굴을 찌푸리고

○ 로마 신화에 나오는 풍요와 과실의 여신.
○○ 그리스 신화에 나오는 서풍(西風)의 신.

도덕적 혼란

있다.

나쁜 소식인가요? 내가 묻는다.

야만인들이 쳐들어오고 있어요. 그가 말한다. 라인강을 건넜다고 하는군요.

아침 식사 전에는 제발 그런 이야기 좀 하지 마요. 나는 말한다. 내가 잠에서 깨어난 직후에는 무거운 주제에 대해 토론할 수 없다는 걸 그도 알고 있다. 하지만 나는 지나치게 성급했다. 나는 상처받은 그의 표정을 보고 태도를 누그러뜨린다. 그들은 툭하면 라인강을 건너오곤 하잖아요. 이제 지칠 법도 한데 말이죠. 우리 군대가 물리칠 거예요. 언제나 그랬듯이.

잘 모르겠어요. 티그가 말한다. 야만인들을 우리 군대에 그렇게 많이 영입하지 말았어야 했는데. 신뢰할 수 없는 작자들이라서. 군대에 오래 복역한 티그의 경력을 감안해 보면 그의 우려를 사소하게 취급할 수 없는 일이다. 하지만 달리 생각해 보면, 그는 평소에도 로마 제국이 단번에 무너져 버릴 거라는 견해를 가지고 있는 것이다. 그리고 대부분의 은퇴한 사람들이 그렇게 느낀다는 사실을 나는 알아차렸다. 자신들의 활약 없는 세상이 제대로 돌아가지 않을 거라고 생각하는 것이다. 그들은 스스로를 무용한 존재라고 여기는 게 아니라, 자신들이 제대로 쓰이지 않고 있다고 느낀다.

앉으세요. 내가 말한다. 맛있는 빵과 꿀에 무화과를 곁들여 가져오라고 할게요. 티그는 자리에 앉는다. 나는 말 젖이 건강에 이롭다는 걸 알지만 그에게 권하지 않는다. 그가 그것을 즐기지 않는다는 걸 내가 인지하고 있다는 사실을 그도 안다. 그는 건강에 관련된 잔소리를 듣는 걸 싫어한다. 최근 들어 그는 건강상 문제가 좀 있었다. 제발, 모든 것이 이전과 똑같이 지속되도록 해 줘요. 나는 그에게 무언의 애원을 한다.

그 소식 들었어요? 내가 말한다. 막 베어진 머리가 켈트 종교 봉헌 벽 옆에 걸려 있었다는 거요. 접근이 금지된 숲으로 도망친 어떤 채석장 일꾼의 소행일까, 아무도 모를 일이다. 다시 이교도 관습으로 되돌아가려는 걸까요? 켈트인들 말이에요.

그들은 우리를 정말로 증오해요. 저 승전 기념문°도 도움이 안 되지. 켈트인들이 패배하고, 로마인들이 그들의 머

° 글라눔의 개선문(Arc du Triomphe de Glanum). 아우구스투스 황제의 통치 첫해에 건축된 것으로, 글라눔 초입에 서 있다.

리를 짓밟고 있는 저 눈치 없는 모양새라니. 그들이 우리 목을 뚫어지게 바라보고 있는 걸 알아차린 적 있어요? 거기에 칼을 꽂고 싶어 하는 거예요. 그렇지만 이제 그들은 많이 유순해졌죠. 안락한 생활에 길들여진 거라고요. 북쪽 야만인들과는 달리 말이죠. 우리가 망하면 그들 자신도 망하게 된다는 걸 켈트인들은 알고 있는 거예요.

그는 맛있는 빵을 한 번만 베어 먹고는, 이내 일어서 서성거린다. 그는 상기되어 보인다. 목욕탕에 갈까 해요. 새로운 소식을 들으러. 그가 말한다.

잡담과 소문이겠지. 나는 생각한다. 징조들과 예측들. 비상하는 새들,° 양의 내장.°° 새로운 소식이 현실로 들이닥치기 전까지는 그것이 사실인지 알 수 없다. 내 위를 덮치기 전까지는. 한밤중에 손을 내밀어 더듬었을 때 숨소리가 들려오지 않음을 깨닫기 전까지는. 흰 드레스를 입은 채로 빈 방들을 배회하며 어둠 속에서 아우성치기 전까지는.

우리는 헤쳐 나갈 수 있을 거예요. 내가 말한다. 티그는

° 고대 그리스와 로마에서 행해졌던 새점(ornithomancy)에서는 새의 비상과 울음소리로 앞날을 예측했다.
°° 고대 로마에는 희생 제물, 특히 양과 가금류의 내장을 보고 점을 치는 내장점(haruspicy) 풍습이 있었다.

아무 말도 하지 않는다.

눈부시게 아름다운 날이다. 공중에는 사향초 냄새가 떠돌고, 과일 나무에는 꽃이 활짝 피었다. 그러나 야만인들에게 이런 것은 아무런 의미가 없다. 아니, 그들은 아름다운 날에 침략하는 것을 더 선호한다. 자신들의 약탈과 학살 행위가 더 선명하게 드러나는 것이다. 내가 들은 바에 따르면, 이 야만인들은 포로를 버드나무 우리에 집어넣고 불살라서 자신들 신에게 재물로 바치는 사람들이라고 한다. 그래도, 그들은 아주 멀리 있다. 그들이 라인강을 가까스로 건넌다 하더라도, 그들이 떼죽음을 당하지 않는다 하더라도, 강이 그들의 피로 붉게 물들지 않는다 하더라도, 여기까지 도달하려면 아주 오랜 시간이 걸릴 것이다. 글라눔은 위험에 처하지 않았다. 아직까지는.

도덕적 혼란

요리와 접대의 기술

내가 열한 살이었던 해의 여름에 나는 뜨개질을 하며 많은 시간을 보냈다. 털실 뭉치와 철 바늘, 그리고 점점 길어져 가는 편물 위로 고개를 수그린 채 불편한 자세로 앉아서 끈질기게, 조용히 뜨개질을 했다. 나는 너무 어릴 때 뜨개질을 배워서 검지에 실을 감는 기술은 익히지 못했다. 손가락이 너무 짧았던 것이다. 그래서 오른손에 든 바늘을 찔러 넣은 다음, 그것을 왼손 두 손가락으로 고정하고, 그런 후 오른손 전체를 들어 올려 바늘 끝에 고리 모양으로 실을 둘렀다. 나는 거의 내려다보지 않고 뜨개질을 하면서 이야기하는 여자들을 본 적이 있었다. 하지만 나는 그렇게 할 수 없었다. 내가 뜨개질을 하는 방식은 완전한 집중을 요했고, 팔의 통증과 많은 짜증을 유발했다.

내가 짜고 있었던 것은 배내옷 일습이었다. 배내옷 일습이란 새로 태어난 아기를 병원에서 집으로 데려올 때 따뜻하도록 입히는 옷가지 세트를 말하는 것이었다. 최소한 손싸개 두 개, 뭉툭한 발목 양말 두 개, 레깅스 한 벌, 겉옷 한 벌, 그리고 모자가 있어야 하고, 인내심이 있다면 거기에 손뜨개 담요를 더할 수 있고, 기저귀 커버라고 불리는 것도 보탤 수 있다. 기저귀 커버는 프랜시스 드레이크 경°의 그림에 그려져 있듯이 호박 모양의 다리가 달린 반바지같이 생긴 것이다. 천 기저귀와 고무로 된 아기 바지는 잘 샜다. 그래서 기저귀 커버가 필요했다. 하지만 나는 기저귀 커버는 뜨지 않을 예정이었다. 나는 그때까지도 아기가 만들어 낼 오줌의 분수, 개천, 강을 상상해 낼 수 없었던 것이다.

아기 담요를 뜨고 싶었지만(토끼 문양이 들어간 것을 정말 만들고 싶었다.) 시간이 남아도는 게 아니었기 때문에 어느 정도에서 선을 그어야 한다는 것을 나는 알고 있었다. 내

○ Sir Francis Drake(1540?~1596). 영국 엘리자베스 여왕 시대의 항해가, 제독, 탐험가.

도덕적 혼란

가 꾸물거리면 아기는 내가 준비를 마치기 전에 태어날 수도 있고, 남이 입던 옷을 짝이 맞지 않게 입어야 할 수도 있다. 나는 비교적 간단한 레깅스와 손싸개부터 시작했다. 대부분 겉뜨기와 안뜨기를 한 줄씩 번갈아 하고 골을 좀 짜 넣으면 되었다. 그렇게 하면 좀 더 복잡한 겉옷으로 단계를 높여 갈 수 있다. 모자는 마지막으로 남겨 두었다. 그것은 나의 대작이 될 예정이었다. 아기의 턱 아래 묶을 공단 리본 끈(그런 끈에 목이 졸릴 수도 있다는 것은 아직 고려해 보지 않았다.) 그리고 아기 얼굴 양쪽에 작은 양배추처럼 달릴 커다란 리본 장미꽃으로 장식할 생각이었다. 배내옷 일습을 갖춰 입은 아기들은 사탕 과자처럼 보여야 한다는 것을 나는 비하이브 패턴 책°에 실린 사진을 통해 알고 있었다. 깨끗하고 달콤하고 맛있는 작은 케이크 같은 파스텔색 당의로 장식된 꾸러미.

내가 고른 색깔은 흰색이었다. 정통적인 색상이었다. 물론 비하이브의 몇몇 패턴은 요정같이 연한 녹색이나 실용

° 뜨개실 회사로 각각 설립된 J & J 볼드윈 앤드 파트너스와 존 페이턴 앤드 선스는 1920년에 합병되었다. 가정용 뜨개실과 더불어 각각 페이턴스 로즈(Patons Rose)와 볼드윈스 비하이브(Baldwins Beehive)라는 상표의 뜨개질 패턴을 생산해 냈다.

적인 노란색으로 선보이기는 했다. 하지만 하얀색이 가장 좋았다. 뜨개질을 마친 후 아기가 남아인지 여아인지에 따라 파란색이나 분홍색 끈을 달 수 있는 것이다. 나는 모든 것이 완성되었을 때 전체 모습을 머릿속에 그리고 있었다. 순수하고 빛나며 감탄스러운 그것, 나의 선의와 친절을 입증하는 것. 그 선물이 선의와 친절을 대체하는 것이 될 수도 있다는 사실은 아직 깨닫지 못했다.

내가 이 배내옷을 짜고 있었던 것은 어머니가 출산 예정이었기 때문이었다. 나는 다른 이들이 그러듯 임신이라는 단어를 쓰지 않았다. 임신이라는 말은 직설적이고, 불거지고, 늘어진 단어였다. 그 단어를 생각하면 축 처지는 느낌이 들었다. 반면 예정이라는 말에선 귀를 쫑긋하고서 기쁜 기대에 부풀어 다가오는 발소리를 활기차게 듣는 개가 떠올랐다. 어머니는 이런 일을 겪어 내기에는 나이가 있는 편이었다. 나는 어머니가 도시에 사는 친구들과 하는 이야기를 엿들으면서, 친구들의 이마에 걱정 어린 주름이 잡히는 것을 보면서, 그들이 입술을 굳게 다물고 고개를 미세하게 내젓는 것을 보면서, 어머, 이런. 하는 그들의 말투에서, 그리고 어머니가 그냥 긍정적으로 받아들이는 수밖에 없다고 말하는 걸 들으면서 그런 사실을 알아차렸다. 나는 어머니의 나이 때문에 아기에게 무슨 문제가 있을지도 모른다고 짐작하게 되었다. 그런데 정확히 어떤 문제인가? 나는 할 수 있는 만큼 귀 기울여 들었지만, 도지히 이해할 수 없었고 물어볼 사람도 없었다. 아기에게 손이 없을 것인가, 작은 아둔한 두뇌를 갖게 될 것인가, 얼간이일 것인가? 얼간이는 학교에서 놀릴 때 쓰는 말이었다. 나는 그게 무엇을 의미하는지 잘 몰랐다. 하지만 거리에서 빤히 쳐다보면 안 되는 아이들이 있었다. 그건 그들의 잘못이 아니고 그들은 그저 그렇게 태어났을 따름이기 때문이었다.

5월에 나는 어머니의 예정 상태에 대해 아버지에게 전해 들었다. 나는 불안에 사로잡혔다. 내 남동생 또는 여동생이 안전하게 태어나기 전까지 어머니의 상태가 위험할 거라는 말을 들었던 일이 불안을 자아내는 데 일조했다. 끔찍한 일, 어머니를 아주 아프게 할 수 있는 일이 생길 수도 있었다. 그리고 내가 제대로 주의를 기울이지 않으면 그런 일이 일어날 가능성이 더 높아질 수 있는 것이다. 아버지는 그 일이 무엇인지 말하지 않았지만, 아버지의 엄숙한 분위기와 과묵함은 이것이 심각한 사태임을 의미하고 있었다.

어머니는 바닥을 쓸거나 물이 든 양동이같이 무거운 물

건을 운반하거나 몸을 많이 구부리거나 큰 물건을 들어서는 안 된다고 아버지는 말했다. 우리 모두 협력하고 일을 좀 더 해야 한다고 그는 말했다. 이제부터 우리 모두 북쪽으로 올라가는 6월까지 잔디 깎는 것은 오빠 몫의 일이 되었다. (북쪽에는 잔디가 없었고, 어차피 오빠는 거기에 없을 터였다. 오빠는 소년 캠프에 가서 숲속에서 도끼를 쓰는 작업들을 하기 위해 떠나기로 돼 있었다.) 나는 전반적인 일들을 거들어야 했다. 평소보다 더 많이 도와야 한다고 아버지는 나를 독려하려는 태도로 말했다. 물론 아버지 자신도 도울 작정이었다. 하지만 아버지가 항상 그곳에 머물 수는 없었다. 다른 이들은 별장이라고 부르고 우리는 섬이라고 부르는 곳에서 어머니와 내가 지내는 동안 아버지는 해야 할 일이 있었던 것이다. (별장에는 냉장고와 가스 발전기와 수상 스키가 갖춰져 있기 마련인데, 우리는 그런 것이 하나도 없었다.) 자신이 멀리 떠나 있어야 하는 게 매우 유감스러운 일이라고 아버지는 말했다. 그렇지만 너무 오래 떠나 있지는 않을 것이며, 내가 잘해 낼 수 있을 것이라고 그는 말했다.

나는 그런 확신이 들지 않았다. 아버지는 언제나 내가 실제로 아는 것보다 더 많이 안다고 생각하고, 실제보다 더 크고, 더 성숙하고, 더 강하다고 생각했다. 아버지가 침착함과 능숙함이라고 착각한 것은 사실은 두려움이었다. 두려움 때문에 나는 아버지를 말없이 응시하며 고개를 끄덕였던 것이다. 앞으로 다가올 위험은 너무나 막연했고, 그렇기 때문에 너무나 컸다. 내가 그것을 어떻게 대비한단 말인가? 나의 뜨개질은 마음 한구석에서 일종의 부적과 같은 작용을 했다. 벙어리 공주들이 백조가 된 오빠들을 사람으로 되돌려 놓기 위해 짜야 했던 동화 속의 쐐기풀 옷처럼. 내가 아기 옷 일습을 완성할 수만 있다면, 그것을 입을 아기는 세상으로 불려 나올 것이고, 따라서 어머니에게서 나올 것이다. 일단 내가 볼 수 있도록 밖으로 나오면, 얼굴을 갖춘 존재가 되면, 나는 그것을 감당할 수 있을 것이다. 지금 상태로의 그것은 위협적인 존재였다.

그래서 나는 마음을 다해 집중해서 뜨개질을 했다. 북쪽으로 올라가기 전에 손싸개를 완성했다. 바늘땀이 들쭉날쭉한 걸 빼면 그런대로 봐 줄 만했다. 섬에 도착한 후 나는 레깅스를 다듬었다. 다리가 짧은 쪽은 좀 더 늘일 수 있을 거라고 나는 생각했다. 나는 쉬지 않고 겉옷에 착수했다. 시드 스티치°로 된 긴 띠 부분이 여러 군데 있는 어려운 작업

○ Seed stitch. 겉뜨기와 안뜨기를 수평 및 수직으로 번갈아 짜서 씨앗처

이었지만, 나는 그런 난관을 극복하겠다고 다짐했다.

그 모든 과정에서 어머니는 아무런 도움도 되지 않았다. 내가 기나긴 뜨개질 경주를 시작했을 때 어머니는 발목 양말을 뜨기 시작했다. 어머니는 예전에 뜨개질을 했기 때문에 어떻게 하는지 알았다. 내가 사용하는 뜨개질 패턴 책은 한때 어머니 것이었다. 어머니는 내가 아직 습득하지 못한 뒤꿈치 뜨기도 할 줄 알았다. 어머니는 뛰어난 재주를 가졌음에도 게으름을 부리고 있었다. 이제까지 어머니가 뜬 것은 발목 양말 반 짝뿐이었다. 어머니가 정원 데크 의자에 앉아서 통나무 위에 다리를 올리고 말타기와 독살과 칼 놀이가 나오는 역사 로맨스를 읽거나(나도 읽어서 내용을 알고 있었다.) 머리맡에 베개를 아무렇게나 베고, 창백하고 물기 어린 얼굴, 축축하고 늘어진 머리칼, 부푼 배를 하고서 그저 졸고 있을 때, 뜨개질감은 내팽개쳐져 있었다. 어머니의 튀어나온 배를 볼 때마다 나는 손가락을 잘라 낸 사람을 볼 때처럼 어지러움을 느꼈다. 어머니는 오래전 트렁크 속에 넣어 두었던 오래된 스목 드레스를 즐겨 입었다. 나는 핼러윈에 손가방을 든 뚱뚱한 숙녀로 변장했을 때 그것을 입었던

럼 작은 돌기가 생기도록 하는 뜨개질 기술.

도덕적 혼란

기억이 있었다. 그걸 입으면 어머니는 가난해 보였다.

어머니가 대낮에 자는 모습을 보고 있으면 두려움이 느껴졌다. 어머니답지 않은 행동이었다. 평상시 어머니는 민첩하고 과단성 있게 산책을 하거나, 겨울이면 놀라운 속도로 스케이트장을 누비거나, 발차기를 많이 하며 수영을 하거나, 접시를 부시는 사람이었다. 어머니는 그것을 부시는 것이라고 말했다. 비상시에는 어떻게 행동해야 할지 언제나 알고 있었고, 체계적이고 쾌활했으며, 통솔력이 있었다. 이제는 모든 것을 포기한 것처럼 보였다.

뜨개질을 하지 않을 때면 나는 바닥을 열심히 쓸었다. 수동 펌프로 물을 몇 양동이씩 퍼내서 내 맨다리에 물을 엎질러 가며 언덕 위로 한 통씩 날랐다. 나는 아연 빨래통에서 빨래를 했다. 빨래판 위에 옷을 놓고 선라이트 비누로 문지르고, 호수로 가져가 헹군 다음, 언덕 위로 다시 날라 와 빨랫줄에 널었다. 정원에서 잡초를 뽑고, 나무를 운반해 들여놓았다. 어머니가 걱정스러울 정도로 수동적인 상태에 머물러 있는 가운데 나는 이 모든 것을 해냈다.

어머니는 하루에 한 번씩 수영을 하러 갔다. 하지만 예전처럼 활력 있게 하지 않고 그저 둥둥 떠다니기만 했다. 그리고 나는 원하든 원하지 않든 같이 들어갔다. 어머니가 익사하는 걸 방지하기 위해서였다. 어머니가 차가운 갈색 물속에 머리칼을 해초처럼 풀어 헤치고 침통한 시선으로 나를 응시하며 갑자기 가라앉아 버리지 않을까 두려웠다. 그런일이 일어나면 나는 잠수를 해서 팔로 어머니 목을 감싸 안고 호숫가로 끌고 와야 했다. 하지만 내가 그걸 어떻게 할수 있단 말인가? 어머니는 너무나 거대했다. 그러나 아직 그런 일은 일어나지 않았고, 어머니는 물에 들어가는 것을 즐겼다. 물속에서는 좀 깨어나는 듯했다. 머리만 수면 위로 내밀고 있을 때, 어머니는 좀 더 어머니다워 보였다. 그럴 때면 어머니는 심지어 미소를 짓기도 했다. 그리고 나는 모든것이 본연의 상태로 돌아간 듯한 착각에 빠지곤 했다.

그러나 이내 어머니는 물을 뚝뚝 흘리며 나와서는(다리 뒤쪽에 하지 정맥류가 있었다. 당혹스러운 모습이었지만 눈에 들어오는 건 어쩔 수 없었다.) 고통스러울 정도로 천천히 통나무집으로 올라가 점심을 만들었다. 점심은 보통 정어리나 땅콩 버터를 바른 크래커, 간혹 생기는 치즈, 그리고 정원에서 딴 토마토와 내가 직접 캐서 씻은 당근이었다. 어머니는 이런 점심을 딱히 먹고 싶어 하는 것 같지는 않았지만 그래도 씹어 넘겼다. 어머니는 나와 대화를 해 보려고 시도하곤 했지만(뜨개질은 어떻게 되고 있니?) 나는 어머니에게

　　　　　　　　　　　　　　도덕적 혼란

무슨 말을 해야 할지 알 수 없었다. 나는 어머니가 왜 그런 결정을 했는지 이해할 수 없었다. 왜 자기 자신을 이렇게 무기력하고 부푼 모습으로 만들어 버렸는지, 그럼으로써 왜 미래를, 나의 미래를, 그늘지고 불확실한 것으로 만들어 버렸는지. 나는 어머니가 일부러 그런 것이라고 생각했다. 어머니 자신도 뜻밖에 당한 일일 수 있다는 생각은 미처 하지 못했다.

덥고 숨 막힐 듯한 8월이었다. 매미들은 나무에서 울어 댔고, 마른 솔잎은 발 아래서 탁탁 부서졌다. 호수는 불길하게 고요했다. 천둥이 치기 직전처럼. 어머니는 졸고 있었다. 나는 부두에 앉아서 쇠파리를 찰싹 때려잡으며 걱정을 하고 있었다. 울고 싶었지만 차마 그럴 수 없었다. 나는 완전히 혼자였다. 만약 위험한 일이 (그것이 무엇이든지 간에) 일어나기 시작한다면 무엇을 할 것인가? 나는 위험한 일이 무엇인지 알고 있었다. 아기가 너무 빨리 태어나는 것이었다. 그러면 어떻게 할 것인가? 그걸 도로 집어넣을 수는 없는 노릇인 것이다.

우리는 섬에 있었고, 다른 사람들은 아무도 보이지 않았다. 전화도 없었고, 가장 가까운 마을까지는 배를 타고 7마

일을 가야 했다. 나는 오래된 투박한 배의 선외 모터를 가동시키고(힘에 부쳐서 줄을 충분히 세게 잡아당기지는 못했지만 그래도 어떻게 하는지는 알았다.) 마을까지 가야 할 것이다. 그곳에 닿기까지 한 시간이 걸릴 수도 있다. 거기에서 나는 구조 요청 전화를 할 수 있을 것이다. 하지만 모터가 가동되지 않으면? 그런 일이 일어나기도 했다. 아니면 가는 길에 모터가 고장 난다면? 공구 세트가 있었지만, 나는 가장 기초적인 것만 배웠다. 나는 시어 핀°을 고칠 수 있었고, 가스관을 점검할 수 있었다. 이런 것들이 작동하지 않는다면 나는 노를 젓거나, 혹시 지나가는 어부라도 있다면 손을 흔들고 소리를 쳐야 할 것이다.

아니면 카누를 탈 수도 있었다. 배운 대로 배의 고물에 돌을 두어 하중을 더하고, 뱃머리 끝에서 노를 저으면 될 것이다. 하지만 살랑바람만 불어도 아무 소용이 없게 된다. 나는 경로를 제대로 유지할 만한 힘이 없었다. 엉뚱한 방향으로 쓸려 가 버릴 것이다.

나는 최후의 수단일 계획을 생각해 냈다. 나는 연안의 작

○ Shear pin. 특정한 결과가 도출되도록 고안된 기계 장치. 기계에 힘이 과도하게 가해지면 파손되거나 올바른 종류의 힘이 가해질 때까지 작동을 멈추게 함으로써 다른 부품을 보호한다.

도덕적 혼란

은 섬으로 카누를 저어 갈 것이다. 무슨 일이 있어도 거기 까지는 갈 수 있을 것이다. 그런 다음 그 섬에 불을 지를 것이다. 그러면 연기가 화재 감시원 눈에 띌 테고, 그는 수상 비행기를 보낼 것이다. 그리고 나는 잘 보이도록 부두에 서서 팔짝팔짝 뛰며 하얀 베갯잇을 흔들어 댈 것이다. 이 방법은 실패하지 않을 것이다. 우려가 되는 점은 실수로 큰 섬에도 불을 내지나 않을까 하는 것이었다. 그러면 나는 방화범으로 감옥에 가게 될 것이다. 그렇다 해도 일단 해야 할 것이다. 안 그러면 어머니는…… 어머니는 어떻게 될까?

여기서 내 생각의 흐름은 멈추었고, 나는 언덕 위로 뛰어 올라가서 잠든 어머니 옆을 조심스럽게 지나 통나무집으로 들어갔다. 그리고 건포도가 가득 든 단지를 꺼내서 터무니 없는 생각의 극단에 다다를 때마다 가던 커다란 백양나무로 향했다. 나는 나무에 기대앉아서 건포도 한 줌을 입안에 밀어 넣으며 내가 가장 좋아하는 책에 빠져들었다.

이 책은 요리책이었다. 제목은 『요리와 접대의 기술』이었는데, 최근 나는 모든 소설과 심지어 『숲속 버섯 안내서』까지 다 접어 버리고 이 책에만 온전히 집중했다. 책의 저자는 세라 필드 스플린트°라는 여자였는데, 나는 그 이름에 신뢰감을 느꼈다. 세라는 보수적이고 믿을 만한 이름이고, 필드는 목가적이고 꽃이 만발한 느낌이다. 그리고 스플린트는, 그런 이름을 가진 여자가 곁에 있다면 말도 안 되는 행동을 하거나 울거나 히스테리를 부릴 수 없고, 올바른 행동 방침에 대해 의심의 여지를 가질 수 없을 것이다. 이 책은 내가 태어나기 10년 전에 나온 오래된 책이었다. 어머니 말에 따르면, 식물성 쇼트닝 제조사인 크리스코 사가 버터 가격이 올라갔던 대공황 초기에 펴낸 책이라고 했다. 그래서 그 책에 실린 모든 요리법에는 크리스코°°가 사용되었다. 섬에서 우리는 크리스코를 많이 갖고 있었다. 버터는 더운 곳에서 상했던 반면, 크리스코는 거의 무한정 보존되었다. 오래전, 예정 상태에 접어들기 전에, 어머니는 그것으로 파이를 만들었고, 요리법 이곳저곳에는 어머니의 글씨가 씌어 있었다. 좋아!! 어머니는 이렇게 썼다. 또는 이렇게도 씌어 있었다. 백설탕 반, 황설탕 반을 사용할 것.

○ Sarah Field Splint(1883~1959). 미국 정부의 식품부에서 일했으며, 여러 여성 잡지 편집자로 활동하고 가정 관련 책을 집필했다. 여성의 참정권에 찬성하며 여성 운동 그룹에 연관되기도 했다. 세라는 성경에 나오는 아브라함의 아내의 이름이고, 필드는 들판, 스플린트는 얇은 판자 조각, 부목이라는 뜻이다.
○○ Crisco. 1911년에 프록터 앤드 갬블(Procter & Gamble)사가 출시한 면화씨 경화유.

그렇지만 나를 사로잡은 것은 요리법이 아니라 책 시작 부분의 두 장(章)이었다. 첫 장은 「하인이 없는 가정」이었고, 두 번째 장은 「하인이 있는 가정」이었다. 두 장 모두 다른 세계로 열려 있는 창문이었고, 나는 그 창을 통해 열심히 내다보았다. 나는 그것이 문이 아닌 창문이라는 것을 알고 있었다. 그곳으로 들어갈 수는 없었던 것이다. 하지만 그곳에서는 얼마나 매혹적인 삶이 펼쳐지고 있는지!

　세라 필드 스플린트는 삶을 제대로 영위하는 방식에 대해 엄격한 견해를 갖고 있었다. 그녀는 규율을 갖고 있었고, 질서를 부여했다. 뜨거운 음식은 **뜨겁게**, 차가운 음식은 **차갑게** 대접해야 한다. 어떤 식으로든 반드시 해야 한다. 그녀는 말했다. 그것이야말로 내가 듣고 싶었던 종류의 조언이었다. 그녀는 깨끗한 식탁용 직물과 반짝이는 은제품에 대해 엄격했다. 밥 한 끼를 먹을 때조차도 한 군데라도 얼룩이 진 식탁보로 식탁을 덮기보다는, 도일리만 사용하고 그것을 청결하게 관리하는 것이 낫다고 그녀는 명령했다. 우리 집 식탁에는 방수포와 스테인리스 스틸이 있었다. 도일리 같은 건 전혀 경험해 보지 못했지만, 그게 있으면 우아하지 않을까 싶었다.

　세라 필드 스플린트는 기본을 강조하는 한편, 더 융통성 있는 다른 가치도 주장했다. 식사 시간은 즐거워야 한다. 식사 시간은 매력적인 요소가 있어야 한다. 모든 식탁에는 꽃 몇 송이, 잘 배열된 과일 같은 중앙부 장식물이 있어야 한다. 그런 것이 없다면 작은 고사리 잎을 호자 덩굴이나 다른 무성한 것과 섞어서 낮은 대접이나 섬세한 고리버들 바구니에 넣는 요령을 부릴 수 있다.

그림에 나온 것처럼 수선화 두 송이가 꽂힌 가느다란 꽃병이 놓여 있는 아침 식사 쟁반, 또는 소수의 선택된 친구들(누가 이 친구들이 될 것인가?)에게 대접하기 위한 다과용 상차림, 무엇보다도 굽이치는 강과 맞은편 강기슭의 나무 사이로 스치듯 솟아오른 하얀 교회 첨탑의 아름다운 광경이 보이는 집 옆 현관에서 차려진 아침 식사를 나는 얼마나 열망했던가. 스치듯 솟아오르다. 나는 그 말이 마음에 들었다. 정말 평화롭게 들렸다.

이 모든 것들은 하인이 없는 가정에서 할 수 있는 일이었다. 그다음에는 하인에 관한 장이 나온다. 여기에서도 스플린트 부인은 매우 꼼꼼하고 탄탄하게 정보를 제공한다. (그녀가 스플린트 부인이라는 사실을 나는 짐작할 수 있었다. 그녀는 결혼을 했다. 하지만 나의 어머니와는 달리 부주의한 결과는 초래하지 않았다.) 인내심을 가지고 친절하고 공정하게

도덕적 혼란

대한다면, 단정치 못하고 경험이 없는 소녀를 단정하고 전문적인 하녀로 변모시킬 수 있다. 나는 변모라는 단어에 집착했다. 나는 변모하고 싶었는가, 아니면 변모되길 원했는가? 나는 친절한 주부가 될 것인가, 아니면 예전에 단정치 못했던 하녀가 될 것인가? 도저히 알 수 없었다.

책에는 하녀 한 명의 사진 두 장이 실려 있었다. 한 장은 주간용 원피스를 입고 하얀 신발과 스타킹을 신고 하얀 모슬린 앞치마를 두른 모습이었고(모슬린이 뭐더라?), 다른 한 장은 검은 스타킹을 신고 오건디 칼라, 커프스가 달린 애프터눈 티와 저녁 식사 차림이었다. 그녀의 표정은 두 사진에서 똑같았다. 부드러운 희미한 미소, 마치 지시를 기다리는 듯 정면을 향한 솔직하면서도 내성적인 시선. 그녀의 눈 아래로 어렴풋이 다크서클이 보였다. 그녀가 상냥해 보이는 것인지, 이용을 당한 것인지, 아니면 단순히 멍한 상태인 것인지는 알 수 없었다. 식탁보에 얼룩이 있거나 은식기류 한 점이 반짝이지 않는다면 그녀는 힐책을 받을 것이다. 그럼에도, 나는 그녀가 부러웠다. 그녀는 이미 변모되었고, 더 이상 어떤 결정을 내리지 않아도 되는 것이다.

나는 건포도를 다 먹고 나서, 책을 덮고, 끈끈한 손을 반바지에 문질렀다. 이제 뜨개질을 좀 더 할 시간이었다. 때로는 깜박 잊고 손을 씻지 않아서 하얀 털실에 갈색 건포도 물이 들기도 했다. 하지만 그것은 나중에 없앨 수 있었다. 스플린트 부인이 항상 사용한 것은 아이보리 비누였다. 그런 것을 알고 있으면 유용했다. 먼저 나는 정원으로 내려가 다홍색 깍지콩 덤불에서 콩 넝쿨과 붉은 꽃을 꺾었다. 중앙부 장식물을 만들기 위해 그걸로 꽃꽂이를 하는 게 이제 내가 할 일이었다. 그러나 내가 만든 장식물의 아름다움으로도 종이 냅킨의 허름함을 덮어 버릴 수는 없을 것이다. 어머니는 낭비를 막기 위해 냅킨을 적어도 두 번은 사용해야 한다고 주장했고, 그 위에 연필로 우리 머리글자를 써놓았다. 스플린트 부인이 그렇게 추잡한 행동을 보고 뭐라고 생각했을지 상상이 갔다.

이 모든 일이 얼마나 오래 지속되었던가? 마치 영원처럼 느껴졌지만, 아마 일 주나 이 주에 불과했을 것이다. 때가 되자 아버지는 돌아왔다. 단풍잎 몇 개가 물들었고, 이후 몇 개가 더 물들었다. 아비(阿比)새들을 떼를 짓기 시작했고, 가을 이동이 시작되기 전, 밤에 울어댔다. 얼마 지나지 않아 우리는 도시로 돌아갔고, 나는 정상적으로 학교를 다닐 수 있었다.

나는 어머니가 뜨기로 되어 있던 발목 양말 한 짝을 제외한 신생아 옷 일습을 모두 떴고(아기는 백조의 발을 가지고 태어날 것인가?), 그것을 하얀 습자지로 포장해서 서랍에 넣어 두었다. 약간은 비뚤어지고 아주 깨끗하지는 않았지만 (아직 건포도 자국이 남아 있었다.) 개켜 두었을 때는 분간할 수 없었다.

내 아기 여동생은 10월, 내가 열두 살이 되기 몇 주 전에 태어났다. 손가락과 발가락 모두 정상이었다. 나는 배내옷의 작은 구멍들에 분홍색 끈을 꿰었고, 보닛에 장미 장식을 모두 꿰매었다. 그리고 아기는 제대로 된 옷을 입고 적절한 방식으로 병원에서 집으로 왔다. 어머니의 친구들이 찾아와서 내가 손수 만든 작품을 칭찬했다. 아니, 그렇게 보였다. 네가 이걸 다 했다고? 그들이 말했다. 거의 다요. 나는 겸손하게 대답했다. 어머니가 그나마 맡았던 사소한 임무를 끝내지 못한 사실은 언급하지 않았다.

어머니는 자기는 손가락 하나 까딱할 필요가 없었다고, 내가 비버처럼 열심히 뜨개질을 해 댔다고 말했다. 정말 훌륭한 작은 일꾼이구나. 어머니 친구들이 말했다. 그런데 그들이 이 모든 것을 우스꽝스럽게 여긴다는 느낌이 들었다.

아기는 귀여웠다. 하지만 눈 깜짝할 사이에 내가 짠 신생아 옷은 작아져 버렸다. 아기는 잠을 자지 않았다. 내려놓기만 하면 대번에 깨어나 울어 댔다. 태어나기 전 그녀를 둘러싸고 있던 불안의 구름이 그녀에게 스며든 것 같았고, 하룻밤에도 예닐곱 번, 아니 여덟아홉 번씩 깨곤 했다. 스폭 박사가 『아기와 어린이 양육』°에서 말한 것과는 달리 몇 달이 지나도 이런 행동을 그치지 않았다. 오히려 더 나빠졌다.

아주 뚱뚱했던 어머니는 이제 너무 여위었다. 수면 부족으로 수척해졌고, 머리칼은 푸석푸석했으며, 눈은 멍든 것 같았고, 어깨는 굽었다. 나는 누운 상태로 숙제를 하면서 발을 올려 아기 침대에 대고 그것을 가볍게 계속 흔들었다. 어머니가 조금이라도 쉴 수 있도록 하기 위해서였다. 학교에서 돌아와 아기 옷을 갈아입히고 꽁꽁 싸맨 후 유모차에 태우고 나가기도 했고, 한 손에는 책을 든 채 다른 손으로는 따스하고 향기롭고 꼼지락거리는 면 플란넬 같은 아기의 몸을 어깨에 꼭 안고 있기도 했으며, 내 방으로 데려와 품

○ 미국의 소아과 의사인 벤저민 스폭(Benjamin Spock, 1903~1998)이 집필한 육아서. 정신분석학을 소아과 진료에 접합시킨 스폭은 당대의 엄격한 양육 방식에서 벗어나 부모가 자율성을 가지고 자녀를 개별적인 인간으로 인정하며 양육할 것을 조언했다.

도덕적 혼란

에 안고 흔들며 노래를 불러 주기도 했다. 노래는 특히 효과적이었다. 오 내 사랑 넬리 그레이, 그들은 너를 데려가 버렸네, 나는 내 사랑을 다시 보지 못하리° 하고 나는 노래 불렀다. 아니면 어린이 합창단에서 배운 「코번트리 캐럴」°°을 부르기도 했다.

> 분노에 가득 찬 헤롯왕
> 이날 그는 명령했네
> 그의 강한 무사들에게 자신의 시야에 들어오는
> 모든 어린아이들을 죽이라고

곡조는 구슬펐지만, 이 노래는 그녀를 단박에 잠에 빠지게 만들었다.

그런 일을 하지 않을 때에는 나는 화장실을 청소하거나 설거지를 했다.

내 동생은 한 살이 되었고, 나는 열세 살이 되었다. 이제

○ 19세기의 미국 작곡가 벤저민 핸비(Benjamin Hanby, 1833~1867)가 작사, 작곡한 노래 「넬리 그레이(Nellie Gray)」의 후렴구.
○○ Coventry Carol. 16세기부터 전해져 내려오는 영국의 캐럴. 전통적으로 코번트리에서 크리스마스 연극에 사용되었다.

나는 고등학교에 다니고 있었다. 동생이 두 살이 되었을 때 나는 열네 살이 되었다. 내 학교 여자 친구들은(그중 몇몇은 벌써 열다섯 살이었다.) 하굣길을 서성거리며 남학생들과 이야기를 나눴다. 일부는 영화를 보러 가서 다른 학교 남학생들을 만났다. 다른 아이들은 스케이트장에서 그렇게 했다. 그들은 어떤 남학생이 잘생겼고 어떤 남학생이 귀찮은 녀석인지 의견을 나누었다. 드라이브인 극장에서 새로 사귄 남자 친구와 더블데이트를 하며 팝콘을 먹고 차 뒷좌석에서 뒹굴었고, 어깨끈 없는 드레스를 입었고, 댄스파티에 참가해서 도취 상태로 몰아넣는 음악과 어두운 체육관의 푸른 불빛에 빠져 상대와 꼭 끌어안은 채 천천히 움직였고, 놀이용 방의 소파에서 티브이를 켜놓은 채 껴안고 애무했다.

나는 점심시간에 이런 모든 일에 대한 묘사를 들었지만, 그런 행동에 동참할 수는 없었다. 나에게 다가오는 남학생들을 외면했다. 나는 어떻게든 거절하고 집에 돌아가서 아직도 잠을 잘 자지 않는 아기를 돌봐야 했다. 어머니는 아픈 것처럼, 또는 굶주린 것처럼 집 안을 힘겹게 거닐었다. 아기가 잠을 자지 않아서 어머니는 의사에게도 다녀왔지만, 별다른 도움이 되지 않았다. 그런 **부류**의 아기네요라는 말뿐이었다.

도덕적 혼란

나의 태도는 걱정에서 불퉁거림으로 바뀌었다. 매일 밤 저녁 식탁을 최대한 빨리 빠져나왔고, 내 방 문을 걸어 잠그고 부모님의 질문에는 마지못해 단음절로 대답했다. 숙제나 집안일이나 아기 돌보기를 하지 않을 때는 머리를 침대 가장자리에 늘어뜨린 채 누워서 내가 거꾸로는 어떻게 보이는지 보려고 거울을 들여다봤다.

어느 날 저녁 나는 어머니 뒤에 서 있었다. 다른 샴푸 따위를 써 보기 위해 어머니가 욕실에서 나오기를 기다리고 있었던 것 같다. 어머니는 빨래 바구니 위에 몸을 수그리고 빨랫감을 꺼내고 있었다. 아기가 울기 시작했다. 가서 아기 좀 재울래? 어머니는 자주 그래 왔듯이 이렇게 말했다. 보통 나는 터덜터덜 걸어가서 아기를 달래고 노래를 불러 주고 흔들어 주었다.

내가 왜 해야 해요? 내가 말했다. 내 아기가 아니잖아요. 내가 낳은 게 아니에요. 어머니가 낳으셨잖아요. 나는 어머니에게 이렇게 무례한 말을 한 적이 없었다. 말이 입에서 나오고 있는 순간에도 나는 내가 너무 지나쳤다는 것을 알고 있었다. 비록 내가 한 말이, 어느 정도는, 사실이었지만.

어머니는 단숨에 일어나 뒤돌아섰다. 그리고 내 얼굴을 세게 때렸다. 어머니는 한 번도 이런 적이 없었고 그와 조금이라도 비슷한 행동을 한 적도 없었다. 나는 아무 말도 하지 않았다. 어머니도 말이 없었다. 우리 둘 다 스스로에게 놀랐고, 상대방에게 놀랐다.

나는 당연히 상처를 입어야 했고, 실제로 상처를 입었다. 그러나 자유로워진 느낌도 들었다. 마치 마법에서 풀려난 것처럼. 나는 더 이상 강제로 시중 드는 삶을 살지 않아도 된 것이다. 표면적으로는 여전히 기꺼이 돕는 사람일 것이다. 나의 그런 면을 바꿀 수는 없을 것이다. 그러나 또 다른, 더 은밀한 삶이 어두운 직물이 퍼지듯 내 앞에 펼쳐졌다. 나 역시 곧 드라이브인 극장에 갈 것이고, 나 역시 팝콘을 먹을 것이다. 벌써 마음속으로는 달음박질을 치고 있었다. 영화관으로, 스케이트장으로, 도취 상태로 몰아넣는 푸른빛 댄스파티로, 그리고 아직 상상조차 시작하지 못한 온갖 종류의 다른 유혹적이고 저급하고 무서운 쾌락으로.

머리 없는 기수

그해 내 여동생이 두 살이었던 해 핼러윈에 나는 머리 없는 기수° 복장을 했다. 이전에는 유령과 뚱뚱한 여자로만 변장했다. 그 두 가지는 쉬웠다. 홑이불 한 장과 땀띠분, 또는 드레스와 모자와 충전재만 있으면 충분했다. 그러나 이번 해는 변장을 할 수 있는 마지막 해였다. 적어도 나는 그렇게 생각했다. 이제 변장 같은 것을 하기엔 너무 나이가 많

° 유럽에서 중세부터 전승된 민화 속 인물. 머리 없는 기수는 머리를 손에 들고 있거나, 아예 머리가 없어서 그것을 찾아 헤매기도 한다. 미국에서는 워싱턴 어빙(Washington Irving, 1783~1859)의 단편 소설 「슬리피 할로의 전설(The Legend of Sleepy Hollow)」에 등장한다.

왔다. 꽉 찬 열세 살이었던 것이다. 그래서 특별한 노력을 기울이고 싶은 욕구가 들었다.

핼러윈은 내가 가장 좋아하는 명절이었다. 그날을 왜 그렇게 좋아했던가? 아마도 나 자신으로부터, 혹은 나 자신인 척하는 것으로부터 잠시 휴식을 취할 수 있었기 때문이었을 것이다. 나 자신인 척하는 것은 점점 더 편리하게 느껴지기도 했지만, 동시에 남들 앞에서 그러기가 점점 더 버겁게 느껴지기도 했다.

나는 학교에서 같이 읽었던 책에서 머리 없는 기수 아이디어를 얻었다. 이야기에서 머리 없는 기수는 끔찍한 전설이자 웃음거리기도 했는데, 내가 노린 것은 바로 그런 효과였다. 나는 모든 사람들이 이 인물에 대해 잘 알 거라고 생각했다. 학교에서 무언가를 공부하면 그것이 일반 상식일 거라고 추측했다. 내가 일종의 투명한 풍선 안에서 세상과 별로 접촉하지 않고 그 위를 둥둥 떠다니며 살아가고 있다는 것, 그리고 내 지인들이 스스로를 바라보는 것과는 다른 각도에서 내가 그들을 본다는 것, 그리고 그 반대의 경우 역시 사실이라는 것을 나는 아직 알아차리지 못했다. 저 위 풍선 안에서 바라보면, 남들이 인식하는 나는 내가 인식하는 나보다 더 작은 존재였다. 더 흐릿한 존재이기도 했다.

도덕적 혼란

나는 머리 없는 기수가 어떤 모습이어야 하는지에 대한 이미지를 마음에 담고 있었다. 그는 어깨 위에 목만 남은 상태로 머리를 한 손에 들고, 공포에 질려 바라보는 사람을 무시무시한 시선으로 꼼짝달싹 못 하게 만들며, 밤에 말을 타고 돌아다닌다고 했다. 나는 길게 자른 신문을 『비오는 날 취미 생활 책』에 나온 지시대로 직접 쑨 밀가루 풀에 담가서 종이 반죽으로 머리를 빚었다. 내가 어렸을 때, 아주 오래전, 적어도 이 년 전부터 나는 이 책에 나온 모든 것을 만들고자 하는 애타는 소망을 갖고 있었다. 공예용 철끈을 꼬아서 만든 동물들, 중앙부에 난 구멍에 식용유를 떨어뜨리면 잽싸게 움직이는 발사 나무배, 그리고 빈 실패, 성냥개비 두 개와 고무 밴드를 조합해 만든 트랙터 같은 것. 그런데 어찌 된 영문인지 우리 집에서는 제대로 된 재료를 찾을 수 없었다. 하지만 풀을 쑤는 것은 간단한 일이었다. 밀가루와 물만 있으면 되었다. 그런 다음 반죽이 반투명해질 때까지 약한 불에 끓이면서 저어 주어야 했다. 덩어리가 진 건 문제가 되지 않았다. 나중에 눌러 버리면 되었다. 풀이 마르자 꽤 딱딱해졌다. 그리고 냄비를 다 쓴 다음 거기에 물을 채워 놓았어야 한다는 사실은 다음 날 아침 깨달았다. 어머니는 항상 이렇게 말했다. 유능한 요리사는 직접 설거지를 한단다. 하지만, 풀을 쑤는 것은 진짜 요리가 아니라고 나는 생각했다.

머리는 너무 네모나게 만들어졌다. 좀 더 머리같이 보이게 하기 위해 윗부분을 눌렀다. 그런 다음, 잘 마르도록 난방기 옆에 놔두었다. 건조 시간은 내가 계획했던 것보다 더 많이 걸렸다. 마르는 동안 코는 줄어들었고 머리에서는 이상한 냄새가 나기 시작했다. 턱 모양을 만드는 데 좀 더 시간을 들였어야 했다는 걸 알아차렸지만, 거기에 뭔가를 덧붙이기엔 이미 늦은 상태였다. 머리가 적어도 바깥 부분은 어느 정도 말랐을 때, 살색으로 보였으면 하는 색(흐릿한 목욕 가운 분홍색)으로 머리를 칠했고, 아주 하얀 눈알을 칠하고 까만 눈동자를 그려 넣었다. 눈은 약간 사시로 그려졌지만, 어쩔 도리가 없었다. 마르지 않은 하얀 물감 위에 까만 눈동자를 그리려고 꾸물대다가 회색 눈동자로 만들고 싶지는 않았던 것이다. 눈 아래 다크서클을 추가하고, 까만 눈썹을 그리고, 포마드를 바른 것 같은 에나멜 광택 머리를 칠했다. 붉은 입술을 그린 다음, 빛나는 에나멜 피가 한쪽에 흐르게 했다. 나는 머리 아래에 절단된 목 부분을 세심하게 붙였다. 그리고 머리가 잘려 나간 부위라는 것을 표시하기 위해 그것을 붉은색으로 칠했고, 바닥 중앙에 하얀 동

도덕적 혼란

그라미로 목뼈를 그렸다.

기사의 몸 부분은 좀 더 많은 고민이 필요했다. 이제는 쓸 모없어진 내 인형극 무대에서 남은 검은 천 조각으로 케이프°를 만들었다. 내 머리 위에 올라갈 목 부분에는 잔주름을 잡고, 앞에는 단추를 달고, 내가 밖을 내다볼 수 있도록 눈높이에 작은 구멍을 두 개 뚫었다. 어머니의 승마 바지와 부츠를 빌렸다. 어머니가 결혼하기 전에 쓰던 것들이었다. 어머니는 결혼식 날 이후로 말을 타 본 적이 없다고 자랑스러운 듯이, 또는 후회하듯이 말하곤 했다. 아마도 둘 다였을 것이다. 하지만 당시 나는 어머니의 어조 같은 것에는 별로 관심을 기울이지 않았다. 내가 하는 일에 전력 질주를 하기 위해 그런 것은 무시해야 했다.

승마 부츠는 너무 컸지만, 하키 양말로 메꾸었다. 승마 바지가 내려가지 않도록 허리춤에 안전핀을 꽂았다. 검은 겨울 장갑을 구비했고 양궁 장비 상자에서 찾아낸 나무 막대와 가죽 한 조각으로 말채찍을 급조했다. 아버지가, 그다음엔 오빠가 양궁을 즐겼다. 그러나 아버지는 예전에 그만두

○ Cape. 목에 잠금 장치가 있고 어깨 위로 느슨하게 떨어지는 소매 없는 겉옷.

었고, 이제 오빠도 공부에 집중해야 했기 때문에 양궁 상자
는 지하실의 보관실에 방치되어 있었다.

나는 거울 앞에서 전체 의상을 입고 머리를 팔로 안아서
들어 보았다. 구멍을 통해서는 나 자신을 거의 볼 수 없었지
만, 거울에 어렴풋이 보이는 어두운 형태, 그리고 팔꿈치 부
근 어딘가에서 심술궂게 바라보는 사악한 두 개의 눈동자
는 상당히 근사해 보였다.

핼러윈 당일에 나는 더듬더듬 문 밖으로 나가서 당시 가
장 친한 친구였던 애니와 합류했다. 애니는 붉은 양모로 만
든 땋은 머리 가발까지 완전히 갖추고서 누더기 앤°으로
변장했다. 우리는 손전등을 갖고 나섰지만, 어둠이 더 짙게
깔린 밤거리에서는 애니가 내 팔을 잡고 인도해 주어야 했
다. 우리가 가로지르고 있던, 가로등이 드문 교외 주거 지역
에는 그렇게 어두운 곳이 많았다. 눈구멍을 더 크게 만들었
어야 했다.

우리는 집집마다 다니면서 다 내놔! 다 내놔! 하고 외쳤
다.°° 그리고 팝콘볼과 사탕 입힌 사과와 꽈배기 모양 감

○ Raggedy Ann. 미국 작가인 조니 그루엘(Johnny Gruelle, 1880~1938)
이 창조해 낸 동화 속 인물.

○○ 다 내놔! 다 내놔! 마녀들이 나왔다!(Shell out! Shell out! The

초, 그리고 호박과 박쥐가 그려진 주황색과 검은색 파라핀
지로 싼 핼러윈 토피°를 받았다. 나는 특히 토피를 좋아했
다. 나는 어둠 속에서 돌아다니는 느낌이 좋았다. 비가시적
이고, 불가사의하며, 끔찍하게 무서울 가능성이 있는 존재
라는 것, 그와 동시에 그 표면 아래로는 나 스스로의 무해
하고, 일상적이고, 충실한 자아를 지속하고 있다는 느낌을
즐겼다.

그때 보름달이 떠 있었다고 생각된다. 분명 그랬을 것이
다. 공기는 상쾌했고, 낙엽들이 깔려 있었다. 잭오랜턴은 현
관 앞에서 그을린 호박의 자극적인 냄새를 풍기며 타오르
고 있었다. 모든 것이 내가 미리 상상했던 것과 같았다. 그
러나 나는 그것이 이미 나 자신에게서 서서히 멀어져 가는
걸 느낄 수 있었다. 내 나이가 너무 많다는 것, 바로 그것이
문제였다. 핼러윈은 어린아이들을 위한 것이었다. 나는 그
단계를 넘어 성장했고, 내 풍선 속에서 그것을 내려다보고

witches are out!)라는 핼러윈 구절은 과거 캐나다, 특히 토론토에서 많이
사용되었다. 이제는 짓궂은 장난을 맛볼래, 아니면 특별 간식을 내놓을
래, 즉 특별한 간식을 주지 않으면 짓궂은 장난을 치겠다는 의미인 '트릭
오어 트릿(Trick or treat)'으로 대체되었고 더 이상 사용되지 않는다.
○ 설탕과 당밀, 버터 등을 함께 끓여서 만든 부드러운 사탕.

있었다. 계획했던 그 순간에 도달하자, 나 자신이 왜 그렇게 많은 수고를 들였는지 기억할 수가 없었다.

나는 문을 열어 준 어른들의 반응에도 실망했다. 모든 사람들이 내 친구 애니가 무엇으로 변장했는지 알았다. 누더기 애니! 그들은 즐거워하며 외쳤다. 앤과 애니라는 두 이름으로 의도된 말장난까지 알아차렸다. 하지만 나에게는 이렇게 말했다. 그리고 넌 뭘로 변장한 거지? 케이프 때문에 소리가 차단되어서 나는 종종 두 번씩 대답해야 했다. 머리 없는 기수요. 머리 없는 뭐라고? 그다음에 그들은 이렇게 질문을 계속했다. 뭘 들고 있는 거니? 머리예요. 머리 없는 기수의 머리. 아, 그래, 그렇구나. 그런 후에는 머리에 대한 찬사가 쏟아졌다. 그러나 어른들이 속으로 서투르고 우스꽝스럽다고 생각하는 무언가를 칭찬할 때 흔히 그러듯, 과장된 칭찬이었다. 내 복장이 무엇인지 사람들이 바로 알아보길 바랐다면 더 명백한 것을 골랐어야 했다는 생각을 나는 미처 하지 못했다.

그런데, 내 복장을 본 이들 중 상당히 깊은 인상을 받은 사람이 하나 있었다. 바로 내 여동생이었다. 내가 현관문을 향해 거실을 가로질러 가고 있을 때 동생은 아직 자러 가지 않고 깨어 있었다. 동생은 어기적거리는 검은 몸통과 큰 부츠, 그리고 윤기 나는 머리칼과 찡그린 표정에 몸이 없는 머리를 한 번 보더니 소리를 지르기 시작했다. 그녀는 비명을 지르고, 또 질렀다. 그리고 그 아래 있는 것은 실제로는 단지 나일 뿐이라는 것을 보여 주기 위해 망토를 들어 올렸을 때에도 진정하지 못했다. 아니, 오히려 더 상황이 악화되었다.

그 머리 기억나니? 내가 동생에게 묻는다. 우리는 그녀의 덜컹거리는 차를 타고 어머니를 만나러 가는 길이다. 어머니는 이제 많이 늙었고, 몸져누워 있으며, 앞을 보지 못한다.

동생은 어떤 머리?라고 묻지 않는다. 그녀는 어떤 머리인지 알고 있다. 그건 포주처럼 생겼더랬어. 그녀가 말한다. 그기름 바른 머리카락 때문에. 그런 후 그녀는 이렇게 말한다. 아주 똑똑한 짓이야, 프레드. 그녀는 운전할 때 자신보다 못한 다른 운전자들에게 큰소리로 외친다. 그녀는 운전에 능숙하다. 그녀는 다른 운전자들을, 심지어 여자 운전자들까지 모두 프레드라고 부른다.

포주가 어떻게 생겼는지 네가 어떻게 알아?

내가 무슨 뜻으로 말하는지 알잖아.

그럼 죽은 포주겠네. 내가 말한다.

완전히 죽은 건 아니지. 입체 예수상처럼 시선으로 방 안 어디든 좇고 있었어.

그럴 리가. 약간 사시였는데.

하지만 정말 그랬다니까. 나는 그게 무서웠어.

나중엔 그걸 갖고 놀았잖아. 내가 말했다. 네가 더 컸을 때. 그게 말을 하는 것처럼 굴면서.

그래도 그게 무서웠어. 그녀가 말한다. 바로 그거야, 프레드, 길을 다 차지해.

나 때문에 네가 어렸을 때 비뚤어졌나 봐.

무언가 때문에 그렇게 되었겠지. 그녀가 말하고는, 웃는다.

그해 핼러윈 이후, 그 머리는 한동안 저장실에 보관되어 있었다. 저장실에는 어머니가 혼수로 해 가려고 자수를 놓은 다탁용 식탁보, 아껴 둔 새끼 염소 가죽으로 만든 긴 장갑같이 어머니가 결혼 전 가지고 있었던 물건으로 가득 찬 납작한 트렁크 두 개가 있었다. 그뿐 아니라 빈 여행용 가방 몇 개, 낚시용 미끼 만들기 도구가 든 금속 상자, 양궁 장비, 그리고 내가 뒤져 보고 훔쳐내던 여러 가지 사소한 물건들이 있었다. 머리는 어머니와 아버지의 낡은 스케이트, 가죽 장화와 함께 위 선반에 놓여 있었다. 발, 발, 발, 발, 머리, 발, 발, 발. 이런 조합을 전혀 기대하지 않고 우연히 눈을 들어 보게 되면 상당히 당황스러운 광경이었다.

그즈음 우리 집에는 두 번째 전화가 생겨서 나는 아버지의 화를 돋우지 않고 내 남자 친구와 통화를, 혹은 통화라고 간주될 수 있는 것을 할 수 있게 되었다. 아버지는 전화 통화란 간결해야 하고, 정보를 주고받는 것이어야 한다고 생각했다. 저장실 문은 전화 바로 옆이었다. 나는 통화할 때 그 문을 닫아 두는 편을 선호했다. 안 그러면 그 머리가 어두운 곳에서 입 한쪽으로 피를 흘리며 나를 응시하는게 보였기 때문이었다. 윤기 흐르는 머리와 작은 턱 때문에 그것은 만화책에 나오는 싸움하는 급사장처럼 보였다. 그런 동시에, 사악한 의도를 가지고 주의를 기울이는 듯 보이기도 했다. 마치 내가 하는 말 하나하나에 주목하면서 나의 동기를 심술궂게 곡해하고 있는 것 같았다.

저장실에서 한동안 시간을 보낸 후, 그 머리는 동생의 가장(假裝) 놀이 상자 속으로 자리를 옮겼다. 이제 나는 열다섯 살이었고 동생은 네 살이었다. 동생은 여전히 불안에 시달리는 아이였다. 아니, 이전보다 한층 더 불안해했다. 그녀는 온밤을 자는 법이 없었다. 어머니 말에 따르면 그녀는 다섯, 여섯, 또는 일곱, 아홉, 또는 열, 열한 번씩 깬다고 했다. 내 방이 그녀 방 바로 옆에 있었지만 나는 그녀가 구슬프게 부르는 소리나 겁에 질려 울부짖는 소리를 듣지 못했다. 나는 마치 약에 취한 것처럼 깊게 잠들었다.

하지만 잠든 어머니들은 아이들의 울음소리를 들을 수 있다고 한다. 그것은 불가항력적인 일이다. 그에 대한 연구도 있었다. 내 어머니도 예외가 아니었다. 그녀는 비몽사몽간에 자신을 향해 외치는 작은 목소리를 들었고, 반쯤 깨어나서 동생 방으로 비틀거리며 들어가 기계적으로 동생을 달래 주고, 물을 가져다주고, 다시 침대에 눕히고, 자신의 침대로 돌아가 잠에 빠졌다. 그러나 또다시 잠에서 깨어나고, 또 깨어나고, 또 그것을 반복해야 했다. 어머니는 지난 사 년간 점점 더 야위었다. 피부는 창백했으며, 머리칼은 푸석하고 흰머리가 늘었고, 눈은 비정상적으로 커 보였다.

사실 어머니는 우리가 동생에게 애완동물이라며 억지로 사 준 햄스터에게서 갑상선 병이 옮았던 것이었다. 햄스터가 밤에 삐걱거리며 쳇바퀴를 돌리는 소리가 동생에게 안정감을 줄 거라는 헛된 희망에서 그렇게 했는데. 어머니가 앙상해지고 응시하듯 눈이 커진 것은 그 병 때문이었다. 일단 진단을 받자 쉽게 나았다. 그러나 나중에 어머니와 내가 그 시기에 대해 다시 이야기할 때는 그런 구체적인 부분은 한구석으로 제쳐 놓았다. 다른 아이들의 수월한 행동 양상을 따

도덕적 혼란

르지 않고, 불가사의한 야행성 행동으로 어머니의 원기를 빨아들이는 요정 아이, 바꿔친 아이.° 그것이 햄스터에게서 옮은 갑상선 병보다 더 특유의 흥미가 있는 주제였다.

내 동생은 실제로 요정이 바꿔친 아이처럼 보이기도 했다. 그녀는 많은 금발 머리에 커다란 푸른 눈을 가진 작은 아이였고, 마치 아랫입술이 떨리는 것을 막기라도 하려는 듯이 입술을 토끼처럼 뜯어 대는 버릇이 있었다. 삶을 대하는 그녀의 자세는 조심스러웠다. 새로운 음식에 긴장했고, 새로운 사람들, 새로운 경험에 대해서도 마찬가지였다. 그녀는 가장자리에 서서, 손가락을 펴서, 신중하게 만져 보고는, 대부분의 경우 돌아서 버렸다. 싫어라는 말을 일찍이 배웠다. 아이들 잔치에서 그녀는 게임에 참여하는 것을 꺼렸다. 생일 케이크를 먹으면 토했다. 문을 특히 무서워했고, 그것을 통해 누가 들어올지 두려워했다.

그러니까 아버지가 곰으로 분장한 것은 아마도 좋은 아이디어가 아니었을 것이다. 첫째와 둘째에게는 성공적인 반응을 얻었던 게임이었다. 동생 역시 이 게임에 매료되었지

○ Changeling. 요정들이 인간 아기를 훔친 다음 그 대신 놓아둔다는 요정 아기. 민간 설화와 종교에 등장한다.

만, 그녀의 관심은 다른 형태를 띠었다. 그녀는 곰 게임은 재미로 하는 것이라는 사실, 그러니까 그것을 핑계로 웃고 소리 지르고 도망치는 것이라는 사실을 이해하지 못했다. 대신 그녀는 곰에게 들키지 않으면서 곰을 관찰하고 싶어 했다. 그런 이유로 천장에서 바닥까지 끌리는 어머니의 커튼에다 자기 눈높이에 구멍 두 개를 냈다. 그녀는 커튼 뒤에 들어가서 구멍 밖을 내다보며 공포에 마비된 채로 아버지가 집에 돌아오기를 기다렸다. 그는 곰일 것인가, 아니면 아버지일 것인가? 그가 아버지처럼 보인다 하더라도, 그러다가 아무 경고 없이 곰으로 변할 것인가? 그녀는 도저히 알수 없었다.

어머니는 커튼에 구멍이 난 것을 보고 언짢아했다. 그것은 안감이 달린 커튼이었다. 어머니는 직접 그것에 주름을 잡고 단을 박았다. 바느질을 즐겼기 때문이 아니라 그러는 편이 돈이 덜 들었기 때문이었다. 이제는 어쩔 도리가 없었다. 그런 성향의 아이를 야단치는 건 아무 소용이 없었다. 그 가련한 어린아이는 이미 이런저런 일로 끊임없이 괴로움을 겪고 있었다. 그녀는 언제나 원인이 된 사건보다 더 과도한 반응을 보였다. 어떻게 해야 할까? 특히, 밤에 깨어나는 증상에 대해 무엇을 해야 할까? 분명 그것은 정상이 아니었다. 동생은 의사의 진료를 받았지만, 별 도움이 되지 않았다. 그는 자연스레 나아질 것이라고 말했을 뿐이다. 의사는 언제 그렇게 될지는 말해 주지 않았다.

그녀는 그렇게 예민했기 때문에, 혹은 어머니가 너무나 지쳐 있었기 때문에, 나에게는 절대로 허용되지 않았던 일을 해도 벌을 받지 않고 넘어갈 수 있었다. 적어도 나는 그렇게 느꼈다. 동생은 식사 시간 대부분을 식탁에 바짝 당겨 놓은 의자가 아닌 식탁 아래서 보냈고, 거기서 사람들의 신발 끈을 함께 묶어 놓곤 했다.

"그 신발 끈 일 생각나니?" 나는 그녀에게 묻는다. 네가 왜 그랬는지 우리는 도저히 알 수가 없었어.

저녁 식탁에 앉아 있는 게 정말 싫었어. 그녀가 말한다. 너무 지루했어. 나는 진정한 의미에서 형제자매가 없었고, 외동아이처럼 자랐어. 그냥 엄마 두 명이랑 아빠 두 명이 있었던 거지. 두 사람, 두 사람, 그리고 나.

그런데 신발 끈으로 왜 그랬던 거야?

나도 몰라. 아마 장난이었겠지.

너는 그 나이 땐 장난을 많이 안 쳤는데.

나는 언니랑 오빠가 나를 좋아해 줬으면 했어. 재밌는 사람이고 싶었단 말이야.

너 아주 재미있었어! 우리는 너를 좋아해!

알아, 하지만 그건 그때 일이야. 언니는 그때 나한테 별 관심을 안 가졌잖아. 언제나 어른들 일 얘기만 했지.

그런 식으로 말하는 건 너무해. 내가 말한다. 나는 너랑 많은 시간을 보냈다고.

그렇게 했어야 했지. 그녀가 말한다. 부모님이 시켰잖아.

부모님은 내가 널 잘 다룬다고 생각하셨지. 내가 말한다. 그렇게 말씀하시곤 했어. '너는 언제나 걔를 잘 다루잖니.'

잘했어, 프레드, 이 멍청아! 동생이 말한다. 저거 봤어? 신호를 주는 사람이 아무도 없어. 그래, 그러면 책임질 필요가 없어지는 거지.

내가 너한테 그 이끼 정원 만들어 줬잖아. 나는 방어적으로 말한다. 그것은 그녀가 특별히 여기던 것이었다. 나는 모래놀이 통에 그것을 만들어 주었다. 이끼로 나무와 덤불을 만들고, 나뭇조각으로는 말뚝 울타리를 만들었고, 조약돌로 꾸민 젖은 모래집을 넣었다. 길은 꽃잎으로 깔았다. 그녀는 그것을 황홀하게 바라보았다. 얼굴은 밝아졌고, 마치 귀를 기울이는 것처럼 아주 조용해졌다. 진짜 정원도 그녀에게 똑같은 효과를 발휘했다. 그 당시 그 효과는 최고조에

도덕적 혼란

다다랐다. 그녀는 마치 마법에 걸린 것처럼 붓꽃과 양귀비 사이에 꼼짝 않고 서 있곤 했다. 이끼 정원. 나는 말한다. 그리고 작은 조개껍질이 있는 정원들. 너는 그걸 좋아했잖니. 내가 그것도 만들어 줬지.

그래도 저녁 식탁에선 안 만들어 줬잖아. 그녀가 말한다. 괜찮아, 파란불이야, 가도 된다고! 그리고 저녁 식사 후에는 내가 언니 방에 못 들어가게 했었지.

공부를 해야 했잖아. 너랑 항상 놀고만 있을 수는 없었어.

내가 언니 물건 헝클어뜨리는 게 싫었던 거지. 어쨌든, 언니는 항상 공부만 한 건 아니었어. 페리 메이슨 책°을 읽고 립스틱을 발라 보고 있었지. 그러고는 내가 여덟 살 때 떠나 버렸어. 나를 저버렸다고.

아홉 살 때. 내가 말한다. 너를 저버린 게 아니야. 나는 스물한 살이었어! 집을 떠나서 직업을 구했어. 모두 그렇게들 하는 거야.

여섯 시 전에는 좌회전 금지라고, 프레드, 이 끔찍한 녀석! 카메라가 있었으면 좋겠네. 문제는, 그녀가 말한다. 언니가

○ Perry Mason. 미국 작가인 얼 스탠리 가드너(Earl Stanley Gardener, 1889~1970)가 지은 탐정 소설에 등장하는 주인공.

어떤 사람이어야 했던 건지 내가 파악할 수 없었다는 거야.

　동생에게는 자신과 매우 비슷한 친구가 있었다. 또 한 명의 조용하고, 수줍어하고, 불안감이 높고, 눈이 큰 요정 아이. 내 동생이 금발인 데 반해 짙은 머리였지만, 둘 다 똑같이 도자기 그릇 같은 연약함을 지니고 있었다. 그녀의 이름은 리오니였다. 그들 둘 다 청바지 대신 주름 장식 치마를 고집했고, 둘 다 제일 좋아하는 책으로 『열두 명의 춤추는 공주들』°을 꼽았다. 그들은 가장 놀이 상자에서 꺼낸 옷들로 내가 즉흥적으로 자기들을 꾸며 주길 간절히 바랐다. 나는 그들의 머리를 올려 고정해주고 립스틱을 발라 주고 내 클립식 귀걸이를 해 주었다. 그러면 그들은 내 하이힐을 신고 지나치게 긴 치마를 잡아 올리고 붉은 입술을 단정하게 다물고 엄숙하게 걸어 다녔다.

　커트벨벳 옷 생각나? 동생이 말한다. 우리는 다시 그녀의 차를 타고 어머니를 만나러 가는 길이다. 우리는 함께 방문하는 편을 선호한다. 페인트가 벗어지고 있는 쇠퇴한 집, 예전에 정원이었던 곳에 무성히 자라난 잡초, 우리의 쪼그라

° 그림 형제가 1812년에 처음 펴낸 독일 동화.

　　　　　　　　　　　　　　도덕적 혼란

든 어머니 — 이 모든 건 함께할 때 더 잘 감당할 수 있다. 우리 둘 다 종이 봉지 안에 담긴 건포도 박힌 질척한 머핀과 사악한 스티로폼 컵에 담긴 테이크아웃 커피를 갖고 있다. 우리 자신을 위한 간식과 뇌물을 사서 기운을 북돋아야 했다.

그걸 우리한테 주시지 말고 아껴 두셨어야 했는데. 내가 말한다.

커트벨벳 옷은 검은색, 하얀색, 그리고 은색이 섞인 1930년대의 야회복이었다. 어머니는 왜 그걸 우리에게 주었던가? 왜 그런 귀중품을 내버렸던가? 마치 이전 삶, 그러니까 자신을 누리고 모험을 즐겼던 젊은 여성의 삶으로부터 물러나듯이. 우리는 차례대로 돌아가며 그 야회복을 흠모했고, 그 야회복을 흠모하는 과정에서 각자 차례대로 그것을 망가뜨렸다.

우리라면 그렇게 하지 않았을 거야. 내가 말한다. 그렇게 헛되게 줘 버리는 일은.

그래, 우리라면 그러지 않았을 거야. 더 이기적으로 행동했을 거야. 쓰레기는 뒷좌석에 던져 놔. 강도가 차를 건드리지 않도록 거기에 쓰레기를 흩뜨려 두거든.

엄밀히 말해 그걸 이기적이라고 할 수는 없지.

이런 고물 차를 누가 훔쳐 가려고 하지는 않겠지만. 그럼 쟁여 두기라고 부르도록 하지. 우리는 신문지 더미와 피클 단지와 고양이용 통조림으로 가득 찬 집에 사는 그런 늙은 이가 될 거야.

나는 아닐 거야. 나는 고양이용 통조림에는 관심 없어.

늙는 게 죄지. 여동생은 말한다. 나는 그 야회복 한 부분을 간직하고 있었어.

정말 그랬니?

그리고 커다란 붉은 장미가 그려진 언니 치마도. 그거 한 부분도 갖고 있었지. 그리고 언니의 푸른 양단 무도회 드레스 일부도! 언니 건 모두 다 멋져 보였어. 프레드, 너 멍청한 놈! 저 녀석이 어떻게 내 앞을 가로막는지 봤어?

분홍색 망사 옷은 어떻게 했어?

어머니가 먼지떨이로 쓰셨을걸.

그래도 아쉬울 건 없지. 내가 말한다. 그건 케이크처럼 보였어.

나는 그 옷이 정말 예쁘다고 생각했어. 내가 크면 그거랑 똑같은 걸 갖겠다고 생각했지. 하지만 내가 고등학교에 다닐 때는 아무도 무도회 같은 데 가지 않았어.

내 동생과 리오니는 함께 격식 갖추기 놀이를 했다. 그 놀이 속에서 삶은 쾌적했고, 사람들은 온화하고 세심했으며, 시간은 예측 가능한 일정들로 나누어져 있었다. 그들은 축소 모형을 사랑했다. 소형 꽃이 담긴 작은 유리 꽃병, 앙증맞은 컵과 숟가락, 꼬마 상자들. 어떤 것이든 작고 섬세한 것을. 토끼 인형 티파티와 인형 옷 입히기에 그들은 완전히 몰두했다. 그랬기 때문에 그들이 머리 없는 기수의 머리를 저장실에서 발견해 장화 선반에서 내린 다음 그들의 것으로 선택했다는 사실은 더욱더 이상하게 느껴진다.

머리는 사팔눈을 하고 입에서는 피를 흘리며 귀가 접힌 하얀 토끼와 고무 피부를 가진 스파클 플렌티 인형° 사이에 자리를 잡고 앉아 있곤 했다. 스파클 플렌티는 내 것이었을 때는 훨씬 더 위험하고 훨씬 더 형편없는 삶을 영위했다. 머리는 그곳에서 생뚱맞지만 편안해 보였다. 그것이 편안함을 느끼도록 모든 게 갖춰져 있었다. 식사용 냅킨이 남은 목 부분에 둘려 있었고, 마치 몸통이 있는 듯 물잔과 상상의 과자를 대접받았다. 더 흥미로운 것은, 말을 걸면 대답을 했

° 미국 신문 만화인 『딕 트레이시(Dick Tracy)』에 나오는 매우 아름다운 소녀를 모델로 한 인형.

다는 점이었다. 그것은 정말 고맙습니다, 과자 하나 더 주세요라고 말했고, 하얀 토끼와 스파클 플렌티 인형이 그것에게 즐거운 시간을 보내고 있느냐고 물으면 대답을 했다. 어떤 때는 고개를 끄덕이는 동작을 하기도 했다. 파티 시간을 너무 지루해하면, 인형 침대에서 코바늘 뜨개 퀼트를 작은 턱 위에 덮고 잠들기도 했다.

한번은 그것이 어머니의 가장 좋은 리넨 티타월을 목에 두른 상태로 동생의 베개 위에 놓여 있는 걸 발견한 적도 있었다. 가시 많은 산울타리에서 따 온 열매와 과자가 인형 접시에 담긴 채 마치 우상을 달래려는 제물처럼 머리 주위에 놓여 있었다. 머리는 동생과 리오니가 정원에서 딴 당근 잎과 금잔화를 엮어 만든 화관을 쓰고 있었다. 꽃은 시들었고 화관은 한쪽으로 기울었다. 그것은 놀라울 정도로 타락한 느낌을 자아내는 효과가 있었다. 마치 방탕한 로마 황제가 이곳에 도착해 궁극의 성적 황홀감을 느끼기 위해 처녀의 방에서 자신의 몸을 난도질한 것처럼.

너희는 그걸 왜 그렇게 좋아하는 거니? 나는 동생과 리오니에게 물었다. 나는 아직도 머리에 어느 정도 관심을 갖고 있었다. 어쨌든 그것은 내 창작물이었던 것이다. 비록 지금의 내가 느끼기에는, 너무나 어릴 때 만든 것이긴 하지만.

도덕적 혼란

나는 그것을 비판적인 눈으로 살펴보았다. 그것은 정말 그 럴싸한 구석이 없었다. 코와 턱은 지나치게 작았고, 두상은 지나치게 네모졌고, 머리칼은 너무 까맸다. 좀 더 잘 만들었어야 했다.

그들은 불신이 담긴 눈으로 나를 쳐다보았다. 우리는 이 사람을 좋아하는 게 아냐. 동생이 말했다.

그를 돌봐 주고 있는 거예요. 리오니가 말했다.

이 사람은 아파. 내 동생이 말했다. 우리는 간호사야.

우리가 이 사람의 건강이 나아지도록 도와주는 거예요. 리오니가 말했다.

이 사람은 이름이 있니? 나는 물었다.

두 명의 소녀는 서로 마주 보았다. 그의 이름은 봅이에요. 리오니가 말했다.

나는 이 모든 것이 우스꽝스럽다고 생각했지만, 웃지 않으려고 노력했다. 동생은 자신에 관련된 일에 내가 웃으면 모욕감을 느꼈다. 봅이라는 이름을 가진 머리? 내가 말했다. 그게 이 사람 이름이야?

그를 비웃으면 안 돼. 내 동생이 상처받은 어조로 말했다.

왜 안 돼? 내가 말했다.

그건 그의 잘못이 아니니까. 그녀가 말했다.

뭐가 그의 잘못이 아니야?

그에게 아무런, 아무런…….

몸이 없다는 거? 내가 말했다.

그래. 내 동생은 고통스러운 목소리로 말했다. 그건 그의 잘못이 아니야! 그냥 원래 그렇게 생긴 거야! 이제 그녀의 뺨 위로 눈물이 흘러내리고 있었다.

리오니는 나를 힐난하는 표정으로 쳐다보았다. 그녀는 머리를 집어 들더니 껴안았다. 그렇게 못되게 굴면 안 돼요. 그녀가 나에게 말했다.

알았어. 나는 말했다. 너희 말이 맞아. 그렇게 못되게 행동하면 안 되지. 하지만 나는 내 방으로 돌아가 문을 닫아야 했다. 웃지 않으면 숨 막혀 죽을 것 같았기 때문이다.

그러나 그 두 아이들은 어떤 때에는 나에게 짓궂은 역할을 요구했다. 그들은 괴물이라는 놀이를 하자고 나를 끊임없이 괴롭혀 댔다. 내가 괴물이 되어야 했다. 다리와 팔을 좀비처럼 뻣뻣하게 하고서 단조로운 목소리로 어디 있니? 어디 있니? 하고 부르며 집 안과 마당을 걸어 다녀야 했고, 그러는 동안 그들은 손을 잡고 나로부터 멀리 도망가서 덤불 뒤나 가구 뒤에 숨어 두려움에 떨었다. 내가 하교하면 그들은 나를 기다리고 있었다. 그들은 나를 향해 팬지 같은 눈을 한 섬세하고 작은 얼굴을 들고 애원했다. 괴물이 되어 줘, 괴물이 돼 달라고. 내가 괴물이 되어 주기를 바라는 그들의 욕구는 끝이 없었다. 둘이 손을 잡고 함께하기만 한다면 그들은 견뎌 낼 수 있었고, 도망갈 수 있었고, 나에게 저항할 수 있었다.

가끔 내가 집에 오면 동생이 혼자 있을 때도 있었다. 그러니까 혼자라는 것은 리오니가 없었다는 의미다. 어머니는 당연히 집에 있었다. 그러나 조금만 지나면 어머니는 내가 집에 돌아와서 생긴 기회를 놓치지 않고 쏜살같이 밖으로 나가 식료품점이나 그와 비슷한 그럴싸한 기타 목적지로 향했고, 나는 임시변통 베이비시터가 되었다. 어머니가 정말 원한 것은 활짝 열린 길이었다. 어머니는 속도와 활동을 원했고, 자신만의 생각을 원했다. 어머니는 우리로부터, 우리 모두로부터, 자유로워지고 싶어 했다. 단 한 시간만이라도. 하지만 그때 나는 그런 사실을 깨닫지 못했다.

좋아, 나는 말하곤 했다. 나는 숙제를 해야 해. 너는 저쪽에 가서 놀아. 인형 티파티를 하지 그러니? 그러나 내가 책을 갖고 공부할 태세를 취할라치면 동생은 시동을 걸었다.

괴물이 되어 줘! 괴물이 돼 줘! 그녀는 이렇게 말하곤 했다.

그건 그다지 좋은 생각이 아닌 것 같은데. 리오니가 여기 없잖니. 너는 울 거야.

아니야, 안 울 거야.

울게 될 거야. 언제나 그러잖아.

이번엔 안 울 거야. 제발! 제발!

좋아. 나는 이 놀이가 어떤 식으로 결말을 맺을지 확신할 수 있었지만, 그렇게 대답했다. 내가 열까지 셀게. 그런 다음 너를 잡으러 갈 거야. 나는 단조로운 괴물 목소리로 이 마지막 말을 했다. 내가 열까지 다 셌을 때 이미 동생은 겨울 코트와 진공청소기가 들어 있는 앞 복도 벽장에 숨어서 낮은 목소리로 이렇게 외치고 있었다. 게임 다 끝났어! 다 끝났어!

좋아. 나는 적당하면서도 으스스한 어조로 말한다. 게임 다 끝났어. 이젠 나와도 좋아.

싫어! 아직도 괴물이잖아!

나는 괴물이 아니야. 네 언니일 뿐이야. 나와도 안전해.

그만해! 그만해! 게임 그만두라고!

뭘 그만두라는 거니? 이젠 게임 안 하잖아.

그만해! 그만하라고!

이런 놀이를 하지 말았어야 했다. 괴물인 척하는 언니인

도덕적 혼란

가, 아니면 언니인 척하는 괴물인가? 그걸 구분해 내는 것은 동생이 감당할 수 없는 일이었다. 어린아이들은 경계가 모호한 것에 대해 어려움을 겪는다. 그리고 동생은 대다수의 아이들보다 더 힘겨워 했다. 나는 괴물 흉내를 내는 목소리로 말하고 있던 순간에 이미 어떤 결과가 초래될지 완전히 파악하고 있었다. 흐느낌과 히스테리, 그런 다음 몇 시간후에는 악몽이 뒤따랐다. 한밤중에 동생의 방에서 공포의 비명이 흘러나왔다. 어머니는 무의식 상태로부터 끌려 나와 침대에서 몸을 힘겹게 일으키고는, 동생을 달래 주고 진정시키기 위해 발을 끌며 복도를 가로질러 걸어갔다. 그러는동안 나는 맥주에 빠진 달팽이처럼 곯아떨어져서 내가 저지른 범죄의 나쁜 결과를 외면한 채 계속 잤다.

개한테 도대체 무슨 짓을 한 거니? 쇼핑을 다녀온 어머니가 나에게 물었다. 동생은 여전히 앞 복도 벽장 속에서 울며 나오기를 두려워하고 있었다. 나는 식탁 앞에 앉아서 조용히 숙제를 하고 있었다.

아무것도 안 했어요. 괴물 놀이를 했어요. 개가 하고 싶어 했단 말이에요.

네 동생이 얼마나 감수성이 예민한지 알잖니.

나는 어깨를 추슬러 보이고 미소를 지었다. 동생의 부탁을 기꺼이 들어주었다는 이유로 비난을 받을 이유는 없었던 것이다.

나는 왜 그런 식으로 행동했던가? 나도 잘 알 수 없었다. 그저 다급한 요구, 어린 여동생의 요구를 받아들여 준 것일 뿐이라고 변명했다. 심지어 어느 정도는 스스로에게도 그런 변명을 늘어놓았다. 나는 그녀를 즐겁게 해 주고, 하고 싶은 대로 하게 해 주었을 뿐이었다. 이제 나는 동생이 계속해서 그런 요구를 했던 이유가 더 흥미롭다. 그녀는 자신이 종내 나의 괴물 자아를 위압하고, 혼자서 그것을 처리할 수 있을 거라고 믿었던 것일까? 내가 결국에는 (드디어) 딱 맞는 순간에 진정한 모습으로 변모할 거라고 희망했던 것일까?

"왜 괴물 놀이를 좋아했던 거니? 내가 그녀에게 묻는다.

나도 몰라. 그녀는 말한다. 그냥 죽어라, 프레드, 신호는 빨간불이었다고. 엄마 만나기 전에 점심 먹을래, 아니면 만나고 나서 먹을래?

만나기 전에 먹으면, 나중에 기대할 즐거움이 없어서 우울해질 거야. 그런데 지금 배가 고파 죽을 거 같아.

나도 그래. 길가의 꼬칫집에 가자.

아니면 스몰토크에 갈 수도 있지. 거기 수프가 맛있어.

나는 집에서 수프 많이 만들어. 땅콩 소스 먹고 싶어. 내 머리 붉은색으로 염색할까? 흰머리가 많이 늘었어.

멋있어 보이는걸. 기품 있어 보여. 나는 말한다.

하지만 붉은색은 어때?

좋지. 내가 말한다. 네가 원한다면. 나는 절대로 안 어울리겠지만, 너는 괜찮을 거야.

이상한 일이네. 색깔 차트에 의하면 우리 둘 다 노란색/주황색이잖아.

그래, 나도 알아. 라임 초록색도 잘 어울리겠다. 내가 하면 혈색이 없어 보일 거야. 너는 그 괴물 놀이를 하자고 졸라 대고 또 졸라 대다가 놀이가 시작되기만 하면 앞 복도 벽장에 숨어 버렸지.

기억나. 완전히 공포에 질렸던 느낌도 기억나. 따뜻한 양모, 진공청소기 냄새, 공포.

하지만 계속하고 싶어 했지. 다른 결말이 날 수도 있다고 생각했었니?

이렇게 말하는 거랑 비슷한 거야. '내일 아침 일찍 일어나서 운동해야지.' 말하고 나서는 그 시간이 다가오면 도저히 할 수가 없는 거지.

어머니는 그게 당신 잘못이라고 생각하셨어. 내가 말한다.

뭐가? 내가 코트 벽장에 숨는 게?

어…… 그리고 다른 일들. 나는 말한다. 전반적인 모든 것에 대해서. 네가 전적인 솔직함을 실천하던 시기가 생각나니?

내가 그 시기를 지났단 말이야?

글쎄, 아니. 나 자신은 그것, 그러니까 전적인 솔직함이란 걸 실천해 본 적이 없거든. 나는 거짓말하는 편을 선호했지.

어, 언니는 거짓말 많이 한 적 없잖아.

나는 그 말을 교묘히 피한다. 어쨌든, 네 솔직함이 절정에 달했던 게 고등학교를 절반쯤 다녔을 때였지. 너는 엄마와 아빠에게 약물과 결석, 그리고 네 또래 아이들이 성관계하는 것에 대해 말씀드리려고 했어. 엄마와 아빠가 협소한 삶을 살고 있고, 너무 억눌려 있다고 생각했기 때문이지.

흠, 그들은 정말로 협소한 삶을 살았고 정말로 억눌려 있었어. 그녀는 말한다. 그 일부는 말씀드렸어. 엘에스디 해 본 것에 대해 말했지.

뭐라고 대답하셨니?

아빠는 못 들은 척하셨어. 엄마는 '해 보니 어떻든?' 하고 물어보셨고.

네가 엘에스디를 한 줄 몰랐는데.

딱 한 번 해 봤어. 그녀가 말한다. 별로 좋지 않았어. 아주 오랫동안 차를 타고 여행 가는 것 같았어. 도대체 언제 끝날지 계속 생각했지.

나도 그렇게 느꼈어. 내가 말한다.

동생이 열여섯 살이고 내가 스물여덟 살이었을 때 부모님은 나를 집으로 호출했다. 이전에 한 번도 없던 일이었다. 구조 요청 같은 것이었다. 그들은 점점 더 절박해졌다. 동생은 다양한 감정의 목록에 분노를 추가했다. 여전히 많이 울었지만, 이제는 절망감뿐 아니라 분노 때문에 울었다. 또는 모든 사람들 위에 내리덮이는 짙고 검은 안개 같은 두껍고 고요한 격노에 사로잡히기도 했다. 나는 크리스마스 가족 만찬에서 이런 일들을 목격했다. 이제 되도록 그 행사를 피하려고 애썼다.

부모님은 여전히 내가 동생을 잘 다룬다는 믿음을 갖고 있었다. 감정적 폭발을 대수롭지 않게 여기는 오빠보다는 더 낫다는 것이었다. 당신들은 그녀를 잘 다룰 수 없다고 어머니는 내게 말했다. 그들은 그녀가 행복하기를 바랐다. 그녀는 정말 똑똑하고 그토록 많은 잠재력을 지니고 있지만 지나치게 미성숙하다는 것이었다. 그들은 대체 어떻게 해야 할지 몰랐다. 아이를 더 갖기엔 우리 나이가 너무 많았나 보다. 어머니는 말했다. 우리는 이런 일을 이해할 수가 없구나. 내가 그 애 나이일 땐, 불행하다고 느껴지면 혼자 삭이곤 했지.

재는 십 대예요. 내가 말했다. 십 대는 다 그런 거예요. 호르몬 때문이라고요.

네가 십 대일 때는 저렇지 않았어. 어머니는 기대에 찬 어조로 말했다.

나는 좀 더 비밀스러웠죠. 내가 말했다. 당시 어머니가 대부분 혼수 상태였기 때문에 내가 어땠는지 거의 알지 못했다는 말은 덧붙이지 않았다. 어머니가 전혀 모르는 일들을 많이 저질렀지만, 이제 와서 그걸 밝힐 생각은 없었다. 재는 천하에 다 드러내는 거예요.

정말 그렇지. 어머니가 말했다.

부모님이 나를 집으로 부른 이유는 그들에게 유럽에 갈 기회가 생겼기 때문이었다. 일종의 단체 여행이었고, 그래서 비용은 그리 많이 들지 않았다. 그들은 유럽에 한 번도 가 본 적이 없었다. 그들은 성을 구경하고 싶었다. 스코틀랜드를 보고 싶었고, 에펠 탑도 보고 싶었다. 그들은 마치 흥분한 아이들 같았다. 하지만 동생을 혼자 두는 게 염려스

도덕적 혼란

러웠다. 그녀는 모든 것을 너무 비관적으로 받아들였고, 힘든 시기를 보내고 있었다. (어떤 남자애 때문에 말이다. 어머니는 살짝 경멸 섞인 어조로 말했다. 젊은 시절 어머니는 자신이 어떤 남자 때문에 힘든 시기를 보내고 있다는 고백을 하느니 차라리 기름에 튀겨지는 쪽을 택했을 것이다. 많은 구애자들을 두고 그들을 모두 미소 어린 멸시로 대하는 것이 당시 관습이었다.)

두 주만 집을 비울 거라고 아버지는 말했다. 그보다는 약간 더 길다고 어머니는 죄책감과 불안이 뒤섞인 목소리로 말했다. 십팔 일. 가는 날, 오는 날까지 더하면 이십 일.

나는 그들의 부탁을 외면할 수 없었다. 그들은 늙어 가고 있었다. 아니, 내가 늙음이라고 생각하는 나이에 다가가고 있었다. 거의 예순이었던 것이다. 다시는 성을 구경할 기회가 없을지도 모를 일이었다. 그래서 나는 수락했다.

때는 여름이었다. 덥고 습한 토론토의 여름. 부모님은 에어컨이나 선풍기 같은 것은 들여놓지 않았다. 그들에게 신체적 불편은 대수롭지 않은 것이었다. 그래서 집은 하루의 시간이 경과함에 따라 점점 더 더워졌고, 자정이 될 때까지 열기가 식지 않았다. 이제는 동생이 예전의 내 방을 사용하고 있었기 때문에 나는 그녀 방에서 생활했다.

우리가 함께 보내는 나날에 이상한 일과가 자리 잡았다. 아니, 일과의 부재라고도 할 수 있었다. 우리는 원할 때 일어나서 아무 때나 자러 갔다. 집 이곳저곳에서 식사를 했고, 부엌 조리대에 더러운 접시를 가득 쌓아 두었다가 설거지를 했다. 어떤 때는 좀 더 시원한 지하실 방에 점심을 가져가 먹기도 했다. 탐정 소설을 읽었고, 여성 잡지를 사서 훑어보았다. 비록 이론상으로나마 우리 자신을 새롭게 가다듬기 위해서였다. 너무 피곤해서 그 이외 다른 일은 할수 없었다. 아니, 피곤한 게 아니라 졸렸다. 나는 한낮에 소파 위에서 잠에 빠져 동굴 같은 꿈속으로 함몰했다가 저녁무렵 술이 덜 깬 듯한 느낌으로 비틀비틀 일어났다. 보통 나는 절대 낮잠을 자지 않았다.

어쩌다 한 번씩 우리는 타는 듯 뜨거운 정원으로 나가서 부모님이 남겨 놓았지만 우리가 따르지 않았던 꼼꼼한 지시 사항대로 물을 주거나, 뻣뻣한 잡초들을 뽑았다. 벨라도나 덩굴, 우엉, 방가지똥. 또는 옆쪽 가장자리를 다 차지하려고 위협하는 무성한 가시투성이 산울타리를 조금씩 잘라 내기도 했다. 패랭이꽃과 달리아와 백일홍이 만발했다. 그 색채에 정신이 아찔해졌다. 우리는 가늠할 수 없이 긴 세월 동안 존재해 온 낡은 수동 잔디깎이로 잔디를 깎으려고

도덕적 혼란

노력해 보았다. 우리는 잔디밭을 너무 오래 방치했다. 잔디 깎이 날은 짓이겨진 풀과 클로버로 막혀 버렸다.

부모님도 이제 20세기로 들어와서 가스 잔디깎이를 사야 할 것 같아. 나는 말했다.

정원 전체를 깎아야겠는걸. 동생이 말했다. 다 밀어 버리는 거지.

그러면 모두 잔디밭이 되잖아. 깎을 게 더 많아지고. 가장자리를 다듬자.

뭐 하러 신경 써? 일이 너무 많아. 난 목말라.

좋아. 나도 그래. 그리고 우리는 안으로 들어갔다.

나는 전혀 예상하지 못했던 순간에 데이브라는 남자애에 대한 짤막한 이야기를 자주 듣게 되었다. 그는 드럼을 연주했으며, 도저히 도달할 수 없는 대상이었다. 언제나 똑같은 이야기였다. 동생은 데이브를 사랑했고, 데이브는 동생을 사랑하지 않았다. 어쩌면 그는 동생을 한 번 사랑했거나 사랑하기 시작했는지도 모른다. 그러다가 어떤 일이 생겼다. 그녀는 그것이 무슨 일인지 몰랐다. 아무도 그녀를 사랑하지 않았다.

걔는 얼간이 같은데. 내가 말했다.

얼간이 아니야! 한때는 정말 좋았단 말이야!

네가 해 준 이야기 듣고 하는 말이야. 좋았던 부분은 하나도 못 들었어. 어쨌거나, 걔가 너한테 관심이 없으면 관심이 없는 거야.

씨발, 언니는 항상 그렇게 논리적이지! 동생은 나보다 훨씬 어린 나이에 욕을 배웠고, 아주 유창하게 사용했다.

나 그렇지 않아, 정말로. 나는 말했다. 단지 내가 무슨 말을 해야 하는 건지 몰라서 그러는 거야.

언니가 모든 걸 다 써 버렸어. 언니가 좋은 부분은 다 소진해 버렸다고. 그녀가 말했다. 나한테 남은 건 하나도 없어.

이건 심각한 상황이었다. 무슨 말을 하는 거지? 나는 조심스레 물었다. 정확히 내가 뭘 써 버렸다는 거야?

동생은 눈에서 눈물을 닦아 내고 있었다. 그녀는 잠시 생각하더니, 넘쳐흐르는 슬픔의 웅덩이에서 무엇인가를 끄집어냈다. 춤추기. 그녀가 말했다. 언니는 춤추기를 다 써 버렸어.

춤추기는 써 버릴 수 있는 게 아냐. 내가 말했다. 춤추기란 네가 하는 무언가야. 너는 네가 원하는 건 뭐든지 할 수 있어.

아냐, 할 수 없어.

할 수 있어. 내가 너를 가로막는 게 아니야.

나는 이 세상에 살지 말아야 하나 봐. 동생은 우울하게 말했다. 태어나지 말았어야 했나 봐.

도덕적 혼란

나는 나 자신의 손을 볼 수 없을 정도로 어두운 밤에 가시덤불을 헤치고 가는 느낌이었다. 이 순간에 이르기 전에는 기지가 바닥나다라는 말은 관용적 표현에 불과했다. 그러나 지금 그것은 구체적인 현실을 묘사하고 있었다. 나는 내 기지가 실뭉치처럼 풀려 나가고, 풀려 난 길이만큼 기지가 발휘되지만 모두 굳건히 유지되지 못하고 썩은 것처럼 부러져 나가다가, 결국 실의 끝에 다다르는 게 보였다. 그러면 이제 어떻게 할까? 진짜 부모님이 돌아오시기 전, 내가 부모 역할이라는 책임을 다하고 나서 내 삶으로 도망칠 날이 며칠이나 더 남았나?

어쩌면 그들은 절대 돌아오지 않을 수도 있었다. 어쩌면 나는 여기에 영원히 머물러야 할 수도 있었다. 우리 둘 다 여기에 영원히 머물러야 할 수도 있었다. 현재의 나이에 묶여 절대 나이 들지 않는 상태로. 그러는 동안 정원은 숲으로 자라나고 가시투성이 덤불은 나무 크기로 부풀어 창을 통해 들어오는 빛을 차단하게 될지도.

거의 공황 상태에서 나는 동생에게 산책을 나가자고 제안했다. 모험을 하러 가자고, 그레이하운드 버스를 타고 키치너로 가자고 말했다. 한 시간 정도밖에 안 걸리는 곳이었다. 키치너에는 예쁜 고택들이 있었다. 내 카메라로 그 가옥들 사진을 찍을 작정이었다. 그 당시 나는 건축물 사진을 많이 찍었다. 19세기 온타리오주의 건물들. 내 관심사라고 말하곤 했는데, 거짓말은 아니었다. 이상하게도 동생은 이 제안에 동의했다. 나는 그녀가 거절할 거라고 예상하고 있던 것이다. 너무 복잡해, 너무 힘들어, 뭐 하러?

우리는 다음 날 오렌지와 다이제스티브 비스킷을 챙겨서 떠났다. 그리고 별다른 사건 없이 버스 정류장에 도착했고, 비교적 차분하게 앉아서 버스 여행을 했다. 그런 다음 우리는 구경을 하며 키치너를 돌아다녔다. 나는 집 사진을 찍었다. 우리는 샌드위치를 샀다. 공원에 가서 백조들을 바라보았다.

우리가 공원에 있을 때 어떤 나이 지긋한 여인이 우리에게 물었다. 너희 쌍둥이니?

네. 동생이 대답했다. 쌍둥이예요! 이내 그녀는 웃으며 말했다. 아니요, 쌍둥이 아니에요. 그냥 자매예요.

음, 쌍둥이처럼 보이는구나. 여인이 말했다.

우리는 키가 같았다. 코도 똑같이 생겼다. 우리는 비슷한 옷을 입고 있었다. 그 여인이 어떻게 그런 생각을 할 수 있었는지 알 것 같았다. 그녀가 좀 근시였다면 말이다. 그 생각 자체가 내게는 놀라움으로 다가왔다. 그 순간 전까지 나

도덕적 혼란

는 둘 사이의 차이점을 위주로 우리를 바라보았다. 우리 두 사람은 내가 상상해 왔던 것보다 훨씬 더 비슷하다는 사실을 이제 나는 깨달았다. 내가 더 많은 겹, 가볍고 얇은 겹을 더 많이 두르고 있을 뿐이었다.

동생의 기분이 전환되었다. 이제 그녀는 거의 행복의 도취에 빠져 있었다. 백조들 좀 봐. 그녀가 말했다. 저 백조들은 정말…… 저 새들은 정말…….

백조 같아. 내가 말했다. 나는 들뜬 느낌이었다. 오후의 햇살은 백조가 떠다니는 호수 위에 금빛으로 빛났다. 은은한 아지랑이가 공기에 스며들었다. 충만해, 하고 나는 되뇌었다. 그것이 나의 느낌이었다. 어쩌면 부모님이 옳았는지도 모르겠다. 어쩌면 나만이 마술 열쇠를 가지고 있고, 잠긴 문을 열고 동생을 감금하고 있는 것처럼 보이는 감옥에서 그녀를 풀어 줄 수 있는 사람이었는지도 모르겠다.

여기 오기 정말 잘했어. 동생이 말했다. 그녀의 얼굴은 환하게 빛났다.

그러나 다음 날 그녀는 그 어느 때보다 더 불행한 기분에 젖었다. 그리고 그 이후에는 더 악화되었다. 내가 갖고 있다고 스스로 생각했던 마술, 아니, 모든 사람들이 내가 갖고 있다고 생각했던 마술 따위는 아무 소용이 없었다. 양호한 시기는 점점 줄어들었고, 안 좋은 시기는 더 악화되었다. 수년에 걸쳐 점점 더 나빠지기만 했다. 아무도 그 이유를 몰랐다.

동생은 내 계단의 제일 아래 단에 앉아서 손톱을 깨물며 울고 있다. 한 번만 일어난 일이 아니라 자주 있는 일이다. 그냥 가야겠어. 그녀가 말한다. 그냥 하직해야겠어. 나는 여기서 쓸모없는 사람이야. 너무 힘들어. 그녀가 의미하는 바는 세월을 견디기가 힘들다는 것이었다.

즐거운 일도 있었잖아. 내가 말한다. 그렇지 않니? 네가 좋아하는 일도 아주 많잖아.

그건 오래전 일이야. 그녀가 말한다. 그걸로는 충분하지 않아. 이제 이런 놀이 하는 거 지쳤어. 여긴 나에게 안 맞는 곳이야.

동생은 우리 집을 말하는 것이 아니다. 자신의 몸을 가리키는 것이다. 지구를 의미하는 것이다. 그녀가 보고 있는 것을 나 역시 볼 수 있다. 그것은 절벽의 끝, 가파르게 떨어진 다리, 종말이다. 그것이 그녀가 원하는 것이다. 마지막. 이야기의 마지막같이.

너는 쓸모없는 사람이 아니야, 떠나면 안 돼! 나는 말한다. 내일은 기분이 더 나아질 거야! 그러나 그것은 넓은 평원을 가로질러 저편 끝에 선 사람을 부르는 일과 같다. 그녀는 내 말을 들을 수 없다. 그녀는 벌써 돌아서서, 아래를 내려다보고, 어두운 비상을 준비하며 둘러본다.

그녀는 사라질 것이다. 나는 그녀를 잃고 말 것이다. 나는 너무 멀리 있어서 그녀를 제지할 수 없다.

그건 너무 끔찍한 일일 거야. 내가 말한다.

다른 문은 없어. 그녀가 말한다. 걱정 마. 언니는 아주 강해. 언니는 견뎌 낼 거야.

우리는 모퉁이를 돌고, 또 다른 모퉁이를 돈 다음, 버드나무를 지나고 그다음에는 수양 뽕나무를 거쳐서 어머니 집의 진입로에 들어선다. 프레드 좀 봐. 동생이 말한다. 길 한가운데 주차를 해 놨네. 내가 제설기라면, 저 사람을 가시투성이 산울타리에 집어넣어 버릴 거야.

좋아, 그렇게 하는 거야. 내가 말한다. 우리는 차에서 힘겹게 내려온다. 이제 차에서 내리는 게 내겐 점점 더 힘겨운 일이 되고 있다. 무릎에 무슨 이상이 생긴 것 같다. 나는 한 손을 차에 짚고 서서 몸을 펴며 황폐해진 정원을 살펴본다. 저 주목(朱木) 좀 손봐야겠어. 나는 말한다. 전지 가위를 잊고 안 가져왔네. 벨라도나 덩굴에 완전히 뒤덮였어.

귀찮게 뭐 하러? 동생은 완전히 솔직한 태도로 돌아가 말한다. 엄마는 보실 수도 없는데.

나는 볼 수 있잖아. 나는 말한다. 다른 사람들도 볼 수 있어. 엄마는 이 정원을 아주 자랑스러워하셨는데.

언니는 다른 사람에 대해 지나치게 걱정해. 내가 그렇게 끔찍한 아이였어?

전혀. 나는 말한다. 넌 아주 귀여웠어. 커다란 푸른 눈에 작고 많은 금발 머리를 하고 있었지.

듣자하니 엄청나게 보챘다던데.

보채는 게 아니었지. 너는 신경계가 예민했어. 현실에 대해 더 크게 반응했던 거야.

다르게 말하면, 많이 보챘다는 거네.

세상이 현 상태보다 더 나아지길 바란 거지. 내가 말한다.

아니, 그건 언니였어. 언니가 그런 걸 원했지. 나는 세상이 나한테 좀 더 나은 곳이 되기를 바랐던 거야.

나는 그 말을 회피했다. 너는 아주 다정다감했어. 나는 말한다. 모든 것을 음미할 줄 알았지. 다른 사람보다 더 깊이 음미할 수 있었어. 거의 환희의 무아지경에 빠질 정도였어.

하지만 지금 나는 괜찮아. 그녀는 말한다. 약이 있어서 정말 다행이야.

그래. 나는 말한다. 너는 이제 괜찮아.

그녀는 매일 약을 먹는다. 선척적이었던 화학적 불균형을
맞추기 위해서다. 결국 그 문제였을 뿐이다. 그것 때문에 그
녀는 힘든 시기를 거쳐 온 것이다. 나의 괴물성 때문이 전혀
아니었다.

나는 그렇게 믿는다. 대부분의 시간에는.

이제 우리는 문 앞에 서 있다. 물체의 지속성은 내게 놀
라움으로 다가온다. 이것은 내가 일상적인 복장으로, 또는
다양한 특별 의상과 분장을 걸치고 수년간 드나들 때 거쳐
갔던 바로 그 문이다. 그 당시 나는 언젠가 머리가 허옇게
센 여동생과 함께 바로 이 문 앞에 서게 되리라는 생각은
전혀 하지 못했다. 그러나 정기적으로 사용되는 모든 문은
삶의 다음 단계로 연결된다.

그 머리가 어디 갔는지 잊어버렸어. 나는 말한다. 머리 없
는 기수의 머리 말이야. 그게 저장실에 있던 때 생각나니?
그 모든 장화랑 양궁 장비 기억나?

어렴풋이. 동생이 말한다.

그 모든 것을 살펴봐야 할 거야. 그때가 되면. 우리가 정
리해야 해.

하고 싶지 않아. 동생이 말한다.

결국엔 어디로 가 버린 거지? 그 머리? 네가 없애 버렸니?

아, 저기 아래 어딘가에 있어. 동생이 말한다.

도덕적 혼란

나의 전 공작 부인

여기 나의 전 공작 부인 그림이 벽에 걸려 있소.° 베시 양이 말했다. 그녀 면전에서 베시 양이라고 부르는 사람은 아무도 없었지만, 그것은 우리 사이에서 통용되는 명칭이었다. 다른 일부 교사들을 부르는 별명보다는 훨씬 더 정중한 것이었다. 고릴라, 병신, 하마 같은. 자, 여러분. 저 한 단어, 전이라는 말은 우리에게 즉각적으로 무엇을 알려 주나요?

새 교실의 창문은 상당히 높아서 밖으로 내다보이는 것

○ 영국 빅토리아 시대 시인인 로버트 브라우닝(Robert Browning, 1812~1889)이 1842년에 발표한 시 「나의 전 공작 부인」의 첫 행.

은 하늘뿐이었다. 오늘 하늘은 회청색이었다. 따스하고 나른한 색. 하늘을 딱히 바라보고 있는 건 아니었지만, 그것은 시선의 주변부에 놓여 있었다. 거대하고 형태가 없고 마음에 위안을 주면서 바다처럼 계속 밀려드는 그것. 유리창 하나가 열려 있었고, 파리 몇 마리가 들어왔다. 그것들은 윙윙거리며 날아다녔고, 유리창 위에서 갈팡질팡하며 밖으로 나가려고 애썼다. 나는 파리가 내는 소리를 들을 수 있었지만 파리를 볼 수는 없었다. 머리를 돌리는 위험은 감수할 수 없었다. 전에 대해 생각해야 하는 것이다.

전, 이전, 예전. 이전은 잃은과 너무나 비슷하다. 공작 부인은 은밀한 바스락거림, 속삭임이다. 바닥을 스치는 호박단. 오늘 같은 날 졸음을 참는 것, 몽상과 반수면 상태로 빠져드는 것을 참기란 힘겨운 일이었다. 때는 5월의 오후였다. 바깥의 나무에는 꽃이 만발했고, 꽃가루가 사방에 소용돌이치고 있었다. 교실은 너무 더웠다. 그곳은 전율로 가득 차 있었다. 새로움의 전율, 현대적인 곡선 철제 틀 책상의 밝은 색 나무, 칠판의 초록색, 형광등에서 나는 희미한 윙윙 소리. 그 소리는 심지어 불이 꺼졌을 때도 나는 것 같았다. 그러나 이런 새로움에도 불구하고 교실에서는 오래된 냄새가 풍겼다. 고색창연하고 발효된 냄새. 습한 봄의 공기 속에서

도덕적 혼란

조용히 끓어오르고 있는 스물다섯 명의 사춘기 신체에서 뿜어 나와 사방에서 올라오는 비가시적인 기름지고 소금기 어린 증기.

마지막°공작 부인. 그러면 한 사람 이상이 있었다는 의미였다. 합창 대열처럼 한 줄로 선 많은 공작 부인들. 아니다. 그것은 작년과 같이 이전이라는 뜻이었다. 공작 부인은 저 뒤쪽, 과거 속에 존재했다. 사라져 버리고, 끝장나고, 뒤에 남겨졌다.

베시 양은 누가 손을 들 때까지 기다리는 경우가 거의 없었다. 오래 기다려야 할 수도 있기 때문이었다. 어떤 말을 너무 빨리 내뱉는 건 우리 눈에 우스꽝스러워 보였다. 잘못된 대답을 하거나 맞는 대답을 해서(때로는 그것도 멍청한 짓이었다.) 망신당하고 싶지 않았던 것이다. 베시 양은 그 사실을 잘 인지하고 있었다. 그래서 그녀는 십중팔구 그저 자문자답했다. 전 공작 부인이 우리에게 알려 주는 것은, 그녀는 말했다. 이 공작 부인이 더 이상 공작의 부인이 아니라는 사실이죠. 그리고 다음 공작 부인이 생길 수도 있다는 걸 암시하고 있어요. 시의 첫 행은 아주 중요합니다, 학생 여러분.

○ 단어 last는 이전이라는 뜻과 마지막이라는 뜻을 다 갖고 있다.

시 전체의 분위기를 조성하죠. 그다음을 봅시다.

베시 양은 평상시와 마찬가지로 교탁 위에 앉아 있었다. 그녀는 비슷한 연배 여성에 비해서뿐 아니라 어떤 여성에 비해서도 다리가 예뻤다. 그리고 아름다운 신발을 신고 다녔다. 우리가 신었을 법한 신발들, 슬립온 로퍼나 새들 슈즈나 벨벳 플랫이나 댄스용 스틸레토는 아니었지만, 잘 관리된 고급 취향의 신이라는 걸 알 수 있었다. 베시 양의 은은히 빛나는 신발 위에서는 어떤 오점이나 얼룩이나 더러움도 찾아볼 수 없었다.

각각의 신발은 의상과 어울렸고, 이런 면에서도 베시 양은 뛰어났다. 우리 학교의 여교사들은 수업을 할 때 맞춤 정장을 입었다. 그것은 일종의 유니폼이었다. 일직선 치마나 고어드 스커트,° 또는 플리츠 주름 치마, 그에 짝을 이루는 재킷, 그 아래 받쳐 입은 축 처진 리본이 목 부근에 달린 흰색이나 크림색 블라우스, 그리고 왼쪽 옷깃에 단 브로치. 그러나 베시 양의 정장에는 다른 교사들의 복장이 견줄 수 없는 우아함이 있었다. 그녀의 블라우스는 유치하고 흐물

○ Gored skirt. 삼각형으로 재단한 천 여러 장을 연결해서 A 라인이 되도록 만든 치마.

도덕적 혼란

거리는 나일론이 아니라 광택과 견고함을 갖고 있었고, 그녀의 브로치는 진짜 준보석처럼 보였다. 그녀의 가장 좋은 브로치는 호박과 금으로 된 벌 모양 브로치였다. 그녀의 머리는 백발이 아니라 은회색이었고, 능숙한 솜씨로 말려 있었다. 광대뼈는 두드러졌고, 턱뼈는 강했으며, 눈은 날카로웠고, 조심스럽게 분을 바른 코는 매부리코였다. 우리는 매부리코라는 단어를 그녀에게서 배웠다.

우리는 학교의 다른 여교사들을 불쌍히 여겼다. 가망 없고, 추레한 단순 노동자들, 그들은 과로에 시달렸고 정신이 산란했으며, 생색이 안 나는 업무, 즉 우리를 가르치는 일에 매여 있었다. 그러나 우리는 베시 양은 불쌍히 여기지 않았다.

학급 남학생들이 존경한 것은 그녀의 전문가적 분위기를 풍기는 엄숙한 외양만이 아니었다. 그들은 그녀가 석사 학위를 가지고 있다는 사실을 존경했다. 석사 학위라는 두 단어는 자격을 갖추었음을 나타내는 것이었다. '의학 박사'처럼 무엇인가 중요한 것을 의미했다. 그래서 남학생들은 그것을 존경했고, 또한 그녀가 자신들을 엄격하게 다루는 방식을 존경했다. 리처드, 뭐 재미있는 이야깃거리 있니? 그럼 친절히 우리 모두에게 얘기해 주지 않겠니? 데이빗, 그런 의

견은 네 격에 맞지 않는구나. 넌 더 잘할 수 있어. 남자가 도달하려고 하는 바는 자신이 거머쥘 수 있는 것 이상이어야 해.° 로버트, 재치 있게 보이려는 조잡한 시도였던 거니? 그러한 발언을 두고 우리는 냉소적이라는 단어를 썼다. 그러나 베시 양은 진짜 실수에 대해서는 절대 냉소적인 말을 하지 않았다. 그것에 대해서는 인내심을 보여 주었다.

자, 그럼. '여기 나의 전 공작 부인 그림이 벽에 걸려 있소.' 베시 양이 말했다. '그녀는 마치 살아 있는 것처럼 보이지요.' 마치 그녀가 살아 있는 것처럼. 여러분, 마치라는 말은 우리에게 무엇을 알려 주나요?

이번에 그녀는 기다렸다. 나는, 그리고 우리 중 어느 누구도, 그녀의 기다림이 언제 시작될지 알지 못했다. 그녀의 기다림은 언제나 나를 깨어나게 했다. 그것은 긴장감, 어렴풋이 도사린 위험이었다. 덮침을 당하고, 이름을 불리고, 억지로 말해야 하는 위험. 그럴 때면 내 입은 너무나 많은 단어로 가득 찼다. 내가 말로 빚어내야 하는 음절들의 끈끈한 푸딩. 그러는 동안 베시 양의 비꼬는 듯한 예리한 눈은 메시지를 쏘아 보내고 있었다. 너는 그보다는 더 잘할 수 있어. 그렇

° 브라우닝의 시 「안드레아 델 사르토(Andrea del Sarto)」의 한 대목.

게 기다리는 동안에는 시선을 내리는 편이 가장 낫다는 것을 알게 되었다. 그러지 않으면 베시 양은 나를 지목할 수도 있었다. 그래서 나는 공책에 분주하게 필기를 했다.

그는 그녀를 해치워 버렸다. 나는 적었다. 해치워 버렸다는 표현은 교실에게 큰소리로 할 만한 것은 아니었다. 그것은 속어였고 베시 양은 그렇게 단정치 못하고 천박한 말을 허용하지 않았다. 나는 숙제를 하지 않거나 적어도 미루기 위한 방편으로 읽곤 했던 탐정 이야기에서 해치우다라는 표현을 배웠다. 유감스럽게도, 우리 집에는 탐정 이야기가 아주 많았다. 그와 더불어 역사 소설과 제 1차 세계 대전에 대한 책, 티베트에 관한 책들도 있었다. 티베트에서는 여성이 한꺼번에 두 명의 남편을 가질 수 있었다. 그리고 나폴레옹 시대의 해전에 관한 책, 그리고 나팔관의 형태와 기능에 관한 책이 있었다. 책 한 권을 다 읽을 기분이 아닐 때는 오래된 『라이프』와 《타임스》와 『샤틀렌』°과 『굿 하우스 키핑』°°을 읽으면서 (부모님은 무엇이든 잘 내다 버리지 못했다) 광고와(뒷물이 뭐지?) 패션과 개인적 문제에 관한 기사(십 대

° Chatelaine. 판매 부수 1위의 캐나다 월간 여성 잡지.
°° Good House Keeping. 19세기 후반에 창간된 여성 잡지.

의 반항 : 다섯 가지 해결책. 구취 : 당신의 말없는 적. 이 결혼은 유지될 수 있을 것인가?)를 보며 어리둥절해하기도 했다. 이렇게 내가 배워야 하는 것들을 뒷전으로 미뤄 둠으로써 상당히 많은 것을 배웠던 것이다.

해치워 버리다. 나는 썼다. 공작은 공작 부인을 제거해 버렸다. 난잡한 싸구려 여자는 종종 제거되었다. 성적 노리개들과 멍청이들도 마찬가지였다. 해치운다는 표현은 가죽으로 싼 곤봉같이 둔중한 도구로 머리를 가격하는 일을 암시했다. 그러나 그것은 공작이 공작 부인에게 썼을 법한 방법은 아니었다. 내가 읽었던 더 끔찍한 이야기에 나오는 남편들처럼 그녀를 지하실에 묻고 무덤을 젖은 시멘트로 덮어 버리거나, 몸을 토막 내서 신체 조각들을 호수에 던져 버리거나 우물에 빠뜨리거나 공원에 놔두었을 것 같지도 않았다. 그는 아마도 그녀를 독살했을 것이라고 나는 생각했다. 그 당시 공작들이 전문적 독살자들이었다는 것은 역사 로맨스 작가들에게 잘 알려진 사실이었다. 그들은 속이 빈 보석이 박힌 반지를 끼고 있다가 아무도 보지 않을 때 보석을 밀어 열어서 사람들의 포도주 병에 가루로 된 독약을 집어넣었다. 비소는 그들이 선호하는 약물이었다. 가련한 공작 부인은 점차 병들어 갔을 것이다. 의사가 호출되었을 것이다. 공작에게 뒷

도덕적 혼란

돈을 받는 사악한 의사. 이 의사는 그녀를 끝장내기 위해 마지막 치명적인 약을 제조했을 것이다. 감동적인 죽음의 장면과 그에 이어 촛불이 켜진 화려한 장례식이 있었을 것이고, 그런 후 공작은 자유롭게 또 다른 아름다운 소녀를 찾아서 공작 부인으로 만든 다음 해치워 버릴 것이다.

나는 다시 한번 생각해 본 끝에 공작 자신은 이 문제에 손가락 하나 까딱하지 않았을 것이라고 판단했다. 그는 너무 고상한 체하느라 실제 독살에 관여된 일에는 신경 쓰지 않았을 것이다. 나는 **명령을 내렸소.** 시의 뒷부분에서 그는 말한다. (나는 뒷부분으로 건너뛰었다.) 더러운 일은 셰익스피어의 희곡에서처럼 '첫 번째 살인자' 같은 이름을 가진 폭력배가 다 했을 것이다. 그러는 동안 공작 자신은 다른 곳에서 유명인 이름을 들먹이고 허위 찬사를 늘어놓고 자신의 비싼 예술품을 자랑하고 있었을 것이다. 나는 그가 어떻게 생겼을지 마음속에 그려 볼 수 있었다. 그는 피부색이 짙고 상냥하며 모독적일 정도로 예의 바를 것이고, 벨벳을 많이 입을 것이다. 그와 비슷한 영화 배우들이 있었다. 제임스 메이슨°을 예로 들 수 있다. 그들은 언제나 고급 영국식 영어

○ James Neville Mason(1909~1984). 1950년대에서 1980년까지 활동

를 구사했다. 공작은 비록 이탈리아 사람이지만 그런 억양을 갖고 있었을 것이다.

자, 그러면? 베시 양이 말했다. 주제는 마치예요. 시간이 없어요. 메릴린?

그녀는 죽은 것 같아요. 메릴린이 대답했다.

아주 좋아요, 메릴린. 베시 양이 말했다. 그것도 한 가지 가능성이죠. 주의 깊은 독자, 빌, 나는 주의 깊은이라고 말했어. 이건 너한테도 적용되는 말이야. 네가 주의를 기울여야 할 더 중요한 다른 일이 있는 게 아니라면(아니라고?), 주의 깊은 독자는 분명 그걸 궁금해할 것이고, 또한 만일 공작 부인이 정말로 죽었다면 어떻게 죽었는지 궁금할 거예요.

빌의 이름이 불리자 나는 얼굴이 달아오르는 것을 느꼈다. 빌은 내 남자 친구였기 때문이다. 베시 양의 냉소적 발언의 대상이 되는 것은 그에게 굴욕적인 일이었고, 그러므로 연장선상에서 나에게도 굴욕적인 일이었다. 빌이 주의 깊은 독자가 아니라는 건 사실이었지만, 그는 지적받는 걸 유감스러워 하거나 증오했다. 어느 쪽일지 나도 확신할 수 없었다. 이제 나는 두 줄 뒤에 앉은 그가 친구들이 자신을

했던 영국 영화 배우.

　　　　　　　　　　　도덕적 혼란

향해 히죽대는 가운데 수치심과 분노로 얼굴이 붉어지는 것을 상상할 수 있었다. 그러나 베시 양은 개의치 않았다. 그녀는 누군가가 노닥거린다고 생각되면, 자신의 수업을 방해한다고 생각되면, 그 사람을 정통으로 짓밟았다.

물론 우리는 초상화에 대해 '실물과 정말 같다.'라고 자주 이야기하지요. 그녀는 계속해서 말했다. 그것도 또 다른 가능성이 될 수 있어요. 공작의 이런 말은 단순히 초상화 자체의 박진성(迫眞性), 즉 실물과 같다는 점을 언급하는 것일 수도 있죠. 시 전체는 공작의 관점에서 서술되고 있어요. 그러므로 그가 말하는 것은 어떤 것도 객관적인 사실로 받아들여질 수 없어요. 나중에 관점의 문제로 다시 돌아오도록 합시다.

박진성. 나는 공책에 썼다. 실물과 같음. 공작 부인은 거의 살아 있는 것 같음. 관점.

베시 양은 학교 최고의 영문학 교사였다. 시 전체에서 가장 뛰어난 교사 중 한 사람일 수도 있었다. 부모님들은 우리가 그런 선생님을 만나서 다행이라고 말했다. 그녀는 우리를 이끌고 교과 과정을 활기차게 훑어 나갔다. 마치 양을 몰듯이, 우리를 잘못된 우회로와 위험한 절벽 끝에서 벗어나도록 하고, 잘못된 곳에서 속도를 멈출 때면 빨리 가도록 내몰고, 올바른 곳에 더 오래 머물도록 해서 중요한 자료를 완전히 이해하게 해 주었다. 그녀는 배움의 과제를 경주, 일종의 장애물 코스에 비유했다. 졸업 시험까지 다뤄야 할 부분이 아직 많이 남아 있고, 그것을 빨리 공부해야 한다고 그녀는 말했다. 그 부분에는 장애물과 험한 곳, 그리고 다른 어려움이 널려 있었다. 시간은 빨리 흘러가고 있었고, 우리 앞에는 『더버빌가의 테스』가 거대하고 가파른 진흙 산같이 위협적으로 다가오고 있었다. 우리에게는 그렇게 느껴졌다. 정상에 올라가면, 그곳에 많이 올라가 본 베시 양은 우리에게 멋진 광경을 보여 줄 것이다. 그러나 그곳에 이르기까지 미끄러운 곳이 많을 것이다. 우리는 작년에 『캐스터브리지의 시장』°이라는 형태로 하디와 씨름했다. 그것은 힘겨운 고투가 될 것이다. 그러므로 우리는 주말이 오기 전에 전 공작 부인을 빨리 해치우고 주말 동안 숨을 고른 다음 『더버빌가의 테스』를 잘해 내야 하는 것이다.

여기 나의 전 공작 부인 그림이 벽에 걸려 있소

○ *The Mayor of Casterbridge.* 토머스 하디가 1886년에 발표한 소설.

도덕적 혼란

그녀는 마치 살아 있는 것처럼 보이지요. 나는

이것을 경이로운 작품이라 부르겠소; 판돌프 사제의 손이

하루 종일 바쁘게 일했고, 그래서 그녀가 저곳에 서 있게

되었소

당신은 여기 앉아서 그녀를 감상하겠소?

자, 학생 여러분. 당신은. 공작이 누구에게 이야기를 하고 있다고 생각하나요?

베시 양은 우리를 힘겹게 이끌고 한 행 한 행 짚어 가며 시 전체를 가르쳤다. 이것은 중요한 시라고, 졸업 시험에서 무려 15점이나 차지하는 시라고 베시 양은 말했다. 영문학은 필수 과목이었다. 이 시험을 통과하지 못하면 고등학교를 졸업할 수 없었다. 그러나 베시 양은 단순히 통과하는 것에는 관심이 없었다. 그녀는 우리가 최고 점수를 받길 원했다. 학교의 명성을 지켜야 했고, 또한 자기 자신의 명성 또한 지켜야 했던 것이다. 그녀의 학생들은 준비를 철저히 했기 때문에 좋은 결과를 냈다. 준비를 철저히 해야 해요. 그녀는 우리에게 자주 말했다. 물론 작품을 공부해야겠죠. 하지만 그것뿐 아니라 문제를 두 번씩 읽고 질문에 대한 답을 써야 해요. 침착함을 잃지 말고 공포에 질리면 안 돼요.

개요를 짜고 조직화해야 해요. 우리가 공부한 각각의 작품에 대해 그녀는 과거에 나왔던 질문들을 추려서 제시하고 적합한 답변을 작성하도록 우리를 훈련했다.

일단 우리가 답안을 작성하면, 엄선된 채점관 팀에 의해 중앙 본부에서 채점이 이루어질 것이다. 그러고 나면, 8월 어느 날, 아무런 경고도 없이 최종 점수가 잔인하게 신문에 발표되어 모든 사람들이 보게 될 것이다. 친구들, 적들, 가족들 모두. 우리는 그것을 두려워했다. 샤워를 하고 있을 때 누군가가 커튼을 잡아 젖혀 버리는 것 같은 일이리라.

신문에 실린 점수에 따라 우리가 다음 단계로 나아갈 수 있을지 여부가 결정될 것이다. 나아간다는 것은 대학에 진학하는 것을 의미했다. 우리 학교는 부유층 자녀들이 다니는 학교가 아니었다. 그런 아이들은 사립학교에 다녔다. 고등학교에서 공부를 잘하는지 여부는 그들 인생에 별로 중요하지 않았다. 어떤 식으로든 그들을 위한 자리가 만들어질 것이기 때문이었다. 빈민층 자녀들이 다니는 곳도 아니었다. 우리는 너무 멍청해서 진학을 할 수 없다고 간주될 자유도 없었다. 우리가 낙오자라고 부르는 아이들은 자신들이 원할 때 자퇴했지만, 떠나기 전에는 공부벌레, 아첨쟁이, 자랑꾼, 아부꾼 같은 조롱으로 우리를 괴롭혔고, 숙제를 실제로

도덕적 혼란

하는 모든 사람을 가열차게 비웃었다. 그들은 우리에게 모호한 자의식을 안겨 주었다. 넌 네가 그렇게 똑똑하다고 생각하는 거지. 그들은 비웃었다. 그리고 우리는 자신이 똑똑하다고, 어쨌든 그들보다는 똑똑하다고 생각했다. 하지만 우리가 스스로의 똑똑함을 전적으로 긍정한 것은 아니었다. 그것은 여분의 손을 가진 것과 같았다. 문을 여는 데는 유리했지만, 별종으로 보인 것도 사실이었다.

그럼에도 우리는 그런 기형을 이용해 살아가야 할 것이다. 스스로의 기지를 발휘해야 할 것이고, 우리에게 제공된 사다리를 올라가고, 성공해야 할 것이다. 남학생들은 의사, 변호사, 치과 의사, 회계사, 엔지니어가 되리라는 기대를 받았다. 우리 여학생들은 자신이 어디로 향하고 있는지 잘 알지 못했다. 진학하지 않는다면, 우리는 결혼을 하거나 노처녀가 될 것이다. 그러나 성적이 좋다면 이 혼란스러운 갈림길에서의 선택은 어느 정도 미룰 수 있을 것이다.

우리는 6월에 삼 주 동안 체육관에서 시험을 볼 것이다. 그것은 우리 삶에 전환기가 되겠지만, 우리가 철저히 준비한다면 이 시험을 두려워할 필요가 없을 것이며, 이 시험은 단순히 우리의 지적 능력뿐 아니라 인물 됨을 평가하는 것이라고 베시 양은 말했다. 시험을 성공적으로 치르기 위해서는 용기와 침착함이 필요하며, 만일 이런 자질을 지니고 있다면 올바른 사실과 의견을 올바른 순서로 적어 내기만 하면 될 것이다.

그럼에도 우리는 일어날 수 있는 끔찍한 사태에 대한 이야기들로 서로를 공포로 몰아넣었다. 체육관에는 냉방 시설이 없었다. 그리고 만약 6월에 흔히 그렇듯이 폭염이 닥친다면 우리는 모두 익어 버리고 찜이 되고 튀김이 되어 버릴 것이다. 여학생들은 완전히 정신을 잃고 책상에 고꾸라진다고 했다. 어떤 여학생들은 예상치 않게 생리를 하게 되어 피 웅덩이에 앉아 있는 사태가 벌어진다고도 했다. 좀 더 지저분한 이야기에서는 피가 실제로 의자에서 바닥으로 뚝, 뚝, 뚝, 떨어지기도 했다. 그것은 정말 굴욕적인 상황일 것이다. 남학생들은 신경 쇠약에 걸렸고, 고함을 지르고 욕을 하기 시작했다. 다른 학생들은 공포에 질려서 암기한 것이 머리에서 다 사라져 버렸고, 시험이 종료되었을 때 자신들의 이름만 반복해서 쓰고 있었던 걸로 밝혀졌다. 한 남학생은 모든 시험지에 완벽한 이등변 삼각형을 그렸다. 매우 꼼꼼하게 그렸다는 사실이 강조되었다. **꼼꼼하게**라는 것이 소름 끼치는 부분이었다. 꼼꼼함이란 완전한 광기와 겨우 한 끗 차이에 불과한 것이었다.

도덕적 혼란

하교 후 나는 축구장을 가로질러 집으로 걸어갔다. 축구장은 한때 내가 무서워했던 곳, 내게 금지되었던 곳, 그리고 분명하게 규정하기 어려운 어떤 면에서 의미심장했던 곳, 그러나 이제는 진흙투성이 풀이 펼쳐져 있는 무의미한 곳으로 축소돼 버린 장소였다. 몇몇 어린아이들이 축구장 부속 건물 뒤에서 연기를 피우고 있었다. 그곳에서 낙오자 중 한 명인 로레타라는 소녀가 개입된 추악한 난장판이 벌어졌다는 소문이 돌았다. 나는 필기 노트가 가득 든 커다란 검은 가죽 바인더를 가슴에 두 팔로 감싸 안고 그 위에 교과서를 쌓은 채 들고 가고 있었다. 여학생들은 모두 그렇게 했다. 그러면 다른 사람들이 우리 가슴을 쳐다보는 것을 막을 수 있었다. 가슴은 너무 작아서 경멸스러울 수도 있고, 너무 커서 우스꽝스러울 수도 있으며, 딱 적당한 크기일 수도 있다. 그렇지만 어떤 크기가 적당한 크기란 말인가? 가슴이란 어떤 종류이든 간에 수치스러운 것이고, 떼를 지어 서성이는 기름진 머리의 남학생들이나 차를 타고 가는 젊은 남자들에게 저기 젖퉁이 좀 봐라! 하는 선정적 야유를 불러일으킬 수 있었다. 아니면 그들은 이런 노래도 불렀다.

나는, 나는, 나는 가슴을 키워야겠네!

그래야지, 그래야지, 안 그러면 스웨터를 안 입어야지!

그들은 노래를 부르면서 굽힌 팔을 만화에 나오는 닭처럼 앞뒤로 흔들었다. 사실 선정적 야유가 자주 일어나지는 않았지만, 그런 일이 일어날 수 있다는 두려움은 항상 존재했다. 남학생들에게 맞고함을 지르는 건 뻔뻔한 일로 여겨졌고, 그들을 무시하는 게 품위 있는 일로 간주되었다. 하지만 품위 있는 일로 느껴지지 않고 모멸로 느껴졌다. 단순히 가슴이 있다는 것 자체가 모멸이었다. 하지만 하나도 없었으면 더 끔찍했을 것이다.

똑바로 서, 어깨를 뒤로 젖히고, 구부정한 자세 하지 마. 백만 년 전 배구 연습을 했을 때 체육 선생이 이렇게 소리치곤 했다. 바로 그 체육관에서 우리는 졸업 시험을 볼 것이다. 하지만 그 선생이 뭘 알았겠는가? 그녀는 가슴도 절벽이었고, 게다가 나이도 아주 많았다. 적어도 마흔은 되었을 것이다.

가슴은 그런대로 넘길 수 있었다. 앞쪽에 있어서 우리가 어느 정도는 통제할 수 있었던 것이다. 그다음으로는 궁둥이가 있었다. 그것은 뒤에 있고 시야에서 벗어나 있기 때문에 더 제멋대로였다. 느슨하게 주름을 잡은 치마를 입는 것

도덕적 혼란

말고는 별다른 도리가 없었다.

야! 야! 흔들리고 덜렁거린다! 저 씰룩거리는 것 좀 봐!

내 옆에서 축구장을 함께 가로질러 걷고 있던 사람은 빌이었다. 그는 떼를 지어 어슬렁거리면서 여학생들의 가슴에 대해 소리를 질러 대는 그런 부류의 남학생이 아니었다. 아닐 거라고 나는 생각했다. 그는 그보다 진지했고, 그보다 더 중요한 일이 있었으며, 어디론가 나아가고자 했다. 사다리를 타고 더 높은 곳으로 올라가려 했다. 나의 공식적인 남자 친구로서, 그는 매일 집에 가는 길 중간쯤까지 나를 데려다주었다. 단, 반대 방향에 있는 식료품 가게에서 주말 아르바이트를 시작하는 금요일은 예외였다. 금요일 방과 후부터 토요일 세 시까지. 그는 대학에 가기 위해 돈을 모으고 있었다. 그의 부모님이 대학 학비를 감당할 만한 여유가 없었거나 돈을 할애하지 않으려고 했기 때문이었다. 그의 부모님은 진학을 하지 않았고 그랬어도 그럭저럭 잘 살 수 있었다. 그들의 입장은 그런 식이었다고 빌은 말했다. 그렇다고 해서 그가 부모님에게 서운한 마음을 품지는 않았다.

몇 달 전, 빌은 나의 전 남자 친구를 대체했고, 전 남자 친구는 그 전의 남자 친구를 대체했다. 대체의 과정은 미묘했다. 그것은 외교적 수완과 미묘함과 전화가 올 때 받고 싶은 욕망을 거부할 수 있는 의지가 요구되는 일이었다. 하지만 어느 단계에서는 반드시 이루어져야 할 일이었다. 그 단계는 초창기, 허용의 시기를 거치고 난 후 찾아왔다. 첫 데이트, 처음으로 머뭇머뭇 손잡기, 영화 보는 동안 팔로 어깨 두르기, 천천히 흐느적거리며 춤추기, 주차해 둔 차 안에서 가쁜 숨을 쉬며 애무하기, 손의 진전과 반격, 지퍼와 단추의 전쟁. 좀더 시간이 흐르면 교착 상태에 다다랐다. 두 사람 다 그 다음 단계가 무엇이 되어야 하는지 몰랐다. 진도를 더 나가는 건 생각조차 할 수 없는 일이었고 후퇴할 수도 없었다. 이 시기를 특징짓는 행동들은 무기력함, 하찮은 말다툼과 화해, 어떤 영화를 보러 갈지 결정하지 못하는 것, 그리고 (나의 경우) 불행한 결말을 맺는 소설을 읽고 느끼는 것이었다. 그런 시기가 다가오면 남자 친구를 갈아치우고 새로운 사람을 확보해야 했다.

나는 남자 친구들 개개인을 두고 슬퍼했다기보다는 무언가가 끝나 버린다는 사실을 싫어했다. 내 삶의 어떤 단계가 완전히 종결을 짓고 영원히 사라지는 것을 바라지 않았다. 책을 읽을 때도 마지막보다는 첫 부분을 더 좋아했다. 아직 읽지 않은 책장 속에 어떤 이야기들이 나를 기다리고 있

도덕적 혼란

는지 모른다는 건 매우 신나는 일이었다. 하지만 나는 괴벽스럽게도 읽고 있는 모든 책의 마지막 장을 슬쩍 보고 싶은 유혹을 물리칠 수 없었다.

빌은 남자 친구의 일반적인 주기를 따르지 않았고, 따를 수도 없었다. 토요일 밤 데이트는 과거사가 되었고, 우리 앞에는 기절, 고함, 공포, 실패, 망신 같은 온갖 일들이 수반될 수 있는 우울한 체육관에서의 시나리오가 펼쳐져 있었다. 6월 전까지 해야 할 일이 너무나 많았다. 그렇기 때문에 우리는 경찰이 손전등을 비추며 다 괜찮으냐고 물을 정도로 오랫동안 주차된 차 안에서 무한정 저녁을 보낼 시간이 더 이상 없었다. 싸우고, 부루퉁해하고, 단음절로 이루어진 전화 통화를 하고, 마지못해 용서할 시간이 더 이상 없었다. 그 모든 것 대신, 우리는 함께 공부를 했다.

아니, 좀 더 정확히 표현하자면, 내가 빌의 공부를 도와주었다. 내가 도와준 과목은 영문학이었다. 이제까지 그는 별 어려움 없이 잘해 냈다. 그러나 이제는 겁에 질렸다. 비록 겁이 난다고 말하지는 않았지만. 대신 그는 문학 자체를 탓했다. 도대체 말이 안 된다는 것이었다. 그는 자신이 잘하는 과목인 대수학처럼 모든 것이 명확하기를 바랐다. 어떻게 한 단어가 두세 가지 의미를 동시에 지닐 수 있단 말인가? 베시 양은 단 한 편의 시에서 어떻게 그 많은 것을 이끌어 낼 수 있는 것일까? 왜 사람들은 평이하게 말하지 않는 것일까?

빌을 도와주는 건 생각처럼 쉬운 일이 아니었다. 그는 시가 복잡하다고 화를 냈다. 시와 논쟁을 벌이고, 그것이 달라야 한다고 주장했다. 그러다가 시를 그렇게 쓴 시인에게 화를 냈다. 그다음에는 나에게 화를 냈다. 잠시 후 그는 미안하다고, 그럴 의도가 아니었다고 말했다. 나는 적어도 그런 쪽으로는 매우 똑똑하며, 자기와는 달리 언어 쪽에 능하고, 그런 이유로 나를 존경한다고 말했다. 그는 내가 좀 더 천천히 다시 한번 설명해 주었으면 좋겠다고 말했다. 그런 다음 우리는 키스를 하고 서로를 어루만졌다. 그러나 아주 오랫동안 그럴 수는 없었다. 그럴 시간적 여유가 없었던 것이다.

이날, 빌과 나는 귀가를 서두르지 않았다. 우리는 산책을 하고 이리저리 거닐었다. 아이스크림콘을 사기 위해 잠시 드러그스토어에 들렀다. 가끔씩 책으로부터 휴식을 취해야 한다고 그는 말했다. 아이스크림은 원통형이었고, 희미하게 포장 종이 맛이 났다. 콘의 질감은 가죽처럼 질겼다. 우리는 장례식장에 다다랐고 그 앞에 있는 나직한 돌담에 앉았다. 햇살

도덕적 혼란

은 금빛으로 내리쬐었다. 창백한 녹색 술 장식 같은 이파리가 나무에서 달랑거렸다. 짧게 자른 빌의 옅은 갈색 머리는 부드러운 벨벳 같은 잔디밭처럼 빛났다. 그가 장난감 강아지라도 되는 양 머리 위쪽을 쓰다듬고 싶은 충동을 나는 가까스로 억눌렀다. 그렇지만 그는 내가 그렇게 하는 것을 좋아하지 않았을 것이다. 그는 토닥거리는 것을 싫어했다.

나는 합격하지 못할 거야. 빌이 말했다. 떨어지고 말 거야.

아니, 떨어지지 않을 거야. 내가 말했다.

도저히 이해할 수가 없어.

뭘 이해할 수 없다는 말이야?

무슨 일이 일어나고 있는 건지.

어디에서 무슨 일이 일어난다는 거야? 그가 무슨 말을 하는지 알았지만 나는 이렇게 물었다.

저 망할 공작 부인 시 말이야.

망할은 빌이 내 앞에서 내뱉은 최악의 욕이었다. 다른 욕, 예를 들자면 '씨발' 같은 말이 들어간 욕을 한다는 것은 그가 나를 그런 말을 해도 무방한 그런 부류의 여자로 생각한다는 뜻이었다. 싸구려 여자.

나는 한숨을 쉬었다. 알았어. 다시 한번 정리해 줄게. 이건 로버트 브라우닝의 시야. 그는 19세기의 가장 중요한 시인 중 한 사람이야. 이 시는 극적 독백이야. 마치 연극 속의 독백처럼 한 사람만 얘기를 하고 있다는 뜻이지. 형식은 두 행씩 이어지는 약강 5보격이야.

그 부분은 알아. 빌이 말했다. 숫자 세기를 하는 것이기 때문에 그는 형식은 어려워하지 않았다. 소네트, 6행 6연체, abab 같은 체계 담시. 이런 것을 구별하는 데는 문제가 없었다.

나는 아이스크림을 다 먹고 나서 아이스크림콘 끝부분을 돌담과 붉은 튤립이 열을 지어 단정하게 심겨 있는 장례식장 화단 사이에 끼워 넣었다. 나는 나른했고, 별로 설명할 기분이 아니었지만, 빌은 몸을 앞으로 내밀고 정말로 귀를 기울이고 있었다. 그러니까, 페라라의 공작이 말하는 거야. 내가 말했다. 전체 시는 그의 관점에서 서술되고 있지. 시점에 대한 질문이 항상 나오니까 이건 중요해. 시 제목의 바로 아래 부분에 페라라라고 써 있기 때문에 그 사실을 알 수 있지. 페라라는 이탈리아에서 유명한 미술의 중심지였어. 그러니까 공작이 그림을 많이 소장하고 있다는 게 말이 되지. 지금까진 잘 알겠어?

응, 그런데······.

좋아, 그러니까 공작은 백작 측에서 보낸 사절에게 이야

도덕적 혼란

기를 하고 있어. 백작이라는 건 시에서, 바로 여기 마지막에서 말해 주고 있기 때문에 알 수 있지. 그는 백작의 딸을 두고 홍정을 하고 있어. 그는 그녀를 손에 넣어서 다음 공작부인으로 삼으려고 하는 거야. 어떤 백작인지는 언급되지 않아. 그들, 그러니까 공작과 사절은 위층에 있어. 그들이 시 마지막 부분에서 아래층으로 내려오기 때문에 그걸 알 수 있어. 이렇게 써 있잖아. '아니, 우리 함께 내려갑시다.'

그걸 왜 넣는 거야? 빌이 물었다.

뭘 넣어?

그들이 위층에 있든 아래층에 있든 누가 상관한단 말이야? 빌은 벌써 짜증을 내고 있었다.

다른 사람들이 아래층에 있기 때문에 그들은 위층에 있어야 하는 거야. 자, 여기 봐, 바로 여기 있잖아. 그리고 공작은 은밀한 대화를 하고 싶어 해. 아무튼, 공작 부인의 초상화는 위층에 있어. 공작은 사절에게 그걸 보여 주려고 데려가는 거지. 공작은 커튼을 걷어. 그 뒤에 전 공작 부인의 그림이 있거든. 그의 전 공작 부인, 알겠어? 그 그림은 박진성을 지니고 있어.

뭐라고?

박진성. 실물과 흡사하다는 뜻이야. 시험지 답안에 이 단어를 써. 점수를 잘 받을 수 있을 거라고 장담해.

빌어먹을. 빌은 서글픈 미소를 살짝 지었다. 알았어. 네가 그렇게 말한다면. 좋아. 여기 써 줘.

좋아. 그래서 그들은 이 공작 부인 그림을 보며 서 있는 거야. 그런 다음 간단히 말해서 공작은 그녀에 대해, 그녀가 무슨 잘못을 저질렀는지에 대해, 자기가 왜 그녀를 해치워 버렸는지에 대해 이야기하지.

아니면 왜 수녀원에 가둬 버렸는지에 대해. 빌은 기대에 찬 음성으로 말했다. 베시 양은 그것 역시 가능성 있는 대답이라고 제안하면서, 브라우닝 자신이 그런 의견을 피력했다고 말했다.° 이상하게도 학급의 남학생들은 이 온건한 각본을 선호했다. 그들은 지루하거나 못생겼거나 바가지를 긁거나 그 외 다른 면에서 불만족스러운 아내를 저버리고 싶어 하는 건 이해했다. 더 나은 아내를 갖고자 하는 욕망을

° 미국 영문학 교수인 하이럼 코슨(Hiram Corson, 1828~1911)은 이 시에 나오는 공작 부인의 운명에 대해 브라우닝에게 질문했던 일화에 대해 기록한다. 브라우닝은 일단 공작 부인이 죽임을 당한 것이라고 설명하고 나서, 잠시 침묵한 뒤, 그녀가 수녀원에 갇혔을 가능성도 있다고 덧붙였다. Richard Cronin and Dorothy McMillan, eds., *Robert Browning, 21st-Century Oxford Authors*(Oxford: Oxford University Press, 2015), p.672.

도덕적 혼란

이해했다. 그러나 첫 아내를 죽이는 건 극단적이라고 생각했다. 그들은 착실한 소년들이었다. 의사나 그 비슷한 것이 되고자 했다. 공작 같은 변태만이 끝장을 보는 것이다. 수녀원에 갇혀 있으면 그를 성가시게 할 수 없었겠지. 빌이 말했다. 어쨌든 그녀는 그곳에서 더 행복했을 거야. 그 작자는 짜증 나는 놈이었으니까.

그건 별로 설득력이 없어. 내가 말했다. 그는 분명 그녀를 죽였어. '모든 미소가 갑자기 멈추었죠.' 이건 아주 급작스레 일어난 일이야. 상당히 확실해. 하지만 시험에서는 두 가지 가능성이 있다고 말해야 해. 어쨌든, 그는 그녀를 제거해버렸어. 시는 왜 그랬는지 그 이유를 설명하고 있어. 공작은 그녀가 미소를 너무 많이 지었기 때문이라고 했어.

내가 이해할 수 없는 게 바로 그거야. 빌이 말했다. "그건 아주 멍청한 이유야. 그리고 납득할 수 없는 게 또 하나 있어. 만일 그가 그렇게 반지르르한 사람이라면(베시 양은 많은 시간을 들여 공작의 반지르르함에 대해 고찰했다. 물론 그녀는 그런 단어를 쓰지 않고 문화적 소양과 세련됨이라고 칭했다.), 왜 멍청하게 사절에게 그걸 다 얘기하는 거지? 사절은 백작에게 돌아가서 이렇게 말하겠지, '결혼을 취소하십시오. 저 작자는 위험한 나쁜 놈입니다!'"

나는 장례식장 돌담에서 일어나 치마 앞뒤의 매무새를 가다듬고 책을 집어 들었다. 토요일에 다시 살펴보자. 나는 그에게 말했다. 내가 필기한 걸 베껴서 줄게.

나는 통과하지 못할 거야. 빌이 말했다.

집에서 나는 지하실에서 생활했다. 시험 공부를 하기 위해 그곳으로 방을 옮겼다. 지하실은 집 다른 곳보다 서늘했고, 가족들에게서 더 멀리 떨어져 있었다. 그즈음 나는 어느 누구에게도, 아니, 적어도 부모님에게는 별로 말을 하고 싶지 않았다. 그들은 내 앞에 펼쳐진 시련의 끔찍함을 이해하지 못했고, 내가 아직도 잔디를 깎을 시간이 있다고 생각했다.

나는 어머니 눈에 띄지 않게 뒷문으로 슬쩍 들어가서 지하실 계단으로 살며시 내려갔다. 그리고 냉동고 문을 열고 내가 넣어 둔 녹스제마° 병을 꺼냈다. 얼린 박하유 피부 크림을 얼굴에 바르면 뇌로 가는 혈류를 자극해서 공부에 도움이 된다는 것이 내 이론이었다.

일단 얼굴이 완전히 차가워지고 창백해진 다음, 나는 지

○ Noxzema. 20세기 초에 개발된 얼굴 크림 및 세정제. 장뇌, 박하유, 유칼립투스 등이 주 원료다.

도덕적 혼란

하실 안을 서성거렸다. 생각을 정리해야 했지만, 공작 부인은 생각의 그물망을 자꾸만 빠져나갔다. 어쩌면 그녀는 독살을 당한 것이 전혀 아닐 수도 있었다. 어쩌면 단검에 찔리거나 교살을 당했을 수도 있다. 탐정 이야기에 흔히 나오는 것처럼 나일론 스타킹으로 당한 것이 아니라 실크 줄로. 어쩌면 교살당했는지도 모른다. 그 방법 역시 목을 조르는 것이다. 나는 어떤 종류의 교살인지 정확히 알지는 못했지만, 그 단어의 소리가 마음에 들었다. 가련한 여인, 나는 생각했다. 교살당하다니. 그리고 그 모든 건 그녀가 미소를 너무 많이 지었기 때문이었다.

하지만 그녀의 미소는 구태의연한 미소가 아니었다고 시에서는 말하고 있었다. 그녀의 미소에는 깊이와 열정이 있었고, 진심이 어려 있었다. 이제 시에 대해 한동안 숙고하다 보니, 좌측, 우측에서 진심 어린 미소를 지으며 돌아다니는 아내는 짜증스러울 수 있었겠다는 생각이 들었다. 학교에는 누구에게나 똑같이 성실하고 멋없이 미소를 짓는 여학생들이 있었다. 학교 앨범에는 그들에 대해 주로 이렇게 쓰여 있었다. 정말 매력적인 성격 또는 우리의 햇살 양. 하지만 나는 그런 여학생들을 한 번도 좋아한 적이 없었다. 그들의 시선은 미소를 머금은 채 나를 스쳐 지나서 주로 몇몇 남학생들 위에 머물렀다. 따지고 보면, 그들은 여성 잡지의 권고를 실행하고 있을 따름이었다. 미소를 짓는 데는 한 푼도 들지 않아요! 최고의 화장 요령인 미소! 미소라는 매력을 갖추세요! 그런 여학생들은 지나치게 열심히 다른 사람들 기분을 맞추려고 했다. 너무 싸구려였다. 바로 그것이었다. 공작은 바로 그 점에 반감이 들었던 것이다. 공작 부인은 너무 싸구려같이 굴었다. 그의 관점에서 보자면 분명 그랬을 것이다. 내가 공작 부인에 대해 더 생각할수록, 그리고 그녀가 얼마나 더 화를 돋우었을지(화를 돋우고, 지나치게 친절하고, 매일매일 똑같은 미소를 보이는 지루한 사람이었을지) 생각할수록, 나는 공작에게 더 공감하게 되었다.

하지만 공작의 불만 사항에 대해 곱씹어 보는 건 아무 소용이 없었다. 졸업 시험을 위해서는 그는 악한이 되어야 했다. 베시 양은 공작과 공작 부인의 성격을 비교하고 대비해 보시오, 같은 문제를 예상하라고 말했다. 그런 문제에 대비해서 우리는 대조되는 점을 그럴싸하게 짝지어 정리한 목록을 준비해야 한다고 그녀는 말했다. 나는 내 목록을 준비하기 시작했었다.

공작: 무자비한, 우쭐대는 자부심 강한, 느끼한 허위로 정중한, 자기중심적인, 자신의 재산을 자랑하는, 탐욕스러운

도덕적 혼란

경험이 많은, 정신병자 미술품 수집가.

공작 부인: 순수한, 겸손한, 알랑거리는 신실한, 솔직한, 구역질 나게 상냥한, 타인에게 친절한, 소박한, 바보 같은 경험이 없는, 미술품.

이런 목록은 빌에게 유용할 것이다. 내가 **공작** 쪽의 특성을 공작 부인 쪽의 특성과 화살표로 연결해 주기만 한다면 그는 이해할 수 있을 것이다. 혼란스러운 내 속마음은 혼자만 품고 있기로 했다.

사절에 대한 빌의 질문은 내 머릿속에 남아서 나를 괴롭혔다. 거래를 성사시키도록 사절을 설득하고 싶었다면 공작은 왜 전혀 모르는 사람에게 그렇게 멍청하게 비밀을 털어놓았단 말인가? 자, 나는 백작의 딸과 결혼하고 싶고 내가 손에 넣었던 전 공작 부인에게는 이런 짓을 했소. 저기 그녀는 마치 살아 있는 것처럼 서 있소. 눈 찡긋, 팔꿈치로 사절의 옆구리를 살짝 찍으며, 알겠소? 오. 알겠습니다. 사절은 말한다. 마치. 좋은 작품.

공작은 바보가 아니었다. 아마도 나름의 이유가 있었을 것이다.

만약 합의에 이미 서명 작업이 이루어지고 마무리가 되었다면? 그랬다면, 만일 결혼이 확실시되었다면, 시의 모든 것이 명확해졌다. 공작은 직접 설명하는 걸 싫어했다. 그건 자신의 격에 맞지 않는 일이었기 때문이다. 그래서 그는 차기 공작 부인에게 전언을 보내는 방식으로 사절을 이용하고 있었던 것이다. 그리고 그 전언은 다음과 같았다. 내 공작 부인들의 행실이 이랬으면 좋겠소. 그리고 그들이 이렇게 행동하지 않는다면, 커튼이 드리워질 것이오. 말 그대로 커튼이 드리워질 것이다. 다음 공작 부인이 규범을 벗어난 짓을 한다면, 그녀 역시 커튼이 앞에 드리워진 그림이 되고 말 테니까. 공작이 저 위 2층에 다른 그림을 얼마나 많이 보관하고 있을지 누가 알겠는가.

공작은 이 모든 것을 사절에게 말함으로써 배려심을 보여 주고 있었을 뿐이다. 그는 자신이 좋아하는 것과 싫어하는 것을 사전에 이해시킴으로써(미소는 이 정도만, 그리고 나에게만) 사후에 불쾌한 일을 방지하고자 했던 것이다. '오직 이것만 / 아니면 당신은 나를 역겹게 하오……' 그는 이렇게 말했을 것이다. 역겹다. 상당히 심한 말이다. 그는 전 공작 부인이 역겹다고 느꼈을 것이고 다음 공작 부인에게 역겨움을 느끼고 싶지 않았을 것이다.

이것은 이 시에 대해 통용되는 견해가 아니었다. 통용되는 견해는, 사절은 공작이 이제 막 말해 준 것에 경악해서 그런 변태적인 미친 작자에게서 벗어나기 위해 먼저 계단을

도덕적 혼란

내려오려고 서두른다는 것이었다. 사절이 먼저 밀치고 나가지 못하도록 공작은 아니, 우리 함께 내려갑시다라고 말했던 것이다. 하지만 나는 그렇게 생각하지 않았다. 사절은 공작이 자신보다 먼저 가도록 동작을 취했고(아마도 그는 아첨쟁이다운 목례를 했을 것이다.) 공작은 우리 함께 내려갑시다라고 말함으로써 두 사람이 동일선상에 설 수 있도록 했다는 것이 더 개연성이 있다고 나는 생각했다. 그는 친구인 척 행동하고 있었던 것이다. 분명 그는 사절의 어깨에 팔을 둘렀을 것이다.

만일 내 생각이 옳다면, 그 세 사람, 그러니까 공작, 사절, 백작은 모두 한패였을 것이다. 결혼은 거래였다. 백작은 혼수를 넘겨주고 딸에게 작별 키스를 했을 테고, 그 대가로 사회적 명망을 얻게 되었을 것이다. 공작이 백작보다 더 지위가 높았기 때문이다. 일단 공작의 궁전에 도착한 후에는(그의 팔라초라고 불렸을 거라고 베시 양은 말했다.) 백작의 딸은 완전히 외톨이가 되었을 것이다. 아버지나 다른 사람으로부터 도움을 기대할 수 없었다. 나는 그녀가 거울 앞에 앉아서 미소 짓는 연습을 하는 모습을 상상했다. 너무 따스한가? 너무 차가운가? 입꼬리가 너무 위로 올라갔나? 충분하지 않나? 사절에게서 들은 암시를 고려해 보면서 그녀는 자신의 삶이 미소를 완벽히 짓는 데 달려 있다고 확신했을 것이다.

토요일 저녁에 나는 공부할 때 입는 옷을 걸치고 빌의 집으로 향했다. 청바지에 민소매 티셔츠, 느슨한 남자 셔츠 차림이었다. 빌의 부모님이 차를 타고 외출해서 빌이 나를 데리러 올 수 없다고 전화로 알려 주었기 때문에 나는 자전거를 타고 갔다.

빌의 가족은 비교적 새로 지은 아담한 정육면체 모양의 노란 벽돌 이층집에 살았다. 전쟁 직후 그 지역에는 똑같은 모양의 집들이 줄지어 들어섰다. 안방은 차고 위에 있었다. 작은 현관이 있었고, 거실 문과 식사방 문을 지나 네모난 작은 부엌으로 연결된 복도가 있었다. 뒤편에는 레이지보이 안락의자°와 손님용 침대로 펼칠 수 있는 소파침대, 그리고 텔레비전이 놓인 좁고 답답한 방이 있었다. 빌의 집에 있을 때 우리는 그 방에서 공부했다. 우리 집에서는 부모님이 있을 때는 식탁에서, 그리고 없을 때는 지하실에서 했다.

나는 초인종을 눌렀고 빌은 즉시 문을 열었다. 나를 기다리고 있었을 것이다. 나는 현관에 들어서서 운동화를 벗었

○ La-Z-Boy. 비스듬히 기울어지는 기계 장치가 장착된 안락의자.

도덕적 혼란

다. 신발은 현관에 두는 것, 그것이 빌의 집의 규율이었다. 빌의 어머니는 직업이 있었다. 간호사는 아니었지만 병원에서 일했다. 그녀는 직업이 있음에도 집을 아주 깨끗하게 유지했다. 집에서는 자벡스 표백제°와 레몬 오일 가구 광택제 같은 세제 냄새가 풍겼고 나프탈렌 냄새가 기저에 스며들어 있었다. 마치 집 전체가 변화하지 않도록 통째로 방부제에 흠뻑 적신 것 같았다. 변화란 더러움을 의미했기 때문이다. 빌과 나는 거실에는 절대 가지 않았지만, 나는 그곳을 들여다본 적은 있었다. 거기에는 두더지 색깔의 카펫이 바닥 전체에 깔려 있었고 광택 나는 협탁들이 가득했다. 그리고 그 협탁들 위에는 도자기 인형들이 배열되어 있었고 크리스털 재떨이가 놓여 있었다. 아니, 그것은 사탕 접시였던가? 물건이 햇빛에 바래지 않도록 항상 커튼이 드리워져 있었다. 우리 집에는 그와 같이 방지선으로 차단된 곳, 조용하고 성역화된 곳이 없었다.

빌의 어머니가 나를 전적으로 허용한 것은 아니었다. 나는 이런 식의 반감, 즉 어머니들이 자기 아들들에게 손을

° Javex. 캐나다의 표백제 상표. 현재는 미국 회사인 클로락스가 상표를 소유하고 있다.

대는 여자를 못마땅하게 여기는 뿌리 깊은 반감에 대해『샤틀렌』과『굿 하우스 키핑』에서 알게 되었다.(당신의 시어머니: 최고의 친구인가 아니면 최악의 적인가?). 그래서 그녀의 차가운 미소에 별로 놀라지 않았다. 다른 한편으로, 그녀는 나와 마주치게 될 때마다 빌이 영문학을 공부하도록 도와 줘서 고맙다고 과도하게 감사를 표했다. 그가 그런 것을 공부해야만 한다는 건 참 안타까운 일이라고, 나중에 살아가는 데 아무런 도움이 되지 않을 것이고, 그리고 그것 때문에 그가 굉장히 낙심해 한다고 말하며, 왜 잘하는 과목에만 집중해서 공부할 수 없는지 의문을 표했다. 하지만 그 과목을 공부해야 하기 때문에, 끊임없이 공부에 전념하기 위해서는 나같이 똑똑한 친구가 있는 것이 좋은 일이라고 말했다.(그녀는 여자 친구라고 하지 않았다.)

우리는 순조롭게 공부를 시작했다. 나올 만한 문제, 그리고 요점을 짚는 식으로 된 답안을 훑어보았다. 그러다가 빌은 중간에 한 번씩 휴식을 취해야 한다고 말하면서, 나가서 진저에일을 가져왔다. 그리고 이내 우리는 소파침대에서 서로를 어루만졌다. 하지만 완전히 펼쳐서 침대로 만들지는 않았다. 싸구려 여자나 그런 일을 공모하는 것이다. 게다가

도덕적 혼란

우리는 빌의 부모님이 예전에도 그랬듯이 예상치 않게 돌아올 수도 있다는 걸 알고 있었다. 오늘 밤, 그들은 돌아오지 않았다. 하지만 잠시 후 우리는 그것과 상관없이 똑바로 앉아서 머리 매무새를 가다듬고 단추를 잠갔다. 그리고 다시 공부를 했다.

빌은 집중을 할 수 없는 것 같았다. 그는 상반되는 특징 목록을 파악했다. 그 정도는 이해가 되었던 것이다. 그러더니 그 작자가 공작 부인에게 한 짓은 유감스러운 일이라고 말했다. 그녀는 아마 그런 일이 일어나리라는 걸 예상조차 못했을 텐데, 의기양양한 변태 자식은 감히 그것에 대해 자랑까지 하고, 마치 핀업 사진을 걸어 놓듯 그녀의 그림을 벽에 걸어 놓은 것이다. 그녀는 분명 아주 예뻤을 것이다. 아까운 인물이다.

나는 그런 것은 모두 요점에서 벗어난 것이라고 말했다. 시험을 채점하는 사람들은 빌의 개인적 의견에 관심이 없을 것이다. 그들이 원하는 것은 근거로 뒷받침된 시에 대한 객관적 분석이다. 시는 시험지 자체에 인쇄되어 나올 것이다. 암기까지 하기를 기대하지는 않는 것이다. 그가 할 일은 질문을 두 번 읽고 용납될 만한 요지, 즉 베시 양과 함께 공부했던 것들을 적고, 시에서 그 요지를 뒷받침해 줄 만한 행을 찾은 다음 그것을 인용 부호와 함께 베껴 쓰는 것뿐이다.

빌은, 그래, 알고 있다고 말했다. 하지만 그건 시간과 원기를 참으로 무용하게 낭비해 버리는 짓이다. 결국 그것은 무엇을 위한 것이며 무엇을 입증하는 것인가? 그것은 그가 주의 깊은 독자라는 사실을 입증할 거라고, 그리고 그들이 알고 싶어 하는 것은 단지 그것뿐이라고 나는 말했다.

나는 주의 깊은 독자라는 말을 하지 말았어야 했다. 그 단어는 최근에 있었던 베시 양과의 논쟁, 그리고 그녀의 비아냥을 상기시켜 주었다. 그의 얼굴이 붉어졌다.

그는 이게 모두 쓸데없는 짓이라고 말했다. 주의 깊은 독자가 된다고 해서 직업을 가질 수 있는 것은 아니기 때문이다. 나는 직업을 갖는 것과 관계있는 일이라고, 그렇게 함으로써 시험을 통과할 수 있고 진학을 할 수 있기 때문이라고 말했다. 어찌 되었건 간에, 내가 규칙을 정한 것이 아닌데 왜 나에게 화를 내느냐고 나는 물었다.

빌은 나에게 화난 것이 아니라 빌어먹을 공작이 공 작부인을 죽여서 화가 난 거라고 말했다. 그 작자는 감옥에 갇히거나 교수형을 당했어야 했다. 그런데 나는 왜 그를 변호하는 것인가?

우리는 이런 식의 바보 같은 말다툼을 한 적이 있었다.

　　　　　　　　　　　　　　도덕적 혼란

그런 다툼은 불쑥 벌어졌다가 그냥 사그라들곤 했다. 말다툼을 할 때면 우리는 각자 서로가 하지 않은 말을 빌미로 상대방을 비난했다.

나는 그를 변호하지 않았어. 나는 말했다.

아냐, 변호했어. 그녀는 병적인 나쁜 놈을 남편으로 둔 착한 정상적인 여자였어. 그런데 너는 그게 그녀 자신의 잘못이라고 생각하는 것 같군.

내가 그런 말을 한 것은 아니었지만, 그의 비난은 부분적으로 맞는 말이기는 했다. 빌이 내 느낌을 짐작할 수 있다는 사실에 나는 왜 화가 났던가?

그녀는 멍텅구리였어. 내가 말했다. 자신이 그런 식으로 저속하게 온갖 남자들, 그리고 세상에, 석양에까지 미소를 지어 대는 걸 싫어한다는 사실을 알아차렸어야지.

상냥했을 뿐이잖아.

얼간이였을 뿐이야.

그녀는 얼간이가 아니었어. 그가 뭘 원했는지 그녀가 어떻게 알아? 그의 마음을 읽을 수는 없는 거잖아!

내 말이 바로 그거야. 나는 지겹다는 듯한 목소리로 말했다. 그녀는 바보였어.

아니야, 바보 아니었어! 그가 끔찍한 놈이었어! 그는 미소

짓는 것에 대해 아무것도 털어놓지 않았어. 그녀한테 아무 말도 하지 않았다고. 시에 그렇게 쓰여 있잖아. 자존심을 굽히지 않는 쪽을 선택한 거.

그녀는 얼빠진 여자였어.

적어도 그녀는 잘난 체하는 똑똑이는 아니었어. 빌이 공격적으로 말했다.

나는 공작은 구역질나는 멍텅구리보다 잘난 체하는 똑똑이를 더 좋아했을 거라고 말했다. 왜냐하면 그는 문화적 소양을 갖추었고 세련되었으며 예술 작품을 제대로 감상할 수 있는 사람이었기 때문이다. 아무튼, 나는 잘난 체하는 게 아니라 그가 시험을 통과하도록 도와주려고 했을 뿐이었다.

너는 네가 그렇게 똑똑하다고 생각하지. 빌이 말했다. 고맙지만 사양하겠어. 나는 그 빌어먹을 도움 필요 없어. 특히 네가 주는 도움은.

알았어. 내가 말했다. 그게 네가 원하는 거라면. 행운을 빌어. 나는 바닥에서 책을 주워 모은 다음 양말 신은 발로 최대한 빨리 복도를 걸어 나와 현관에서 운동화를 신었다. 빌은 나를 잡으려고 하지 않았다. 그는 텔레비전 방에 그대로 있었다. 그곳에서 흘러나오는 소리로 미루어 나는 그가 텔레비전을 틀었다는 걸 알 수 있었다.

도덕적 혼란

나는 어둠 속에서 자전거를 타고 집으로 왔다. 생각했던 것보다 늦은 시간이었다. 부모님은 불을 다 끄고 주무시고 계셨다. 나는 깜박 잊고 열쇠를 안 가져왔다. 뒷문 옆에 놓인 쓰레기통에 올라가서 옆으로 몸을 비틀어 배달용 찬장을 통해 집으로 슬쩍 들어갔다. 이전에도 이렇게 많이 해 보았다. 그런 다음 까치발을 하고 아래층으로 내려가서 내 지하실 방으로 들어갔다. 그리고 그곳에서 울음을 터뜨렸다. 어떤 일시적인 수습이 이루어질지 모르지만, 빌의 시대는 이제 종결을 맞았다. 노래에 나오는 것처럼, 안녕, 내 사랑인 것이다. 이제 완전히 외톨이가 되었다. 너무나 슬펐다. 왜 그런 일은 그런 식으로 와해되어야 하나? 왜 동경과 소망, 친근함과 선의 또한 산산조각이 나 버려야 하나? 왜 그토록 철저히 끝나 버려야 하나?

사랑, 외톨이, 슬픔, 종결 같은 주요 단어들을 반복함으로써 나는 더 격렬하게 울었다. 일부러 그랬다. 드디어 울음을 멈추고 나서 나는 잠옷을 입고 이를 닦고 얼굴에 언 녹스제마 피부 크림을 발랐다. 그런 다음 『더버빌가의 테스』를 가지고 침대에 누웠다. 베시 양은 월요일에 이 작품에 도전할 것이다. 우리 모두가 열심히 달려야 할 것이다. 그리고 나는 다른 학생들보다 미리 공부해서 앞서가고 싶다고 스스로 다짐했다. 사실은 내가 잠을 이룰 수 없으리라는 것을 알았던 것이다. 빌과 싸웠던 일에서 마음을 분산시킬 필요가 있었다. 그러지 않으면 나는 계속해서 그 싸움을 마음속으로 되풀이하며 우리가 내뱉었던 말들을 내게 좀 더 유리한 단어로 바꾸고 우리가 실제로 한 말이 무슨 뜻이었는지 알아내려고 애쓰다가 좀 더 울었을 것이다.

책을 대충만 훑어보아도 테스에게 심각한 문제가 있었다는 걸 금방 알아차릴 수 있었다. 그것은 내 문제보다 훨씬 심각했다. 그녀의 삶에서 가장 중요한 일이 책의 첫 부분에서 발생했다. 그녀는 밤에 숲속에서 유린당했다. 나쁜 놈이 집에 태워다 주겠다는 제안을 멍청하게 받아들였기 때문이었다. 그리고 그 이후로는 모든 것이 내리막길이었다. 순무,° 사산한 아기, 사랑하는 남자의 등 돌림, 그리고 마지막으로 그녀의 비극적 죽음. (나는 마지막 세 장을 먼저 훔쳐봤다.) 테스는 분명 전 공작 부인이나 오필리어처럼 (우리는 이전에 『햄릿』을 공부했다.) 불운한 호구 중 하나였다. 이 여자들

ㅇ 테스는 결혼 직후 남편 에인절에게 자신이 성폭행당한 사실을 털어놓고, 에인절은 그 사실을 받아들이는 데 어려움을 겪는다. 테스는 자발적으로 그를 떠나 부모님 집으로 돌아온 후 경제적 어려움을 덜기 위해 척박한 농장에서 순무 캐는 일을 한다.

은 모두 비슷했다. 사람들을 너무 잘 믿었고, 나쁜 남자들의 손아귀에 걸려들었으며, 약삭빠르지 못했고, 스스로를 돌보지 않았다. 그들은 미소를 너무 많이 지었다. 다른 이들을 기쁘게 해 주려고 지나치게 애썼다. 그런 다음, 이런저런 식으로 제거되어 버린 것이다. 아무도 그들에게 도움을 주지 않았다.

우리는 왜 이런 불운하고 짜증스러운 멍텅구리 여자들에 대해 공부해야 하는가? 나는 의문이 들었다. 교과 과정에 포함되는 책과 시는 누가 고르나? 그것이 앞으로의 우리의 삶에 무슨 소용이 있나? 그런 작품에서 우리는 도대체 무엇을 배워야 하나? 어쩌면 빌의 말이 맞았는지도 모르겠다. 어쩌면 이 모든 것이 시간 낭비였는지도 모르겠다.

위층에서 부모님은 평화롭게 잠들어 있었다. 그들은 비운의 사랑, 분노 중에 내뱉는 말, 운명된 결별에 대해 아무것도 몰랐다. 그들은 삶의 어두운 면에 대해 완전히 무지했다. 숲속에서 배반당한 여자들, 시냇물에 빠져 익사할 때까지 노래를 부르는 여자들, 지나치게 상냥했기 때문에 죽임을 당한 여자들. 도시 전체의 모든 사람들은 무의식의 방대한 푸른 바다를 떠내려가며 잠들어 있었다. 나를 제외한 모든 이들이.

나, 그리고 베시 양을 제외하고. 베시 양 역시 늦게까지 깨어 있을 것이다. 그녀가 잠을 자는 일처럼 느슨하고 방심한 행동을 한다는 건 상상할 수 없는 일이었다. 그녀의 눈, 분명 그 눈은 절대 감기는 법이 없었을 것이다. 그 눈이 냉소적인 게 아니라 명랑한 눈, 나이 많은 아이의 눈, 마치 농담이나 특이한 지혜를 발화하지 않기 위해 억누르듯 눈꼬리에 주름이 진 눈이라는 사실을 나는 이제야 깨달았다. 어쩌면 우리의 필수 독서 목록을 선정하는 책임을 맡았던 건 그녀였는지도 모른다. 그녀, 그리고 그녀 같은 한 무리의 사람들. 그들은 모두 어느 정도 나이가 있고, 모두 훌륭한 정장을 입고 있으며, 옷깃에 달린 브로치에는 진짜 보석이 달려있고, 모두 자격증을 갖추고 있었다. 그들은 함께 만나서 비밀 회의를 하고 상의를 해서 자기들끼리 우리가 읽을 책 목록을 만들어 내는 것이다. 그들은 우리가 알아야 하는 무언가를 알고 있었다. 하지만 그 무언가는 복잡한 것이었다. 어떤 사물이라고 하기보다는 어떤 패턴이라고 하는 게 정확할 것이다. 탐정 이야기 속의 단서처럼 일단 우리가 연결해 보면 나타나는 것과 같은 것. 이 여성들, 이 교사들이 이것을 우리에게 직접 전해 줄 방법은 없었다. 그것은 너무 뒤얽히고 너무 완곡한 것이었기 때문에, 우리가 귀담아들을 만

　　　　　　　　　　　도덕적 혼란

한 방식으로는 도저히 전달할 도리가 없었다. 그것은 이야기 안에 숨겨져 있었다.

나는 손목시계를 보았다. 새벽 3시였다. 너무 피곤해서 물건이 두 개로 겹쳐 보일 정도였지만, 그러면서도 동시에 활짝 깨어 있었다. 빌에 대한 생각에 잠겨 있는 게 마땅했을 것이다. 그는 내가 눈물을 좀 더 흘릴 만한 가치가 있는 사람이 아니었던가? 그 대신, 머리 뒤쪽의 밝은 어딘가에 베시 양의 모습이 떠올랐다. 그녀는 햇살이 한 점 비치는 곳에 서 있었고, 햇살은 호박과 금으로 된 그녀의 벌 모양 브로치에 반사되어 반짝였다. 그녀는 제일 좋은 정장에 빳빳한 흰색 리본이 달린 블라우스를 받쳐 입고, 먼지 하나 없이 윤기 나는 신발을 신고 있었다. 그녀는 멀리 있었지만 매우 또렷하게 보였다. 마치 사진처럼. 이제 그녀는 내게 온화한 반어적 미소를 지으며 커튼을 옆으로 젖혔다. 커튼 뒤에는 어두운 터널로 들어가는 입구가 있었다. 나는 원하든 원하지 않든 간에 그 터널 안으로 들어가야 했다. 터널은 앞으로 나아가기 위한 길이었고, 그다음 터널의 저편에는 길이 더 펼쳐져 있었다. 그러나 베시 양은 그 입구에서 멈춰야 했다. 터널 안에는 내가 배워야 할 것이 놓여 있었다.

이제 곧 나는 작년의 학생이 될 것이다. 나는 베시 양의 세계에서 떠나게 될 테고, 그녀는 나의 세계에서 떠날 것이다. 우리 둘은 모두 과거에 속하게 될 것이고, 우리 둘 모두, 나는 그녀의 관점에서, 그녀는 나의 관점에서, 완전히 지나가 버린 존재가 될 것이다. 현재의 내 책상에는 다른, 더 어린 학생이 앉아서, 내가 그랬듯이 지정된 텍스트 전체를 훑어보며 공부하도록 가차 없이 채근당하고 재촉당하고 떠밀려 갈 것이다. 시의 첫 행은 언제나 가장 중요합니다, 학생 여러분. 베시 양은 말할 것이다. 시 전체의 분위기를 조성하죠. 그다음을 봅시다.

그러는 사이, 나 자신은 어두운 터널 속에 있게 될 것이다. 나는 앞으로 나아갈 것이다. 나는 새로운 것들을 발견해 낼 것이다. 나는 완전히 혼자일 것이다.

도덕적 혼란

다른 곳

오랫동안 나는 목적 없이 방랑했다. 아주 오랜 세월처럼 느껴졌다. 그렇지만 목적 없이 돌아다녔다고 느껴지지 않았고, 적어도 천하태평으로 다닌 것은 아니었다. 나는 필요, 운명에 의해 떠밀린 것이었다. 고등학교 시절 읽었던 멜로드라마적인 소설 속 등장인물들이 폭풍우 속으로 뛰쳐나가고 황야를 어슬렁거렸듯이. 그들처럼 나 역시 계속 돌아다녀야 했다. 불가항력적인 일이었다.

나는 만화책에 나오는 노숙자처럼 막대 끝에 작은 보따리를 달아매고 먼지투성이거나 울퉁불퉁하거나 눈으로 뒤덮인 길을 따라 터덜터덜 걷는 내 모습을 그려 보곤 했다.

하지만 그것은 지나치게 우스꽝스러운 모습이었다. 가차 없이 앞으로 활보하면서, 경이로운 존재처럼 새로운 마을로 들어갔다가 흔적 없이 사라짐으로써 임무를 완성하는 불가사의한 여행자와 더 비슷했다.

현실 속의 나는 아무런 임무가 없었다. 그리고 나는 터덜터덜 걷지도, 활보하지도 않았다. 기차를 타거나, 당시로서는 특별한 교통수단이었던 비행기를 탔다.

나는 새로운 장소로 이동하는 걸 매번 기꺼이 받아들였다. 얼마 안 되는 짐을 민첩하게, 그리고 심지어는 기뻐하며 풀고 나서, 근처나 구역이나 도시의 길을 익히기 위해 탐험에 나섰다. 그러나 이내 나는 그 장소에 영원히 머무른다면 내가 어떻게 될지 상상하곤 했다. 여기에서는 지저분한 머리와 창백한 얼굴을 한 재미없고 병적인 지식인이 될 것이고, 저기에서는 집이라는 이름의 철창 우리에 갇힌 자족한 부인이 될 것이다. 그리고 그곳이 우리라는 사실을 뒤늦게야 깨닫게 될 것이다.

무엇을 하기에 뒤늦었다는 말인가? 벗어나기에, 새로운 것을 하기에. 하지만 그와 동시에 나는 안정성을 갈망했다. 남자들과의 관계에서도 마찬가지였다. 각각의 남자는 가능

도덕적 혼란

성이 있는 존재였다가 재빨리 불가능성으로 바뀌었다. 칫솔이 두 개 나란히 놓이자마자, 아니, 칫솔 두 개가 나란히 화장실 세면대에 속박되고 침체되고 칫솔모가 축 처진 동반 상태로 놓여 있는 모습을 상상하게 되는 즉시 나는 떠나야 했다. 내 책들은 상자 속에 포장되어 버스 편에 부쳐졌고, 일부는 그러는 과정에서 분실되었다. 옷가지와 수건은(정말로 수건도 있었다.) 작은 주석 여행 가방에 들어갔다. 나는 짐을 싸는 동안 콧노래를 불렀다. 하지만 매번 짐을 싸기 시작할 때마다 집을 떠나는 것 같은 느낌이 들었다. 콧노래를 부르다가 내가 짐을 싸고 있는 곳, 하지만 아직은 떠나지 않은 장소에 대한 향수로 한바탕 눈물 바람을 하기도 했다.

나의 진짜 집, 내가 성장한 그곳에 대해서는 거의 생각하지 않았고, 적어도 구체적으로 떠올리는 일은 없었다. 내가 부모님의 걱정거리라는 사실을 막연히 인식하고 있었지만, 나는 그들의 걱정이 불쾌했다. 나는 잘해 나가고 있던 것이다. 스스로 생계를 꾸려 나가고 있었다. 때때로 내면의 창이 갑자기 열리고, 나는 고속으로 돌린 필름에서처럼 일상의 활동들을 빨리 해내고 있는 부모님을 멀리, 아주 작게 볼 수 있었다. 손과 수저 따위에 뿌연 거품을 내며 설거지를 하는 모습, 갑자기 미친 듯이 정원 일에 헌신하는 모습, 마치 제트 엔진이 달린 듯이 윙윙 소리를 내는 차를 타고 여름 별장으로 여행하는 모습. 그리고 그곳에서 설거지를 하고, 그곳에서 미친 듯이 정원 일을 한 다음, 다시 돌아오고, 그런 다음 잠자리에 들고, 그런 다음 새벽에 일어나고, 그렇게 쳇바퀴를 도는 모습. 그들은 진부한 일상에 함몰되어 있었고, 더 높은 진리에 대해 숙고하지 않았다. 나는 그들에게 우월감을 느꼈다. 그러다가 향수에 잠겼다. 그러다가 고아가 된 듯한 느낌에 사로잡히곤 했다. 추운 밤에 뒤쪽 텃밭에서 감자 한두 개를 훔치다가 안락한 가족생활 모습을 들여다보는 맨발의 부랑아. 나는 이런 애처로운 시나리오로 스스로를 괴롭히다가, 서둘러 창을 다시 닫아버리곤 했다.

나는 고아가 아니야, 나는 나 자신에게 말했다. 고아가 되려면 아직 멀었어. 좀 더 고아가 되어야 해. 그래야 머릿속에 떠오르는 걱정 어린 지적에 구애되지 않고 몸에 안 좋은 음식을 먹고, 밤을 새우고, 어울리지 않는 옷을 입고, 부적절한 친구들과 어울리는 등의 행동을 할 수 있는 것이다. 왜 이런 형편없는 곳에 사는 거니? 뭘 하며 시간을 보내는 거니? 왜 그런 나쁜 놈과 사귀는 거지? 왜 아무 성과도 못 내는 거야? 잠을 충분히 자! 건강을 해치게 될 거야! 검은색 옷 좀 그만 입어!

도덕적 혼란

부모님은 결코 이런 말을 입 밖에 내지 않았을 것이다. 부모님은 그보다는 현명했다. 그러나 나는 생각의 광선이 있다고 믿었다. 이 광선들은 부모님의 두개골에서 뿜어져 나와 나의 두개골로 와 닿았다. 마치 전파 같았다. 내가 집에서 더 멀어질수록 나를 향해 조용히 비추는 그 광선 또한 더 약해졌다. 그래서 나는 우리 사이에 많은 거리를 두어야 했다.

무책임한 삶에 대한 나의 욕망의 대척점에는 그와 상반되고 더 부끄러운 욕망이 존재했다. 나는 매일 직장에 나가고 자가용을 모는 아버지, 앞치마를 입고 베이킹을 하는 어머니, 남자아이와 여자아이로 구성된 두 자녀, 그리고 고양이 한 마리와 개 한 마리가 주름 장식 창문 커튼이 달린 하얀 집에 사는 모습이 나왔던 초등학교 2학년 때 교과서를 보고 받은 충격을 결코 극복하지 못했다. 내가 살았던 그 어떤 집에도 그런 커튼이 없었지만, 그 커튼은 마치 미리 운명 지어진 것처럼 느껴졌다. 그것은 목표가 아니었고, 내가 추구하는 무엇도 아니었다. 그 커튼이 운명이기 때문에 내 삶에 그냥 실현될 터였다. 나의 미래는 그런 커튼, 그리고 그에 수반된 모든 것이 없으면 완전하지 않을 것이다. 아니, 평범하지 못할 것이다. 그 이미지는 마치 비상용 옷처럼 내 여행용 가방 한구석에 보관되어 있었다. 지금 입고 싶은 것은 전혀 아니지만, 최악의 상황이 펼쳐지면 그것을 꺼내서 주름을 펴고 걸칠 수 있는 것이다.

나는 일시적 존재 방식을 영원히 지속할 수는 없었다. 언젠가는 누군가와 어느 곳에 정착해야 했다. 그렇지 않은가?

하지만 만약 내가 어딘가에서 방향을 틀 기회를 놓쳤다면, 그래서 나의 미래를 놓쳤다면? 그것은 무서울 정도로 쉽게 일어날 수 있는 일이었다. 내가 주저하거나 떠나 버리는 일이 너무 잦았다면, 선택의 여지가 없어질 수도 있었다. 나는 아내를 데려오는 농부에 관한 동요에 나오는 치즈처럼 홀로 서 있게 될 것이다.° 하이-호, 더 데리-오, 치즈는 혼자 서 있네. 아이들은 이 치즈에 관해 노래를 불렀고, 모두가 치즈의 머리 위에 손을 올려 박수를 치고 그것을 놀렸다.

그런 놀이를 할 때면 나조차도 외로운 치즈를 놀렸다. 나는 이제 그랬던 자신이 수치스러웠다. 혼자라는 것, 그 자체가 왜 조롱의 대상이 되어야 하는가? 하지만 그것은 조롱의 대상이었다. 혼자인 자들, 외톨이들은 신뢰할 수 없었다.

○ 「계곡의 농부(The Farmer in the Dell)」라는 유아용 동요. 농부가 아내를 데려오고, 아내가 아이를 데려오고, 그 이후 순차적으로 농장의 다양한 가축이 합류하는 내용인데, 치즈는 혼자 서 있네로 끝을 맺는다.

　　　　　　　　　　　　　　　도덕적 혼란

그들은 이상하고 꼬인 사람들이었다. 분명 그들은 사이코패스였을 것이다. 그들의 냉동고에는 살해된 시체 몇 구가 숨겨져 있을 것이다. 그들은 어느 누구도 사랑하지 않았고, 아무도 그들을 사랑하지 않았다.

좀 더 반항심이 들 때면, 노아의 짝짓기 방주에서 제외된 것에 내가 왜 신경을 써야 하느냐고 스스로에게 물었다. 그것은 사실상 자물쇠 빗장이 걸려 있고 정해진 시간에 사료가 지급되는 미화된 동물원에 불과한 것 아니었던가. 나는 그런 것에는 유혹당하지 않을 것이다. 거리를 둘 것이다. 날렵한 몸과 늑대 같은 성향을 유지하고, 가장자리를 에둘러 갈 것이다. 나는 트렌치코트를 입고 깃을 세운 채 가로등 사이를 배회하며, 높은 신발 굽으로 인상적으로 공허하고 울리는 소리를 내면서, 내 앞에 긴 그림자를 드리운 채 중요한 주제에 관해 심각한 생각을 하는 밤의 존재가 될 것이다.

스무 살 때 읽었던 시가 여전히 뇌리에서 떠나지 않았다. 나보다 훨씬 연로한 유명 시인이 지은 그 시는 모든 지적인 여자들은 엉덩이에 여드름이 있다고 주장했다. 그것이 말도 안 되는 일반화라는 것을 깨달았지만, 그럼에도 나는 걱정했다. 내가 소유하도록 운명 지어진 주름 장식 커튼과 내게 결국 생기게 될 여드름투성이 엉덩이는 서로 어울리지 않았다. 그렇지만 그 두 가지 모두 생기지 않았다, 아직까지는.

　한편 나는 생계를 꾸려 가야 했다. 당시에는 직업을 구해서 한동안 일하다가 그만두고 다른 곳에서 다른 일을 구할 수 있었다. 노동력, 그러니까 내가 하던 일에 종사하는 인력이 부족했다. 정확한 이름도 없던 그 일. 나는 스스로를 유랑 두뇌라고 생각했다. 엘리자베스 여왕 시대의 순회 공연자 또는 음유 시인같이 대학 학위를 싸구려 류트처럼 들고 다니는. 나는 그런 직업에 동반되는 나쁜 평판 또한 갖고 있었다(고 나는 느꼈다.). 파티에서(내가 가진 직업이 대학에 있을 때면 교수 파티에서, 그리고 내 기술을 다른 분야에서 발휘할 때면 회사 파티에서), 나는 교수 부인들이나 회사 직원 부인들이 마치 내게 머릿니라도 있는 것처럼 나를 살펴보는 걸 알아차렸다. 아마도 내가 자기 남편들을 겨냥한 계획을 갖고 있다고 생각하는 것 같았다. 나를 두고 걱정할 필요가 없었는데도 말이다.

　남편들은 또 다른 문제였다. 그들 사전에 결혼반지를 끼지 않은 여성들은 아무리 보수적인 차림을 했더라도 자유롭게 시험해 볼 수 있는 대상이었다. 나는 왜 그런 일이 일어나리라는 걸 알아차리지 못했을까? 나는 알아차리지 못했고, 재빨리 물러나지 않았다. 그러다가 내가 마지막 정리를 도와주고 있던 부엌이나 코트가 쌓여 있는 침실에서 실랑이가 일어났고, 그런 다음에는 모든 사람이 격분하고 상처를 입게 되는 것 같았다. 남편들은 내가 그들의 은밀한 추행 시도에 이목을 집중시켰다는 사실에, 부인들은 내가 남편들을 그렇게 하도록 이끌었다는 것에 분노했다. 나는 분노하기보다는 경악했다. 땅딸막하거나 고약한 냄새를 풍기는 이 남자들이 어떻게 자신들에게 뭔가 매력이 있을 거라고 생각할 수 있단 말인가? (그런 경악은 젊었기에 겪는 감정이었다. 나는 나중에는 그것을 극복했다.)

이러한 태도와 만남은 내가 떠돌이 생활을 시작하던 즈음에는 당연하게 여겨졌다. 하지만 그러다가 시대가 변했다. 내가 여정에 첫발을 디뎠던 때에는 모든 여자들이 결혼하는 게 당연했고, 내 친구들 다수는 이미 결혼한 상태였다. 그러나 이 시기의 막바지에 이르자(겨우 팔 년 후였으니 그리 긴 시간도 아니었다.) 물결이 한바탕 휩쓸고 지나가며 상황을 완전히 바꾸어 놓았다. 미니스커트와 나팔바지가 잠시 나타났다가 샌들과 홀치기염색 옷으로 즉시 대치되었다. 수염 기른 얼굴들이 출현했고, 공동체가 생겨났으며, 긴 생머리에 브래지어를 하지 않은 마른 여성들이 도처에 보였다. 성적 질투는 잘못된 포크를 사용하는 것과 같은 짓이었고, 결혼은 우스개짓이었으며, 이미 결혼한 이들은 한때 굳건했던 자신들의 결합이 불량 치장 벽토처럼 부스러져 내리는 걸 경험했다. 느슨하게 속박당하지 않고 경험을 쌓으며 자유롭게 돌아다니는 방랑자가 되어야 한다고들 했다.

수염과 대마초 꽁초가 만연하기 수 년 전부터 나는 이미 그렇게 하고 있지 않았던가? 그러나 사랑을 염원하는 구슬 목걸이들과 대마초 상용자들에 동참하기에는 내가 너무 늙었거나 너무 엄숙하다고 생각했다. 그런 것에는 중력이 없었다. 그들은 지금 이 순간을 누리고 싶어 했지만, 늑대가 아닌 개구리들 같았다. 햇빛 아래 앉아서 눈만 껌벅이고 싶어 했다. 그렇지만 나는 분투의 시대에 성장했다. 나는 휴식이 지루했다. 어디에서든 성공하기 위해 노력해야 한다고 생각했다. 어디론가 향하고 있어야 한다고 생각했다. 그리고 나의 경우, 그것은 대부분 다른 곳으로 가는 것을 의미했다.

그 기간 동안 나는 하숙집이나 공유 아파트나 전대차 집에 살았다. 내 소유의 가구는 없었다. 그런 것은 거추장스럽기만 했다. 나는 각각의 새로운 장소에서 임시변통 물건들을 중고품 가게에서 샀고, 떠날 때마다 그것을 팔았다. 식기

도덕적 혼란

류도 없었다. 어쩌다가 장식품으로 호사를 부리기도 했다. 천박하고 색깔이 화려한 꽃병, 벼룩시장의 특이한 물건. 나무 조각 손이 일종의 잔을 들고 있고 핏케언섬° 기념물이라는 글자가 새겨진 것도 구입했다. 뚜껑이 없는 1930년대 향수병을 사는 데 많은 돈을 지출했다.

　내가 산 물건들은 무언가를 담는 용도였지만, 나는 그것을 채우지 않았다. 그것들은 계속 빈 채로 남아 있었다. 그것은 갈증에 대한 작은 상징적 제단이었다. 아무런 가치가 없는 잡동사니라는 것을 나는 알고 있었지만, 다시 짐을 쌀 때마다 그것들을 주석 여행 가방 속에 집어넣었다.

　어느 해 나는 대학에서 1학년들에게 문법을 가르치는 일을 하게 되었다. 그것은 나 혼자서 진짜 아파트°°를 빌릴 여유가 생겼다는 것을 의미했다. 직장은 밴쿠버에 있었다. 아파트는 어떤 가족이 세를 놓을 심산으로 자신들의 단층집 위에 지은 것이었다. 거기에는 전용 계단이 있었다. 계단은

° 남태평양에 있는 네 개의 화산섬.
°° 여기에서 아파트먼트는 한국에서와 같은 개념이 아니라 다가구 주택의 일부, 또는 독채 일부이지만 독립적으로 분리된(apart) 생활 공간을 가리킨다.

매우 가파르고 수수했으며, 고무 발판이 깔려 있었고, 난간이나 창문 같은 것은 없었다. 그것은 계단이라기보다는 수직 터널처럼 보였다. 아파트에는 심지어 가구도 몇 점 있었다. 아래층에 사는 가족이 더 이상 사용하지 않는 것이었다. 예를 들면, 이십여 년 전에는 멋지다고 생각되었을 법한 밝은 녹색의 매끄러운 공단 침대 덮개가 놓인 침대가 있었다. 1930년대 양식이었을 화장대도 있었다. 거대한 금색 테두리 거울도 있었다. 아파트에 딸린 가구는 모두 침실에 있었다. 그곳은 오래된 영화 세트장이나 몇 년 전 나온 살인 추리 소설 페이퍼백의 표지처럼 보였다. 공단 침대 덮개는 그런 데 등장하는 것이었다. 여자의 시체가 마치 호화로운 상자 안에 담긴 커다란 육체 과자처럼, 예술적으로 주름이 잡힌 공단에 둘러싸여 진열되어 있곤 했다. 금색 테두리 거울에는 남자의 모습이 비춰졌다. 모습의 일부, 범죄 직후 등을 돌리고 방을 나서는 모습만이.

아파트에는 식사용 코너가 있는 거실이 있었고, 내가 구세군 책상과 의자와 타자기를 들여놓은 또 다른 방이 있었다. 거실에는 대여해 온 카드놀이용 탁자를 놓고 손님이 올 때마다 식탁으로 사용했다. 손님을 접대할 때도 역시 대여해 온 식기류와 수저를 사용했다.

25달러가 필요하다던 친구의 친구에게서 산 그림도 있었다. 그것은 붉은 점과 휘갈긴 붓 자국이 있는 추상화였다. 술을 몇 잔 하고 나면 그 그림에서 무언가를 볼 수 있는 것 같기도 했지만, 그런 식으로 기분이 고조된 상태가 아닐 때면 뭔가가 새서 벽지에 생긴 젖은 자국처럼 보였다. 나는 그 그림을 작동하지 않는 벽난로 위에 걸었다.

룸메이트로부터 드디어 해방되고 부모님의 생각 광선으로부터 한참 멀리 떨어진 아파트에서, 나는 들어옴과 나감, 긍정과 부정, 머묾과 떠남, 높음과 낮음, 고독과 동반, 의기양양과 절망의 가장 극단적인 양상을 오갔다. 어떤 날은 구름처럼 막연한 가능성에 취해 구름 사이를 날아다니다가, 다음 날에는 현 시점에 대한 무기력한 전망에 맥 빠져서 진창에 온몸을 담그기도 했다. 나는 아무 옷도 걸치지 않고 여러 방 사이를 걸어 다녔다. 밤늦게까지 책을 읽고 기진맥진해졌다가 정오까지 잠을 자고는, 윤기 나는 녹색 공단을 몸에 둘둘 만 채 내가 어디 있는지 분간이 안 가는 멍한 상태로 일어나기도 했다. 나는 혼잣말을 했다. 큰 소리로 노래를 부르기도 했다. 오래전 학교 운동장에서 배운 유치하고 반항적인 노래들. 하이-호 더 데리-오, 나는 노래를 불렀다. 치즈는 혼자 서 있네! 다른 곳에 가 봤네, 다른 곳에 가 봤네, 어젯밤 다른 곳에 가 봤네…… 바다 밑바닥에는 구멍이 있다네, 바다 밑바닥에는 구멍이 있다네…… 나는 아무도 안 좋아해, 아무도 안 좋아, 그리고 나를 좋아하는 이도 아무도 없어! 모든 말과 노래와 율동까지 바닥나고 나면 복도 바닥에 빈틈없이 깔린 카펫 위에 엎어져 누워 있었다. 그럴 때면 아래층 주택에서 조롱하는 듯한 텔레비전 웃음소리가 들려왔다. 내가 냉장고까지 기어가서 먹을 것을 찾을 힘이 없다는 단순한 이유 때문에 바로 그곳 카펫 위에서 굶어 죽는다면 어떻게 될까? 그러면 저 모든 즐거움이 가득한 법석 떠는 텔레비전 출연자들은 안타까워할 것이다.

환희에 차서 노래를 부르거나 바닥에 엎드려 있지 않는 저녁이면, 생각에 잠겨 긴 산책을 했다. 나는 과단성 있게 나서서 마치 목적지가 있는 것처럼 앞으로 걸어갔다. 나는 아파트 소유주인 아래층의 남편과 아내가 창문을 통해 나를 바라보는 걸 의식하고 있었다. 그는 짧게 깎은 머리에 잔디깎이를 붙들고 있었고, 그녀는 앞치마를 두르고 헤어롤러를 하고 있었다. 짙은 갈색과 회색과 형태 없는 검은색으로 지나칠 만큼 수수하게 옷을 입었음에도 불구하고, 내가 월급을 받는다는 사실을 증명할 때까지 그들은 내게 세놓는 것을 우려했다. 내가 어떤 식으로든 타락했을 것이라는

도덕적 혼란

믿음은 그들에게 즐거움을 주었다. 적어도 나는 그렇게 느꼈다. 그곳에 사는 동안 내게 한두 명의 연인이 있었던 건 사실이다. 일시적인, 빌려 온 연인들. 그리고 그들은 이따금 한 쌍 이상의 발걸음이 계단을 올라가는 소리를 들었을 것이다.

그러나 저녁 산책을 나갈 때는 혼자였다. 반드시 그렇게 했다. 아래층 부부의 시야에서 벗어나면 나는 속도를 늦추고 아무 곳으로나 방향을 틀었고, 어스름이 깔리기 시작하면 보도에 나와 기어 다니는 검은색과 회색의 거대한 민달팽이들을 밟지 않으려고 애썼다. 이 민달팽이들은 아무것이나 먹어 치웠고, 아무도 민달팽이들을 먹지 않았다. 못생긴 것에도 이점은 있었던 것이다.

하지만 내게 사교적 수완이 없었던 건 아니었다. 나는 대중 앞에서 옷을 벗고 노래를 부르는 짓은 하지 않았다. 사회에서 용인되는 방식으로 행동했다. 미소를 짓고, 고개를 끄덕이고, 대화를 하는 등등의 행동을 취했다. 나는 유능한 젊은 여성을 잘 흉내 낼 수 있었다. 떠돌이 삶을 사는 동안 사귀게 되는 부류의 남녀 친구들과 지인들이 상당수 있었다. 내가 드디어 집을 치워 놓으면 그들은 식사를 하러 와서, 내 카드놀이용 탁자에 둘러앉아 식탁보를 붉게 물들이는 현지 산 포도주를 마셨다. 나는 라자냐를 만드는 법을 배웠다. 그것은 돈을 적게 들이고 배부르게 먹을 수 있는 음식이었다. 나는 또한 여러 가지 마른 시리얼을 땅콩과 우스터소스와 섞어서 오븐에 구운 너츠 앤드 볼츠라는 것을 대접했다. 그것은 디저트가 아니라 전식이었다. 나는 아직까지 베이킹을 시작하지 않았기 때문에 디저트로는 아이스크림을 먹었다. 구멍가게에서 산 그 아이스크림은 해초 성분이 너무 많이 들어 있어서 녹았을 때도 크림으로 변하지 않고 형태를 계속 유지하는 젤라틴 같은 덩어리가 되어 버려 수챗구멍으로 내려보내기 힘들었다.

내가 사는 곳에 와서 카드놀이용 탁자에 둘러앉았던 지인들 가운데 오언이라는 남자가 있었다. 내가 잘 아는 사람은 아니었다. 그는 아무런 예고 없이 초인종을 누르곤 했고 (나는 초인종이 있었다.) 나는 가파른 계단을 내려가서 문을 열어 주었다. 라자냐 남은 것이 있으면 그것을 대접했고, 그마저도 없으면 너츠 앤드 볼츠를 내주었다. 그런 다음 그는 아무 말도 하지 않고 한참 동안 앉아 있곤 했다. 우리 둘은 오랫동안 서성이는 북서부의 여름 석양이 복숭앗빛에서 분홍색으로, 그리고 짙은 분홍색에서 불어서 끈 성냥처럼 희미하게 달이오르는 붉은색으로 변하는 것을 바라보았다.

오언은 연인이 아니었고 연인이 될 가능성이 있는 사람도
아니었다. 그런 것은 전혀 아니었다. 그는 나처럼 이 도시에
일시적으로 머물고 있었고, 선행을 베푸는 공통의 지인이
나에게 떠맡긴 사람이었다. (지금 생각해 보면, 그의 정신 상
태가 염려되어 그랬던 것 같다.) 그는 혼자였다. 내가 이제까
지 경험했던 것보다 훨씬 더 외로운 혼자였다(라는 것을 나
는 파악할 수 있었다.). 그는 설명할 수 없는 어떤 황량함을
두르고 있었다. 황혼 녘에 나의 카드놀이용 탁자에 앉아 있
는 것이 그로서는 누군가에게 최대한 가까이 다가간 것이
었다.

그는 왜 계속 찾아왔던가? 그가 나의 공간에 와 있는 것
은 난해한 수수께끼였다. 연애에 관심을 둔 게 아니라는 것
은 확실했다. 우정을 원한 것도 아니었다. 그는 나에게 아무
것도 요구하지 않았고, 무언가를 제공할 것처럼 보이지도
않았다. 만일 내가 좀 더 끔찍한 상상을 했더라면(혹은 나
의 끔찍한 상상이 실제 세계의 어떤 것에 관련된 것이었다면)
나는 그를 두려워했을지도 모른다. 그를 잠재적 살인자로
점찍었을지도 모른다. 그러나 나는 그런 연관은 절대 짓지
않았다.

그런 식으로 저녁 시간을 보내는 것은 완전히 무용한 일이었음에도 불구하고, 오언이 그만 떠나도록 만드는 것은 힘든 일이었다. 그는 거의 움직이지 않고 무기력한 상태로 계속 앉아 있었다. 눈이 깜박이는 걸 보고서야 살아 있다는 것을 알아차릴 수 있는 머리가 얹힌 천 무더기처럼. 그는 마치 겉으로는 아무런 흉터도 남기지 않은 끔찍한 사고 때문에 마비가 되어 버린 것 같은 모습이었다. 그의 침묵은 그 어떤 대화보다도 더 사람을 지치게 만들었다.

나는 피곤해요, 이제 자러 갈게요 하고 말하고 싶지 않았다. 무례한 행동같이 느껴졌던 것이다. 그는 섬세한 암시는 알아차리지 못했고, 나는 직설적인 말을 건넬 수 있는 그런 부류의 사람이 아니었다. 마치 개에게 말하듯 그냥 집에 가라고 말할 수 없었던 것이다. 왠지 그것은 잔인하게 느껴졌다. (그건 그렇고, 그의 집은 어디였던가? 그에게 그런 것이 있기는 했던 것일까?) 이윽고 그의 안에서 내적 타이머가 울리면, 그는 일어나서 라자냐를 대접해 줘서 고맙다고 내게 어색하게 인사하고, 계단을 터덜터덜 내려갔다.

드디어 어느 날 저녁, 그는 어린 시절에 자신의 세 형들이 자신을 죽일 뻔했다는 이야기를 내게 들려주었다. 그에게 놀이를 하는 거라고 말하고 형들은 그를 폐기된 냉장고에

도덕적 혼란

가둬 놓고 도망가 버렸다. 다행히도 그의 어머니는 그가 없다는 사실을 알아차리고, 그가 있는 곳을 추적해서 가까스로 그를 구해 냈다. 그는 이미 숨을 가쁘게 쉬고 있었고 얼굴이 퍼렇게 변했다. 아마 형들이 자신을 죽일 생각을 했던 것은 아닐 거라고 그는 말했다. 자신들이 진짜 무슨 짓을 하고 있는 것인지 몰랐을 것이다.

오언은 나를 보지 않고 창밖 황혼의 어둑해지는 붉은색을 바라보며 무미건조한 목소리로 이 일화를 들려주었다. 나는 너무나 놀라서 무슨 말을 해야 할지 즉시 생각해 낼 수 없었다. 그가 이런 건 당연한 일이구나, 하고 나는 생각했다. 그런 사건이 한 사람의 삶에 어떤 영향을 미치겠는가? 어린 나이에 자신이 그런 식의 적대성을 드러내는 우주 속에 존재한다는 사실을 깨닫는 건 낙담스러운 일일 것이다. 아니, 낙담보다 더 심할 것이다. 치명적일 것이다. 오언은 자살의 가장자리에서 몸을 가누고 있었던 것일까? 그는 그런 것에 대해서는 아무 말도 하지 않았다. 하지만 사람들이 그것에 대해 꼭 말을 하는 건 아니다. 적어도 내가 들은 바로는 그랬다.

나는 뭔가 단호하게 응답을 해야 할 것 같은 느낌이 들었다. 확고한 입장을 표명하고 도움 어린 손길을 내밀어야 할 것 같았다. 마침내 나는 정말 끔찍한 일이네요라고 중얼거렸지만, 그것은 터무니없이 부족한 것 같았다. 더 끔찍한 것은, 부끄럽게도 내가 웃음을 터뜨리고 싶었다는 사실이었다. 비극에 가까운 것들이 종종 그러하듯이, 그가 겪은 일이 너무나 기괴하게 느껴졌기 때문이었다. 나는 공감력이 부족한 사람임이 분명했다. 아니, 단순한 친절조차도 갖추지 못한 것 같았다.

그날 저녁 이후로 오언이 다시는 오지 않았던 것으로 보아 그 역시 그렇게 느꼈던 것 같다. 혹은 자신이 원하던 것을 성취했기 때문일 수도 있다. 즉, 자신의 고뇌를 내가 잘 처리할 수 있으리라는 잘못된 믿음으로 마치 소포를 놔두듯 나에게 넘긴 것일 수도 있다.

그 이미지, 모든 것이 놀이였을 뿐이라고 생각한 이들 때문에 질식당한, 아니, 거의 질식당할 뻔한 작은 아이의 이미지는 은밀한 밤의 민달팽이들, 나의 고독한 서성임과 노래, 폐소 공포증을 일으킬 듯한 분리된 전용 계단, 보기 싫은 추상화, 그리고 매끄러운 녹색 공단 침대 덮개와 융합되어 분리할 수 없게 되었다. 유쾌함과는 거리가 먼 조합이었다. 그것은 햇살이 비치는 초원이라기보다는 안개 낀 강둑과 같은 추억이었다.

그래도 나는 그 시기를 삶에서 행복했던 시간으로 생각한다.

행복이라는 것은 잘못된 단어다. 중요했던 시간.

그것은 모두 상당히 오래전 일이었다. 나는 그것을 현재 내가 도달한 시점에서, 회상을 통해, 내 마음대로 바라본다. 그렇지만 내가 다른 어떤 방식으로 볼 수 있단 말인가. 아무리 애쓰더라도 과거로 실제 여행을 할 수는 없다. 만약 한다면, 관광객으로서 하게 될 뿐이다.

나는 그 도시에서 이사를 나와 다른 곳으로 옮겼고, 그 다음에 또 다른 곳으로 옮겼다. 나는 앞으로도 더 많이 옮겨 다녀야 했다. 그러나 결국 모든 일이 잘 풀렸다. 나는 티그를 만났고, 그 후 고양이들과 개들과 아이들, 그리고 베이킹도 그 뒤를 이었고, 심지어는 장식이 많이 달린 흰 창문 커튼까지 생겼다. 하지만 커튼은 결국 차례로 사라져 버렸다. 그것이 너무 빨리 더러워진다는 것과, 떼어 내고 다시 다는 일이 어렵다는 사실을 나는 알게 되었다.

나는 나의 미래상이 될까 봐 두려워하던 그 어떤 것도 되지 않았다. 나한테 일어날 수 있는 일이라고 스스로에게 겁을 주었던 여드름투성이 엉덩이도 생기지 않았다. 부랑아도 되지 않았고, 떠돌이 고아도 되지 않았다. 나는 이제 같은 집에 수십 년째 살고 있다.

그러나 내 꿈속의 자아는 위로받기를 거부한다. 그것은 계속해서 목표 없이, 집 없이, 혼자서 방황한다. 내가 깨어 있는 동안 누리는 삶에서 가져온 어떤 증거로도 그것이 안전하다는 것을 확신시킬 수 없다. 계속해서 반복적으로 같은 꿈을 꾸기 때문에 그것을 알 수 있다.

나는 다른 곳에 있다. 살아 본 적도 없고 꿈속을 제외하고는 본 적도 없지만 내게 아주 익숙한 곳이다. 구체적인 사항은 조금씩 달라진다. 그 공간에는 다양한 방이 많이 있다. 대부분 가구가 거의 없고, 일부는 마루 밑 속바닥만 깔려 있다. 그러나 그곳에는 언제나 저 먼 아파트의 가파르고 좁은 계단이 있다. 내가 복도를 계속해서 걸으며 문을 하나씩 열다 보면, 그곳 어디에선가 금색 거울과 녹색 공단 침대 덮개를 보게 되리라는 걸 나는 알고 있다. 그 침대 덮개는 마치 자체로 생명력을 가진 것처럼 쿠션이나 소파나 안락의자로 변신할 수 있고, 한번은 심지어 해먹이 된 적도 있었다.

이곳은 언제나 어스름이다. 언제나 서늘하고 눅눅한 여름 저녁이다. 나는 여기서 살아야 한다, 나는 꿈속에서 생각한다. 나는 영원히 혼자일 것이다. 나는 내 것이어야 하

도덕적 혼란

는 삶을 상실했다. 그 삶에서 스스로를 차단해 버린 것이다. 나는 어느 누구도 사랑하지 않는다. 어딘가, 내가 아직 들어가지 않은 방들 중 한 곳에, 작은 아이가 갇혀 있다. 아이는 울거나 흐느끼지 않는다. 완벽히 침묵을 지키고 있다. 하지만 나는 그곳에 있는 아이의 존재를 느낄 수 있다.

그런 다음 나는 잠에서 깨어나, 꿈속에서 내가 걸었던 곳을 되짚어 보고, 꿈이 남겨 놓은 슬픈 감정을 떨쳐 버리려고 노력한다. 아, 그래, 다른 곳, 나는 스스로에게 말한다. 다시 그 꿈이구나. 이번에는 상당히 공간이 넓었지. 그다지 나쁘지 않았어.

녹색 침대 덮개가 정말 침대 덮개가 아니라는 것을 나는 안다. 그것은 나의 어떤 일면, 어떤 오래된 불안함이나 두려움이라는 걸 안다. 꿈속에 보이지 않았던 그 아이는 거의 죽임을 당할 뻔했던 나의 지인이 아니라 심리적 파편, 나의 오래된 유아적 자아의 한 조각이라는 것을 알고 있다. 낮 동안에는 그런 식으로 아주 잘 파악할 수 있다. 그런데도 나는 왜 계속해서 그 꿈을 꾸는가? 아마도 그것은 한 번은 도움이 되었겠지만, 이제는 끝맺음을 해야 한다.

그런 다음 나는 침대에서 일어나 티그에게 잘 잤느냐고 묻고, 우리는 함께 토스트와 커피를 먹는다. 그리고 처리해야 할 많은 일상적이고 실용적인 일을 한다.

하지만 나는 그 꿈이 무섭다. 그것은 막연한 공포를 안겨 준다. 이 다른 곳이 과거에 존재하는 게 아니라면? 만일 그 곳이, 결국, 아직도 미래에 존재하는 것이라면?

도덕적 혼란

모노폴리

넬과 티그는 시골로 달아났다. 혹은 나중에 넬이 말한 것처럼, 티그가 시골로 달아나고 한참 후 넬이 그곳에서 그와 합류했다고 할 수도 있을 것이다. 그것은 이미 정해진 결론이 아니었다. 다른 식의 결론이 날 수도 있었다. 넬은 가는 것에 대해 이중적인 마음이 들었다. 그녀는 어려움이 있으리라고 예측했다. 다른 선택을 할 수도 있었다. 이것이 그녀의 이야기였다. 시간이 흐르고 입장이 굳어진 후에 그녀가 자신의 것이라고 믿게 된 이야기.

실제로는 그녀는 어려움을 전혀 예상하지 못했다. 몽유병 환자 같은 상태였던 것이다. 그녀는 사랑에 빠져 있었다.

사랑에 빠지면 어떤 예언 능력이나 평소에는 갖추고 있는 평범한 상식도 완전히 사라져 버리는 것이라고 그녀는 생각해 왔다. 티그와 시골로 이사를 가는 것은 낙하산이 펼쳐질 거라고 믿으면서 비행기에서 뛰어내리는 것과 같았다. 넬이 땅에 떨어져 죽지 않았던 것으로 보아 그것은 옳은 판단이었던 것 같다. 어찌 되었건, 그 많은 세월이 흐른 후에도 그들은 여기에 있다. 둘 다 여기에 아직도 살고 있다. 일단 어느 정도 시간이 흐르고 나면 뒤돌아보고 지난 일들에 대해 웃어넘길 수 있다고 그녀는 말할 것이다.

그것은 그녀의 다른 이야기, 두 번째 이야기다. 이 이야기는 영화관 동시 상영처럼 첫 번째 이야기와 번갈아 가며 나온다.

게다가, 정확히 말하자면 티그는 달아난 것이 아니었다. 그는 느긋하게 걸어 나갔다. 그것은 느린 동작으로, 정지 화면 속에서처럼 이루어진 일이었다. 풀밭에서 혼자 태극권을 하는 중국인처럼. 달아날 때 가장 좋은 방법은 달리지 않는 것이라는 사실을 어떤 은행 강도든 알려 줄 수 있을 것이다(라고 넬은 말할 것이다.). 그냥 걸어야 한다. 그냥 거닐어야 한다. 편안함과 단호함이 잘 어우러진 태도가 바람직하다. 그러면 달리고 있다는 사실을 아무도 알아차리지 못할 것

도덕적 혼란

이다. 또 덧붙이자면, 무거운 여행용 가방이나 돈이 가득 든 캔버스 가방이나 절단된 신체 부위가 담긴 여행용 배낭을 지니지 말아야 한다. 호주머니에 든 것을 제외한 모든 것을 뒤에 남겨 두어야 한다. 가볍게 움직이는 것이 가장 좋다.

티그는 농장, 아니, 예전에 농장이었던 곳을 빌렸다. 임대료는 얼마 되지 않았다. 농장 주인은 실제 농사를 짓는 사람은 아니었다. 어떤 사업을 하는지는 확실하지 않았지만 사업가였는데, 농장을 자신과 자기보다 나이가 훨씬 어린 아내가 사용할 주말 별장으로 전환할지, 멕시코로 이사를 갈지 아직 결정을 내리지 못한 상태였다. 그는 인근의 십 대들이 무단으로 들어와 엉망으로 만들지 않도록 누군가 집에 머무를 사람이 필요했다. 주인이 살지 않는 이웃의 여러 집에 그런 일이 있었다. 어느 토요일에 농장을 감정하는 데 뛰어난 부동산 업자를 동반하고 도착했을 때, 창문에 병에서 짜낸 겨자로 씨발이라고 씌어 있고 벽에는 사람 똥칠이 되어 있고 담배꽁초가 여기저기 떨어져 있고 소나무 판자 바닥에 둥글게 그을린 자국이 있는 광경을 발견하고 싶지 않았던 것이다. 사업가 자신이 티그에게 한 말이었다.

그 사업가는 이미 농지를 거의 다 판 상태였다. 밭과 조림지를 포함해 20에이커 정도만 남아 있었다. 밭은 오랫동안 경작되지 않았고, 야생 당근과 방가지똥과 우엉, 그리고 산사나무, 토종 자두, 야생 사과 묘목이 가득 자라고 있었다.

그곳에는 집과 그 뒤쪽에 딸린 작은 창고, 그리고 거대한 들보와 오래된 널빤지와 양철 지붕으로 이루어진 엄청나게 큰 헛간이 있었다. 그 집은 사업가가 조성한 연못이 내려다보이는 언덕 위에 있었다. 길의 반대편에는 지평선을 가로지르는 거대한 수력 발전소 철탑이 보였다. 초현실주의에 대해 어떤 감정을 갖고 있느냐에 따라 그 철탑이 풍경을 해친다고 생각할 수도 있고, 그것을 풍경의 일부로 포함시킬 수도 있다고 넬은 티그에게 말했다.

집은 중앙 박공이 있는 2층짜리 붉은 벽돌 농가였다. 19세기 말 그 지역의 표준적인 주택 모습이라고 『조상들의 지붕』°에 적혀 있었다. 그녀는 티그와 보낸 첫 번째 겨울 동안 그 책을 사서 자주 참고했다. 그 당시 그녀는 농장에서의 삶은 정통성의 우월한 형태를 상징하는 것이라고 여전히 믿

○ *The Ancestral Roof: The Domestic Architecture of Upper Canada.* 캐나다의 건축 역사가인 메리언 매크레이(Marion MacRae, 1921~2008)가 어퍼 캐나다(Upper Canada)라고 불렸던 현재 남부 온타리오의 건축물에 관해 저술한 역사서.

도덕적 혼란

고 있었다. 원래는 현관문 왼쪽에는 응접실이, 오른쪽에는 부엌과 식료품 저장실이 있었으며, 작은 거실이 부엌에 붙어 있었다. 그러나 사업가는 일부 벽을 헐어 버렸다. 채광을 위해서였다고 그는 설명했다. 그는 붙박이 부엌 탁자를 설치하고, 벽지 위에 흰색 페인트를 칠했다. 그리고 창틀과 몰딩의 깨진 녹색 에나멜을 벗겨 내기 시작했다. 하지만 겨우 창틀 하나만 끝낸 상태였다.

그는 실내 장식에 대한 지나친 열성으로 헛간의 주 대들보 중 하나에서 한 부분을 잘라 헛간 벽이 밖으로 기우는 사태를 초래했고(조만간 건물 전체가 무너질 것 같았다.), 잘라낸 대들보 조각을 고장 난 작은 벽난로 위에 선반으로 어울리지 않게 달아 놓았다.

중앙 계단은 2층으로 연결되어 있었다. 카펫이 깔리지 않고 청회색으로 페인트칠이 된 나무 계단이었다. 침실 세면대와 주석 목욕통과 야외 변소가 있던 시절에는 위층에 침실이 네 개였지만, 이제 그중 한 곳은 외풍이 심한 화장실로 개조되었다.

남아 있는 침실 세 개 중 하나는 티그의 방이었다. 그곳에는 바닥에 놓인 매트리스 외에는 아무것도 없었다. 두 번째 방은 넬이 사무실이나 서재로 쓸 수 있도록 남겨 두었다.

그녀는 작업 중인 교정 원고를 펼쳐 놓을 책상이 필요했다. 서류 캐비닛 두 개 위에 낡은 문짝을 걸쳐 놓아 만든 책상은 공간이 매우 넉넉했다. 그들은 창고에서 문짝을 발견해 손잡이를 떼어 냈고, 서류 캐비닛은 도시에서 중고 물품 염가 판매 때 샀다. 그래서 책상은 거의 무일푼으로 마련할 수 있었다. 넬은 돈을 많이 벌지 못했고, 기껏 해 봐야 산발적으로 들어오는 티그의 수입 대부분은 다른 곳으로 지출되었기 때문에, 그것은 다행스러운 일이었다.

사무실 혹은 서재에는 책상 말고도 여분 침대가 있었다. 긴 의자나 침대 겸용 소파라고 묘사될 수 있는 일 인용 침대였다. 가운데 부분이 내려앉았고, 낡은 고동색 벨벳으로 덮여 있었으며, 젖은 톱밥 냄새가 났다. 넬은 그걸 최대한 빨리 없애 버리거나 적어도 덮개로 완전히 씌워 버리겠다고 다짐했다. 최대한 빨리라는 것은 언제일까? 그녀가 티그와 함께 살기 위해 드디어 농가로 이사를 오게 될 때. 하지만 이것에 대해 생각할 때마다 그녀는 오게 될 때를 오게 된다면으로 고치곤 했다.

세 번째 침실에는 이층 침대가 두 개 있었다. 그것은 아이들, 그리고 놀러 온 그들 친구들을 위한 것이었다. 아이들은 티그의 자녀들이었다. 티그가 그렇게 천천히 달아나고 아무것도 가져오지 않았던 까닭은 그들을 위해서였다. 그리고 티그가 지출하는 돈의 대부분은 아이들에게 나가는 것이었다.

그는 결혼 생활로부터 달아났다. 그가 이 결혼 생활에서 빠져나오지 않았다면 그것은 그를 아래로 잡아당기고, 피를 다 빨아들이고, 내부를 텅 비워 버렸을 것이다. 넬이 느끼기에 거대한 오징어, 흡혈 박쥐, 생선 다듬기를 연상시키는 이 모든 은유는 티그의 표현이었다. 그는 결혼에 대해 이야기할 때 완곡하게 에둘러 표현했고, 결혼에 대해 이야기하는 경우 자체가 그리 많지 않았다. 그는 나의 아내라는 단어를 입에 올리거나 아내의 이름을 결혼과 연관시켜 말하는 법이 결코 없었다. 그를 파괴한 것은 그의 아내 자체가 아니었다. 잡아당기고 피를 빨아들이고 내부를 비워 버린 것은 오나 혼자서 한 일이 아니었던 것이다. 그들 두 사람이 같이 초래한 일이었다. **결혼**이란 것이 한 짓이었다. 넬은 그것을 점점 자라나는 커다란 가시투성이의 무언가로 상상했다. 울창한 진초록 덤불이나 관목, 그리고 뇌운 모양의 암이 혼합된 것, 거기에 거머리 무리처럼 타일 시멘트의 접착력과 여러 개의 촉수를 갖춘 것.

넬은 이 결혼이라는 것에 위협을 느꼈고, 그것에 비해 자신이 작고 유치한 존재라고 느꼈다. 그것에는 어떤 과대하고 형광성으로 빛나는 장대함이 깃들어 있었다. 마치 해변에서 썩어 가는 고래처럼. 그 곁에 있으면 그녀는 창백해 보였다. 적어도 그녀 자신은 그렇게 생각했다. 창백하고, 진부하고, 무미건조하게 건전해 보였다. 그녀는 내보일 만한 가극적이고 음울하고 피비린내 나는 멜로드라마가 없었다.

티그의 아이들은 주말마다 농장에 와서 이층 침대에서 잤다. 어떤 때에는 친구들과 함께, 어떤 때에는 친구들 없이 왔다. 둘 다 남자아이들이었다. 각각 열한 살과 열세 살이었고 금발에 천사 같은 얼굴을 지닌 소년들이었다. 티그는 두 아이들의 사진을 찍어서, 농장의 흙바닥 지하실 한쪽을 커튼으로 막아 만든 암실에서 직접 현상해 넬에게 보여 주었다. 10월에 실제로 농사를 짓던 시절의 잔재로 남아 있는 곰팡이 슨 건초 더미에서 깡충대며 노는 아이들의 모습. 12월 초에 반쯤 얼어붙은 연못가에서 벙어리장갑 낀 손에 돌멩이를 들고 얼음에 던질 자세를 취하고 있는 아이들. 1월에 겨울 날씨에 대비해 중무장을 하고 눈덩이를 만들며 카메라를 향해 미소 짓는 아이들. 넬은 아이들이 상당히 행복해 보인다고 생각했다.

때때로 오나가 티그와 아이들과 함께 차를 운전해서 농장으로 오기도 했다. 그녀는 토요일 밤 식사를 그들과 함께하고, 아이들과 헛간을 점검하고, 그들이 얼음 위에서 썰매 타는 모습을 바라보고, 넬의 작업실에 있는 곰팡이 냄새 나는 일 인용 침대에서 잤다. 이것은 아이들에게 안정감을 주기 위한 장치라고 티그는 말했다. 비록 부모의 결혼 생활은 가시와 거머리투성이지만 자기들을 매우 사랑하는 부모가 있음을 알 필요가 있다는 것이었다. 넬은 그런 날에는 농장에 발을 들여놓을 수 없었고, 주말에는 오나가 오지 않더라도 역시 갈 수 없었다. 넬이 농장에 있으면 아이들에게 좋지 않을 것이고, 장기적으로 볼 때 넬 자신에게도 좋지 않을 것이다. 왜냐하면 넬이 결혼을 파멸로 몰아간 사람이라고 아이들이 받아들일 수 있기 때문이다(라고 티그는 말했다.).

그녀가 그들의 결혼을 파멸시킨 것은 물론 아니라고 티그는 말했다. 그녀가 등장하기 오래전에 이미 결혼은 파멸의 화신 그 자체였다. 티그와 오나의 친구들 모두 그 사실을 알고 있었다. 알게 된 지 몇 해가 되었다. 그리고 삶이 정상적으로 흘러가는 것처럼 보이도록 티그와 오나가 사태를 잘 꾸려 나가는 데 친구들은 감탄하고 있었다고 티그는 말했다. 어느 날 저녁 부부 싸움 후 그는 너무 화가 난 나머지 모든 유리잔과 자기류를 벽에 던져 버려서, 아침에 오나가 부서진 접시 더미를 맞닥뜨리도록 한 적이 있다는 말도 했다. 넬은 그런 행동에 감탄했다. 그녀 자신은 즉흥적으로 분노를 발산하는 데 능숙하지 못했다. 접시를 죄다 벽에다 던져 버린다는 건 건강하고 개방된 행동이었다. 그것은 그녀 자신이 취했을 법한 행동인 창백한 얼굴로 침묵하기, 시무룩하게 삐지기, 원한을 품고 부루퉁하게 있기보다 훨씬 나았다.

그러나 자신과 오나는 아이들 앞에서 싸우지 않도록 조심했다고, 티그는 말했다. 그들은 밖에서 교양 있게 해결했다. 아니, 나름대로 교양 있게. 그들은 남들 앞에서 서로를 자기라고 불렀고, 고기 오븐구이를 메뉴로 한 일요일 정찬을 함께했다. 넬은 그것을 직접 목격했다. 그렇기 때문에, 넬이 대기하고 있던 무대의 어두운 끝에서 안전하게 등장하기 전에, 아이들은 티그가 시골에서, 그리고 오나가 도시에서 각각 혼자 살아가는 것을 직접 볼 시간이 필요했다.

그래서 그해 겨울의 초반 동안, 넬은 도망 중인 범죄자처럼 살금살금 움직였다. 그녀는 농가에 없을 때는 자신의 흔적을 전혀 남겨 놓지 않았다. 계단 위쪽에 있는 작고 어두운 찬장에 옷을 놔두거나 욕실의 부적절한 선반에 칫솔을 놔두지 않았으며, 임시변통으로 마련한 책상 위에 교과서

도덕적 혼란

나 강의 노트나 낱장 교정지도 남겨 두지 않았다. 티그는 그녀가 떠나고 난 뒤 그녀의 지문 자국을 문손잡이에서 지워 가며 집 안을 둘러보았을까? 그녀는 그랬을 거라고 느꼈다.

그녀는 안식년을 맞은 친구를 대신해 목요일과 금요일마다 대학에서 강의를 하는 시간 강사 자리를 얻었다. 학부 2학년생들에게 빅토리아 시대 소설을 가르쳤다. 브론테 자매, 그다음에는 디킨스, 엘리엇, 새커리, 그 후에는 우울한 사실주의자인 조지 기싱과 토머스 하디, 그리고 오스카 와일드의 『도리언 그레이의 초상』과 헨리 제임스의 『나사의 회전』을 내용으로 하는 퇴폐주의 대단원. 그녀는 이 과목을 한 번도 가르쳐 본 적이 없기 때문에, 학생들보다 앞서 나가기 위해서 열심히 읽어야 했다. 원칙적으로는 월요일, 화요일, 수요일에는 지난 몇 년간 그녀의 간헐적 본업이었던 프리랜스 편집 일을 하게 되어 있었다. 소설 읽기와 편집 두 가지 모두 그녀가 농장에서 할 수 있는 일이었다. 강의가 없는 평일이면 그녀는 농장에서 가장 가까운 도시인 스타일스까지 그레이하운드 버스를 타고 간 다음, 스케이트장의 탈의실에서처럼 벽을 따라 놓인 버스 정류장의 딱딱하고 긴 의자에 앉아서 차가운 공기에 퍼져 있는 매연과 담배 연기를 들이마시며 기다렸다. 티그가 낡은 푸른색 쉐보레를 몰고 자기를 데리러 올 때까지 그녀는 감자 칩을 먹고, 산미가 많은 블랙커피를 마시고, 사랑과 돈과 광기와 가구와 가정교사와 간통과 커튼류와 풍경과 죽음에 관해 읽었다.

또는 월요일 아침에 그가 아침 9시 등교 시간에 맞춰 일찍 아이들을 다시 데려다주러 오면, 그와 함께 차를 타고 도시에서 농장으로 가기도 했다. 넬과 티그는 점심시간 즈음에 농장에 도착할 수 있었다. 그러나 그렇게 차를 타고 갈 때면 넬은 배고픔을 느끼지 않았다. 그 대신 시험을 보기 전에 그랬던 것처럼 현기증과 약간의 메스꺼움을 느꼈다.

차는 따뜻했고 사과 속 부분 냄새가 풍기곤 했다. 아이들은 도시로 돌아가는 길에 차 안에서 사과를 자주 먹었던 것이다. 티그와 넬은 인적이 드물고 덜 미끄러운 길이 펼쳐진 곳에서는 손을 잡고 있기도 했다. 그들은 대화를 나누는 대신 라디오를 들었다. 도시에서 어느 정도 멀어지면 대부분 컨트리 음악과 웨스턴 음악이 나왔다. 넬은 열망을 그린 노래를 좋아했고, 티그는 후회를 묘사한 노래를 좋아했다.

농장은 주요 고속도로에서 상당 거리 떨어진 자갈길 위에 있었다. 겨울이면 농가는 그림처럼 보였다. 지붕에는 눈이 내려앉고, 처마에는 고드름이 달리고, 배경에는 하얀 언덕과 거무스름한 나무들이 솟아올랐다. 그러나 넬이 크리

도덕적 혼란

스마스카드로 쓸 만한 그림은 절대 아니었다. 황혼처럼, 실제로는 아름답지만 예술로서는 너무 과했다.

길고 굴곡지고 얼음으로 덮인 진입로가 시작되는 바닥 부분에 이르면 차 바퀴는 공회전을 하고 차는 이쪽저쪽으로 미끄러졌다. 티그는 언덕을 올라가려고 여러 번 시도해 보기도 했지만, 언제 차를 멈춰야 할지 알고 있었다. 조경용 연못에 빠지지 않는 것이 중요했다. 티그가 차 트렁크에 싣고 다니는 모래와 삽을 사용해도 진입로로 올라가지 못하면, 그들은 차를 언덕 아래 두고 진입로 양 끝에 생긴 눈 둑을 뿌드득 밟으며 공기 속에 하얀 입김을 피워 내고 코를 흘리면서 걸어 올라갔다. 일단 부속 창고를 통해 뒷문으로 들어가서 발을 굴러 눈을 떨어 내고 장화와 두꺼운 코트와 벙어리장갑과 목도리를 벗어 버리고 나면, 뒤따를 낭만적 순간에 대한 서곡으로는 좀 어울리지 않았다.

그 외의 다른 옷은 냉골인 티그의 방에서 하나씩 벗었다. 넬이 읽은 바에 따르면 『조상들의 지붕』에 등장하는 유형의 집에는 단열이 갖춰지지 않았다고 했다. 그런 후 그들은 티그의 솜이불과 낡은 침대보 사이에 몸을 밀어 넣고 덜덜 떨면서 서로를 꼭 끌어안고 있었다. 그런 결사적 포옹에서 넬은 빅토리아 시대 소설가들의 익사 묘사를 떠올렸다. 그 시대 소설에서는 사람들이 상당히 많이 빠져 죽었다. 특히 혼외정사를 하는 경우에.

그 이후에는 따스하고 나른한 기억 상실의 막간이 찾아왔고, 그 직후 넬은 이 모든 것을 믿을 수 없다는 기분에 사로잡혔다. 여기, 이 상황에서, 그녀는 무엇을 하고 있는 것인가? 그리고 이 상황이라는 것은 정확히 말해서 무엇을 지칭하는가? 그녀는 자신이 명확하고 직접적이고 공명정대한 것을 좋아하는 사람이라고 생각해 왔다. 그녀는 어떻게 해서 이토록 탁하고 이토록 더러운 것에 휘말리게 되었단 말인가? (그들의 관계를 객관적으로 보았을 때, 예를 들면 폭설에 넬과 티그가 그의 차 안에서 일산화탄소 중독으로 질식사라도 한다면, 그에 대해 타블로이드 신문에 실을 기사를 쓰는 사람의 관점에서 보았을 때 말이다.) **도망친 남편, 교외의 밀회 장소 주변에서 귀여운 편집자와 가스 질식사하다.** 아직까지는 그런 일이 일어나지 않았고, 일어날 가능성도 적었지만(두 사람 다 오도 가도 못하게 된 차에서 엔진을 계속 가동할 정도로 멍청한 짓은 하지 않을 것이다.) 그런 생각을 해 보는 것만으로도 굴욕적이었다.

자기 비판적인 점을 빼면 시체라고 할 수 있는 넬은 절대

도덕적 혼란

로 책임을 면하려고 하지 않았다. 무엇이 어찌 되었든 그녀는 성인이었다. 자기 자신이 택하고 스스로 행동한 것이었다. 그렇지만 엄밀하게 따지고 보면 사실은 모든 것이 어느 정도는 오나가 꾸린 일이었다. 오나가 중추적 요소였다. 오나가 관계를 형성시켰고, 오나가 그것을 진전시켰으며, 나중에 돌이켜 보면 결정적이었던 순간들에 오나는 모습을 감추었다. 마치 셰익스피어의 희곡에 나오는 외설적인 유모처럼.° 왜 그랬을까? 넬이 오나의 목적에 부합했기 때문이었다. 당시 넬은 그러한 목적을 알아차리지 못했지만.

처음에 가까워진 두 사람은 넬과 티그가 아니라 오나와 넬이었다. 그들의 관계는 순조롭게 시작되었다. 오나는 마음만 먹으면 매우 상냥한 사람이 될 수 있었다. 오나는 상대방으로 하여금 자신이 그녀의 가장 친한 친구이며 그녀가 이 세상에서 의지할 수 있는 유일한 사람이라고 느끼게 만들 수 있었다. 넬은 그런 것에 취약했다. 한때 그녀가 가졌던 자아상에는 그런 종류의 믿음직함이 포함되어 있었기 때문이었다. 그녀는 더 젊었다. 현재의 그녀보다 더 젊었을 뿐

○ 셰익스피어의 『로미오와 줄리엣(Romeo and Juliet)』에서 줄리엣의 유모는 줄리엣과 로미오 사이를 오가는 매개 역할을 해 준다.

만 아니라 오나보다도 더 젊었다.

넬은 그 당시 오나의 편집자였다. 그녀는 이미 일손이 부족한 출판사들을 돌아다니며 프리랜서로 일하고 있었고, 어느 정도 자리를 잡은 상태였다. 아직 출판할 만한 것이 아닌 설익은 재료를 가지고 기적 같은 작업을 해내는 것, 제때에 일을 마치는 것, 돈을 너무 많이 요구하지 않는 것, 술 취한 작가들이 한밤중에 거는 전화를 격려와 재치, 그리고 이해한다는 말로 간주될 수 있는 얼버무림으로 받아넘기는 능력으로 유명했다. 그녀는 보통 소설을 편집했다. 그녀는 오나의 책을 친구인 출판인, 정확히 말하자면 옛 연인으로부터 일종의 거래로 맡게 되었다. 그는 근채류라고 판단되는 오나의 책을 맡는 대가로 자두를 주겠다고 제안했다.

하지만 오나의 책은 돈이 될 가능성이 있었기 때문에 출판업자들이 원할 만한 것이었다. 소규모 잡지사의 사무장이라는 본업에 종사하고 남는 시간에 오나는 『여마법사』라는 제목의 슈퍼우먼 자립 안내서를 썼다. 그것은 어떻게 일과 가족생활을 병행하면서도 개인적 미용 일과와 서재 개조를 할 시간을 낼 것인가를 다룬 책이었다. 바로 그 당시 유행하기 시작했던 주제였기 때문에, 출판업자는 서두르고 있었다. 그런 물결이 지나기 전에 파도타기를 해야 했던 것

도덕적 혼란

이다. 그들은 넬이 두 배 더 빨리 그 책을 제대로 다듬어 주기를 기대했다(라고 그녀의 친구가 말했다.).

넬은 오나와 많은 시간을 보내면서 장(章)을 재구성하고 단락을 재편성하고 새로운 세부 사항과 추가 사항과 삭제 사항을 제시했다. 오나가 활발하고 단정하고 잘 웃는 외모와는 달리, 온갖 물건들을 다 쑤셔 박은 양말 서랍장 같은 지성의 소유자라는 사실에 넬은 놀랐다. 뒤죽박죽 섞인 것이 아주 많았다.

편집 과정 막바지에 이르자 그것은 사실상 다른 책으로, 분명 더 나은 책으로 변모했다. 그리고 오나는 고맙다고 말했다. 그녀는 감사의 말 부분에 고마움을 드러냈고, 넬에게 준 책의 속표지에 펜과 잉크로 다시 한번 감사를 표했다. 소중한 넬에게, 다시 쓰기의 여왕, 무대 뒤의 숨은 힘. 사랑해. 오나. 넬은 기뻤다. 그녀는 오나를 상당히 존경했고, 자신과는 달리 스스로의 삶을 이해한 높은 연배의 여성으로 우러러보았기 때문이었다.

그 책은 성공을 거두었다. 아니, 적어도 당시로서는 성공으로 간주되던 것을. 오나는 인터뷰를 했다. 신문과 라디오에서뿐 아니라 텔레비전에서도 했다. 여성들을 대상으로 한 당시의 아침 시간 토크 쇼였다. 그녀는, 비록 일시적인 것으로 끝나기는 했지만, 어느 정도 유명세를 누렸다. 넬과 함께한 편집 과정, 그 이후의 책 출판 및 출판 결과와 같은 오나 삶의 맥락에서, 넬은 티그를 불명확한 형태, 배경에 존재하는 그림자로만 볼 수 있었다. 그 당시 넬은 티그에 대해 아무것도 몰랐고, 깊이 감춰져 있는 결혼의 끔찍함에 대해서도 몰랐다. 그녀는 그 문명화된 합의에 참여하고 있는 친구들의 사회에서 멀찍이 떨어져 있었다.

오나는 남들 앞에서는 티그에 대한 찬사를 늘어놓았다. 자신의 사회생활에 많은 지원을 해 준다고 그녀는 말했다. 그는 라디오 방송국에서 다큐멘터리와 인터뷰 제작자로 일하면서도, 식재료 구입도 도와주고, 요리도 많이 하며, 오나가 다른 일로 바쁠 때면 아이들도 봐 준다고 했다. 아내를 쇠 지렛대로 때려서 죽이거나 욕조에 익사시켜서 신문의 머리기사 표제로 등장하는 질투에 불타는 괴물들과는 달리, 그는 그녀가 자신만의 삶을 갖는 데 전적으로 찬성했다.

그 두 사람은 잡지 기사용으로 찍은 유광 컬러 사진 속에 등장했다. 그들은 함께 식사를 준비하는 시늉을 하고 있었다. 어쩌면 시늉조차도 아니었을 수 있다. 느슨한 카프탄을 입고 호박 원석 목걸이를 한 오나는 위풍당당해 보였고, 조

도덕적 혼란

끼와 셔츠 소매 차림의 티그는 거대했고 소박한 편안함을 지니고 있었다. 그 잡지는 여성 잡지였기 때문에 부엌 광경이 연출되었다. 예술적으로 배치된 당근과 감자와 셀러리 줄기에 둘러싸인 생칠면조가 그 두 사람 사이에 놓여 있었다. 인상적인 커플이군, 하고 넬은 동경하는 마음으로 생각했다. 당시 그들은 그녀의 삶에서 결여된 일종의 안정성을 대표하고 있었다. 그즈음 그녀는 스스로 생각해 오던 것보다 자신이 더 관습적인 사람이라는 사실을 알아차리게 되었다.

그런 후 오나는 다른 책, 그러니까 첫 번째 책의 속편을 쓰고자 했다. 그녀가 실제로 바란 것은 넬이 그 책을 써 주는 것이었다. 오나가 자신의 생각을 녹음기에 구술하면, 넬이 그 생각들을 활자로 옮기는 유용하고 필수적인 작업을 할 수 있다는 것이다. 책 제목은 『여마법사의 술수 상자』로 정할 예정이었다. 약간 아이들의 환상 모험 책처럼 들리기는 하지만 좋은 제목이라고 넬은 동의했다. 문제는 상자 안에 무엇을 담고 싶은지 오나가 확실히 모르는 것 같다는 점이었다. 어떤 날에는 회고록 같기도 했고, 다른 날에는 가구에서 둥근 하얀 자국을 어떻게 없애는지, 양탄자에 묻은 잉크 얼룩을 어떻게 지울 것인지 같은 정보가 든 DIY 책 같기도 했다. 또 다른 날에는 선언서 같아 보이기도 했다.

물론, 이 세 가지를 모두 담은 것일 수도 있다고 넬은 말했다. 그렇게 할 수 있는 방법이 있었다. 그렇지만 오나가 목표와 의도에 대해 사전 결정을 내려야 했다. 이 부분에서 오나는 주저했다. 넬이 해 주면 안 되겠는가? 오나 자신은 너무 바빴다.

그런 일들이 진행되는 동안에(그 일들이 무엇이었던가? 작은 언쟁? 애원? 협상?) 오나는 넬에게 비밀을 털어놓았다. (넬은 자신이 특별히 총애를 받아서 매우 사적인 것을 공유하는 대상이 되었다고 생각했지만 — 오나는 목소리를 낮추어 비밀임을 암시하곤 했다. — 그게 아니라는 것을 이내 알게 되었다. 오나의 비밀은 공개적 비밀이었고, 그녀가 그것에 대해 읊어 대는 것은 자주 반복되는 의식 같은 것이었다.) 티그와의 결혼 생활은 더 이상 진정한 결혼이 아니라고 그녀는 말했다. 그들 둘은 각방을 사용하고 있으며, 그렇게 해 온 지 수년이 되었다. 그들은 아이들을 위해 함께 있는 것뿐이었다. 티그는 아이들에게 매우 자상했다. 그들은 초서°의 바스의 부인이 다른 동반자라고 부른 대상에 대해 신사

─────────

○ Geoffrey Chaucer(1343?~1400). 영국 중세의 가장 중요한 시인. 대표 작품으로는 『캔터베리 이야기(The Canterbury Tales)』가 있다. 초서의 작품은 중세 영어를 문학적 언어로 격상시키는 데 중요한 역할을 했다.

도덕적 혼란

협정을 맺었다.° 오나는 문학적 인용을 가볍게 던져 넣었다. 수완이 부족한 사람은 그것을 좀 더 우려먹었을 것이고, 어쩌면 그것을 자랑하기 위한 용도로 사용했겠지만, 오나는 그것보다 더 세련되게 이용했다.

세련됨은 넬이 오나에 대해 생각할 때 떠오르는 단어였다. 오나는 가보 분위기를 풍기는 빅토리아풍과 축소된 모더니즘풍이 복합된 진짜 가구를 갖고 있었다. 또한 그녀는 액자에 넣어 벽에 걸어 둔 진품 그림도 있었다. 작가가 서명하고 일련번호를 매긴 판화도 몇 작품 있었다. 넬은 그 정도 수준까지는 바라지 않았다. 그녀의 침실 하나짜리 아파트에는 탁자, 싸구려 빈백 하나를 포함한 의자 두 개가 있었고, 펑퍼짐한 코르덴 커버 소파, 그녀가 모아 온 책이 꽂혀 있는 책장 네 개, 그리고 스프링이 삐걱거리는 일 인용 침대가 있었다. 모두 구세군과 중고품 가게에서 건진 물건들이었다. 그리고 벽에는 고무 접착제로 포스터 몇 개를 붙여 놓았다.

○ 바스의 부인은 『캔터베리 이야기』에 등장하는 인물이다. 남성의 소유물로 취급받던 당대 여성들과 달리 바스의 부인은 여성의 권리를 당당히 주장하고 성별에 따른 사회의 이중적 잣대를 비판한다. 그녀는 남편이 다섯 명이었고, 그 외에도 다른 동반자(oother compaignye), 즉 남자 친구가 있었다.

그녀는 돈을 모으는 중이었다. 하지만 돈을 모으는 목적이 무엇인지 자신도 잘 몰랐다. 탁자를 주황색으로 칠하고 소파에 쿠션을 두 개 추가하는 정도까지는 했지만, 그녀는 더 이상 노력을 기울여야 할 이유가 없다고 생각했다. 이 아파트는 그녀가 이곳 이전에 잠시 머물렀던 많은 다른 아파트들, 방들과 마찬가지로 단기 체류하는 곳에 불과했던 것이다. 자신은 아직 정착할 준비가 되지 않았다고 그녀는 친구들에게 말했다.

그렇게 말할 수도 있었다. 다른 식으로 표현했다면 아직 함께 정착할 사람을 찾지 못했다고 말했을 것이다. 이제까지 여러 명의 남자가 있었지만, 어느 누구도 미덥지 못했다. 그들은 어떤 면에서 그녀의 탁자와 같았다. 쉽게 구한 다음 약간 손질을 해서 일시적으로 사용하는 것. 하지만 그런 방식의 삶에 끝을 맺을 때가 다가오고 있었다. 그녀는 세 드는 것이 지겨웠다.

각방과 신사협정에 관한 대화를 나눈 후, 넬은 자신의 방 하나짜리 아파트로 돌아가서 구세군 탁자에 앉아 대학 초서 책에서 바스의 부인 인용 부분을 찾아보았다. 단지 호기심에서 그랬을 뿐이었다. 바스의 부인은 오나와는 달리 엄밀히 말해서 간통녀는 아니었다. 다른 동반자는 결혼 생활

도덕적 혼란

을 하는 동안이 아니라 결혼 전에 놀아났던 남자들이었다. 하지만 그건 하찮은 지적에 불과했다. 게다가 이제는 어느 누구도 간통이라는 단어는 사용하지 않았다. 그것은 멋스러운 단어가 아니었고, 그것을 소리 내어 말하는 것은 사회 예절에 어긋나는 일이었다. 그 단어는 1968년 즈음에 사라졌다. 삼 년이 지난 지금, 오래 지속되어 온 결혼이 어떤 가시적 이유 없이 여전히 산산이 깨지고 있었고, 좋은 직업을 가진 중년 남자들은 여전히 주말에 마약 담배를 피우고 나무 구슬 목걸이를 하고 자기 나이 절반밖에 안 되는 여자들과 동침했으며, 한때 만족한 삶을 살았던 가정주부들은 여전히 가정을 이탈해 새로운 직장 생활을 시작했고, 극단적인 경우에는 하룻밤 만에 레즈비언으로 탈바꿈했다. 한때는 레즈비언이 한 명도 없었다. 아니, 적어도 눈에 띄지 않았다. 그런데 갑자기 모든 곳에서 쏟아져 나오기 시작했다. 일부는 진짜 레즈비언도 아니었다. 남편들의 염주 목걸이와 어린 여자들의 행각에 복수하기 위한 것일 뿐이었다.

어린 여자들, 그리고 일탈 중인 아내들은 옷차림을 통해 자신들의 열린 마음 상태를 표시했다. 그들은 멜빵바지를 입고 크고 둥근 안경을 끼거나, 발목까지 오는 포크풍의 긴 치마와 통굽 샌들을 신었다. 그리고 그림책에 나오는 것 같은 긴 생머리나 곱슬거리는 에스닉풍의 대걸레 같은 머리나 매우 짧은 커트를 했다. 눈 주변을 까만색으로 칠하고 옅은 분홍색 립스틱을 바르거나 혹은 화장을 전혀 하지 않았다. 사랑은 사랑이다. 그들은 미소를 지으며 그러나 교조적인 태도로 말하곤 했다. 넬은 그들의 태도가 독선적이라고 느꼈다. 사랑은 사랑이다. 그것은 매우 단순하게 들렸다. 그런데 실생활에서 그것은 무엇을 의미했던가?

넬은 어떤 게임이건 간에 규칙을 알고 싶어 했다. 그녀는 규칙을 철저하게 지키는 사람이었다. 어린아이였을 때 그녀는 음식을 각각의 더미로 분류했다. 그녀만의 계획에 따라 고기는 여기, 으깬 감자 저기, 콩은 콩을 위해 남겨 둔 특별한 자리에 분리했다. 이미 먹기 시작한 더미를 다 먹기 전에는 다른 것을 먹을 수 없었다. 그게 규칙이었다. 솔리테어°를 할 때조차도 속임수를 쓰지 않았다. 지난 수년간 그녀는 솔리테어를 하며 많은 시간을 보냈다.

사회관계에서는 예전 규칙만 습득한 터였다. 그러니까 모든 게임들이 한꺼번에 바뀌고, 이전의 구조들은 다 무너져 내리고, 모든 사람들이 규칙이라는 개념 자체가 구식이라

○ 혼자 하는 카드놀이.

도덕적 혼란

고 생각하게 된 이 폭발적인 순간이(마치 순간처럼 느껴졌다.) 도달하기 전까지 시행되고 있던 규칙만을. 일례로, 예전 규칙에 따르면 다른 여자의 남편을 훔치면 안 되는 것이었다. 그러나 이제는 남편 훔치기 따위는 존재하지 않는 것 같았다. 그 대신 사람들은 제각각 자신만의 일을 하고 인생에 관한 엇갈린 선택을 했다.

넬은 당혹감과 혼란스러움과 힘겨움을 느끼며 격동의 시기를 보냈다. 하지만 그런 것을 고백하면 경멸만 불러일으켰을 것이다. 그녀는 자신처럼 반응하는 것이 혼자뿐인 것 같다고 느꼈고, 입을 다물었고, 문학계 파티에서 일찍 자리를 떴다. 복도에서 수염 난 남자들과 씨름하지 않고, 일본식 종이초롱으로 불을 밝힌 정원에서 마약에 취한 남녀들을 피하고, 발음이 불분명하지만 분노가 담긴 말투로 그녀의 고지식한 생활 방식에 대해 평가해 대는 것을 듣지 않기 위해서였다.

이 순간이 도래하기 전 그녀의 연애(연애란 또 다른 구식 단어였다.), 그녀의 관계는 적어도 플롯이 있었다. 시작과 중간과 마지막이 있었고, 각 부분을 특징짓는 다양한 종류의 장면이 바와 식당과 커피숍, 심지어 (사태가 극단적으로 치달을 때면) 길거리에서도 일어났다. 필수적인 고통과 (주로 그녀가) 흘린 눈물이 있었음에도 불구하고, 그런 장면은 비록 즐겁지는 않았지만 무언가 만족스러운 구석이 있었다. 그것이 끝난 후에는 넬은 축하를 받아야 할 차례라고 느끼곤 했다. 마치 적힌 대로 배역을 해내고 불명확한 임무를 이행한 것처럼.

이제는 막연히 방을 드나들고 웅얼거리고 축 늘어져 있고 어깨를 으쓱하는 것이 사교 생활을 대체해 버렸지만, 당시에는 입장과 퇴장이 있었다. 그것에는 알아들을 수 있는 단어가 붙은 감정들이 연관되어 있었다. 질투, 절망, 사랑, 배반, 증오, 실수, 모두 골동품 상점에 진열된 단어들. 그러나 젊은이들, 그리고 자신이 젊다고 주장하는 사람들 사이에서는 경중에 상관없이 어떤 단어를 소유한다는 것은 이제 불리한 일이 되었다.

오나와 티그는 넬보다 나이가 많았다. 그들은 옛 규칙을 완전히 버리지 않았고, 대화에 관심을 두었다. 바스의 부인 건 이후 얼마 지나지 않아 오나는 넬을 저녁 식사에 초대했다. 그 유명하다는 오나와 티그의 유쾌한 소고기 오븐구이 저녁 식사였다. 넬은 좋은 마음으로 저녁 식사에 갔다. 그러면서 좀 더 정신 산란하거나 보헤미안풍인 모임에서 유행하는 것처럼 현미를 쌓아 놓고 아무렇게나 하는 식사가 아니라, 제대로 된 저녁 식탁과 의자가 놓여 있는 모임이기를 바랐다. 그녀는 그들의 식탁을 본 적이 있었다. 거기에서 오나와 편집 작업을 몇 번 했던 것이다. 최악의 경우라 하더라도, 개인용 식기는 갖춰져 있을 터였다. 가장 좋은 것은 어느 누구도 바닥에 책상다리를 하고 앉아서 자신들의 끔찍한 여행에 대한 독백을 늘어놓지 않으리라는 점이었다. 그곳에는 다른 커플도 있었다. 역사 교수와 그의 아내였는데 그들은 놀랍게도 아직 결혼 생활을 유지하고 있었다. 그 교수는 티그가 제작한 다큐멘터리 한 편에 출연한 적이 있었고 칠년전쟁°의 권위자였다.

두 아이들은 저녁을 미리 먹었지만 그랑 마니에 수플레에 초콜릿 소스가 곁들여진 특별 디저트를 먹으러 나왔다.

분위기는 약간 과한 느낌이 있기는 했지만 화기애애했다. 오나와 티그는 넬이 드물게 말을 꺼낼 때마다 관심 어린 환한 표정으로 그녀 쪽을 바라보았다. 장황하게 이야기를 늘어놓은 것은 역사 교수였다. 그래도 넬은 뭔가 말할 거리가 있을 때 자신의 단어를 세세히 점검하면서 짤막한 말만 골

° 오스트리아가 왕위 계승 과정에서 잃은 슐레지엔 지역을 탈환하기 위해 프로이센과 벌인 전쟁.

라 해야 한다는 느낌은 받지 않았다.

저녁 식사 후, 역사 커플은 떠났고 넬은 오나가 접시를 부엌으로 나르는 것을 도와주었다. 그것은 옛 규칙 가운데 하나였다. 그런 다음 그녀는 두 아이들과 모노폴리 게임°을 했다. 아이들은 친절하고 공손했으며, 그녀를 약간 나이가 많은 아이처럼 취급했다. 그녀는 주사위를 흔든 다음 던졌다. 운이 좋아서 급수 시설과 전기 회사와 철도 네 개 모두와 붉은 거리의 몇 구간과 담청색과 자주색 빈민가 부동산을 얻었다. 뿐만 아니라 파크플레이스와 보드워크°°도 획득해서 그곳에 호텔을 지었다. 자신의 무자비함에 놀라면서도(단지 게임에 불과한 것이었으니 아이들이 이기도록 해 주는 편이 나았을 것이다.) 그녀는 이내 높은 세를 받아서 아이들을 파산시키고 게임에서 이겼다.

아이들은 기특하게도 샐쭉하지는 않았지만, 게임을 다시 하고 싶어 했다. 그러나 오나는 다시 하기에는 너무 늦은 시간이라고 말했다. 그런 다음 그들은 아이스크림을 먹었고,

---

° 주사위를 던져 부동산을 사고파는 보드 게임. 부동산은 네 가지 색깔로 분류되어 있다.
°° 보드워크와 파크플레이스는 모노폴리 게임에서 가격에 가장 높은 부동산이다. 그곳에 호텔을 지으면 그 가치가 최고로 상승한다.

　　　　　　　　　　　　　　　도덕적 혼란

가족이 기르는 고양이 세 마리 중 두 마리가 넬에게 안겨서 가르릉거렸다. 구조된 고아에 관한 이야기에 나오는 친절한 요정 대부모(代父母)처럼 티그와 오나가 자신과 아이들을 향해 환하게 웃어 주는 것을 보며 넬은 매료되는 느낌, 환영받고 받아들여지는 느낌, 왠지 보호받는 느낌이 들었다.

저녁 식사 초대는 넬이 티그의 장점을 최대한 볼 수 있도록 하기 위해 제안된 것이었다. 이것이 넬이 나중에 도달한 결론이었다. 어떤 면에서 보자면 그녀는 면접을 본 것이었다. 오나는 두 번째 부인 자리에 그녀를 지목했던 것이다. 아니, 정확히 말해서 두 번째 부인이 아니라 두 번째 무언가의 자리. 무언가 부차적인 것. 통제할 수 있는 무엇. 일종의 정부(情婦). 오나가 자신이 영위하고자 하는 스스로의 삶을 이어 나갈 수 있게 하기 위해, 넬은 티그의 다른 동반자 역할을 해야 했던 것이다.

그다음에는 무슨 일이 일어났던가? 넬도 잘 알 수 없었다. 완전히 마음이 사로잡혔던 것 같다. 그녀는 정신없이 빠져들었다. 어쩌면 유괴를 당한 것일 수도 있었다. 때로 그것은 그렇게 느껴지기도 했다. 무엇이 되었든 간에 그것은 티그가 시골로 달아나는 데 한몫했다. 물론 그렇게 말한 사람은 아무도 없었다.

1월 말에, 넬은 붉은색, 푸른색, 자주색 뜨개실을 좀 샀다. 어린 시절 이후로 오랫동안 뜨개질을 하지 않았지만, 다시 해 보고 싶은 생각에 사로잡혔다. 소위 자신의 서재라는 곳에 있는 낡은 침대의 덮개를 만들려는 생각이었다. 그것은 오나가 주말에 농장에 왔을 때 사용하는 침대였다. 그녀는 긴 조각들로 만들 생각이었다. 붉은 정사각형, 자주색, 푸른색, 그런 다음 그 조각들을 연결하려고 했다. 자신이 마음먹은 대로 정사각형들이 대담한 체스판 같은 효과를 내도록 잘 만들기 위해서는 계획을 잘 세워야 했다. 일단 침대 덮개를 만들면 침대 위에 덮을 것이고, 그곳에 계속 놓여 있게 될 것이다.

아마도 그녀는 그것을 만들 것이다. 하지만 어쩌면 하지 않을 수도 있었다. 어쩌면 자신의 주황색 탁자와 구세군 소파로 돌아가 거기서 뜨개질을 할지도 몰랐다. 그녀는 결정을 내리지 못했다.

티그가 산책이나 외출을 하러 나가서 농장에 없을 때면, 그녀는 독서를 하거나 원고를 편집하거나 학생들 과제물을 채점했다.『위대한 유산』에서 신사의 개념.『제인 에어』,『허영의 시장』,『나사의 회전』에 등장하는 가정교사. 억척 일꾼, 재산을 목적으로 한 구혼자, 히스테리 환자.『플로스강의 물방앗간』에 나오는 순응과 반항. 그러나 그녀의 서재는 집의 북향에 있었기 때문에 춥고 빨리 어두워졌다. 그래서 그녀는 일을 하다가 긴 휴식을 취하곤 했다. 차 한 잔을 만들어서 한때 큰 응접실이었던 방의 햇살 드는 창가에 앉아 푸른색과 붉은색과 자주색 침대 덮개를 짰다. 그러면서 낙숫물 홈통의 고드름에서 떨어지는 물방울 소리에 귀를 기울이고, 들판에 걸쳐 곡선을 이루고 있는 눈부신 눈 더미와 그 뒤에 서 있는 삼나무, 그리고 푸르스름한 그림자를 내다보았다. 이럴 때마다 그녀는 아직 결정을 내려야 할 문제가 있다는 사실을 잊을 수 있었다. 마치 따뜻한 목욕물 속에서 둥둥 떠다니듯 느긋하고 진정된 느낌이 들었다. 그러다 이내 스스로를 꼬집어 정신을 차리고 자신의 위치에 대해 생각해 보고자 노력했다.

티그는 정확히 말해 그녀에게 무엇을 주었던가? 그는 영구적인 것을 원한다고 주장했다. 그러나 그것은 어떤 형태일 것인가? 그는 결국, 여전히 기혼자였다. 어떤 플롯이 있을 것이고, 감정과 사건이 있을 것이다. 그 정도는 예측할 수 있었다. 사랑도 있겠지만(그 단어가 이미 등장했다.) 그것은 무슨 종류의 사랑일 것인가? 그리고 일상생활에서 그것은 무엇을 의미하는가? 다 순탄하게 잘 이루어질 거예요.

티그는 그렇게 말했다. 당신과 내 삶을 나누고 싶어요. 하지만 그가 나누고 싶다는 삶에, 예를 들면, 오나도 포함되어 있는가?

넬은 서재의 문을 관통해 걸어 들어가는 순간 오나의 존재를 느낄 수 있었다. 혹은 냄새를 맡는 것일 수도 있었다. 오나가 선호하는 향기 짙은 화장품. 향의 스펙트럼에서 좀 더 이국적인 쪽에 치우친 것이었다. 오나와 편집 작업을 하던 때 넬은 이 향에 호감을 느꼈다. 그러나 이제는 영하의 날씨에도 불구하고 창문을 열어 신선한 공기로 환기하지 않으면 일을 시작할 수 없었다. 오나가 바로 뒤에 서서 어깨 너머로 들여다보면서, 애매모호한 태도로 미소를 지으며 마치 무르익은 양귀비 들판같이 최면성 향내의 물결을 발하는 것 같은 느낌이 들었다.

그러나 티그의 말에 따르면, 오나는 농장에 오는 일이 갈수록 뜸해졌다고 했다. 오나의 책, 그러니까 넬이 편집하기로 되어 있던 것, 또는 더 정확히 말하자면 유령 작가 역할을 하기로 되어 있던 책 계획은 조용히 사라졌다.

2월 말에 티그는 이제 아이들이 농장에 오는 시기에 맞춰 넬이 같이 올 때가 됐다고 말했다. 넬은 자신이 그럴 준

도덕적 혼란

비가 되었는지 확신할 수 없었다. 그녀는 보이지 않는 존재로 남아 있는 데 익숙해졌던 것이다. 이제까지 해 오던 방식을 지금 바꾸면 평정이 깨질 수도 있었다. 그러나 그는 아이들에게 그녀에 대해서, 그녀가 주중 대부분의 시간을 농장에서 보낸다는 것에 대해 설명해 주었다고 말했다. 그러니까 그녀는 자신의 몫을 해야 하는 것이다. 어쨌든 그와 오나는 그것에 대해 상의를 했고 이런 방향으로 일이 진행되어야 한다고 합의했다. 아이들이 넬의 본거지에서 그녀를 볼 때가 된 것이다.

왜 그런 일을 그녀와 상의하는 거죠? 넬이 목소리를 최대한 중립적으로 유지하면서 물었다.

티그는 당황한 표정을 지었다. 당연히 그녀와 상의해야죠. 그가 말했다. 아이들에 관한 건 모두 상의해요. 아이들의 엄마니까.

그녀가 정확히 뭐라고 하던가요? 넬이 물었다. 나에 대해서 말이에요.

그녀는 이 모든 것에 찬성하고 있어요. 티그가 말했다. 그녀는 당신을 전적으로 지지해요. 당신이 아이들에게 좋은 사람일 거라고 생각하고 있어요.

하지만 나는 어쩌고요? 넬이 물었다. 그녀는 농장은 자신의 본거지가 아니라고 덧붙이고 싶었다. 그녀는 본거지가 없었다. 그녀는 아직 정착하지 않았고, 아직 마음을 정하지 않았다. 아직 연애 기간을 더 갖고 싶었다.

무슨 뜻이에요? 티그가 말했다.

그들은 내가 뭐라고 생각하는 건가요? 넬이 말했다. 나는 뭐가 되어야 하는 거죠?

당신은 나와 여기에 사는 멋진 여성이 되는 거죠. 티그가 말했다. 그는 팔로 그녀를 감싸고 그녀의 목에 키스했다. 그러나 그럼에도 불구하고 그가 짜증이 났다는 것을 그녀는 알 수 있었다. 그녀는 문제가 전혀 없는 상황에서 어려움을 만들어 내고 있었다. 그녀는 선을 넘고 있었다. 하지만 선이 어디 있단 말인가? 그녀는 볼 수 없었다.

2월의 마지막 토요일에 넬은 그레이하운드 버스를 타고 스타일스로 올라갔다. 이미 오후로 접어든 시간이었다. 티그와 오나는 첫 번에는 넬이 주말 내내 머무르지 않는 것이 좋겠다고 결정했다. 아이들에게 지나친 중압감을 줄 수 있기 때문이었다. 그녀는 역에서 티그가 자신을 데리러 오기를 기다리면서 침대 덮개를 떴다. 정사각형 행렬을 두 줄만 뜨면 완성이었다. 이미 끝낸 열들은 코바늘로 다 연결했다.

도덕적 혼란

그리고 붉은색과 자주색과 푸른색 체스판 모양은 그녀가 상상한 그대로 잘 나왔다.

티그는 늦게 도착했다. 별스러운 일은 아니었다. 그는 그녀를 데리러 올 때 보통 늦곤 했다. 스타일스에 다른 볼일이 있었던 것이다. 차에 기름을 넣어야 했고, 철물점에 가야 했고, 식료품을 사야 했다. 그런 사실을 알게 된 후, 그녀는 그가 늦는 것에 그다지 마음을 쓰지 않았다.

그들은 고물 쉐보레를 타고 농장으로 향했다. 아이들은 얼어붙은 연못 위에서 미끄럼질을 하고 있었다. 스케이트는 신지 않았지만 하키 스틱을 들고 있었다. 그들은 퍽을 치고 있었다. 차가 진입로를 비스듬히 올라가자 아이들은 벙어리 장갑을 낀 손을 흔들었다.

이번에는 끌어안는 일도, 옷을 벗어 던지는 일도, 티그의 솜이불 밑으로 서둘러 뛰어드는 일도 없었다. 그 대신, 그들이 문 안에 들어서자 어색한 침묵이 감돌았다.

아이들은 밖에서 한동안 재미있게 놀 거예요. 티그가 말했다.

코코아를 좀 만드는 게 좋을 것 같아요. 넬이 말했다. 아이들에게는 그렇게 해 주는 법이었다. 코코아를 만들어 주는 것. 그리고 팝콘도요. 그녀가 덧붙였다. 그녀가 어렸을 때, 이처럼 추운 겨울 오후에 그런 음식이 나오곤 했다. 위안을 주는 음식, 풍부하고 달콤하고 따뜻한 음식.

좋은 생각이군요. 티그가 말했다. 그는 그녀가 노력을 한다는 사실에 즐거워하며 미소를 지어 주었다.

다행히도 코코아가 좀 있었고, 팝콘용 옥수수도 있었다. 넬은 부지런히 코코아 가루와 설탕을 섞었다. 그녀는 소스 팬에 우유를 계량해 붓고 스토브를 켰다. 그리고 무쇠 솥에 옥수수 알을 볶기 시작했다. 유년단 지도자 같군, 하고 그녀는 생각했다. 캠프 지도자. 견학 학생들을 인솔하는 주일학교 교사. 그녀는 이것 중 골라서 스스로를 가장할 수 있는 것이다. 모두 점잖은 척하는 역할들이다. 배지가 달린 푸른 면 블라우스 분위기를 지독하게 풍기는 것. 아이들에게 어떻게 인사를 할 것인가? 안녕, 나는 너희 아버지의 정부(情婦)야. 하지만 **정부**라는 말은 **간통**이라는 단어와 함께 창문 밖으로 사라졌다. 간통이 없이는 정부도 존재할 수 없는 것이다.

아이들은 창고를 통해 집 안으로 들어왔다. 그녀는 그들이 웃는 소리, 발을 굴러 눈을 떨어 내는 소리를 들을 수 있었다. 이내 그들은 큰 거실로 들어왔다. 그들은 불신이나 두려움일 수도 있는 것을 가지고 그녀를 수줍게 바라보았다.

도덕적 혼란

자신 역시 그들을 똑같은 식으로 바라보았을 것이라고 넬은 짐작했다. 그런 다음 그들은 돌아가며 그녀와 악수를 했다. 이제까지 그들의 거주지였던 결혼 생활, 그것의 가시 돋침과 거머리 같은 속성에도 불구하고, 그들은 잘 자라났다. 그녀가 기억하던 모습보다 키가 컸고 더 나이가 들었다. 하긴 그것은 당연한 일이었다. 그녀가 그들을 마지막으로 본 후로 여러 달, 상당히 많은 달수가 지났던 것이다.

그들 세 사람은 부엌 식탁에 앉아서 코코아를 마시고 팝콘을 먹으며 모노폴리 게임을 했다. 그러는 동안 티그는 저녁으로 먹을 스파게티를 삶았다. 그들이 게임을 처음 했을 때와 같은 즉흥성은 없었다. 움직임은 좀 더 조심스러웠고, 좀 더 신중했다. 아이들은 마치 앞으로 다가올 응급 상황을 대비하듯 모노폴리 돈을 비축했다. 전처럼 무모하게 부동산을 구입하지도 않았고, 도박을 하거나 위험을 감수하지도 않았다. 그들은 넬과 했던 첫 번째 게임을 기억하고 있는 것일 수도 있었다. 부모가 여전히 같은 지붕 아래 살면서 모든 것이 괜찮은 것처럼 가장하던 때를. 이제는 아이들이 모든 것이 괜찮은 것처럼 가장해야 할 차례였다. 티그 역시 가장하고 있었다. 그는 불안으로 떨면서 지나치게 명랑하게 행동했다. 모든 것이 다 순조롭게 지나가기를 간절히 바랐던 것이다.

넬은 가능한 한 엉망으로 게임을 했고 대출을 여러 번 받았다. 그러나 그렇게 최대로 노력을 했는데도 결국 게임에 이겼다. 차마 속임수를 쓸 수는 없었던 것이다. (향후 몇 달간 아이들은 그녀와 그런 게임을 많이 했다. 때로는 티그까지 합세하기도 했다. 넬은 하츠나 그룹 솔리테어로 대체하려 해 보았지만 아이들은 모노폴리를 하자고 했다. 넬은 그들에게 미안한 마음이 들었다. 아이들은 단 한 번씩이라도 이기고 싶어 했던 것이다. 그렇지만 그들은 운이 없었고, 어떻게 해도 이길 수 없었다.)

그들이 스파게티를 먹는 동안 오나가 전화를 했다. 티그와 몇 마디를 나누고 아이들과 대화를 한 뒤, 그녀는 넬과 통화하고 싶다고 말했다. 넬은 주저하며 전화가 있는 쪽으로 왔다. 부엌 바로 안쪽 벽에 장착된 전화였다. 티그와 아이들은 조용해졌다. 그들은 귀를 기울일 수밖에 없었던 것이다.

오나의 목소리는 넬이 기억하던 대로 권위적이지만 은밀히 비밀을 털어놓는 듯한 어조였다. 아이들이 숙제를 다 하는지 확인해 줄 거죠? 그녀가 말했다. 티그는 아이들을 너무 많이 놀게 해 줘요. 학교에서 뒤처지고 있어요.

그러니까 내 역할은 이거로구나, 하고 넬은 생각했다. 나는 가정 교사였어.

그늘진 곳을 제외한 거의 모든 곳에서 눈이 녹고 봉우리가 부풀어 오른 3월 말에, 넬은 침대 덮개를 다 만들고 그것을 서재에 있는 일 인용 침대 위에 덮어 두었다. 완성된 모습이 마음에 들었다. 그녀는 티그가 보고 감상하도록 그를 불렀다.

이건 당신이 여기에 살 거라는 뜻인가요? 티그가 긴 팔로 그녀를 뒤에서 감싸 안으며 물었다. 넬은 아무 말도 하지 않고 미소만 지었다. 알고 보면 그는 그렇게 둔감한 사람은 아니었던 것이다.

4월에 아이들은 농장에는 고양이가 있어야 한다며 자신들이 기르는 고양이 중 한 마리를 데려왔다. 그들은 헛간에서 쥐를 보았던 것이다. 어쩌면 시궁쥐였을 수도 있다. 그 고양이는 도시 고양이였다. 여행에 익숙하지 않았기 때문에 차 안에서 으르렁거렸고 토했다. 그리고 농장에 도착하자 누가 잡을 새도 없이 뛰쳐나와서 덤불 속으로 달아나 며칠 동안 나타나지 않았다. 다시 돌아왔을 때 고양이는 더 여위었고 털에는 거친 열매 껍질이 잔뜩 묻어 있었다. 그것은 넬의 서재 침대 아래로 재빨리 들어가 나오지 않았다. 하지만 밤에는 그곳에서 나와 넬이 뜨개질한 침대 덮개 위를 이리저리 뒹구는 것이 분명했다. 침대 덮개에서 거친 껍질들이 대부분 묻어났다. 넬은 껍질들을 집어 냈지만 작은 갈고리들과 가시들은 절대 제거할 수 없었다.

도덕적 혼란

도덕적 혼란

이처럼 아름다웠던 봄은 이제껏 없었어, 하고 넬은 생각했다. 개구리들은(아니, 두꺼비였던가?) 연못에서 떨리는 소리로 울어 댔고, 갯버들과 버들강아지가 자랐다. (이 둘의 차이는 무엇인가?) 그리고 이내 산사나무와 야생 자두와 방치되어 있던 사과나무는 꽃망울을 터뜨렸고, 오래전에 사라진 어떤 농부의 아내가 비뚤비뚤하게 심은 수선화들이 진입로 가의 잡초와 죽은 풀을 헤치고 싹을 내밀었다. 새들은 노래를 불렀다. 질퍽하던 땅은 건조해졌다.

저녁이면 넬과 티그는 임대한 농가 밖에 앉아 있었다. 뒤 창고에서 발견한 알루미늄 틀 접이식 의자에 손을 잡고 앉아서, 이따금 출현하는 모기를 때려 잡아 가며, 줄무늬 올빼미가 새끼 두 마리에게 사냥하는 법을 가르치는 것을 바라보았다. 그것들은 티그가 사서 연못에 풀어놓은 새끼 오리 열두 마리를 연습용으로 사용했다. 티그는 새끼 오리들을 위한 대피소를 만들어 주었다. 떠다니는 뗏목 위에 벽 없는 집을 지은 것이었다. 오리들은 지붕 아래 들어가서 안전하게 피할 수 있었지만, 그렇게 할 정도로 똑똑한 것 같지 않았다.

올빼미는 오리들이 아무것도 모른 채 물을 저어 나가고 있는 연못 표면으로 조용히 급강하해서 하룻밤에 한 마리씩 채 갔다. 그리고 둥지가 있는 죽은 나무의 구멍으로 가지고 올라가 새끼 오리를 갈가리 찢어서 새끼 올빼미들에게 나누어 먹였다. 열두 마리의 새끼 오리들이 다 사라질 때까지.

저것 좀 봐요. 티그가 말했다. 저토록 우아한 모습을.

5월 초가 되자 농장의 소유주인 사업가는 농장을 팔 예정이라고 말했다. 그는 그들에게 한 달 안에 이사를 해 달라고 했다. 임대 계약서가 없었기 때문에 그들은 떠나야 했다. 그렇지만 도시로 다시 돌아갈 수는 없다는 데 두 사람은 동

도덕적 혼란

의했다. 이곳은 정말이지 너무나 아름다웠던 것이다.

그들은 임대료가 더 싼 북쪽으로 30분가량 차를 몰았다. 그리고 시골길을 살펴보며 매각 표지판을 찾아다녔다. 개 럿 부근에서 그들은 원하는 가격대에 드는 곳을 찾을 수 있었다. 집, 헛간, 그리고 수백 에이커의 땅이 포함되었다. 1 년 이상 매물로 나와 있던 것이었다. 직접 집을 보여 주던 주인은 아무도 살지 않는 소유지라고 말했다. 그는 다른 농 장에 살았고, 이 헛간은 건초를 저장하는 데 사용하고 있 었다. 하지만 이제 그는 부동산 두 군데를 다 매각해서 현 금화하려고 했다. 관 속에 들어가기 전에 세상을 좀 더 보 고 싶어서요. 그가 말했다.

이 농장에도 연못이 있었고, 옹이가 지고 비틀린 사과나 무 여러 그루가 집 주변에 서 있었다. 그리고 낡은 트랙터가 세워진 차량용 헛간도 있었다. 저것도 딸려오는 거요, 하고 주인은 말했다. 집은 1830년대 중반에 지은 하얀 미늘벽 판 잣집이었고, 뒤에는 여름용 부엌으로 사용되는 시멘트 바 닥의 증축 건물이 있었다. 지하실은 마감이 되지 않은 상태 였다. 지하실 들보에는 아직도 나무껍질이 군데군데 붙어 있었다. 내려가는 계단은 가파르고 위험했다. 흙바닥은 축 축했고, 무엇인지 짐작하기 힘든 냄새를 풍겼다. 건부병 걸린 목재 냄새도 아니고, 죽은 쥐 냄새도 아니고, 하수도 냄새도 딱히 아니었다.

손을 많이 봐야겠네요. 넬이 말했다. 농부는 쾌활하게 인정했다. 그리고 가격을 오천 달러 내렸다. 그러면 이제 주택 담보 대출 문제가 남았군요, 하고 티그가 말했다. 그들은 은행 입장에서 보면 위험 부담이 큰 고객들이었다. 그들 둘 다 정규직 직장인이 아니기 때문이었다. 그러나 주인은 자신이 주택 담보 대출을 해 줄 수 있다고 말했다.

그는 이곳을 서둘러 팔아 버리려 하고 있어요. 넬이 말했다. 그들은 부엌 한가운데 서 있었다. 부엌 바닥은 중심부의 벽 쪽으로 가파르게 경사져 있었다. 그들은 조만간 아래쪽에서부터 바닥을 밀어 새로운 대들보를 올려야 했다. 찢어진 부분에서 드러나는 여러 겹 발린 벽지 중 하나는 흐린 녹색으로, 분홍빛이 도는 갈색의 둥그런 꽃 문양이 그려져 있었다. 바닥에는 넬이 1950년대에 본 적이 있는 갈색과 주황색 무늬의 리놀륨이 깔려 있었다.

이곳에는 100에이커의 땅이 있어요. 티그가 말했다.

집이 상당히 어둡네요. 넬이 말했다. 그다지 활기찬 느낌은 아니에요.

창문을 깨끗이 닦아 봅시다. 티그가 말했다. 이곳에는 수

년간 아무도 거주하지 않았다. 창문턱은 먼지와 죽은 파리들로 완전히 덮여 있었다. 벽지는 하얀색으로 칠합시다. 그는 이미 농부와 함께 밖에 나가서 땅을 둘러보았고, 뒤쪽 벌판에서 개구리매를 보았다. 그리고 그것을 어떤 징조처럼 여겼다.

넬은 창문 때문도 아니고 벽지 때문도 아니라는 말은 하지 않았다. 하지만 페인트칠을 하면 좀 더 나아질 거라고 생각했다.

그들은 넬이 저축한 돈과 티그가 최근에 제작한 텔레비전 다큐멘터리 대금을 모아서 어렵사리 계약금을 마련했다. 계약을 마친 그 주 주말에 그들은 침대를 들여왔다. 그런 다음 리놀륨 바닥에 앉아서 정어리 통조림과 갈색 빵 한 조각과 크게 자른 치즈 한 조각을 먹고 와인을 마셨다. 그곳에는 천장의 전선에 매달린 지나치게 눈부신 전등 하나밖에 없었다. 그래서 그들은 전깃불을 끄고 대신 촛불을 켰다. 실내 소풍 같았다.

그러니까, 이게 다 우리 것이군요. 티그가 말했다.

한 번도 부동산을 가져 본 적이 없어요. 넬이 말했다.

나도 마찬가지예요. 티그가 말했다.

좀 두려운걸요. 넬이 말했다.

내일 나가서 매를 보도록 합시다.

넬은 티그에게 키스했다. 정어리 때문에 그다지 좋은 생각은 아니었지만, 둘 다 같은 것을 먹고 있었다.

이제 자러 갑시다.

이를 닦아야 해요. 넬이 말했다.

그들은 티그의 매트리스, 그들의 매트리스 위에 서로를 감싸 안고 누웠다. 그들은 위층까지 촛불을 들고 올라왔다. 침실의 열린 창을 통해 들어온 따스한 미풍에 촛불이 깜박거렸다. 넬은 어렸을 때 항상 갖고 싶었던 얇은 흰색 커튼에 대해 생각했고, 그런 커튼을 갖게 되면 그게 이런 미풍에 어떤 식으로 흔들릴지 생각했다.

내가 당신의 아내라고 말하지 말았어야 했어요. 한참 후에 넬이 말했다. 변호사 사무실에서요.

이제는 많은 여자들이 자기 성을 그대로 쓰잖아요. 티그가 말했다.

하지만 그건 사실이 아니잖아요. 오나가 당신의 아내죠. 아직 그녀와 혼인 관계에 있잖아요.

그렇다고 볼 수는 없지요. 티그가 말했다.

도덕적 혼란

어쨌든, 당신은 아내 대신에 배우자라고 썼어요. 그건 완전히 사실을 드러낸 거예요. 그 사람이 나를 어떻게 쳐다보는지 못 느꼈어요? 그 변호사가?

어떻게 쳐다봤는데요?

바로 그렇게요.

어떻게 불렸으면 좋겠어요? 티그가 물었다. 이제 그는 상처를 입은 것 같았다.

넬은 아무 말도 하지 않았다. 그녀는 모든 것을 망쳐 버리고 있었다. 그러고 싶지 않았다. 그녀는 사실과는 다른 입장에 놓였고, 그것이 탐탁지 않았다. 그러나 제안할 만한 다른 단어가 없었다. 자신을 묘사할 정직하면서도 만족할 만한 단어가 없었다.

그 후 며칠에 걸쳐 그들은 나머지 짐을 옮겼다. 티그의 두 아이들이 와서 자는 이층 침대, 손님방에 놓을 일 인용 침대, 넬의 책상, 의자 몇 개, 책장과 책. 넬의 주황색 탁자. 그녀는 나머지 가구는 도시에 놔두었다. 언젠가는 다른 가구를 좀 사야겠지만(집은 상당히 허전해 보였다.) 지금은 여윳돈이 없었다.

티그의 두 아들은 다음 주말에 올라와서 새로운 방의 이

층 침대에서 잠을 자고 티그와 오랫동안 산책을 하며 부지 전체를 돌아보았다. 그들은 개구리매를 보았다. 두 마리의 개구리매. 한 쌍인 것 같다고 티그는 말했다. 쥐를 사냥하는 중이었다. 아이들은 헛간에 있는 트랙터를 보고 기뻐했다. 도로로 나가지만 않는다면 트랙터 운전에는 면허가 필요 없었다. 티그는 자신이 (혹은 다른 사람이) 트랙터가 잘 굴러가도록 손보면 아이들이 들판에서 몰아 볼 수 있을 거라고 말했다.

넬은 산책을 나가지 않았다. 그녀는 집에서 비스킷을 만들었다. 열판 하나만 제외하면 멀쩡하게 작동되는 전기 레인지가 있었다. 화목 난로도 하나 살 계획이었다.

티그와 아이들은 돌아와서 비스킷에 꿀을 얹어 다 먹고 차에 뜨거운 우유를 넣어 마셨다. 그들은 넬의 주황색 탁자에 팔꿈치를 올리고 편안히 둘러 앉았다. 마치 가족처럼.

여기서 나만 아무와도 연관이 없는 사람이군, 하고 넬은 생각했다. 그녀는 단절된 느낌이 들었다. 이제 그녀는 도시에 자주 가지 않았고, 가더라도 출판업자를 만나거나 자신이 편집하고 있는 책의 작가들을 만나는 등, 업무만 보았기 때문에 친구들을 자주 만날 수 없었다. 게다가 그녀의 부모님은 그녀와 대화를 단절한 것은 아니었지만, 엄밀한 의미에서 소통을 하지 않았다. 대화의 측면에서 본다면 그녀는 회색 지대에 있었다. 그곳은 버스 정류장의 대기실과 매우 비슷했다. 차가운 공기, 침묵, 건강 상태와 날씨에 국한된 주제. 그녀의 부모님은 다른 사람과 아직 결혼 관계를 유지하고 있는 남자와 넬이 실제로 동거하고 있다는 사실에 익숙해지지지 않은 상태였다. 예전에 그녀는 이토록 뻔뻔하게 행동한 적이 없었다. 그녀는 체면에 대해 생각했고 좀 더 은밀하게 행동했다. 하지만 이제 주소 변경을 알리는 카드가 노골적으로 발송되었으므로, 은밀함을 남겨 둘 안락한 여유 따위는 없었다.

넬은 채소 정원에 정성을 쏟아부었다. 들판에 마멋이 있었기 때문에 그녀는 울타리부터 만들었다. 티그가 도와주었다. 그들은 마멋이 터널을 뚫고 들어오지 못하도록 아랫부분이 30센티미터 이상 묻힐 정도로 땅을 파고 철망을 심었다. 그런 다음 넬은 헛간에서 발견한 잘 썩은 소똥 무더기를 잔뜩 가져와 묻었다. 소똥은 몇 년 동안 사용할 수 있을 만큼 넉넉했다. 앞문 옆에는 울퉁불퉁하고 제멋대로 자란 장미가 있었다. 그녀는 가지치기를 했다. 사과나무 몇 그루도 가지를 쳤다. 그녀는 날카로운 도구에 새롭게 관심을 갖게 되었다. 전지가위와 절단 가위, 곡괭이와 삽, 전지용 톱과 쇠스랑. 도끼에는 관심이 없었다. 자신이 다룰 수 있으리라 생각되지 않았던 것이다.

이즈음, 그녀는 이 지역의 개척자들에 대해 많이 공부했다. 19세기 초에 이곳에 도착해서 나무를 베어 내고, 나무의 줄기와 가지를 태우고, 거대한 뿌리를 등걸 울타리로 배치해 땅을 개간했던 사람들. 등걸 울타리는 아직까지도 여기저기 남아서 천천히 썩어 가고 있었다. 그들 상당수는 이곳에 오기 전에 한 번도 도끼를 사용한 적이 없었다. 일부는 도끼로 자기 다리를 찍기도 했다. 다른 이들은 그런 일을 방지하기 위해 양동이 안에 서서 도끼를 사용하기도 했다.

정원의 토양은 돌이 많기는 했지만 좋은 편이었다. 깨진 도자기 그릇, 흰색과 파란색과 갈색의 압착 유리 약병 파편도 있었다. 인형의 팔. 변색된 은 숟가락. 동물의 뼈. 구슬. 이곳에서 살아 낸 삶의 수많은 겹들. 언제인가, 누군가에게는, 이 농장은 새것이었을 것이다. 분명 고투와 불안과 실패와 절망이 있었을 것이다. 그리고 당연히 죽음도 있었을 것이다. 다양한 종류의 죽음들.

넬이 정원에서 일하는 동안 티그는 밖으로 나가 돌아다

도덕적 혼란

녔다. 그는 샛길을 오르락내리락 운전하며 답사했다. 그는 개럿에 가서 철물점을 둘러보고 은행에 계좌를 개설했다. (교외에 있는 커다란 새 슈퍼마켓 같을 거라고 착각해서는 안 되는) 마을 식료품점의 창문에 계란 표지판이 걸려 있었다. '뼈 없는 암탉 과일'. 그런 외출에서 돌아오면 그는 넬에게 자신이 발견한 것에 대해 이야기해 주고 선물을 갖다 주었다. 모종삽, 요리용 실 한 뭉치, 비닐막 두루마리 하나.

가장 가까운 교차로에는 주유소와 잡화점을 겸한 곳이 있었다. 티그는 그곳에서 나이가 지긋한 현지 농부들과 커피를 마시기 시작했다. 그는 그들이 자신을 괴짜로 생각한다고 말했다. 그래도 그들은 도시에서 온 사람들 대부분을 취급할 때 그랬듯이 그를 경멸의 쓰레기통에 던져 버리지는 않았다. 그는 고물차를 몰았고 넥타이를 매지 않았으며 미늘톱니가 무엇인지 알았다. 그 모든 것이 환영할 만한 점이었다. 그렇지만 그는 농부는 아니었다. 그럼에도 커피를 마시는 시간에 함께 앉을 수 있게 해 주었고, 그곳에서 티그는 농사에 관한 요령과 갖가지 소문을 주워들었다. 심지어 그들은 그에게 살짝 장난까지 치기 시작했다. 티그는 상당히 기뻐하며 그러한 진전 과정을 넬에게 전해 주었다.

넬은 이런 외출에 동행하지 않았다. 그녀는 초대받은 사람이 아니었던 것이다. 농부들 커피 모임의 규칙은 남자만 허용한다는 것이었다. 규정된 것은 아니었지만 기정사실로 굳어진 것이었다.

우리가 어떤 가축을 길러야 할지 그 사람들에게 물어봤어요. 티그가 말했다.

그랬더니요? 넬이 말했다.

'아무것도 기르지 말게.' 그러더라고요.

좋은 생각인 것 같네요. 넬이 말했다.

그러더니 어떤 사람이 이렇게 말했어요. '살아 있는 놈들을 키우면 죽는 놈도 나올 걸세.'

아마도 맞는 말일 거예요. 넬이 말했다.

며칠 후, 자기들이 농장에 살려면 땅을 놀려서는 안 되고, 그것은 가축을 길러야 한다는 의미라고 티그는 말했다. 그리고 음식이 정말로 어디서 나오는지 아이들이 배우게 되는 부차적인 이점도 있을 거라고 했다. 그들은 닭부터 치기 시작할 수 있을 것이다. 닭을 치는 건 쉬운 일이라고 농부들이 말했다.

티그와 아이들은 살짝 찌그러진 닭장을 만들었다. 밤에 포식 동물로부터 닭들을 보호하기 위해서였다. 그리고 닭

도덕적 혼란

들이 안전하게 뛰어다닐 수 있는 울타리 친 마당도 만들었다. 티그와 넬, 그리고 농장에 머무를 누구든 계란을 먹을 수 있을 것이고, 그런 후 알을 낳을 수 없을 만큼 늙은 닭은 자기들이 먹을 수 있을 거라고 티그는 말했다.

넬은 그럴 때가 다가오면 누가 늙은 닭을 죽일지 궁금했다. 자신은 하지 않겠다고 생각했다.

닭들은 삼베 자루에 담겨 도착했다. 그들은 새로운 환경에 바로 적응했다. 적어도 그래 보였다. 그들은 얼굴 표정이 다양하지 않았다. 닭을 공급해 준 농부는 수탉도 한 마리 끼워 주었다. 그러면 암탉들도 더 만족할 거라고 그러더군요. 티그가 말했다.

수탉은 매일 아침 꼬끼오 소리를 내며 울어 댔다. 고대의, 성경에 나오는 듯한 소리. 다른 때에는 흙에서 모이를 쪼아 먹는 암탉들을 따라다니고 뒤에서 덮쳐 올라타고 짓밟았다. 넬이나 아이들이 계란을 모으러 갔을 때 암탉들에게 너무 가까이 다가가면 수탉은 그들의 맨다리 위에 뛰어올라 며느리발톱으로 할퀴었다. 그들은 수탉을 칠 막대기를 가지고 다니기 시작했다.

넬은 계란으로 파운드케이크를 만들어서 냉동고에 얼렸다. 그들은 결국 냉동고를 샀는데, 부엌 정원이 잘되기 시작하면 그곳에서 나게 될 모든 수확물을 보관할 곳이 없었기 때문이었다.

그다음으로 티그는 오리 몇 마리를 데려왔다. 이번에는 새끼 오리가 아니었다. 오리들은 연못에서 자생하도록 내버려 두었다. 그다음에는 알을 얻고 새끼 거위를 칠 목적으로 거위 두 마리도 데려왔다. 그러나 거위 한 마리가 다리를 다쳐서, 길 위쪽에 사는 로블린 부인 집으로 데려가야 했다.

티그와 아이들은 로블린 가족과 이제 친밀한 사이가 되었다. 하지만 넬은 로블린 가족(낙농업을 하는 로블린 부부와 그들의 많은 자녀들)이 뒤에서는 그들을 비웃을 거라는 의구심이 들었다. 로블린 가족은 농장에서 오랫동안 살았고, 농장에서 일어나는 모든 위급 상황에 어떻게 대처해야 할지 알고 있었다. 인근의 공동묘지에는 로블린 가족의 묘가 많았다.

로블린 부인은 떡 벌어진 체격에 얼굴이 둥근 할머니였다.(넬은 그녀가 할머니라고 생각했다.) 짧지만 놀라울 정도로 힘이 센 팔과 (넬이 짐작하기에) 고무장갑을 한 번도 껴본 적이 없는 붉고 능숙하고 뭉툭한 손가락을 지니고 있었다. 그녀는 필요할 때는 기꺼이 투신한다고 아이들은 말했다. 넬은 이 투신이 야구의 투구와는 아무런 관계가 없고

도덕적 혼란

전적으로 퇴비와 관련된 것이라는 사실을 이해했다. 로블린 부인은 찌꺼기와 진흙과 피와 내장이 관련된 어떤 종류의 일도 해낼 수 있는 게 분명했다. 아이들은 그녀가 암소 몸속에 손을 넣어 다리부터 시작해서 송아지를 끄집어내는 것을 본 적이 있었다. 그 광경을 본 아이들의 마음엔 경외가 가득 찼다. 그것에 대해 이야기하는 동안 아이들은 비판적이지는 않지만 무시하는 듯한 눈길로 넬을 쳐다보았다. 넬이 암소의 질에 팔을 깊숙이 집어넣는 일은 절대 못할 거라고 그들의 표정은 말하고 있었다.

넬은 로블린 부인이 거위의 다리를 잘 맞추고 부목을 대주기를 바랐지만, 그런 일은 일어나지 않았다. 거위는 오븐에 그대로 들어갈 수 있는 형태로 되돌아왔다. 시골에서 일을 처리하는 방식은 그렇다고 티그는 말했다. 홀로 남은 거위, 아니, 수컷 거위는 넬이 보기에 슬픈 표정으로 한동안 돌아다니더니 날아가 버렸다.

이제는 공작 두 마리도 생겼다. 티그가 시골길에 있는 공작 농장에서 발견해 넬에게 선물로 준 것이었다.

공작이라고요! 넬이 말했다. 티그는 그녀를 기쁘게 해 주고 싶었다. 그의 의도는 항상 그랬다. 그의 열정, 그의 즉흥성을 어찌 인정하지 않을 수 있었겠는가. 겨울은 어쩌고요?

그녀가 물었다. 죽지 않을까요?

공작은 북부 히말라야 꿩이에요. 티그가 말했다. 알아서
잘 살아갈 거예요. 추위에도 끄떡없을 거예요.

공작들은 언제나 함께 있었다. 수컷 공작이 거대한 꼬리
를 펼치고 흔들어 대면, 암컷 공작은 수컷을 감탄하며 바라
보았다. 그것들은 수월하게 날아다니고, 나무에 올라앉고,
여기저기서 모이를 쪼았다. 때때로 그것들은 닭이 있는 마
당으로 날아들어 가기도 했다. 수탉은 자기보다 훨씬 큰 수
컷 공작과 싸우는 바보짓은 하지 않았다. 밤이면 공작 부
부는 헛간의 들보를 홰 삼아 쉬었다. 그곳이 안전하다고 생
각했을 것이다. 공작들은 보통 새벽이 다가오기 바로 전에
살해당하는 아기처럼 소리를 질러 댔다. 넬은 그것들이 어
디에 둥지를 틀지 궁금했다. 그들은 새끼 공작을 몇 마리나
갖게 될까?

넬은 정원에 생각할 수 있는 것은 모조리 심었다. 토마토,
완두콩, 시금치, 당근, 순무, 비트, 겨울 호박과 여름 호박, 오
이, 돼지 호박, 양파, 감자. 그녀는 너그러움, 풍부함, 넘쳐흐
르는 다산을 원했다. 데메테르와 포모나 같은 풍성한 수확
의 여신들을 그린 르네상스 그림처럼. 한쪽 가슴을 드러낸
채 흐르는 듯한 가운을 걸치고 있고 윤기 나는 먹을 것들

을 바구니에서 흘러 넘치도록 담아 들고 있는 모습. 그녀는 골파와 파슬리와 로즈메리와 오레가노를 심은 허브 정원을 만들었고, 대황 세 뿌리, 까치밥나무 덤불 하얀색 한 그루, 빨간색 한 그루, 그리고 봄에 딱총나무 꽃 술을 만들 수 있도록 딱총나무 몇 그루를 심었고, 딸기밭을 만들었다. 그녀는 깍지콩을 심어 막대기로 만든 삼발이를 따라 자라나게 했다.

지역의 농부들은 이런 식의 콩 재배법을 인정하지 않았다. 구경을 하기 위해 상습적으로 마당으로 들이닥칠 때마다(개가 길을 잃었다는 둥 렌치나 망치를 빌려 달라는 둥 언제나 핑계를 대곤 했지만, 사실은 티그와 넬이 뭘 하고 있는지 보고 싶었던 것뿐이었다.) 그들은 앙상한 막대기로 만든 구조물을 한참 쳐다보았다. 그것이 무엇인지 묻지는 않았다. 콩이 눈에 띌 만큼 자라자 그들은 더 이상 쳐다보지 않았다.

자네 소가 또 한 건 했다고 들었네. 그들은 이렇게 말하곤 했다. 넬을 곁눈질로 응시하는 그들 특유의 방식이 있었다. 그들은 그녀를 파악할 수 없었다. 그녀와 티그는 도대체 결혼을 한 것인가? 그들이 그녀에게 반쯤 미소를 지어 보이는 모양새를 보건대, 결혼하지 않았을 거라고 추측하는 것이 분명했다. 그녀는 자유연애주의자, 일종의 히피일지도 모른다. 부엌 정원을 열심히 가꾸는 것과도 잘 맞아떨어진다. 진짜 농장의 부인들은 부엌 정원 같은 게 없었다. 그들은 동쪽으로 30킬로미터 넘게 떨어져 있는 개럿의 슈퍼마켓에서 일주일에 한 번씩 용달차 가득 장을 봐 왔다.

소들을 헛간으로 다시 데려오는 데 3일이 걸렸다고 들었는데. 그놈들을 앤더슨스에 데려가야 할지도 모르겠네.

넬은 앤더슨스가 무엇인지 알고 있었다. 그것은 도축장이었다. 앤더슨스 맞춤 도축장. 아, 저는 그렇게 생각하지 않아요. 넬이 말했다. 아직은 아니에요.

그들이 소를 기르게 된 것은 티그가 식용 소고기를 직접 생산해야겠다고 결심했기 때문이었다. 커피를 마시러 모이는 농부들 모두 그렇게 했다. 네 마리를 길러서, 세 마리는 팔고 한 마리는 냉동고에 넣으면 만반의 준비가 된 거지. 그들은 단언했다. 그래서 티그는 신용 대출을 받아서 평소에 잘 도와주는 농부들 중 한 사람에게서 샤롤레-헤어퍼드 교배종을 네 마리 샀다. 농부들이 무슨 거짓말을 한 건 아니었다. 하지만 넬과 티그가 좀 더 지식을 가진 상태에서 몇 가지 질문을 했더라면 더 나았을 것이다. 그들은 소들이 뛰어오를 수 있다는 것, 그렇게 높이 뛰어오를 수 있다는 사

도덕적 혼란

실을 몰랐다.

울타리를 더 높이고 강화해야 했다. 그러나 때때로 소들은 어떤 식으로든 빠져나가서 가까운 곳에 있는 다른 소 무리에 합류하기 위해 달아났다. 티그는 소들을 데려오기 위해 두 아들들을 데려가야 했다. 소 떼에 밧줄을 던지고, 소를 실어 오기 위해 빌린 트럭에 간신히 태웠다. 위험한 작업이었다. 소들이 겁을 먹어 흥분한 상태였고 집에 오는 걸 싫어했기 때문이었다.

우리가 자기들을 잡아먹을 거라는 사실을 아나 봐요. 넬이 말했다.

소들은 다른 소들과 함께 있고 싶어 해요. 티그가 말했다. 쇼핑하러 가는 사람들이랑 비슷하죠.

소들의 이름은 수전, 벨마, 메건, 루비였다. 아이들이 이름을 붙였다. 소들을 인간처럼 취급하는 것에 대해 경고를 했지만, 아이들은 아랑곳하지 않고 이름을 지었다.

오나는 언제나 주말에 전화를 했다. 처음에는 티그와 아이들뿐 아니라 넬과도 통화하고 싶어 했다. 넬에게 도움을 요청하고 지시를 내리고 싶어 했다. 그러나 얼마 지나지 않아 그녀는 더는 그러지 않았다. 어쩌다가 오나가 보낸 짤막한 메시지가 넬에게 전달되기도 했다. 접거나 밀봉한 쪽지가 아이들을 통해 배달되었다. 보통 그것은 없어진 양말짝에 관한 것이었다.

마당을 탈출한 닭 한 마리가 목이 길게 베인 채로 대황 가운데서 발견되었다. 족제비 짓일세. 상처 부위를 살펴본 로블린 부인이 말했다. 그놈들은 피를 마시지. 그녀는 넬에게 닭이 아직 신선하고 피도 다 빠진 상태이니 집에 가져가서 고아 먹겠느냐고 물었다. 족제비에게 죽임을 당한 닭은 병균이 있을 게 분명하기 때문에 넬은 그렇게 하지 않았다. 그래서 로블린 부인이 사용할 방안을 생각해 보겠다고 말하며 닭을 가져갔다.

다른 닭은 차량용 창고 안에 기계류 부품이 뒤섞여 있는 곳 뒤에 사업을 벌였다. 그 닭은 그곳에 자신의 알, 그리고 알 품기를 거부하는 다른 닭들의 알을 다 모아 두었다. 넬이 발견했을 때, 그 닭은 스물다섯 개의 알 위에 웅크리고 있었다. 어떻게 할 것인가? 알은 먹기에는 너무 오래되었다. 너무 많이 성장해서 모두 배아로 가득 차 있었다.

아이들이 남은 여름을 농장에서 보낼 거라고 티그는 말했다. 오나가 휴가를 가기 때문에 막판에 조정을 한 거였다.

그녀는 누군가와 함께 카리브의 리조트로 갈 예정이었다.

괜찮아요? 티그가 물었고 넬은 물론 미리 말해 주었으면 더 좋았겠지만, 당연히 괜찮다고 했다. 티그는 미리라고 할 만한 시간도 없었다고 말했다.

넬은 냉장고에 자석으로 목록을 붙여 놓았다. 그것은 청소 의무 목록이었다. 빗자루질, 탁자 치우기, 설거지. 모두가 돌아가면서 할 것이다. 빨래는 그들이 발견한 변덕스러운 중고 탈수기를 이용해서 그녀가 계속해서 다 할 테고, 빨래 너는 일도 계속할 것이다. 그녀는 이미 빵과 파이를 굽고 있었고, 여분의 계란과 로블린 씨 집에서 구한 크림으로 아이스크림을 만들었다. 그리고 까치밥나무 열매도 처리해야 했다. 까치밥나무 열매를 모두 젤리로 만들 수는 없었다. 그녀는 그것에 햇빛에 말려 보려고 했다. 그런데 그 일을 까맣게 잊어버렸고, 비가 내렸다. 목록을 아무리 많이 만들어도 모든 걸 기억할 수는 없었다.

그 계절에는 경매가 많이 열렸다. 죽은 농부들, 또는 모든 것을 다 처분하는 농부들이 있었고, 그러면 집과 헛간에 있는 모든 물건들이 다 판매되었다. 넬은 사체를 먹는 동물이 된 느낌이 들었지만, 그래도 가 보았다. 그렇게 해서 조금만 손을 보면 되는 퀼트 몇 개와 수납용 나무 상자를 샀다. 상자는 경첩이 없었지만, 그건 마음만 먹으면 쉽게 고칠 수 있는 것이었다. 그녀는 집의 분위기에 보탬이 되는 물건을 사고 싶었다. 농장 분위기. 다소 옛날을 연상시키는 것.

티그는 건초 곤포기를 샀다. 구식이었기 때문에 몇 푼밖에 들지 않았다. 그것은 최근 유행인 거대한 둥근 계피롤빵 모양의 건초 뭉치가 아닌 작은 타원형 뭉치를 만들어 냈다. 자신과 아이들이 곤포기에서 건초 뭉치를 들어내겠다고 티그는 말했다. 겨울에 소에게 먹일 수 있고, 남는 것은 뭉치당 1달러에 팔 수 있을 것이라고 했다. 물론 비숙련 노동자에게 주는 임금 수준으로 아이들에게 대가를 지불할 것이다. 티그와 넬은 이 사업에서 잘해 봤자 본전일 것이고 아마도 적자가 나겠지만, 진짜 일을 하고 자신이 유용하다는 것을 느낄 아이들에게는 훌륭한 경험이 될 거라고 티그는 말했다. 넬은 어떻게 생각하는가?

좋다고 생각해요. 넬이 말했다. 이것은 티그가 열정을 보이는 일과 관련된 질문에 으레 하는 대답이 되었다.

넬과 티그가 농장 경매에 다니는 동안, 아이들은 헛간에서 시간을 보냈다. 그들은 그곳에서 갖가지 일을 벌였다. 술을 마시고, 환각성 물질을 시도해 보고, 담배와 마리화나를

도덕적 혼란

정기적으로 피웠다. 마리화나는 지역 내 후미진 들판에서 난 것이었다. 젊은 농부들 일부가 미친 담배라고 불리는, 수익성은 좋지만 불법적인 작물을 그곳에서 재배하고 있었다. 헛간 안에서는 여러 가지 꿍꿍이 공작이 계획되었다. 차를 타고 서둘러 떠나는 것, 몬트리올까지 도망가는 것, 아니면 공포 영화를 보러 적어도 개럿까지 나가는 것. 이런 꿍꿍이는 이론으로만 남아 있었고, 넬과 티그가 들어 왔던 이야기들과는 달리 아이들이 소리를 지르거나 물건을 부수는 일이 없었기 때문에 티그와 넬은 어떤 일이 일어나고 있었는지 전혀 눈치채지 못했다. 그들은 한참 후에, 아이들이 다 자라서 20대를 지나고, 티그가 가정을 떠난 데 대한 분노를 다 떨쳐 버린 후, 자신들이 회상하는 것을 함께 이야기하기 시작했을 때에야 이 모든 일을 알게 되었다.

아이들의 학교 성적은 부진한 편이었다. 오나는 그들의 성적표를 보내왔다. 그들 성적에 진전이 없는 것은 티그의 잘못이라는 암시였다. 그러나 이제 트랙터를 가동하도록 만들어서 아이들이 농장 마당과 후미진 들판에서 몰 수 있도록 허락해 준 티그는 아이들이 다른 것을 아주 많이 배우고 있다고 말했다. 나중에 삶에서 유용할 것들을.

아이들은 이제 더 많이 자랐다. 넬보다 더 컸다. 한 명은 티그만큼이나 컸다. 그들은 햇볕에 그을렸고 이두박근이 탄탄했다. 엄청난 양의 식사를 했고, 티그가 시킨 일이 없을 때면 트랙터 아래로 들어가서 부품을 해체하고 다시 조합했다. 그들은 윤활유와 기름과 먼지를 뒤집어썼고, 때로는 도구 때문에 생긴 상처로 인해 피를 흘리기도 했다. 그들은 그런 일을 매우 즐기는 것 같았다. 넬은 수건을 많이 세탁했다.

건초를 다 베어서 갈퀴로 나란히 모아 둔 다음 기온이 높고 화창해서 날씨가 적당할 때면, 티그와 아들들은 두꺼운 장갑을 끼고 땀이 눈에 들어가지 않도록 두건을 꼬아 이마에 두르고서 건초 뭉치를 만들었다. 건초 곤포기는 건초 뭉치와 마른 진흙 덩어리와 노끈 가닥을 뿜어 대며 트랙터에 끌려 들판을 돌아다녔다. 뜨겁고 먼지가 많이 나고 매우 시끄러운 과정이었다. 짚은 그들 옷 속으로 들어갔고, 지푸라기 조각들은 콧속으로 기어 올라갔다. 건초 뭉치를 헛간으로 옮기는 게 가장 힘든 부분이었다. 넬도 이따금 두건과 챙이 큰 모자를 쓰고 도왔다. 저녁이면 그들은 너무 피곤해서 밥도 제대로 먹을 수 없었다. 그들은 해가 지기 전 곯아떨어졌다.

8월 말에 티그는 오나에게서 타자기로 쓴 편지를 받았다.

도덕적 혼란

그와 넬이 수익을 올리기 위해 미성년인 아들들의 노동력을 착취한다고 비난하는 내용이었다.

티그와 오나는 이혼을 할 수 있도록 결별 동의서를 작성하기로 되어 있었다. 그러나 오나는 계속해서 변호사를 바꾸었다. 그녀는 티그와 넬이 농장을 소유하고 있기 때문에, 티그가 자신의 수입에 대해 자신에게 거짓말을 하고 있는 게 틀림없다고 생각했다. 그녀는 돈을 더 받고 싶어 했다. 그러나 티그는 더 이상 줄 돈이 없었다.

넬은 자신을 완전히 둘러싼 단단한 껍질이 자라나는 걸 느꼈다. 그 때문에 티그에 대해 응당 느껴야 할 연민을 그다지 많이 느끼지 않았다. 티그는 오나와 대놓고 충돌해서는 안 된다는 견해를 견지했다. 예를 들면 그는 이혼을 주도할 수 없었다. 오나가 스스로 상황을 주도하고 있다고 믿도록 해야 했다. 만일 티그가 어떤 일을 갑자기 하게 되면, 만일 그가 먼저 움직이면, 오나는 그것을 아이들과 함께 그에게 불리하게 이용할 것이다. 어쨌든 아이들은 공식적으로는 그가 아닌 그녀와 사는 것으로 되어 있었다.

하지만 대부분의 시간을 우리와 함께 보내잖아요. 넬이 말했다. 깨어 있는 시간을 따져 보면 말이에요. 그러면 어찌 되었든 그녀는 그것을 당신에게 불리하게 사용하겠죠. 벌써 그렇게 하고 있어요.

그녀는 몸이 안 좋아요. 티그가 말했다. 건강에 문제가 있어요. 그는 오나를 지나치게 괴롭히는 일은 모두 삼가야 한다고 말했다.

어차피 나는 그녀를 지나치게 괴롭히고 있는걸, 하고 넬은 생각했다. 나도 어쩔 수 없어.

이 대화에는 더 많은 것이 담겨 있었지만, 그런 것은 발화되지 않았다.

나는 거의 서른네 살이 다 됐는데, 하고 넬은 생각했다. 언제 일의 실마리가 풀릴까?

그러나 티그는 서두르지 않았다.

울타리의 야생 자두가 익어서 떨어졌다. 푸르스름한 타원형의 열매는 향기로웠다. 넬은 바구니 가득 자두를 주워 담아 맴도는 초파리 무리를 헤치고 집으로 가져와서, 콩포트와 풍부한 자주색 잼을 만들었다. 티그는 그녀의 자주색 손가락을 핥고 그녀의 자주색 입술에 키스했다. 그들은 따스하고 흐릿한 저녁에 천천히 사랑을 나누었다. 충만해, 하고 넬은 생각했다. 바로 그 단어야. 무언가, 하나라도, 변화

도덕적 혼란

하기를 왜 바라겠는가.

9월에 접어들자 넬은 벌레가 덜 먹고 딱지가 덜 앉은 사과를 따서 사과 젤리를 만들었다. 나무 밑에는 떨어진 사과가 여기저기 흩어져 발효되고 있었다. 나비가 내려앉아 즙을 마시고는, 불안정하게 비틀거렸다. 말벌들도 똑같이 행동했다. 어느 날 아침 티그와 넬은 일어났을 때 취한 돼지 한 무리가 나무 아래서 만족한 채로 꿀꿀대고 코를 골며 누워 있는 걸 보았다. 한바탕 먹어 치웠던 것이다.

티그는 돼지 떼를 몰아내고, 그것들이 어디에서 왔는지 알아내기 위해 뒤따라갔다. 뒤쪽, 언덕에 있는 돼지 농장에서 온 것이었다. 돼지들은 매년 이런 소행을 저지른다고 돼지 농장 주인은 말했다. 마치 몇 달 동안 계획을 해 온 것처럼 우리에서 벗어나 울타리 아래 구덩이를 파서 길을 냈다. 그것들은 언제나 딱 맞는 시기를 골랐다. 이런 한바탕 잔치를 기대할 수 있다는 점이 돼지들의 원기를 북돋아 준다는 것이 농부의 견해였다. 사과나무가 그의 것이 아니라는 사실 따위는 아랑곳하지 않았다.

그들이 불평 한마디 할 수 없으리라는 것을 넬은 깨달았다. 경계선은 방어할 수 있을 때만 경계선으로서 의미가 있을 뿐이었다. 이곳에서는 가옥 무단 침입이 빈번했다. 도둑

질, 기물 파손이 일어났다. 티그가 없으면 안전하지 않다고
느낄 때도 많았다.

암소 수전은 어느 날 트럭에 실려 가서 절단되어 냉동된
상태로 돌아왔다. 마치 마술 속임수 같았다. 모든 관중들이
보는 가운데 무대 위에서 반으로 잘렸다가 온전한 상태로
복원되어 다시 나타나서 통로를 걸어 내려오는 여자처럼.
단, 수전의 변신은 반대 방향으로 이루어졌다는 점을 제외
한다면 말이다. 넬은 수전이 보이지 않았던 동안 녀석에게
어떤 일이 일어났을지 생각하고 싶지 않았다.

우리는 수전을 먹고 있는 건가요? 아들들은 고기 냄비
구이를 왕성하게 먹으며 물었다.

소에게 이름을 지어 주지 말았어야 했어. 넬이 말했다. 아
이들은 미소를 지었다. 그들은 충격과 공포가 지닌 힘을 알
게 되었다. 적어도 저녁 식탁에서는.

넬에겐 채소가 차고 넘쳤다. 그 모든 채소를 처리할 방안
이 없었다. 일부는 통조림을 만들고 다른 일부는 말리고 얼
릴 수 있었지만, 다른 것들, 그러니까 무더기로 쌓인 여분의
돼지 호박 같은 것은 닭 모이로 사용되었다. 넬은 오이 피클
열두 병과 비트 피클 열두 병을 만들어 냈다. 감자와 당근

　　　　　　　　　　도덕적 혼란

과 양파는 근채류 지하 저장고에 보관했다. 그곳에 티그가 자가 제조한 맥주와 넬이 넘쳐 나는 양배추로 만든 자우어크라우트°와 함께 채소를 저장했다. 자우어크라우트를 지하 저장고에 놓아 둔 건 실수였다. 그것 때문에 집 전체가 발 고린내로 가득했다. 그러나 넬은 그것에 비타민 C가 풍부하기 때문에 겨울 내내 눈이 내려서 괴혈병에 걸리면 유용할 거라는 생각으로 자신을 달랬다.

10월 둘째 주에 티그와 넬은 처음으로 암탉 한 마리를 잡았다. 티그가 약간 창백한 얼굴로 도끼를 내려쳤다. 암탉은 목에서 피를 분수처럼 뿜어 대며 마당을 뛰어다녔다. 소들은 흥분해서 음매 하고 울었다. 남아 있는 닭들은 꼬꼬댁 울었고, 공작은 비명을 질렀다.

넬은 그다음에 뭘 해야 할지 로블린 부인에게 자문을 구해야 했다. 그녀는 지시받은 대로 뜨거운 물에 닭을 데치고 털을 뽑았다. 그러고는 내장을 꺼냈다. 그녀는 그렇게 역한 냄새는 처음 맡아 보았다. 다양한 크기와 발달 단계의 알이 여러 개 들어 있었다.

마지막이야, 하고 넬은 생각했다. 다시는 이런 짓 안 할

○ Sauerkraut. 양배추를 소금에 오래 절여서 발효시켜 만든 저장 음식.

거야. 저 닭들은 늙어 죽을 때까지 놔두겠어.

티그는 정원에서 수확한 당근과 양파를 넣고 닭으로 스튜를 만들었다. 아이들은 맛있게 먹었다. 그들은 닭이 머리 없이 돌아다니는 모습을 봤더라면 하며 아쉬움을 표했다. 티그는 하얗게 질렸던 순간에서 회복해 신나게 묘사하는 즐거움을 누렸다.

10월 말에 암양 세 마리가 농장 마당의 소 무리에 합류했다. 그것들이 새끼를 낳으면 팔거나 먹을 수 있으리라는 것이 티그의 생각이었다. 암양들은 영문 모를 이유로 연못 안에 뒤뚱거리며 들어갔고, 수면 아래 잠복해 있던 가시철사에 발이 얽혔다. 그리고 티그는 철사 절단기로 그것들을 풀어 주고 양들을 안고 나와야 했다. 양들은 털이 흠뻑 젖어서 무거웠다. 양들은 몸부림을 치고 발길질을 해 댔고, 티그는 미끄러져 옆으로 쓰러지며 연못에 빠졌다. 그리고 그 이후에는 감기에 걸렸다. 넬은 빅스 베이퍼럽°을 발라 주었고, 위스키를 넣은 뜨거운 레몬차를 만들어 주었다.

○ Vicks VapoRub. 감기 증상을 완화시키는 약제가 든 연고. 감기가 들었을 때 목과 가슴 부위에 바른다.

도덕적 혼란

11월이 되자 지하 저장고에서 티그의 자가 제조 맥주가
폭발하기 시작했다. 쾅 하는 소리가 들렸고, 그다음에는 바
닥이 맥주와 부서진 유리 조각으로 온통 뒤덮였다. 마치 토
요일 밤에 일어나는 차 충돌 사고 같았다. 언제 다른 맥주
병이 깨질지 알 수 없는 노릇이었다. 당근이나 감자를 가지
러 지하 저장고로 내려가는 일은 지뢰밭에서 뛰는 것과 비
슷했다. 그러나 깨지지 않은 병 속의 맥주는 거품이 많이
나기는 했지만 맛이 탁월했다고 티그는 말했다. 그는 남은
맥주를 아깝게 버리지 않도록 빨리 마셔야 했다.

　겨울이 왔다. 진입로에는 눈이 쌓였다. 차는 언덕 아래 두
어야 했고, 정기적으로 오는 커다란 제설기는 차를 눈으로
덮어 버렸다. 그 후 진눈깨비 폭풍이 불어닥쳤고, 전화선이
끊기고, 정전이 되었다. 다행히도 화목 난로 설치가 다 끝난
상태였다. 넬과 티그는 퀼트를 두르고 난롯가에 둘러 앉았
다. 그리고 어둠을 밝히기 위해 촛불을 여러 개 켰다.

　다른 날들, 눈보라나 심한 바람이나 진눈깨비가 없는 날
이면, 들판 풍경은 눈부시게 하얗고 순수하게 펼쳐졌고 공
기는 상쾌했다. 티그는 그런 날 동물들에게 먹이 주는 것을
좋아했다. 그는 그러면서 평안을 느꼈다. 티그가 새 건초 뭉

치를 풀고 있으면 동물들은 그의 주변에 모여들어서 차가운 공기에 향기로운 숨을 내뿜으며 서로를 조금씩 떠밀었다. 겨울 광경 속에서 그 모습은 예수 탄생 장면의 한 귀퉁이 같아 보였다. 넬은 고요한 무리의 모습을 창밖으로 가만히 내다보면서 더 단순한 시대로 돌아간 것 같은 느낌을 받았다. 그런 순간에 전화가 울릴 때도 있었다. 그녀는 전화를 받기 전 잠시 주저했다. 오나일 수도 있었던 것이다.

2월, 얼어붙은 벌판에 눈발이 마구 날릴 때, 암양들은 새끼를 낳았다. 암양 한 마리는 세쌍둥이를 낳았는데, 그중 가장 작은 새끼는 거두질 않았다. 티그는 외양간 한구석에서 덜덜 떨고 있는 새끼를 발견했다. 티그와 넬은 버림받은 새끼 양을 집 안으로 데려와 수건으로 감싸서 세탁용 버들가지 바구니에 넣어 두었다. 그리고 그다음 어떻게 해야 할지 고민했다. 불행히도 암양과 함께 있던 새끼 중 한 마리가 외양간에 있는 두 개의 판자 사이에 머리가 끼어서 얼어 죽었다. 이론상으로는 세 번째, 왜소한 새끼 양이 죽은 양을 대체할 수 있었을 것이다. 그러나 어미 양은 버림받은 작은 생명에게 전혀 관심을 가지지 않았다.

새끼 냄새가 이상한가 봐요. 넬이 말했다. 우리랑 지냈잖아요.

도덕적 혼란

로블린 부인은 문을 열어 둔 저온 오븐에 수건으로 감싼 새끼 양을 집어넣고 눈약 점적기로 브랜디를 먹이라고 했다. 그래서 그들은 그렇게 했다. 그녀는 직접 와서 그들이 제대로 하고 있는지 확인했다. 그녀는 넬과 티그를 약간 지능이 모자란 아이처럼 다루었다. 지역 농부들이 즐겨 쓰는 표현에 따르자면 한 짐에서 벽돌이 몇 개 모자라는 사람들처럼. 새끼 양은 약하게 매애 하고 울었고 조금씩 발길질을 했다. 로블린 부인은 양의 눈을 들여다보고 입속을 보더니 살아날 가능성이 높다고 말했다. 넬은 어떻게 단언할 수 있는지 알고 싶었지만, 그런 질문을 하는 것은 멍청한 짓이라는 느낌이 들었다.

새끼 양은 날이 갈수록 기운이 세졌다. 넬은 먹이를 주는 동안 양을 부드럽게 안고 있었다. 양을 부드럽게 흔들어 주고 양에게 노래를 불러 주는 자신의 모습이 쑥스럽게 느껴졌다.

이름이 뭐예요? 아이들이 물었다.

이름은 없단다. 넬이 말했다. 양에게 이름을 지어 주는 오류는 범하지 않을 작정이었다.

이내 새끼 양은 일어서게 되었고, 아기 젖병으로 젖을 먹었다. 티그는 여름용 부엌에 그것을 위한 축사를 만들어 주었다. 그곳에 신선한 짚으로 매일 잠자리를 만들어 주었다. 그러나 양이 점점 더 쾌활해졌고 달리고 뛰어오르고 싶어 했기 때문에, 그들은 양을 우리에 가두어 두는 건 딱한 일이라고 판단하고, 집 안으로 들어올 수 있도록 해 주었다. 미끄러운 리놀륨 위에서(그들이 깐 새롭고 미끄러운 타일 문양의 리놀륨) 양은 네 다리가 자꾸 벌어졌고, 균형을 잡는 데 애를 먹었다. 그러나 이내 기술을 습득했고, 털이 보송한 꼬리를 빙글빙글 돌리며 이곳저곳을 뛰어다녔다.

그렇지만 양에게 배변 훈련을 시키는 것은 불가능했다. 오줌을 누고 싶을 때마다 누었고, 건포도 크기의 반질거리는 갈색 알갱이 무더기를 리놀륨 위에 남겨 놓았다. 넬은 녹색 쓰레기봉투에 뒷다리와 꼬리를 위한 구멍을 내서 기저귀를 만들어 주었다. 그 기저귀는 차라리 없느니만 못했다.

3월 말에, 암컷 공작이 헛간의 대들보 홰 아래쪽 바닥에서 죽은 채로 발견되었다. 족제비가 밤에 그곳으로 올라간 모양이라고 로블린 부인이 말했다. 족제비들은 그런 짓을 했다. 수컷 공작은 암컷의 뒤틀린 사체 주변을 혼란스러운 표정으로 배회했다. 이제 저 수컷은 어떻게 될까? 넬은 생각했다. 이제 완전히 혼자가 되었네.

도덕적 혼란

4월이 되자 새끼 양은 집에서 기르기에는 너무 커져 버렸다. 지나치게 힘이 세고 지나치게 활기가 넘쳤다. 그들은 새끼 양을 소, 양 들과 함께 농장 마당에 풀어놓았다. 그러나 그것은 다른 새끼 양들과 어울리지 않았다. 그 새끼 양은 언제나 혼자 있었다. 단, 티그가 동물들에게 먹이를 주기 위해 마당에 들어갈 때는 예외였다. 티그가 등을 돌리면 새끼 양은 티그를 향해 돌진해서 뒤쪽에서 그를 들이받았다.

넬에게는 전혀 달랐다. 그녀가 나타나면 새끼 양은 그녀에게 다가와 코를 비벼 댔다. 그런 다음 넬과 티그 사이에 서 있었다.

티그는 자신을 방어하기 위해 농장 마당에 들어설 때마다 작은 막대기를 들어야 했다. 새끼 양이 그에게 달려들 때면 그는 양의 이마를 강타했다. 양은 머리를 흔들며 뒤로 물러섰지만, 이내 다시 시도하곤 했다.

저 녀석은 이게 경쟁이라고 생각하는 거예요. 넬이 말했다.

저놈은 당신을 사랑하고 있어요. 티그가 말했다.

적어도 누군가가 나를 사랑한다니 기쁘네요. 넬이 말했다.

무슨 뜻으로 하는 말이에요? 티그가 억울해하며 말했다.

넬은 자신이 무슨 뜻으로 한 말인지 몰랐다. 그런 말을 하려던 의도가 아니었다. 그냥 입 밖으로 튀어나온 말이었다. 그녀는 입술이 떨리는 걸 느꼈다. 이건 어처구니 없는 일이야, 하고 그녀는 생각했다.

아내가 죽임을 당한 뒤, 수컷 공작은 이상한 행동을 하기 시작했다. 그것은 마당에 있는 암탉들에게 꼬리를 펼쳐 보이고 깃털을 흔들며 구애했다. 암탉들이 아무런 반응도 보이지 않자 공작은 암탉들 위에 뛰어올라 쪼아 댔다. 공작은 강한 목을 갖고 있었고 강한 일격을 가할 수 있었다. 상당수의 암탉들이 죽어 나갔다.

티그는 암탉들을 우리에 가두고 공작을 잡으려고 했다. 그러나 그것은 손이 닿을 수 없는 곳으로 도망가서 비명을 질러 댔다. 그런 후 공작은 오리들에게 접근했지만 오리들은 눈치 빠르게 공작이 미칠 수 없는 연못으로 잽싸게 들어갔다. 그다음에 공작은 집 창문에 비친 자신의 모습을 보게 되었다. 창 가까이에 흙이 쌓여 있어 공작이 올라갈 수 있었던 것이다. 그것은 자기 자신에게 꼬리를 펼치고 꼬리 깃털을 흔들고 위협적인 소리를 지르며 위용을 자랑했다. 그러고 나서는 창문을 공격했다.

저 녀석이 미쳐 버렸군요. 티그가 말했다.

슬픔에 빠져 있어서 그래요. 넬이 말했다.

짝짓기 시기인가 봐요. 티그가 말했다.

공작은 집 바깥 부분을 슬그머니 맴돌면서 미친 관음증 환자처럼 1층의 창문 안을 들여다보는 취미가 생겼다. 집 안에 자신의 적이 있다고 생각했다. 그의 조그맣고 실성한 머리 속에서 증오가 사랑을 대치해 버렸다. 그것은 암살에 집착했다.

공작에게 다른 짝을 찾아 줘야겠어요. 넬이 말했다. 그러나 그들은 미처 거기에 신경을 쓰지 못했고, 그러다가 어느 날 공작은 사라져 버렸다.

새끼 양은 점점 더 커졌고 점점 더 대담해졌다. 그것은 더 이상 티그가 등을 돌릴 때까지 기다리지 않았고 어떤 각도에서든 공격을 해 댔다. 그것의 두개골은 시멘트로 만들어진 것 같았다. 각목으로 때리면 오히려 고취되었다.

양이 계속 저렇게 하도록 놔둘 수는 없어요. 티그가 말했다. 누군가 다칠 거예요.

자신이 사람이라고 생각해요. 넬이 말했다. 자기가 남자라고 생각하는 거죠. 스스로의 영역을 지키려는 것뿐이에요.

그러면 정말로 뭔가 조치를 취해야겠네요. 티그가 말했다. 인근의 한 농부가 밤에 술에 취한 상태로 숫염소가 풀을 뜯고 있는 벌판을 지나가려고 했다(라고 가게에 모인 남자들이 말했다.). 염소는 그에게 뛰어들어 그를 쓰러뜨렸다. 그 가련한 사내가 일어서려고 할 때마다 염소는 그를 다시 쓰러뜨렸다. 해가 뜰 무렵 그 불쌍한 남자는 반죽음 상태가 되었다. 새끼 양은 이제 곧 다 큰 숫양이 될 테고, 그러면 그 비슷한 짓을 할 수도 있었다.

그러면 우리는 어떻게 해야 하는 거예요? 넬이 물었다. 두 사람 모두 어떻게 해야 할지 알고 있었다. 그러나 티그는 양의 머리를 베어 버리고 그것을 절단하는 일, 또는 그 밖의 다른 작업을 할 의향이 전혀 없었다. 그는 도축을 할 생각이 없었다. 암탉이 그의 한계였다.

앤더슨스에 데려가야겠어요. 그가 말했다.

그들은 간신히 양을 붙잡았다. 넬은 티그가 꼼짝 않고 밧줄을 들고 있는 곳으로 양을 유인해야 했다. 양은 그녀를 신뢰했고 라이벌로 여기지 않았기 때문이었다. 일단 몸싸움을 해서 양을 땅에 눕힌 후 그들은 함께 양의 다리를 묶고 마당에서 운반해 나갔다. 다른 양들과 소들은 음매, 매애, 하며 울타리 너머로 바라보았다. 무언가 심상치 않은 일이 벌어지고 있다는 걸 모두 알아차렸던 것이다.

티그와 넬은 쉐보레의 트렁크에 양을 실었다. 양은 발길질을 하고 몸부림을 쳤고, 가런하게 우는 소리를 냈다. 그런 다음 그들은 차에 올라타 출발했다. 넬은 마치 양을 납치하고 있는 듯한 느낌이 들었다. 집과 가족으로부터 떼어 내서 몸값을 받아 내기 위해 잡아 두듯이. 비록 받아 낼 몸값은 없었지만 말이다. 양은 그저 제 본연의 모습대로 행동한 죄밖에 없는데 죽임을 당하는 것이다. 희미하게 들려오는 그것의 울음소리는 앤더슨스 맞춤 도축장에 도착할 때까지 멈추지 않았다.

그다음엔 뭘 해야 하죠? 넬이 물었다. 피로가 몰려왔다. 배반은 힘든 일이야, 하고 그녀는 생각했다.

저 녀석을 차에서 끌어내야죠. 티그가 말했다. 이 건물 안으로 데리고 가야 해요.

기다려야 하나요? 넬이 물었다. 그 일이 일어나는 동안 기다려야 하느냐는 의미였다. 그 일이 처리되는 동안. 아이가 처음으로 치과에 갔을 때 기다리듯이.

어디서 기다린다는 말인가? 대기실이 없었다.

앤더슨스는 한때는 하얀색이었던 길고 낮은 건물이었다. 이중문은 열려 있었고, 안쪽에서는 침침한 불빛이 흘러나왔다. 바깥마당에는 커다란 둥근 통이 층층이 쌓여 있었고, 큰 상자들과 말 운반용 화물차, 그리고 일종의 도르래 같은 녹슨 기계류 부품이 몇 가지 흩어져 있었다. 둥근 통과 큰 상자들 역시 녹슨 것처럼 보였다. 하지만 그것들은 나무로 만들어진 것이기 때문에 녹이 슬었을 리가 없었다.

주변에는 아무도 없었다. 자신들이 여기 왔다는 것을 알리기 위해 경적을 울렸어야 했나, 하고 넬은 생각했다. 그러면 안에 들어가지 않아도 되는 것이다.

티그는 차 뒤편에서 트렁크를 열기 위해 애쓰고 있었다.

어딘가가 걸리거나 한 것 같아요. 그가 말했다. 아니면 그냥 잠긴 것일 수도 있고. 트렁크 안에서 양이 매애 하고 울었다.

내가 들어가 볼게요. 넬이 말했다. 누군가가 있을 거예요. 문은 열려 있잖아요. 여기 사람들에게 쇠 지렛대가 있을 거예요. 아니면 뭐 비슷한 것들. 그녀는 생각했다. 그들에게는 온갖 도구가 있을 것이다. 곤봉. 날카로운 날이 달린 도구들. 목을 베는 칼들.

그녀는 건물 안으로 들어갔다. 갓 없는 전구들이 천장에 열 지어 매달려 있었다. 문 옆에는 윗부분이 없는 둥근 통이 두 개 더 있었다. 그녀는 안을 들여다보았다. 가죽을 벗긴 소머리가 소금물에 담겨 있었다. 그녀는 소금물일 거라고 추정했다. 달큰하고 무겁고 응고된 듯한 냄새가 났다. 생

도덕적 혼란

리 냄새. 시멘트 바닥에는 톱밥이 흩뿌려져 있었다. 적어도 날씨는 서늘하니까, 하고 그녀는 생각했다. 적어도 파리는 많지 않군.

더 멀리에는 일종의 울타리 같은 것, 그리고 벽이 높은 우리 혹은 칸막이방 같은 것이 있었다.

여보세요? 그녀는 불렀다. 누구 계세요? 마치 설탕을 빌리러 온 것처럼.

우리의 한켠에서 키가 크고 육중한 남자가 한 명 나왔다. 상체에는 속옷만 입고 있었다. 그의 굵은 팔이 그대로 드러났다. 중세 시대의 고문에 관한 옛날 만화책에서처럼, 그는 대머리였다. 그는 앞치마를 하고 있었다. 아니면 허리에 그저 캔버스 천을 두른 것일 수도 있었다. 거기에는 피인 게 분명한 갈색 얼룩이 있었다. 한 손에 그는 일종의 도구를 들고 있었다. 넬은 자세히 보지 않았다.

도와드릴까요? 그가 말했다.

우리 양이 차 트렁크에 갇혀 있어요. 그녀가 말했다. 우리 차의 트렁크에요. 뭔가에 걸려 열리지 않아요. 쇠 지렛대나 뭐 그런 게 있지 않을까 해서요. 그녀의 목소리는 가늘고 경박하게 들렸다.

별로 어렵지 않을 거예요. 그 남자가 말했다. 그는 앞으로 성큼성큼 걸어 나왔다.

　농장으로 돌아오는 길에 넬은 울기 시작했다. 그녀는 울음을 멈출 수 없었다. 억누르지 않은 채 헐떡이고 흐느끼며 울고 또 울었다.

　티그는 길가에 차를 세웠다. 그리고 그녀를 안아 주었다. 나도 슬퍼요. 그가 말했다. 가련한 녀석. 그렇지만 달리 어떻게 할 수 있었겠어요?

　양 때문만은 아니에요. 넬은 딸꾹질을 하고 코를 닦으며 말했다.

　그럼 무엇 때문이죠? 뭐예요?

　모든 것이요. 넬이 말했다. 당신은 그 안에 뭐가 있는지 못 봤죠. 모든 게 잘못되었어요!

　아니에요. 티그가 그녀를 더 꼭 안으며 말했다. 괜찮아요. 사랑해요. 다 좋아질 거예요.

　좋아지지 않을 거예요. 그렇지 않을 거라고요. 넬이 말했다. 그녀는 다시 울기 시작했다.

　뭔지 말해 줘요.

　말할 수 없어요.

　그냥 말해 봐요.

당신은 내가 아기를 갖는 걸 원하지 않잖아요. 넬이 말했다.

양은 마치 드레스 상자 같은 하얀색의 긴 종이 상자에 담겨 돌아왔다. 납지 안에 부드러운 분홍색의 갈빗살 절단 부위, 다리 두 개, 정강이와 스튜를 만들기 위한 목살이 있었다. 작은 신장 두 개와 섬세한 심장도 있었다.

티그는 넬의 정원에서 따온 마른 로즈메리를 넣고 자른 양고기를 요리했다. 그녀의 슬픔에도 불구하고(그녀는 여전히 슬펐다.) 고기가 맛있었다는 것은 인정할 수밖에 없었다.

나는 육식 동물이야. 그녀는 이상할 만큼 초연한 태도로 생각했다.

아마도 그녀는 이 농장 생활을 통해 술수에 능해질 것이다. 아마도 어둠의 일부를 흡수하게 될 것이다. 어둠은 결코 어둠이 아니라 지식일 수도 있다. 그녀는 다른 이들이 조언을 구하러 오는 여성이 될 것이다. 사람들은 응급 상황에 처했을 때 그녀에게 연락할 것이다. 그녀는 소매를 걷어 올리고 감정 따위는 생략해 버리고 피에 흠뻑 젖고 냄새가 나는 의무를 무엇이든 완수할 것이다. 그녀는 도끼를 능숙하게 다루게 될 것이다.

흰 말

농장 생활 2년째가 되던 해에, 넬과 티그는 하얀 말을 갖게 되었다. 구입한 것도 아니었고 일부러 찾아 나선 것도 아니었다. 그런데 갑자기 생겼다.

그 당시 그들에겐 옷에 잔가시 돋친 식물이 달라붙듯이 동물들이 생겨났다. 동물들이 그들에게 들러붙었다. 양, 소, 닭, 오리 말고도, 하울이라는 이름의 개도 갖게 되었다. 블루틱하운드였는데 순종일 수도 있었다. 이름표는 없었지만 비싼 목걸이를 하고 있었다. 그 개는 샛길에서 어슬렁거리고 있었다. 심하게 학대했던 누군가에 의해 그곳에 버려진 것이었다. 너무 심하게 학대를 당해서 그 녀석은 어떤 사람에게 험한 말이라도 듣게 되면 발랑 드러눕고 오줌을 싸 댔다. 녀석을 훈련시키려고 애써 봤자 아무 소용이 없다고 티그는 말했다. 지나치게 겁이 많았던 것이다.

하울은 때때로 부엌에서 잤는데, 아무런 이유도 없이 한밤중에 짖어 댔다. 다른 때에는 산책을 나가서 며칠 동안 보이지 않다가, 부상을 입은 채 돌아오곤 했다. 고슴도치 바늘에 코를 찔리기도 했고, 발을 다치기도 했고, (아마도) 너구리를 만나서 피부에 상처를 입기도 했다. 한번은 무단 침입한 사냥꾼이 쏘아 댄 새 사냥용 산탄에 맞기도 했다. 녀석은 겁쟁이였지만 조심성은 없었다.

그들 집에는 고양이들도 다수 번식했다. 도시에서 농장으로 데려온 고양이 한 마리의 자손들이었다. 중성화 수술을 한 걸로 돼 있었는데, 어떤 실수가 있었던 게 분명했다. 고양이는 집 한구석 밑에 새끼들을 낳아 놓았다. 새끼 고양이들은 상당히 거칠었다. 넬이 가까이 다가가려고 하면 도망가 굴 속으로 뛰어들었다. 그런 다음 밖을 내다보면서 하악하악 하며 맹렬해 보이려고 애썼다. 좀 더 자라자 고양이들은 헛간으로 거처를 옮겨서, 그곳에서 쥐를 잡고 비밀스러운 짓을 했다. 때때로 내장(다람쥐일 거라고 넬은 추정했다.) 또는 꼬리, 또는 다른 썹다 만 신체 부위 제물이 뒷문 문지

방에 놓여 있곤 했다. 그곳에 두면 넬이 반드시 밟게 되었던 것이다. 여름이면 자주 그렇듯 넬이 맨발일 때 특히 더 그랬다. 고양이들은 문명과 그 의식에 대해 흔적 기억을 갖고 있는 것 같았다. 그들은 임대료를 내야 한다는 것은 알고 있었지만, 구체적인 사항이 헷갈렸던 것이다.

고양이들은 뒷문 밖에 놓아둔 개의 접시에 있는 먹이를 먹었다. 하울은 그들을 향해 짖어 대거나 쫓아 버리지 않았다. 고양이가 너무 무서웠던 것이다. 고양이들은 때때로 소위에서 자기도 했다. 닭장에서 모종의 거래가 있었던 것으로 추정되었지만(달걀 껍질이 발견되었다.) 어떤 것도 입증할 수 없었다.

고양이들과는 달리 흰 암말에게는 이름이 있었다. 말의 이름은 글레이디스였다. 글레이디스가 티그, 넬과 함께 살게 된 것은 넬의 친구인 빌리 때문이었다. 빌리는 어린 시절부터 말을 사랑해 왔지만, 이제는 도시에 살기 때문에 그 사랑을 발산할 곳이 없었다. 빌리는 흰 암말이 절망적으로 머리를 떨군 채 축축한 벌판에 혼자 서 있는 것을 보았다. 말은 상태가 좋지 않았다. 갈기는 엉켰고, 흰 털은 진흙투성이였으며, 말굽은 너무 오랫동안 관리가 되지 않아서 발톱 끝부분이 터키식 슬리퍼처럼 위로 치솟아 있었다. 그 늪

지대에 조금 더 있었으면 말은 부제증에 걸렸을 것이고, 말이 일단 그 병에 걸리면 절름발이가 되어 모든 것이 끝장난다고 빌리는 말했다. 빌리는 그런 뻔뻔한 소홀함에 분노해서, 술 취하고 (그녀가 말하기를) 미친 것이 분명한 농부에게 100달러를 지불하고 글레이디스를 샀다. 그것은 노쇠한 상태인 가련한 글레이디스의 가치에 비하면 아주 많은 금액이었다.

그런데 빌리는 글레이디스를 기를 공간이 없었다.

하지만 넬과 티그에게는 공간이 있었다. 그들은 수 에이커에 달하는 여유 공간이 있었던 것이다! 전성기가 지났고, 너무 뚱뚱하며, 호흡기에 문제가 있어서 쌕쌕거리고 기침을 하는 글레이디스에게 농장에 와서 머무는 것보다 더 완벽한 일이 뭐가 있겠는가? 물론 다른 곳을 찾을 때까지만.

넬이 어떻게 거절할 수 있었겠는가. 그녀가 가진 길고 긴 목록에 말 한 마리를 더하지 않더라도 할 일은 아주 많다고 말할 수도 있었을 것이다. 자신은 버림받은 네 발 동물을 위한 은퇴 양로원을 운영하는 게 아니라고 말할 수도 있었을 것이다. 그렇지만 그녀는 이기적이고 잔인한 사람으로 보이고 싶지 않았다. 게다가 빌리는 상당히 키가 크고 단호했으며 설득력 있는 태도를 갖고 있었다.

나는 말에 대해서는 아무것도 몰라. 넬이 소심하게 말했다. 말이 무섭다는 말은 덧붙이지 않았다. 말들은 크고 과민하며 눈을 너무 많이 굴렸다. 그녀는 말들이 불안정하고 화를 잘 낸다고 생각했다.

아, 그건 아주 쉬워. 내가 가르쳐 줄게. 빌리가 말했다. 일단 익숙해지면 할 일도 없어. 너는 글레이디스를 아주 좋아하게 될 거야! 성격이 정말 사랑스럽거든! 컵케이크같이 달콤해!

티그는 글레이디스에 대한 이야기를 들었을 때 말을 아꼈다. 말을 기르려면 많은 정성이 필요하다고 말했다. 먹이도 많이 주어야 했다. 하지만 그는 이제껏 다른 모든 동물들을 점점 늘려 왔다. 길을 잃어서 농장으로 오거나 산란되거나 버려진 것들이 아니라 티그가 선택하고 돈을 지불한 것들이었다. 그리고 넬은 그런 것에 대해 아무 말도 하지 않았다. 그녀는 자신이 마치 스스로 글레이디스를 받아들이기로 계획적이고 지조 있는 결정을 한 양 글레이디스의 출현 사실을 방어하고 있음을 깨달았다. 사실은 자신의 느슨함과 줏대 없음을 벌써 후회하고 있었음에도.

글레이디스는 임대한 말 운송차에 실려서 도착했다. 그리고 비교적 쉽게 차에서 뒷걸음쳐 내려왔다. 잘한다, 우리 늙은 귀염둥이. 빌리가 말했다. 이거 봐, 정말 멋지지 않니? 글레이디스는 순종적으로 돌아서서 넬에게 자신의 모습을 보여 주었다. 몸은 둥글둥글하고 굵직했고, 다리는 덩치에 비해 지나치게 짧았다. 웨일스 석탄 운반용 조랑말과 아라비아 말의 잡종이라고 빌리는 말했다. 그래서 특이하게 생긴 것이다. 그리고 그것은 식탐이 아주 많다는 것을 의미하기도 했다. 웨일스 조랑말의 특징이었다. 빌리는 글레이디스와 함께 말 운송차를 타고 왔다. 그리고 새로운 굴레도 가져왔다.

넬은 이 굴레와 말 운송차 임대료도 내야 했다. 이제 글레이디스는 그녀 소유였던 것이다. 분명 처음에 이해하기로는 그게 아니었지만, 빌리는 처음부터 그런 것이라고 생각했다. 그녀는 자신이 넬에게 호의를 베푸는 거라고, 넬에게 가격을 매길 수 없는 선물을 주는 거라고 생각하는 듯했다. 그녀는 처음에 지불한 100달러와 자신의 시간에 대한 금액은 청구하지 않았다. 그녀는 글레이디스를 넬의 집에 정착시키기 위해 일 주일 휴가까지 냈던 것이다. 그것을 꼭 짚어서 말했다.

글레이디스는 길고 지저분한 앞 갈기를 통해 넬을 쳐다보았다. 말은 지치고 멍하지만 계산적인 축제 사기꾼 같은 표정을 짓고 있었다. 넬을 평가하고 파악하고 그녀를 어떻게 설득할지 계산하고 있었다. 그러더니 머리를 획 수그리고 풀 한 다발을 뜯어 먹었다.

그러지 마, 이 버릇없는 녀석. 빌리가 굴레를 당겨 글레이디스의 머리를 들어 올리며 말했다. 녀석들이 아무거나 제멋대로 하게 놔둬선 안 돼. 그녀가 넬에게 말했다. 그녀는 글레이디스를 차량용 헛간의 끝 쪽으로 데려갔다. 그곳에는 원래 염소를 키우려고 만든 울타리를 친 공간이 있었다. 넬은 염소를 키우려는 생각은 지워 버렸다. 그리고 기둥 하나에 글레이디스를 매어 놓았다. 지금은 여기 두도록 할게. 그녀가 말했다.

빌리는 글레이디스가 적응할 때까지 농장에 머물겠다고 자원했다. 그래서 넬은 예전에 작은 거실로 사용하던 곳에 최근 구입한 소파침대를 준비했다. 이전 여름에 넬과 티그는 그곳에서 알 몇 개를 부화시키려고 시도해 보았다. 부화기에 딸려 온 설명서에 나온 대로 알의 위치를 바꿔 주고 물을 뿌려 주었다. 그러나 무엇이 잘못되었는지 병아리들은 부릅뜬 눈과 부풀어 오르고 푸른 핏줄이 선 미발달 위를 갖고 태어났다. 그래서 결국 삽으로 쳐서 뒷마당에 묻어야 했다. 하울은 그것들을 여러 번 파냈고, 그 후에는 고양이들이 건드리기 시작해서 상당히 불쾌한 결과를 낳았다. 넬

도덕적 혼란

은 예상하지 않은 곳에서 작은 발톱들을 계속 발견하게 되었다. 마치 병아리들이 고약한 잡초처럼 농장 마당 흙 속에서 자라나기라도 하는 듯이.

넬은 작은 거실에서 재배용 조명 아래 토마토를 즐겨 키워 왔다. 그러나 빌리가 일주일 동안 지낼 수 있도록 토마토를 위층 층계참으로 옮겼다.

글레이디스를 위해 해야 할 일이 많았다. 장비가 필요했다. 빌리는 브러시, 말빗, 쇠 주걱 등 자신이 갖고 있던 오래된 마구를 몇 가지 주었다. 그렇지만 안장은 새로 사야 했다. 중고였지만, 그래도 숨이 막힐 정도로 비쌌다(라고 넬은 생각했다).

종합 마술 안장을 사야 해. 카우보이 안장 말고. 빌리가 말했다. 그렇게 해야 진짜 승마인이 되는 방법을 배울 수 있어. 그녀의 말은 알고 보니 종합 마술 안장으로는 무릎으로 단단히 붙잡지 않으면 낙마하게 된다는 의미였다. 넬은 차라리 카우보이 안장이 있었더라면 하고 바랐다. 말 위에서 곤두박질하는 일은 절대 겪고 싶지 않았다. 하지만 적어도 글레이디스의 짧은 다리 덕분에 땅까지 그리 멀지는 않았다.

안장은 안장 비누를 발라서 문질러야 했고, 마구의 금속 품목은 광을 내야 했다. 말 담요도 필요했고, 승마용 채찍,

글레이디스를 닦아 줄 낡은 수건도 필요했다. 운동이 한 차례 끝날 때마다 복싱 선수처럼 글레이디스를 골고루 문질러 주어야 한다고 빌리는 말했다. 말은 예민한 동물이고, 그들이 걸릴 수 있는 병이나 질환의 수는 놀랄 만큼 많다는 것이었다.

마구가 만족할 만한 수준으로 갖춰진 후, 이제는 글레이디스를 꼼꼼히 씻겨 주어야 했다. 빌리의 감독하에 넬이 모두 다 했다. 어떻게 하는지 배워야 했던 것이다. 그렇지 않은가? 먼지와 오래된 털이 글레이디에게서 구름처럼 빠져 나왔다. 갈기와 꼬리의 하얀 털이 저절로 떨어져 넬에게 날아들었다. 글레이디스는 이 모든 것을 참을성 있게 견뎠다. 그리고 어쩌면 즐겼을지도 모를 일이었다. 빌리는 글레이디스가 즐기고 있다고 말했다. 그녀는 글레이디스의 마음까지 연결된 통로를 가지고 있는 것 같았다. 빌리는 넬이 글레이디스에게 겁을 주거나 공포에 질려 달아나게 할 일을 하지 않도록, 글레이디스의 심리에 관해 인내심을 가지고 많은 시간을 들여 설명해 주었다. 암탉들은 잠재적 위험 요인이 될 수 있고, 빨랫감도 마찬가지였다. 넬은 집 앞에 있는 사과나무 사이에 빨랫줄을 걸어 두었다. 그러므로 거기는 말이 절대 가면 안 되는 곳이었다. 말들은 펄럭거리는 것을 싫어해. 빌리가 말했다. 양쪽 눈으로 각각 다른 것을 보기 때문에 놀랄 만한 것은 좋아하지 않아. 그들이 보기에는 세상이 사방에서 다가오는 거야. 매우 불안하게 느껴지지. 상상할 수 있겠지.

그들은 편자공을 불렀고(다행히도 빌리가 아는 사람이 있었다.) 글레이디스는 발굽을 다듬고 반짝이는 새 말굽을 갖게 되었다. 글레이디스는 좀 더 발랄해 보였고, 좀 더 흥미를 보이는 것 같았다. 넬의 목소리에 귀를 쫑긋했다. 넬은 빌리의 조언에 따라 언제나 당근이나 각설탕을 갖고 있었다.

글레이디스는 너랑 유대감을 형성해야 해. 빌리가 말했다. 글레이디스의 코에 숨을 불어 넣어 봐.

그다음에 넬은 글레이디스의 발굽에서 돌멩이를 끄집어내 봐야 했다. 이 작업은 하루에 적어도 두 번씩, 그리고 글레이디스를 타기 전과 타고 난 후에도 해야 한다고 빌리는 말했다. 언제 돌멩이가 끼게 될지 알 수 없는 노릇이었다. 넬은 발길질당할까봐 두려웠지만, 글레이디스는 발에서 돌멩이 제거하는 것을 개의치 않았다. 자신을 위해서 하는 일이라는 걸 아는 거야. 빌리가 글레이디스의 엉덩이를 탁 치며 말했다. 그렇지, 통통아? 당근을 먹고 있긴 했지만 글레이디스는 다이어트 중이었다. 살을 빼면 숨을 쌕쌕거리는 문제가 나아질 거라고 빌리는 주장했다. 글레이디스를 매일 타야 했다. 운동도 해야 하지만 글레이디스가 즐거워하는 일을 할 필요도 있었다. 말들은 싫증을 잘 낸다고 빌리는 말했다.

드디어 글레이디스를 타 볼 때가 되었다. 안장을 얹고 뱃대끈을 조여 맸다. 글레이디스는 귀를 뒤로 눕히고 교활하게 곁눈질을 했다. 빌리는 안장 위에 휙 올라앉아서 글레이디스의 옆구리를 찼다. 그리고 글레이디스는 도로에서 후미진 들판까지 구보했다. 그들은 상당히 우스운 광경을 연출해 냈다. 위쪽이 지나치게 무거워 보였다. 키가 큰 빌리가 뚱뚱한 글레이디스에 올라타 있고, 글레이디스의 굵고 짧은 다리는 거품기처럼 밑에서 빠르게 움직이고 있었다.

잠시 후 빌리와 글레이디스가 돌아왔다. 글레이디스는 쌕쌕대고 있었고, 빌리는 얼굴이 상기되었다. 글레이디스는 너무 많은 사람들을 거쳤어. 빌리가 말했다. 입이 둔해. 분명히 아이들 승마용으로 사용되었을 거야.

무슨 뜻이야? 넬이 물었다.

속임수를 아주 많이 알고 있어. 빌리가 말했다. 나쁜 버릇들. 너한테 그걸 써먹으려고 할 거야. 그러니 조심해.

속임수라고?

그냥 계속해서 타는 수밖에 없어. 빌리가 내려오며 엄격하게 말했다. 일단 네가 자신의 속셈을 파악하고 있다는 것을 이 녀석이 알게 되면 바보 같은 짓을 그만둘 거야. 넌 몹쓸 녀석이야. 그녀가 글레이디스에게 말했다. 글레이디스는 기침을 했다.

　넬은 처음으로 글레이디스를 타보았을 때 그 속임수가 무엇인지 알게 되었다. 빌리는 옆에서 달리며 지시 사항을 소리쳐 알려 주었다. 이 녀석이 울타리 가까이 가게 하지 마. 너를 문질러 떨궈 버리려고 할 거야! 나무에 가까이 가지 못하도록 해! 멈추지 못하도록 해, 옆구리를 차! 머리를 뒤로 잡아당겨, 그걸 먹으면 안 돼! 기침에 신경 쓰지 마, 일부러 그러는 거야!

　글레이디스가 지나치게 빨리 달리는 것이 아니었음에도 넬은 결사적으로 달라붙었다. 몸을 앞으로 숙이고 글레이디스의 갈기를 잡고 싶은 충동을 가까스로 억제했다. 그녀는 영화에서처럼 글레이디스가 두 뒷발로 일어서는 모습, 또는 두 앞발로 일어서는 모습을 상상했다. 어떻게 하든 두 경우 모두 넬이 날아가 덤불 속에 곤두박질치는 결과를 가져올 것이다. 그러나 그런 일은 일어나지 않았다. 길의 끝에 다다르자 글레이디스는 쌕쌕거리고 숨을 가쁘게 쉬며 걸음을 멈추었고, 넬은 실제로 글레이디스가 방향을 틀게 했다. 그런 다음, 글레이디스가 믿을 수 없다는 듯한 그러나 체념한 듯한 눈길로 어깨 너머로 뒤를 바라본 뒤, 그들은 기이한 회전목마와 같은 동작을 반복하며 시작점으로 되돌아왔다.

잘했어! 빌리가 말했다. 착하게 잘했어! 그것은 글레이디스에게 한 칭찬이었다. 알겠어? 아주 엄격하게 해야 해. 그녀가 넬에게 말했다.

그 주가 지나자 빌리는 시무룩하게 떠났다. 구출해 준 데 대해 글레이디스가 그다지 고마워하지 않았기 때문이었다. 글레이디스의 다이어트 과정의 일환으로 빌리가 글레이디스의 머리를 말뚝에 매고 있을 때 녀석이 그녀의 엉덩이를 깨물었던 것이다. 일단 빌리가 떠나고 나자 글레이디스와 넬은 암묵적인 합의에 이르게 되었다. 넬이 안장을 들고 다가갈 때마다 글레이디스가 쌕쌕거리기 시작한 것은 사실이었지만, 일단 안장이 안착되면 글레이디스는 이 시련이 끝나고 나면 당근을 받을 수도 있다는 걸 기억하고는 진정했다. 그리고 그들은 언제나 같은 경로인 후미진 들판으로 떠났다. 그들 둘 다 트럭을 싫어했기 때문에 자갈 포장 샛길을 피했고, 빨래 때문에 집 앞 역시 피했다. 보이지 않는 마멋

도덕적 혼란

구멍이 있기 때문에 그들은 들판을 가로질러 가지 않았다. 이렇게 승마를 할 때면 넬은 글레이디스가 올바르게 행동하게 하는 데 대부분의 시간을 할애했고, 그 나머지 시간은 글레이디스가 원하는 걸 하도록 내버려 두었다. 원하는 게 무엇인지 궁금했던 것이다.

때때로 글레이디스는 넬이 떨어지는지 보기 위해 구보 도중 멈춰 서고 싶어 했다. 때로는 꼬리를 좌우로 흔들고 피곤하다는 듯 한숨을 쉬며 가만히 서 있기도 했다. 어떤 때는 천천히 원을 그리며 돌았다. 때로는 잡초와 길가의 클로버를 먹고 싶어 했다. 넬은 그것은 안 된다고 선을 그었다. 농장 마당 울타리로 가서 양과 소와 고양이를 보고 싶어 할 때도 있었다. 고양이들은 글레이디스의 넓고 편안한 등에서 잠자는 걸 좋아하게 되었다.

넬과 글레이디스, 그 둘은 승마 시간을 즐겁게 보냈다. 그것은 공모였고, 이중의 흉내 내기였다. 넬은 승마하는 사람 흉내를 냈고, 글레이디스는 승마용 말 흉내를 냈다.

이따금 그들은 구보나 속보 따위에 신경 쓰지 않기도 했다. 햇빛 아래서, 게으르게 아무런 목적도 없이 느긋하게 걸었다. 이럴 때면 넬은 글레이디스에게 말을 걸었다. 멍청한 하울이나 닭 또는 고양이에게 말을 건네는 것보다 더 나았다. 글레이디스는 달아날 수 없기 때문에 이야기에 귀를 기울여야 했다. 너는 어떻게 생각하니, 글레이디스? 넬은 이렇게 말하곤 했다. 아기를 가질까? 한숨을 쉬며 터덜터덜 걷던 글레이디스는 목소리가 들려오는 쪽으로 귀를 젖혔다. 티그는 확신이 안 선대. 아직 준비가 안 되었대. 그냥 해 버릴까? 티그가 화를 낼까? 그렇게 하면 모든 것이 무너지게 될까? 너는 어떻게 생각하니?

글레이디스는 기침을 했다.

넬은 이런 대화를 어머니와 나누고 싶었지만, 어머니는 곁에 없었다. 어차피 어머니는 글레이디스와 마찬가지로 별다른 이야기를 하지 않았을 것이다. 어머니 역시 기침을 했을 것이다. 못마땅했기 때문이었다. 넬과 티그는 어쨌든 결혼하지 않은 관계였던 것이다. 티그가 이혼을 할 수 없는데 어떻게 그들이 결혼을 할 수 있겠는가?

그러나 넬의 어머니가 글레이디스에게 대해 알게 된다면 농장으로 와 볼지도 모를 일이었다. 그녀의 어머니 역시, 오래전 한때, 열렬한 말 애호가였다. 어머니는 말 두 마리도 소유했었다. 글레이디스를 어머니 앞에 미끼처럼 매달아 놓으면, 어머니는 티그와 넬과 그들의 비정통적인 삶의 방식에 대한 거리낌을 극복할 수 있을까? 어머니는 마음이 끌리지 않을까? 옛날을 회상하며 후미진 들판에서 글레이디스의 조랑말만 한 다리가 거품기처럼 움직이는 짤막한 목가적 구보를 즐기고 싶지 않을까? 어머니 자신이 한때 사랑했던 취미 중 한 가지를 이제 넬이 예상치 않게, 그리고 드디어, 사랑하게 되었다는 것을 알고 싶지 않을까?

어쩌면 그럴 수도 있었다. 그렇지만 넬은 알아낼 방법이 없었다. 그녀와 어머니는 정확히 말해 대화를 한다고 볼 수 없었다. 대화를 하지 않는 건 아니었다. 말 대신 자리를 차지한 침묵은 그 자체가 어떤 방식의 말이 되었다. 이 침묵 속에서 언어는 유예 상태로 걸려 있었다. 그것은 많은 질문을 담고 있었지만, 확실한 대답은 없었다.

봄이 여름으로 접어들자, 티그와 넬을 찾아오는 방문객들이 점점 더 늘어났다. 특히 주말에는 더 많았다. 이 방문객들은 도시에서 간단한 소풍 삼아 차를 타고 나왔다가 우연히 지나던 차에 인사나 하겠다고 들른 것이었다. 그런 후 그들은 점심에 초대를 받았다. 티그는 한 솥 가득한 수프와 거대한 치즈 덩어리, 그리고 넬이 집에서 구운 빵으로 구성된 풍성한 즉석 점심상 차리기를 즐겼다. 그러고 나면 하루가 서서히 저물고 손님들은 후미진 들판으로 산책을 나갔다. 넬은 글레이디스를 타서는 안 된다고, 낯선 사람에게 버릇 나쁘게 굴기 때문이라고 말했지만, 사실은 소유욕 때문에 그랬다. 글레이디스를 온전히 자기만의 것으로 갖고 싶었다. 그런 다음 티그는 저녁까지 먹고 가라고 권유했고, 그러면 방문객들은 운전을 해서 도시로 다시 돌아가기에는 너무 어둡거나, 너무 늦었거나, 너무 취해서 결국 작은 거실에 있는 소파침대 신세를 지게 되었다. 손님이 많을 경우에는 이곳저곳에 흩어져 잤고, 일부는 발포 고무 매트리스나 소파에 눕기도 했다.

아침이면 그들은 티그가 만든 맥아 팬케이크가 잔뜩 쌓인 아침 식탁에 둘러앉아서 시골 생활이 얼마나 평화로운지에 대해 이야기했고, 그러는 동안 넬과 티그는 접시를 치웠다. 손님들은 팔을 늘어뜨린 채 서성거리며 자신들이 할 수 있는 일이 있느냐고 물었고(넬은 자기 자신이 그랬던 걸 기억할 수 있었다.), 그러면 넬은 손님들에게 달걀을 집어 오라고 마른 행주를 깐 바구니를 들려 내보냈다. 그러면 손님들은 정말로 즐거워했다. 아니면 정원에서 잡초를 뽑는 일을 시키기도 했다. 그들은 손에 흙을 묻히는 것이 마음을 치유해 준다고 이야기했다. 그러면서 그들은 마치 공기라는 것을 처음 발견한 양 숨을 깊이 들이쉬었다. 그런 다음 그들

도덕적 혼란

은 다시 점심 식사를 했다. 그들이 떠나고 난 뒤 넬은 그들이 사용한 침대보와 수건를 빨아서 사과나무 사이에 걸려 있는 빨랫줄에 널어 햇빛 아래서 펄럭이게 두었다.

농장에 방문하는 손님들은 대부분 커플들이었다. 그러나 넬과 터울이 많이 지는 여동생 리지는 혼자 올라왔다. 그녀가 방문하는 빈도는 그녀 삶의 문제들과 관련되어 있었다. 문제가 많을 때면 농장으로 왔고, 별문제가 없으면 오지 않았다.

문제는 남자에 관한 것이었다. 그녀의 삶을 거쳐 간 남자들은 이미 상당수였다. 그 남자들은 행동이 불량했다. 넬은 그들의 생각 없음, 모순됨, 배반에 대한 이야기에 귀를 기울였고, 그와 더불어 리지 자신의 단점, 결함, 그리고 실수에 대한 묘사도 들었다. 넬은 리지와 함께 남자들이 가볍게 던지는 말의 의미를 해석했다. 대부분 야비하고 상처를 주는 말들이라고 그들은 판단했다. 그러고는 넬은 리지를 편들어 주고, 가치가 없는 사람들이라고 남자들을 비난했다. 그 시점에 이르면 리지는 태도를 바꾸어 그들을 변호했다. 그 남자들은 특출한 사람들이다. (똑똑하고, 재능 있고, 매력적이다.) 리지를 충분히 사랑하지 않는다는 점만 제외하면 사실 그들은 완벽하다. 때때로 넬은 **충분히**라는 것이 얼마만큼인지 궁금했다.

리지는 넬이 열한 살이었을 때 태어났다. 그녀는 불안증이 심한 아기였고, 그다음에는 불안증이 심한 아이, 불안증이 심한 십 대가 되었다. 이제 그녀는 스물세 살이었다. 넬은 불안증이 곧 잦아들기를 바랐다.

리지는 불안증 때문에 남자들을 세밀하게 비판하고, 그들이 지니고 있는 본연의 핵심, 그들 내부 어디엔가 송로 버섯이나 유전(油田)처럼 숨겨져 있다고 생각되는 선하고 친절한 마음에 다가가기 위해 그들의 굳은살과 흠집 있는 겉껍질을 벗겨 냈다. 남자들은 껍질 벗김을 당하는 그 과정을 결국에는 그다지 좋아하는 것 같지 않았다. 그렇지만 리지의 그런 행동을 말릴 사람은 아무도 없었다. 다른 남자가 나타나서 이전 남자가 기록 보관소에 안치될 때까지 그것은 계속되었다.

리지와 넬은 코 모양이 똑같았다. 그들은 둘 다 손가락을 물어뜯었다. 그 외에는 모든 것이 달랐다. 넬은 자기 나이로 보였지만 리지는 열네 살로 오해받을 수도 있었다. 청록 수국 색깔의 커다란 눈을 가진 그녀는 마르고 섬세하게 생겼다. 수국은 그녀가 좋아하는 꽃이었다. 그녀는 좋아하는 꽃들이 많았다. 꽃잎이 작은 꽃들을 선호했다.

도덕적 혼란

그녀는 넬과 티그가 농장에 수국을 좀 심어야 한다고 생각했다. 무엇을 심어야 할지 다른 제안도 했다.

리지는 농장을 사랑했다. 농장의 어떤 면모가 그녀를 사로잡았다. 사과꽃, 울타리를 둘러 서 있는 야생 자두나무, 연못 위를 스치는 제비들. 어느 아름다운 날, 넬과 리지는 뒷문 밖에 앉아서 아이스크림을 만들고 있었다. 내부 아이스크림 통은 전기로 돌아가고 있었다. 그들은 집까지 연장 코드를 연결했다. 바깥 통은 깨부순 얼음과 굵은 소금으로 가득 차 있었다. 고양이 몇 마리가 멀찍이 떨어져서 바라보았다. 크림이 사용된다는 걸 알았던 것이다. 하울은 살펴보기 위해 다가왔지만 윙윙거리는 기계 소음에 놀라서 낑낑대며 뒤로 물러났다.

글레이디스는 농장 마당 울타리의 건너편에서 그들을 바라보고 있었다. 글레이디스는 이제 농장 마당에서 살았다. 넬은 양과 소가 글레이디스의 친구가 되어 줄 수 있다고 판단했던 것이다. 글레이디스는 이를 드러내고 꼬리를 바짝 세운 채 양들을 농장 마당에서 우르르 몰고 다니며 잠시 겁을 주더니, 양들을 털투성이 난쟁이 말들 무리라고 판단하고는 녀석들 사이에서 우두머리 행세를 했다. 양들은 글레이디스를 털이 빠지고 있는 거대한 양으로 받아들이고 어디든 따라다녔다. 글레이디스는 먹이 공급을 독점하려는 소들의 육중한 움직임에는 몰래 다가가 소들을 물어뜯음으로써 대처했다. 넬은 발길질까지 하는 것도 목격했다. 이러한 활동을 하고 그것을 통해 자신을 표현할 수 있는 기회를 갖게 됨으로써 글레이디스의 마음 상태는 크게 호전되었다. 글레이디스는 이제 상당히 쾌활해졌다. 집에 틀어박혀 허드렛일만 하던 사람이 최근 배우자를 잃은 후 점차적으로 매니큐어, 미용실, 빙고 게임의 즐거움을 알아 가듯이. 글레이디스의 다이어트는 옛날 일이 되었다. 넬은 너무 심약해서 그것을 강요할 수 없었다.

이거 정말 평범하지 않니? 넬이 말했다. 그녀가 말한 이것이란 아이스크림, 고양이들, 개, 울타리 너머로 바라보는 글레이디스, 이 모든 목가적인 장면을 의미한 것이었다. 그녀가 말한 것은 전형적인 가정 생활답다는 의미였다.

여기는 공기가 정말 좋아. 리지가 숨을 들이쉬며 말했다. 언니는 여기서 영원히 살아야 해. 도시로 가 볼 필요도 없어. 저 녹슨 낡은 기계류는 언제 없애 버릴 거야?

저건 잔디밭 조각 작품이야. 그렇게 하면 그분들에게 좋겠지. 넬이 말했다. 나를 다시는 안 봐도 될 테니.

도덕적 혼란

그분들은 괜찮아질 거야. 리지가 말했다. 어차피 중세에 사는 사람들인데. 저건 써레야?

글레이디스는 좋아할지도 모르지. 넬이 기대에 찬 목소리로 말했다.

글레이디스는 상관없는 일이야. 리지가 말했다.

넬은 그것에 대해 생각해 보았다. 글레이디 자신에게는 그렇지 않지. 그녀가 말했다. 이건 사실 원판 써레인 것 같아. 저건 치간 써레야.

그분들은 하울은 안 좋아할 거야. 리지가 말했다. 하울이 너무 소심하다고 생각할 거야. 여기에 필요한 건 녹슨 낡은 차야.

그건 벌써 있어. 우리가 몰고 다니고 있잖아. 넬이 말했다. 녀석은 지능이 좀 모자라. 그분들이 말하고자 하는 바는 알겠어. 이제는 모든 게 달라졌지. 그것에 익숙하지 않은 거야.

그건 그분들 문제고. 리지가 말했다. 그녀는 연약했지만 다른 사람들, 특히 넬에게 상처 주는 짓을 하는 다른 사람들에게는 거칠었다.

리지와 넬이 함께 이야기할 때면, 생각의 순서에서 중간을 종종 건너뛰었다. 자신이 건너뛴 부분을 상대방이 채워 주리라는 걸 알았기 때문이다. 그분들이란 그들의 부모님이었다. 그들의 사전(리지의 의견에 따르면 고루하고 고상한 척하는 사전)에서는 천박하고 저질인 여자들만 결혼한 남자들과 함께 사는 짓을 했다.

리지는 전령이었다. 넬이 치명적인 병으로 죽어 가는 게 아니라고 부모님에게 확인시켜 주는 것, 그리고 리지 자신이 약간의 의구심을 가지고 받아들인 티그를 아직은 부모님이 만날 때는 아니라고 넬에게 알려 주는 일을 자신의 사명이라고 여겼다. 우선 부모님은 20세기로 들어와야 했다. 실제로 들어왔는지 여부는 리지 자신이 판단할 것이다.

판사 노릇을 하는 건 재밌겠지, 하고 넬은 생각했다. 그녀는 판사 역할을 충분히 해 보았다. 그녀는 아마도 부모님과 나에 대해 의논을 하겠지. 나와 나의 나쁜 행실에 관해서. 이제 입장이 바뀌어서 내가 문제아가 된 거야.

클로드는 어때? 그녀가 물었다. 클로드는 리지가 현재 사귀는 남자였다. 그는 여행차 자주 출타했고, 자신이 돌아오는 날짜를 제대로 알려 주지 않았다. 그는 지금 멀리 떠나 있었고, 돌아오기로 한 지 1주일이 지난 상태였다.

나는 소화 기관에 뭔가 문제가 있어. 리지가 말했다. 그녀가 의미하는 바는 클로드 때문에 매우 불안하다는 것이었다. 과민성 대장 증후군인 것 같아. 의사를 만나 봐야겠어.

도덕적 혼란

그는 좀 성숙해질 필요가 있어. 넬이 말했다.

아니, 그가 죽어버렸다거나 뭐 그럴 수도 있잖아. 리지가 말했다. 그는 그걸 이해 못 해.

무슨 이야기를 하고 있나요? 티그가 집의 한 모퉁이에서 돌아 나오며 물었다. 아이스크림이 다 됐나요?

당신에 대해서. 넬이 말했다.

리지는 그다음 주에도 올라왔다. 네 과민성 대장 증후군은 어때? 넬이 물었다.

의사는 아무것도 발견하지 못했어. 리지가 말했다. 정신과 의사한테 소견서를 써 줬어. 심리적인 거라고 생각하는 거지.

넬은 그게 전적으로 나쁜 생각은 아니라고 여겼다. 정신과 의사는 불안증, 위기, 남자들과 관계에서의 문제점에 대해 무언가를 해 줄 수 있을지도 모를 일이었다. 리지가 균형 감을 갖도록 도와줄 수도 있을 것이다.

가 볼 거야? 그녀가 물었다. 정신과 의사한테?

벌써 가 봤어. 리지가 말했다.

몇 주 후, 리지는 다시 올라왔다. 그녀는 별말을 하지 않앉고 뭔가 생각에 잠긴 듯 보였다. 아침에는 잠에서 깨우기가 힘들었다. 상당 시간을 피곤에 절어 보냈다.

정신과 의사가 약을 처방해 줬어. 그녀가 말했다. 불안증에 도움이 되는 거래.

그리고 도움이 됐어? 넬이 물었다.

잘 모르겠어. 리지가 말했다.

최근에 부모님을 만나러 가지 못했다고 그녀는 말했다. 그럴 여유가 없었다. 넬과 그녀의 부도덕한 삶의 방식에 대해 부모님이 어떻게 생각하는지에 대해 리지는 더 이상 신경 쓰지 않는 것 같았다. 한때는 그녀가 많은 관심을 가졌던 주제였다.

클로드는 떠나갔다. 어쩌면 영원히 가 버린 것일 수도 있었다. 리지는 그에 대한 분노를 드러냈지만, 그것도 이상할 정도로 무심한 태도로 일관했다. 새로운 남자가 생긴 건 아니었다. 그것에 대해서도 신경 쓰지 않는 것 같았다. 불과 몇 주 전까지 갖고 있던 가을 복학 계획은 보류한 듯 보였다. 당시에는 복학에 대해 상당히 들떠 있었고 희망에 가득 차 있었다. 인생에서 완전히 새로운 장이 될 거라고 생각했다.

넬은 걱정이 되었지만, 기다려 보기로 했다.

그다음 주말에 리지는 다시 올라왔다. 그녀는 걸음걸이가 뻣뻣했고, 침을 약간 흘렸다. 얼굴에는 표정이 없었다. 몸에 힘이 없다고 말했다. 운동복 상점의 임시직도 그만두었다.

리지가 뭔가 정말 이상해요. 넬이 티그에게 말했다. 작은 거실에 있는 악한 기운, 부화되고 있던 병아리들에게 해를 끼쳤던 그 똑같은 기운이 리지에게 영향을 미치고 있는 것은 아닐까 생각했다. 이웃 농부들은 이 농가가 귀신이 나오는 집이라고 거의 무심한 태도로 털어놓았다. 제정신인 사람이라면 언제나 알고 있었듯이, 그 이유 때문에 이 집은 티그와 넬이 구입하기 전까지 그토록 오랫동안 매물로 나와 있었던 것이다.

넬은 귀신이 출몰하는 현상 같은 것은 전적으로 믿지 않았고 직접적인 증거도 본 적이 없었다. 그렇지만, 하울은 그 방에 들어가려 하지 않았고, 때로는 방을 향해 짖기도 했다. 그러나 하울은 무서워하는 게 많았기 때문에 그 자체가 무엇을 입증하는 것은 아니었다. 길 위쪽에 사는 로블린 부인은 언젠가 몇몇 아이들이 공동묘지에서 대리석 묘비를 훔쳐 이 농가에서 태피 사탕을 만드는 데 사용했다고, 그것은 고약한 짓이었다고 말해 주었다. 귀신이 그런 식으로 집에 들어왔을 수 있는 것이다. 로블린 부인은 그런 일에 관한 권위자로 여겨졌다. 그녀는 언제나 저녁 식사 때 열세 사람이 함께하지 않도록 주의를 기울였고, 차 사고로 죽거나, 번개에 맞아 죽거나, 트랙터가 뒤집어져 운전자가 압사하는 등의 끔찍한 사망 사건이 일어날 때면 계단에서 피 냄새를 맡을 수 있다고 했다.

로블린 부인은 귀신을 환영한다는 의미로 식탁에 식사를 차려 밤새도록 놓아두라고 넬에게 말했다. (넬은 바보 같은 짓이라고 느끼면서도 지난해 한겨울, 눈보라가 몰아치고 모든 것이 좀 지나치게 어두워지고 불길해졌을 때 실제로 그렇게 했다. 유령이 좋아할 만한 음식이라고 그녀가 생각한 것은 햄 한 조각과 으깬 감자 요리였다. 그러나 하울이 어떤 식으로인지 몰래 들어가 이 음식 제물을 먹어 버리고 음식 옆에 두었던 우유 한 잔을 엎질러 버렸다. 그래서 식사를 차려놓아둔 것은 별다른 성과를 가져오지 못했다.)

소문 속의 그 혼령이 리지 안으로 들어간 것일까? 그렇지만 그런 생각 자체가 터무니없었다. 어쨌든 이제 여름이 되자 집은 귀신에 홀린 곳처럼 느껴지지 않았다.

약 때문에 그럴 거예요. 티그가 말했다.

그들 둘 다 약에 대해서는 별로 아는 바가 없었다. 넬은 정신과 의사에게 전화를 해 보기로 마음먹었다. 그의 이름은 홉스였다. 그녀는 비서에게 메시지를 남겨 놓았다. 며칠 후 홉스 선생이 응답 전화를 했다.

그들이 나눈 대화 내용은 매우 충격적이었다.

홉스 선생은 리지가 정신 분열증을 앓고 있고, 그래서 자신이 항정신병 약을 처방했다고 말했다. 약을 먹으면 그녀의 많은 정신병 증상이 조절될 거라고 했다. 그는 그녀를 매주 한 번씩 만날 테지만, 그녀가 먼저 전화를 해서 예약을 해야 한다. 그는 매우 바쁘며 그녀 진료 시간을 끼워 넣기 위해서는 따로 신경을 써야 하기 때문이다. 리지는 치료를 받기 위해 도시에서 차를 운전해 올 수 있을 것이다. 진료에서는 실제 삶에 적응하지 못하는 그녀의 무능력에 대해 다룰 것이다. 치료를 받는 동안 리지는 직업을 갖거나 학교에 다니거나 독립적으로 기능할 수 없을 거라고 홉스 선생은 말했다. 그녀는 넬과 티그와 함께 살아야 할 것이다.

왜 넬의 부모님과는 살 수 없는가? 넬은 일단 숨을 고른 뒤 질문했다.

그녀가 당신들과 사는 걸 더 좋아해요. 홉스 선생이 말했다.

넬은 정신 분열증에 대해 아무것도 몰랐다. 그녀가 보기에는 리지는 단지 때때로 깊은 슬픔과 낙담에 빠지는 것일 뿐, 전혀 미친 것 같지 않았다. 하지만 넬이 리지에게 익숙해서 그런 것일 수도 있었다. 넬은 자신과 리지에게 이상한 삼촌들이 몇몇 있었다는 것을 기억했다. 그러니까 유전일 수도 있다. 하지만 모든 사람에게는 이상한 삼촌이 있지 않은가. 적어도 상당수의 사람들에게.

리지에게 정신 분열증이 있다는 걸 어떻게 아시죠? 넬이 물었다. 그녀는 속이 울렁거려서 앉고 싶었지만, 전화는 벽에 붙어 있었고 전화선은 너무 짧았다.

홉스 선생은 경멸하는 듯한 태도로 웃었다. 나는 전문가예요. 그의 어투가 말하고 있었다. 말 샐러드예요. 그가 말했다.

말 샐러드가 뭐예요? 넬이 물었다.

말하는 것이 앞뒤가 전혀 안 맞아요. 의사가 말했다. 넬은 그것을 전혀 의식하지 못했다.

확실한가요? 그녀가 말했다.

뭐가 확실하냐는 건가요?

그러니까 그녀에게, 선생님이 말하는 그 증상이 있다는 거요.

의사는 다시 웃었다. 정신 분열증 환자가 아니라면 지금 먹고 있는 약은 사망을 초래할 수 있습니다. 그가 말했다. 그런 다음 그는 리지에게 진단 결과를 절대로 알려서는 안 된다고 말했다. 그것은 미묘한 문제이기 때문에 조심스럽게

도덕적 혼란

다루어야 한다는 것이었다.

넬은 그다음 주에 그에게 다시 전화를 했다. 그와 통화를 하기까지 애를 먹었지만(메시지를 여러 개 남겨 놓았다.) 끈질기게 전화했다. 리지의 상태가 점점 더 걱정스럽게 변해 갔던 것이다. 그녀가 걷는 모습은 왜 그런가요? 그녀가 물었다. 리지의 손이 떨리기 시작했다는 것을 넬은 알아차렸다. 홉스 선생은 몸이 뻣뻣해지는 것과 침을 흘리는 것과 떠는 것은 리지가 걸린 병의 증상들이라고 말했다. 모든 정신 분열증 환자들이 이런 증상을 갖고 있다는 것이었다. 리지는 이 병이 징후를 드러내는 나이라고 말했다. 완전히 정상적으로 보이다가 십 대 후반이나 이십 대 초반에 나쁜 꽃처럼 정신 분열증이 나타나는 것이다.

이게 얼마나 오래가는 건가요? 넬이 물었다.

평생 동안이죠. 홉스 선생이 말했다.

넬은 온몸이 차가워지는 느낌이 들었다. 비록 리지가 과거에 힘든 시기를 거칠 때도 있었지만, 이런 일이 있으리라고는 전혀 예상하지 못했다.

그녀는 리지가 자러 간 후 이 상황에 대해 티그와 상의했다. 미친 친척을 부담해야 하는 것에 대해 그는 어떻게 생각하는가?

우리는 감당해 낼 거예요. 그가 말했다. 돌연 나아질 수도 있잖아요. 넬은 너무 고마워서 거의 울 뻔했다.

그 후 몇 달간 넬은 다른 많은 일에 대해 알아내야 했다. 리지가 몸이 뻣뻣하고 손이 저렇게 떨리는 상태에서 도시까지 왕복할 때 차(티그의 낡은 쉐보레)를 운전하도록 놔두어도 괜찮은가? 그렇지만 홉스 선생은 괜찮다고, 리지는 충분히 운전을 할 수 있다고 말했다. 그의 어조는 점점 더 적대적으로 변해 갔다. 마치 넬이 자신을 괴롭히고 있다는 듯이.

그는 또한 리지의 상태에 대한 사실을 그녀에게 아직 알려 주지 않았다고 말했다. 리지가 아직 그것을 받아들일 준비가 되지 않았다는 것이었다. 그녀는 클로드라는 어떤 남자에 대해 환각을 일으키고 있다고 그는 말했다. 클로드가 죽었다고 확신하고 있다는 것이었다. 또한 그는 그녀가 병원에 왔을 때는 자살 충동에 시달리고 있었지만, 성급하게 자살을 하지는 않을 거라고 확신한다고 했다.

어떻게 확신하시나요? 넬이 물었다. 그녀는 자신이 그러는 것과 마찬가지로 리지가 죽어 버리겠어라고 말하는 것은 수사적 표현일 뿐이라고 생각해 왔던 것이다. 이제 보니 자신의 판단이 틀렸던 것 같았다. 그럼에도 넬은 기이할 정도로 침착했다. 그녀는 홉스 선생이 입 밖으로 계속 내뱉는

도덕적 혼란

악몽의 파편에 점점 익숙해져 가고 있었던 것이다.

그러나 홉스 선생은 넬이 누구인지 혼란스러워하는 것 같았다. 그는 그녀와 티그가 리지의 부모라고 생각하는 듯했다. 실제 어떤 관계인지 넬이 자세하게 설명했지만, 그와 이야기할 때마다 다시 상기시켜 주어야 했다.

한편, 리지의 실제 부모님, 즉 넬의 부모님은 충격을 받았다. 그래도 넬에게 다시 이야기를 하기 시작했다. 아니 적어도 어머니는 그랬다. 내가 뭘 해야 할지 모르겠구나. 그녀는 말하곤 했다. 그것은 일종의 애원이었다. 그 애를 여기로 돌려보내지 마라! 마치 리지가 수치스럽고 입에 올릴 수 없는 짓, 사교상 실수와 범죄 범죄의 중간쯤 되는 어떤 일을 저질렀다는 듯한 태도였다.

그러다가 넬의 어머니는 애절하게 이렇게 묻기도 했다. 그 애가 언제쯤 나아지겠니? 마치 넬이 특별한 직관이라도 있기라도 한 것처럼.

뭐가 옳은 방법인지 의사가 알겠지요. 넬은 대답하곤 했다. 의학 학위를 가진 사람이라면 자신이 무슨 말을 하는지 잘 알 거라고 넬은 여전히 믿었던 것이다. 그렇게 믿어야 할 필요가 있었다. 그렇게 하려고 노력했다. 어머니도 제 말을 보러 농장에 한번 올라오세요. 그녀가 덧붙였다. 말을 좋아

하시잖아요. 이름은 글레이디스예요. 승마를 하실 수 있어
요. 그러나 어머니는 리지의 상태 때문에 너무 괴로워하고
있었다.

넬 자신도 글레이디스를 그다지 많이 타지 않았다. 임신
을 했기 때문이었다. 소설에 나오는 것처럼 말에서 떨어져
아기를 잃고 싶지는 않았던 것이다. 그렇지만 티그에게는
아직 임신 사실을 알리지 않았다.

아기가 태어난 후에도 리지가 지금과 같은 상태라면 어떻
게 될까? 그녀는 어떻게 감당할 것인가?

이제 9월이 되었다. 넬은 음식 저장 작업에 리지를 보조
로 동참시키려고 했지만 아무 소용이 없었다. 리지는 너무
피곤해했다. 넬은 붉은 까치밥열매 한 그릇을 리지 앞에 놓
아두고 가지를 골라 내라고 시켰다. 그것은 그리 어려운 일
이 아니었다. 그러나 리지는 그것조차도 할 수 없는 듯했다.
그녀는 딱할 정도로 적은 양의 손질한 까치밥열매 무더기
를 한쪽으로 치워 놓고 식탁에 앉아서 허공을 응시했다.

그는 나를 안 좋아해. 그녀가 말했다. 의사 말이야.

너를 왜 안 좋아하겠니? 넬이 말했다.

내가 호전을 보이지 않기 때문이지. 리지가 말했다.

티그는 나름대로 조사를 해 보았다. 이 사람이 하는 말은

앞뒤가 안 맞아요. 그는 말했다. 정신 분열증이 아니라고 하더라도 이 약 때문에 죽지는 않아요. 어떻게 그럴 수가 있겠어요? 그렇다면 의문의 시체가 많이 널려 있겠죠.

그러면 그는 왜 우리에게 그런 얘길 한 거죠? 넬이 물었다.

돌팔이 의사니까. 티그가 말했다.

다른 의사의 진단을 받아봐야겠네요. 넬이 말했다.

그들이 찾은 새로운 의사는 항정신병제 전문가였다. 리지에게는 이 약물을 쓰지 말았어야 했어요. 그녀가 넬에게 말했다. 이 약 처방을 중단하겠어요. 뻣뻣함, 떨림, 약화, 이 모든 것은 그 병의 증상이 절대 아니었다. 모두 약 때문에 야기된 것이었으며, 일단 체내에서 약 성분이 다 배출되고 나면 그 증상들도 사라질 거라고 했다.

그뿐 아니라, 그렇게 약물을 과도하게 복용한 상태에서는 절대 운전해선 안 되는 것이었다고 새로운 의사는 말했다. 운전대를 잡고 있던 매 순간이 생명에 위협이 될 수 있었다는 것이다.

그 새끼를 혹시라도 길에서 만나면 한 방 쏴 줄 거예요. 넬이 티그에게 말했다. 총이 있다면.

그 사람이 어떻게 생겼는지 모르는 게 다행이네요. 티그가 말했다.

우리를 촌뜨기로 생각한 게 분명해요. 넬이 말했다. 우리가 농장에 사니까. 구닥다리 아무 얘기나 해 주면 우리가 믿을 거라고 생각한 거예요. 실제로 그들은 그의 말을 믿었다. 우리가 쌀가마니처럼 멍청하다고 생각한 거죠. 본인은 스스로가 한 말을 믿었을지 궁금하군요. 만약 믿었다면 완전 미친 거죠!

촌뜨기? 티그가 말했다. 그런 단어는 어디서 발굴해 낸 건가요? 물론 우리가 거기에 어울리는 농장 기계류를 갖고 있긴 하지만! 이내 그들 둘은 웃기 시작했고, 서로를 안아 주었다. 그리고 넬은 그에게 아기에 대해 말했고, 모든 것이 잘 마무리되었다.

넬은 사태가 새로운 국면에 접어든 것에 엄청난 안도감을 느꼈다. 평생 동안 침을 흘리고 어기적거리는 리지를 돌보지 않아도 되었던 것이다. 그러나 동시에 공포의 전율도 느꼈다. 리지는 홉스 선생의 손아귀에 잡히기 이전의 상태로 돌아갈 수 없을 것이다. 좀비로 살아가던 막간의 시기는 그녀를 변화시켰다. 그녀는 이제 다른 사람, 미지의 누군가가 될 것이다. 리지가 넬 자신의 행동을 배반으로 간주하리

도덕적 혼란

라는 사실 또한 넬은 알고 있었다. 그리고 리지의 말이 맞을 것이다. 그것은 배반이었다. 만일 넬에게 정신 분열증 환자라는 진단이 내려졌다면, 리지는 홉스 선생과 그의 해로운 횡설수설을 단 2초도 견디지 않았을 것이다.

홉스 선생이 무슨 생각을 하고 있는지 왜 나한테 말해 주지 않았어? 약의 진정 효과에서 일단 벗어난 후 리지가 넬에게 물었다. 이제 그녀는 격분했다. 나한테 물어봤어야지! 내가 정신 분열증 환자가 아니라고 언니한테 말해 줄 수 있었을 거 아냐!

누군가가 불안정한 상태라는 생각이 들면, 그 사람의 말, 특히 자신의 정신 건강에 대한 그의 말은 신뢰하지 않게 된다고 넬이 말하는 것은 아무 소용 없었다. 그래서 그녀는 말하지 않았다.

그는 네가 말 샐러드를 만든다고 그랬어. 넬이 힘없이 말했다.

내가 뭘 한다고 그랬다고?

네 말이 앞뒤가 안 맞는다고 그랬어.

이런 제기랄! 언니한테 말할 때랑 같은 식으로 의사에게도 말했어! 리지가 말했다. 언니도 알다시피 우리는 문장들을 중간중간 건너뛰잖아. 그는 내 말을 따라오기가 힘들었던 것뿐이야. 가에서 다로 가지 못했던 거라고! 그를 위해서 모든 걸 상세히 설명해야 했었어. 그는 분명하고 평범한 바보일 뿐이야!

의사가 신경 쇠약 같은 걸 앓고 있었나 봐. 넬이 말했다. 그렇게, 그렇게 비전문가적으로 행동하다니. 그리고 '사악하게'라고 덧붙이고 싶었다. 홉스 선생이 미국 중앙정보부를 위해 비밀 약물 실험을 하고 있었던 거라고 티그는 주장했다. 당시에는 그 생각이 터무니없는 것처럼 느껴졌다.

어쨌든, 그는 내 인생을 망쳐 놨어. 리지가 우울하게 말했다. 인생의 큰 부분을 잃어버렸다고. 멍청한 놈 같으니!

그렇게 크지는 않아. 넬이 위로하며 말했다. 삶의 큰 부분이 아니라는 의미였다.

언니가 그렇게 말하기는 쉽지. 리지가 말했다. 언니는 이런 일을 안 당했잖아.

뭔가 계획이 마련되기까지 리지는 농장에 머물기로 결정되었다. 우선 그녀는 돈이 하나도 없었다. 복학을 하기에 올해는 이미 늦었다. 홉스 선생 때문에 피해를 보기 전 그녀는 복학을 생각하고 있었다.

그녀는 일주일에 한 번씩 새로운 의사를 만났다. 주제는

도덕적 혼란

가족 문제였다. 그녀는 농장 주변을 돌며 오랫동안 산책을 했고, 정원에서 기운차게 구멍을 팠다. 티그와 넬에게는 말을 많이 하지 않았지만, 글레이디스와는 친구가 되었다. 승마는 하지 않았고, 글레이디스와 함께 농장 마당을 달렸다. 소들은 그들이 지나가도록 옆으로 자리를 비켜 섰고, 양들은 그들 뒤를 따랐다. 여름 동안 지속되었던 그녀의 무기력함은 격렬한 활기로 대체되었다.

이제 눈에 띄게 배가 불러 온 넬은 창문을 통해 약간 부러움을 느끼며 바라보았다. 그녀는 한동안 그들처럼 전력질주를 할 수 없을 것이다. 그러다가 그녀는 빵을 반죽하는 일로 돌아가서 부드러운 곡선과 위로를 주는 따스함과 평화로운 리듬 속에 스스로를 내맡겼다. 그녀는 그들 모두가 이제 위기에서 벗어났다고 생각했다. 리지가 위험한 상태에서 벗어났다고 생각했다.

그러다가, 10월의 상쾌한 어느 날 밤, 리지는 진공청소기 호스를 차의 배기관에 연결하고 차창을 통해 들여온 다음 모터를 가동시켰다.

티그는 모터가 작동되는 소리를 듣고 밖으로 나갔다. 그가 다가갔을 때 리지는 이미 모터를 끄고 그냥 그곳에 앉아 있었다고 그는 말했다. 그는 그것이 긍정적인 신호라고 말했다. 그는 이 사건에 대해 알려 주기 위해 넬을 깨워야 했다. 그녀는 그런 때 어떻게 잠을 잘 수 있었단 말인가?

마음을 진정시킨 후, 넬은 잠옷에 티그의 낡은 스웨터를 걸치고 아래층으로 내려왔다. 온몸에서 한기가 느껴졌다. 이가 딱딱 부딪혔다.

리지와 티그는 부엌 탁자에 앉아 핫 초콜릿을 마시고 있었다. 왜 그런 짓을 한 거니? 일단 말을 할 수 있는 상태가 되자 넬은 리지에게 물었다. 그녀는 두려움에, 그리고 한참 후에야 분노라고 알아차린 감정에, 덜덜 떨고 있었다.

이야기하고 싶지 않아. 리지가 말했다.

아니. 내 말은, 왜 나한테 그런 짓을 했느냐는 거야.

언니는 다 감당할 거야. 리지가 말했다. 언니는 뭐든 다 감당할 수 있어.

글레이디스가 달아난 것은 그날 밤이 아니었지만, 넬의 기억 속에는 같은 날 밤의 사건으로 남아 있다. 그녀는 그 두 사건을 떼어서 생각할 수 없었다. 하울이 짖었던 것으로 기억한다. 하지만 그 녀석이 그렇게 적절한 행동을 했을 리는 만무하다. 또한 그녀는 보름달이 떴던 것을 기억한다. 차갑고 하얀 가을 달. 분위기 조성을 위해 그녀 자신이 고안

도덕적 혼란

해 낸 세부 사항일 수도 있었다. 하지만 만월의 밤에 동물들이 더 활발해지는 것으로 미루어 볼 때, 보름달은 그날 밤에 잘 맞아 떨어진다.

비극에 시동을 건 것은 소들이었다. 소들의 주기적인 탈출 사건에서 비롯된 일이었다. 소들은 또다시 울타리를 무너뜨리고 가장 가까운 곳에 있는 다른 소 떼를 향해 도망갔다. 한편 글레이디스는 3킬로미터 넘게 떨어진 곳에 있는 포장 고속도로까지 가 버렸다. 자신의 작은 왕국에 싫증이 났던 게 틀림없다. 양들을 다스리는 데 싫증이 났던 것이 틀림없다. 게다가 그때는 넬도 글레이디스에게 관심을 충분히 쏟지 않고 있었다. 글레이디스는 모험을 원했다.

글레이디스는 차에 치여 죽었다. 운전자는 술을 마신 상태였고 차를 빨리 몰고 있었다. 언덕 정상까지 올라와서 달빛에 환하게 빛나는 하얀 말이 자기 앞에 서 있는 것을 본 운전자는 충격을 받았을 것이다. 그는 충격을 받는 데 그쳤지만, 그의 차는 완전히 망가졌다.

넬은 글레이디스에게 끔찍하게 미안한 감정이 들었다. 그녀는 죄책감과 슬픔을 느꼈다. 그러나 이러한 감정 속에 젖어 있고 싶지는 않았다. 그런 감정들은 동요를 일으키는 화학 물질을 핏속에 돌게 만들고, 그것은 아기에게 영향을 미칠 수 있기 때문이었다. 그녀는 명랑한 기분을 유지하기 위해 모차르트 현악 4중주를 많이 들었다.

다음 해 가을에 그녀는 글레이디스를 기리며 집 앞쪽에 수선화 한 무리를 심었다. 수선화는 매년 싹을 피웠고, 잘 자랐으며, 번성했다.

수선화는 아직도 그곳에 있다. 넬은 몇 년 전 농장을 한 번 보기 위해 차를 몰아 그곳을 지나가 보았기 때문에 그 사실을 알고 있다. 그게 정확히 언제였던가? 리지가 결혼을 하고, 가정 요리에 심취하고, 슬픔을 저버린 직후였다. 그게 언제였든 간에, 때는 봄이었고, 이제는 수백 송이로 늘어난 수선화가 그곳에 피어 있었다.

농가 자체가 지니고 있던 허름한 외관은 온데간데없었다. 그것은 평화롭고 안락해 보였으며, 뭔가 교외 주택가 같은 느낌을 풍겼다. 빨래는 더 이상 사과나무 사이에서 펄럭이지 않았다. 녹슨 농기계들도 보이지 않았다. 집의 외장은 유행하는 파이어니어 블루 색으로 새롭게 페인트칠이 되어 있었다. 현관문의 양옆에는 관목 화분이 놓여 있었다. 만병초네, 하고 넬은 생각했다. 이제 그곳에 살고 있는 사람은 좀 더 깔끔하게 해 놓는 편을 더 좋아했다.

혼령들

릴리는 부동산 중개인이었지만, 그런 분위기는 풍기지 않았다. 날카롭거나 세련되거나 딱딱한 구석은 전혀 없었고, 릴리 자신이 만나 보았던 가장 연로한 부동산 중개인보다 스무 살은 더 많았다. 언제나 티 없이 깨끗한 그녀의 하얀색 포드 세단형 자동차는 오래된 모델이었다. 그녀는 마치 탱크의 회전 포탑에 앉은 사람처럼 운전대 너머로 유심히 내다보며 조심스럽게 차를 몰았다.

그녀는 점점 후덕해졌고, 발이 아프기 시작했다. 계단을 오르내릴 때면 조금씩 쌕쌕거렸다. 이런 걸림돌에도 불구하고, 그녀는 자신이 보여 주는 모든 집의 계단을 오르내렸다.

쳇, 그녀는 지하층으로 내려서며 말하곤 했다. 보지 마요. 이건 그냥 세탁실이에요. 난방기는 새로운 걸 들여요. 당신들이 배선 장치를 새로 하면, 매매가에서 최소한 수천 달러는 깎을 수 있어요. 적어도 습기는 없네요. 그녀는 회반죽 칠에 금이 간 곳이 있는지 점검하기 위해 잠시 멈춰 서서 호흡을 고르며 다락으로 향하는 계단을 힘겹게 올라갔다. 천장 채광창을 내고, 벽을 허물어 버려요. 이것 봐요. 멋진 공간이 될 거예요. 거기는 보지 마요. 형편 없는 곳이에요. 벽지는 그냥 벽지에 불과하잖아요. 내가 무슨 말 하는 건지 알죠?

그녀는 말하곤 했다. 일부 사람들이 사는 모양새란 돼지 같단 말이에요! 이들은 좋은 사람들이 아니에요. 하지만 당신은 이곳을 새롭게 만들 거예요. 몰라볼 정도로 완전히 다른 집이 될 거라고요! 그녀는 약간의 노력과 큰 믿음으로 돼지우리를 뭔가 멋진 곳, 아니 적어도 살 만한 곳으로 변화시킬 수 있다고 진심으로 믿었다. 이전보다 훨씬 나은 곳으로.

그녀는 중심가의 도외시된 거리에 있는 작은 집들을 전문적으로 취급했다. 빅토리아 시대풍의 낡은 연립 주택이나 어둡고 좁은 사각 모양의 반독채 벽돌 주택들. 그런 집들은 현관에 연철 손잡이를 설치해 둔 포르투갈 가족들 소유였고, 그 전에는 러시아인들이나 헝가리 사람들 소유였다. 그리고 그 전에는 누구 소유였는지 누가 알겠는가. 이런 집들은 단기 체류지였다. 사람들은 이민 온 직후에, 나중에 성공해서 다른 곳으로 이사 가기 전까지 이런 곳에 살았다. 한때는 그랬다. 이제 젊은 커플들은 이런 곳을 찾아다녔다. 이런 싼 곳. 예술가 타입의 사람들이 이런 곳을 찾았다.

그런 사람들은(릴리는 살람들이라고 말했다.) 손을 잡고 인도해서 괜찮은 가격에 사도록 도와 줄 누군가가 필요했다. 그들은 현실적이지 않았고, 난방기에 대해 몰랐기 때문에 판매자에게 이용을 당할 수 있었던 것이다. 릴리는 자신이 받는 수수료가 줄어들더라도 가격을 낮추기 위해 흥정했다. 돈이 대체 뭐란 말인가? 거래가 성사되면 그녀는 젊은 예술가들에게 직접 만든 딱딱한 베이지 색의 유럽식 과자를 통에 담아 축하 선물로 주었다. 그리고 예술가 타입의 젊은이들이 집 개조 작업에 착수하면 집의 변화 추이를 지켜보았다. 이런 젊은이들은 원기가 넘쳤고, 자신만의 생각을 갖고 있었다. 그들이 음울한 벽지를 뜯어내고 곰팡이와 계속 남아 있는 냄새와 과거의 얼룩을 없애 버린 후, 무언가 다른 것을 만들어 내고(작업실 같은 것. 그들은 언제나 그런 것을 필요로 했다. 차고가 있다면 그것을 작업실로 사용했다.) 그런 다음 벽에 페인트칠을 하는 과정을 지켜보는 건 즐거운 일이었다. 페인트는 그녀 자신이 골랐을 법한 색은 아니었고, 놀랄 만한 것일 때가 많았지만, 그녀는 특정한 종류의 충격 효과를 좋아했다. 좋은 충격. 절대 예측할 수 없죠. 그녀가 말했다. 그런 즐거움이라니.

그렇다고 해서 그녀 자신이 그 같은 집을 구입하지는 않았을 것이다. 그런 집들은 너무 비좁았고, 너무 어두웠고, 너무 낡았다. 그녀는 북부로 더 올라간 곳에 현대적인 집을 소유하고 있었다. 빛이 가득한 창문과 파스텔 색조의 도자기 인형 수집품과 널찍한 진입로가 있는 곳이었다.

릴리는 늦은 나이에 부동산 중개업에 뛰어들었다. 오래전, 그녀는 어린 소녀였고, 그다음에는 좋은 남자와 결혼했으며, 그 후에는 아기가 생겼다. 이 모든 일은 다른 시간대, 바다 저 건너편에서 일어난 일이었다. 그러나 그다음에는 나치가 등장했고, 그녀는 한 수용소에, 그리고 그녀의 남편은 다른 수용소에 감금되었고, 아기는 실종되어 다시는 발견되지 않았다. 그러나 릴리는 대다수 사람들과는 달리 그 시련을 헤쳐 나왔고, 전쟁이 끝난 후 기적적으로 남편을 찾아냈다. 그 또한 헤쳐 나왔다. 축복이 아닐 수 없었다. 그리

도덕적 혼란

고 그런 다음 그들은 아기를 둘 더 가졌고, 그 후에는 옛일을 상기할 필요가 없는 캐나다로, 토론토로 이주했다. 도시명으로 그런 이름이라니. 토론토, 그것은 이탈리아 단어는 전혀 아니지만 이탈리아어 같은 소리를 지녔다. 그리고 겨울은 상당히 길었다. 그렇지만 사람은 적응하는 법이고, 릴리는 적응했다.

아기들은 자라났다. 더 이상 바랄 나위 없이 좋은 아이들이었다. 그들은 그녀를 행복하게 만들어 주었다. 그런 다음 남편이 죽었다. 릴리는 죽은 남편에 대해 이야기하지 않았지만, 그의 양복을 벽장 속에 간직하고 있었다. 도저히 그것을 버릴 수 없었던 것이다. 그녀에게 죽음이란 절대적인 개념이 아니었다. 다른 이들보다 더 죽은 이들이 있었다. 그리고 결국 누가 죽고 누가 살아 있는지는 각자 의견에 달린 것이므로, 그런 일에 대해서는 논의하지 않는 게 제일이었다. 마찬가지로, 그녀는 자신이 감금되었던 수용소나 잃어버린 아기에 대해서는 이야기하지 않았다. 왜 이야기하겠는가? 그렇게 한다고 해서 무엇이 달라지는가? 누가 듣고 싶겠는가? 어쨌든 그녀는 대다수의 사람들보다 운이 좋았다. 정말 운이 좋았다.

그녀는 그녀의 고객인 젊은 커플들을 격려해 주었고, 그들의 문제에 귀를 기울였고, 그들의 기운을 북돋아 주었고, 막힌 배수관이나 건부병이나 목수 개미 때문에 그들이 의기소침할 때 누구에게 연락을 해야 할지 알려 주었다. 그리고 잘못된 배선으로 야기되는 문제로부터 그들을 보호해 주었다. 그들에게 자녀가 있다면 그 아이들에게 관심을 보여 주었고, 이혼을 하게 되면 그것에도 관심을 가져 주었다. 그녀는 계속 연락을 하며 지냈다. 그들은 집을 팔고 다른 것을 살 때가 되면(사다리를 타고 올라가게 되거나, 어쩌면 더 큰 작업실을 얻게 되면) 항상 그녀에게 조언을 구했다.

그렇지만 그녀는 집들이 잔치에는 가지 않았다. 그녀는 잔치를 감당할 수 없었다. 잔치에 가면 슬픈 감정이 들었다. 그녀는 쿠키를 담은 통에 친절한 말을 적은 꽃무늬 쪽지를 곁들여 보냈다. 그들은 그런 집에 살 자격이 있다고, 그녀는 썼다. 그들은 좋은 사람들이다. 그들은 그 집을 누려야 한다. 그녀는 그들이 집을 구해서 기쁘다. 그들의 행복을 빈다.

넬과 티그는 시골에서 이사 올 계획을 짜고 있는 동안 친구로부터 릴리를 소개받았다. 다소 젊은 커플들은 그다음 사람들에게 릴리를 추천해 주었다. 그녀는 네가 감당할 여유가 없는 건 팔지 않을 거야라는 게 친구가 한 말이었다. 네가

도덕적 혼란

원하는 바를 정확히 말해 줘. 그러면 그녀가 이해할 거야.

첫 만남에서, 넬은 릴리에게 끊임없이 수다를 떨고 있음을 깨달았다. 릴리의 다정한 얼굴, 확신을 주는 태도 때문이었다. 비록 농장을 매우 사랑하기는 했지만, 하고 넬은 약간 뭉뚱그려서 말했다. 그들은 정말로 이사를 해야 했다. 이제 그럴 때가 되었다. 그곳에 너무 오래 살았다. 많은 것이 바뀌었고 가족들, 그들이 알던 사람들도 모두 떠나갔다. 이 부분에서 릴리는 고개를 끄덕였다. 그뿐 아니라 절도 사건이 너무 잦았다. 그들 집 맞은편 이웃이라고 할 수 있는 은퇴 교사의 집은 이사용 화물차를 가져온 두 남자에게 싹 털렸다. 그곳에서는 안심할 수가 없었다.

좋은 사람들 아니에요. 릴리가 말했다.

그들은 집을 주시하고 있어요. 넬이 말했다. 언제 집을 비우는지 알죠. 거기다가 넬과 티그에게는 매일 두 시간씩 버스를 타고 통학해야 할 학령기에 가까운 자녀가 있었고, 게다가 집은 왠지 침침했고, 지역 주민들은 그곳에 귀신이 들렸다고들 했다. 넬 자신이 그런 것을 본 것은 아니었지만 그런 느낌이 있었다. 게다가 그곳은 겨울에는 추웠다. 150년이 된 집인 데다 단열이 제대로 되지 않았고 진입로에는 눈이 쌓였다.

그렇게 할 필요 없어요. 릴리가 말했다. 그녀는 사람을 고용해서 진입로를 치우도록 했다. 그곳은 언제나 잘 치워져 있었다. 도시에 살아야 제설 작업을 해 줄 사람을 찾을 수 있었다.

그리고 티그도 예전 같지 않았다고 넬은 말했다. 단열이 제대로 안 되어 있었기 때문에 그는 기침을 자주 했다. 이 모든 것이 넬에게는 너무 벅찼다. 그녀는 감당할 수가 없었다. 소들은 도망을 가요. 그녀가 말했다. 다른 소들과 함께 있고 싶은 거죠. 그리고 티그가 없을 땐 나 혼자 다 해야 해요.

릴리는 고개를 끄덕였다. 그녀는 이해했던 것이다. 넬과 같이 젊고 바쁜 엄마가 도망치는 소 떼 문제를 처리할 수는 없는 일이었다. 걱정하지 마요. 릴리가 말했다. 우리는 완벽한 걸 찾을 거예요. 그러자 넬은 갑자기 기분이 나아졌다. 릴리는 모든 것을 알아서 해 줄 것이다.

당시 주택 시장은 가열된 상태였지만, 릴리는 최선을 다했다. 그리고 넬과 티그는 차이나타운 언저리, 미술관 가까이에 있는 상당히 좋은 연립 주택을 구하게 되었다.° 그 집

○ 토론토 중심부의 차이나타운 주변에 있는 미술관은 북미에서 가장 큰 미술관 중 하나인 온타리오 미술관(Art Gallery of Ontario)이다.

도덕적 혼란

은 이미 수리가 다 돼 있었기 때문에 모든 것이 다 괜찮았다. 아니, 주어진 상황, 금전적 상황을 미루어 볼 때 괜찮은 것 이상이었다. 이 집은 그들이 감당할 만한 것이었다. 양쪽 집에서 바퀴벌레가 나오는 것만 제외하면 정말로 상당히 훌륭한 집이었다. 넬은 굽도리 널을 따라 오이 껍질과 붕사를 놓아두었다. 훈증 소독은 아무 소용이 없었다. 유독할 뿐 아니라 일단 그 효과가 가시고 나면 바퀴벌레들은 다시 침투해 왔다.

그 집에서 몇 년 동안 거주한 뒤, 릴리는 넬과 티그가 이사할 때가 되었다고 판단했다. 더 큰 집 필요해요. 그녀가 그들에게 말했고, 그것은 맞는 말이었다. 그녀는 그들의 집을 좋은 가격에 팔아 주었고 그들을 더 북쪽으로 데려갔다. 그들에게 집을 보여줄 때 그녀는 그 집의 유일한 카펫은 1970년대의 유물인 털이 긴 주황색 카펫뿐이라고 말했다. 도처에 있는 접시 걸이 같은 것은 쳐다보지 말라고 그녀는 말했다. 그런 것은 치울 수 있는 것이다. 그리고 조명 기구도 신경 쓰지 말라고 했다. 벽난로가 세 개 있었는데, 그중 하나는 쓸 만했다. 그리고 벽은 견고했고, 많은 사람들이 정말로 갖고 싶어 할 만큼 넓었으며, 일부 목조 부분은 원래 것 그대로였다. 그런 세부 사항은 매우 중요했다.

넬과 티그는 흡족해했다. 이제 그들은 뒤뜰과 마감이 된 지하층이 생겼다. 아니, 실은 반쯤 마감이 된 것이었고, 시멘트 바닥에 접착된 곰팡이투성이 실외 겸용 카펫은 제거할 수 있었다. 그리고 사방에 창문이 있었다. 연립 주택에는 창문이 앞쪽과 뒤쪽에만 있었다. 계약이 성사되던 날, 릴리는 푸른색과 주황색이 섞인 통에 자신이 구운 쿠키를 가득 담아 그들에게 주었다.

넬이 자신이 감당해야 할 문제가 생겼다는 것을 알아차렸을 때(흔치 않은 문제라고 그녀는 느꼈다.) 터놓고 말할 수 있는 사람은 릴리뿐이었다. 그것은 집에 관련된 문제이기도 했지만, 인간 본성에 관한 문제이기도 했다. 티그와 상의할 수 있는 문제는 아니었다. 그는 지나치게 불안해했고, 문제시되는 인간 본성에 그의 본성도 포함되어 있었던 것이다. 그러나 릴리는 한창 일할 때 지하실과 다락방과 인간 본성을 많이 목격했을 것이다. 그녀는 집이란 강력한 힘을 가지고 있으며, 사람들이 그것에 대해 격한 감정을 가질 수 있고, 전혀 예상치 않던 감정이 솟구칠 수 있다는 사실을 알 것이다. 넬이 말하는 그 어떤 내용에도 그녀는 충격에 빠지거나 혼란스러워 하지 않을 것이다. 분명 그녀는 예전에 그 모든 것을 목도했을 것이다. 아니면 그와 비슷한 것. 아니면 더 끔찍한 일을.

넬은 릴리에게 차를 마시러 오라고 초대했다. 릴리는 먹고 마시는 일 가운데 유일하게 다과를 함께하는 것에만 응했다. 그녀는 저녁 식사에는 절대 오지 않았다. 넬은 자신이 고마워한다는 걸 보여 주기 위해 릴리가 만든 쿠키를 몇 개 내놓았다. 그것은 거의 무한정 보관이 가능했다. 넬리가 쿠키 선물을 고마워한 것은 사실이지만, 그 쿠키 자체를 좋아한 건 아니었다.

넬과 릴리는 넬이 최근에 갖게 된 부엌에서 차를 마셨다. 저런 경치라니. 릴리가 뒤뜰을 내다보며 말했다.

넬도 동의했다. 그 두 사람은 미래에 갖춰질 경치에 대해 이야기하는 것이었다. 현재 뒤뜰에는 풀 몇 가닥, 골이 진 양철로 된 헛간, 그리고 땅에 난 구멍 몇 개뿐이었다. 이전에 살던 사람들(접시 걸이와 털이 긴 카펫의 주인들)에게는 개가 있었다. 그러나 넬은 여유가 생기면 하게 될 거창한 일들을(적어도 수선화를 심는 일) 계획했다. 풍수와 연기 정화술°을

○ 허브의 일종인 샐비어를 태워 나는 연기로 사람, 장소, 부정적 기운을 내는 물체를 정화를 하는 북미 원주민들의 의식. 연기가 부정적 기운에 붙어서 몰고 나가면, 그것을 대지 어머니가 흡수해 버린다고 북미 원주민

하는 뉴에이지 성향의 친구 하나가 집의 좌향(坐向)과 심령적 존재에 대해 알아내기 위해 정원과 집을 점검했고, 이 장소, 특히 정원은 양호하다고 판단했다. 그래서 넬은 그곳에서 모든 것이 잘 자랄 거라고 확신했다.

수선화가 어떨까 생각하고 있어요. 넬이 말했다.

수선화 좋죠. 릴리가 말했다.

우선은 말이죠. 넬이 말했다.

릴리는 쿠키를 차에 적셨다. 아하, 넬은 생각했다. 저렇게 먹는 거구나. 그러면. 릴리는 넬을 비스듬히 바라보면서 눈썹을 치켜 올리며 말했다. 그것은 '이 빈 뜰을 바라보라고 나를 여기 초대한 것은 아니겠죠.'라는 뜻이었다.

오나가 집이 필요하대요. 넬이 말했다.

집 필요한 사람들 많아요. 릴리가 차분하게 말했다.

하지만 이건 오나 얘기라고요.

그래서요? 릴리가 말했다. 그녀는 오나가 누구인지 알았다. 그녀는 티그의 첫 부인이었다. 첫 부인, 두 번째 부인. 진부한 이야기.

자신이 살 집을 나한테 사 달라는 거예요.

들은 믿었다.

도덕적 혼란

릴리의 찻잔이 공중에서 잠시 멈췄다. 그렇게 말했어요? 그런 일은 금시초문이었다.

입 밖에 낸 건 아니에요. 넬이 말했다. 나한테 말한 것도 아니고요. 하지만 난 알 수 있어요.

릴리는 쿠키를 하나 더 집어서 차에 담갔다. 그리고 이야기를 듣기 위해 자리를 잡았다.

사실 오나는 상태가 점점 악화되고 있다고 넬은 말했다. 처음 만났을 때 오나는 막강했다. 그녀는 매력적이었을 뿐 아니라(육감적인 매력이라고 넬은 혼자서 못마땅하게 생각했다.) 자신이 원하는 것을 이루기 위한 강한 의지와 강한 의견과 투지를 갖고 있었다. 적어도 대부분의 사람들에게 내보인 모습은 그랬다. 그녀가 우울증에 빠지곤 했던 것은 사실이지만, 그럴 때마다 침대 밖으로 나오지 않았기 때문에 사람들은 오나의 그런 면을 볼 수 없었다. 그들은 그녀가 겉으로 내보이는 밝고 안정되고 다소 비웃는 듯한 얼굴만을 보았다. 그녀는 유능함, 도전을 받아들이는 자세, 일을 잘해내는 것으로 유명했다. 그녀는 관리자로 일했다. 작은 잡지 회사, 작은 극단 같은 소규모 사업체에서(작고 망해 가는 잡지 회사와 극단들) 일했는데, 그녀는 그들의 체계를 재조정하고 정상화했다.

티그가 떠나자, 사정을 잘 모르는 지인들은 깜짝 놀랐다. 모든 것이 아주 고요해 보였던 것이다. 그 둘 사이에 암묵적인 합의가 존재했고, 특히 오나가 일련의 남자 친구를 사귀었다는 건 잘 알려진 사실이었다. 그러나 상황 자체는 안정적으로 보였다. 분노(넬은 양측 모두 분노를 느끼는 게 타당하다고 공정하게 덧붙였다. 손바닥도 마주쳐야 소리가 나는 법 아닌가?) 그 분노는 묻혀 있었다. 그러나 묻혀 있는 많은 것들이 으레 그렇듯이, 그것은 영원히 땅속에 머물러 있기를 거부했다.

파경 이후, 오나는 만족스럽다고 사방에 알렸다. 티그에게 떠나라고 요청한 사람은 바로 그녀 자신이다. 그게 더 나은 것 같았다. 아이들은 잘 지내고 있다. 그들은 티그와 함께 시골에서 방학을 보낼 것이다. 그녀 자신은 속박으로부터 더 많은 자유, 더 많은 공간, 자신에게 쏟을 더 많은 시간이 필요했다. 더 많은 기회가. 그것이 첫해에 오나가 했던 말이었다.

넬이 티그의 삶에 고정적인 존재로 부가된 일을 오나는 침착하게 받아들였다. 왜 아니겠는가? 그렇게 되는 데 오나역시 한몫을 감당했던 것이다. 그녀는 티그와 넬을 소개해 주었고, 그들의, 어떻게 표현할까? 그들 간의 상황을 용이하게 해 주었다. 티그와 그의 하렘이라고 그녀는 말하곤 했다. 물론 넬은 아주 어리죠. 젊고 멍청하다. 그녀의 표현은 그런 의미였다. 넬이 일시적인 존재일 거라는 암시였다. 티그가 너무 나이가 많기 때문에 넬이 그를 떠나든가, 넬이 너무 깊이가 없기 때문에 그가 그녀를 떠날 거라는 함의였다. 만일 그 두 사람이 허물어져 가는 헛간과 잡초가 있는 시골의 임대 판잣집에서 썩어 가고 싶다면(이 부분에서 오나는 미소를 지으며 어깨를 으쓱했다.) 뭐, 행운을 빌 뿐이다. 그것은 그녀 자신을 포함한 대부분의 사람들을 짜증나게 할 것이다. 한편, 아이들은 간간히 시골 생활을 즐겼고, 오나 자신은 더 많은 기회를 갖게 되었다. 그녀가 언제나 원해 왔던 기회를.

그녀는 이 기회를 마지막 순간에 이용하곤 했다. 무슨 일인가가 생기곤 했다. 현재의 남자 친구와 외출할 기회 같은 것. 그러면 그녀는 넬에게 전화해서 지시를 내렸다. 아이들을 언제 데리러 와야 하는지, 그들을 언제 다시 데리고 와야 하는지, 그들이 무엇을 먹어야 하는지에 대한 지시. 그녀의 어조는 다정했고, 심지어 살짝 즐거움까지 묻어 있었다. 외풍이 센 농장 부엌의 기울어진 바닥에 서서 듣는 넬이

'네, 네'라는 대답 외에 어떤 말을 할 수 있겠는가?

그녀가 원하는 건 '네, 알겠습니다.'라는 대답이야. 넬이 친구에게 말했다. 그녀는 나를 고용된 도우미처럼 취급해. 넬의 견해는 그러했다. 그러나 티그로 하여금 그것을 알아차리게 하지는 못했다. 아이들의 문제가 걸려 있을 때면, 티그는 멍한 표정을 지었고 일종의 로봇으로 변해 버렸다. 그러니까 그냥 혀를 꾹 깨물고 아무 말도 하지 않는 게 최선의 방법이라고 넬은 말했다.

그렇다고 그녀가 그 방법을 아주 엄격하게 실행한 것은 아니었다. 하지만 노력은 했다.

정말 좋은 아버지네요. 릴리가 말했다. 아이들에게 최고로 잘해 주고 싶은 거죠.

저도 알아요. 넬이 말했다.

아이가 우선이죠. 릴리가 말했다.

저도 알죠. 넬이 말했다. 이제 자신도 아이가 있기 때문에 그녀도 잘 알고 있었다. 그렇지만 이 모든 것은 수년 전에 있었던 일이었다.

그래서 처음 한 해 정도는 일이 그런 식으로 흘러갔다고 넬은 말했다. 그러다가 넬과 티그는 셋집을 나와 좀 덜 노후한 농장을 샀다. 그렇지만 돈이 별로 없었기 때문에 그 농

도덕적 혼란

장도 상태가 그리 많이 나은 건 아니었다.

그러나 오나는 그들이 실제보다 훨씬 더 많은 돈을 가졌을 거라 추정했다고 넬은 릴리에게 말했다. 그녀는 티그에게 양육비로 받고 있던 돈보다 더 많은 돈을 요구했다. 하지만 티그가 그녀에게 더 많은 돈을 주었더라면, 그들은 자신들의 주택 담보 대출금을 지불하기 힘들었을 것이다. 당시 상태로도 그들의 생활비 절반은 넬이 감당하고 있었다. 절반 이상이었다. 그렇다고 해서 그걸 두고 넬이 티그를 비난한 것은 아니었다. 그렇지만 2 더하기 2가 5가 될 수는 없는 노릇인 것이다.

오나는 연산 같은 것에는 괘념치 않았다. 그녀는 도시에서 자신과 넬이 공통으로 알았던 사람들에게 넬이 얼마나 형편없는 사람인지, 그리고 그녀가 티그까지 얼마나 형편없는 사람으로 만들어 버렸는지 떠벌리기 시작했다. 넬은 오나가 의도한 대로 이러한 발언에 대해 전해 듣게 되었다. 사람들은 그런 말을 옮기는 데 절대 거리낌이 없었다.

오나는 변호사를 교체했다. 당시 티그와 오나는 이혼 합의서를 작성하는 중이었다. 그리고 새로운 변호사가 티그에게서 더 이상 현금을 짜내지 못하자, 다시 변호사를 바꾸었다.

그는 더 이상 줄 돈이 없었어요. 넬이 말했다. 그가 뭘 할 수 있었겠어요? 돌에서 피를 짜낼 수는 없잖아요.

하지만 당신한테는 있었죠. 릴리가 말했다.

그렇지도 않았어요. 넬이 말했다. 그녀는 티그에게 상당히 악의에 찬 편지를 보냈어요. 그즈음 그녀는 마치 그가 빅토리아 시대의 악당처럼 자신을 저버린 듯 행동하고 있었어요. 하지만 그는 아이들 때문에 그녀에 대해 험담 한마디 하지 않았어요.

그녀가 엄마니까요. 릴리가 말했다. 엄마와 아들들 사이라는 것, 그러면 그걸로 끝인 거예요.

간단명료하게 말하자면요, 넬이 말했다. 릴리는 잘 모르겠다는 표정을 지었다. 그래서 넬은 덧붙였다. 바로 그거예요.

그렇지만, 새 농장은 대저택과는 거리가 먼 곳이었고, 예상대로 아이들은 오나에게 그 사실을 전했다. 우선 그곳에는 쥐가 있었다. 봄이면 흙바닥 지하실이 물로 가득 찼고, 겨울이면 바람이 벽을 통과해 그대로 들어왔다. 그래서 오나는 어느 정도 잠잠해졌다. 그녀는 다양한 남자 친구들과 아열대성 지역으로 휴가를 다녔고, 그 친구들 가운데 한 명은 영구적인 동반자가 되기를 바랐던 티그의 염원에도 불구하고, 아무도 그렇게 되지 않았다.

시간이 흘렀다. 그리고 티그와 넬은 도시로 다시 돌아왔다. 차이나타운에 있는 연립 주택, 바퀴벌레가 나오는 그 집으로 이사했다. 오나는 그것에 대해서는 별다른 위협을 느끼지 않았다. 이제 아들들은 다 컸고, 더 이상 오나와 함께 살지 않았다. 티그는 오나를 거치지 않고도 그들과 직접 협의를 할 수 있었다. 그래서 그로부터 야기되는 갈등의 근원은 제거되었다. 넬은 더 홀가분해졌고 자신의 목소리를 좀 더 낼 수 있게 되었다고 느꼈다.

그런데 두 가지 일이 발생했다. 최근 직장을 그만둘 즈음 오나는 자신의 넓고 편안한 아파트를 떠나야 했고 불만족스러운 전대 집을 전전하게 되었다. 그리고 티그와 넬은 새로운 집, 지금 그녀와 릴리가 앉아서 차를 마시고 있는 이 집으로 이사하게 되었다.

그녀는 그걸 견딜 수 없는 거예요. 넬이 말했다. 우리가 궁전에 산다고 생각하는 거죠. 우리는 운이 좋았을 뿐이에요. 적시에 사고팔았던 건데, 그녀는 우리가 돈방석에 앉았다고 생각해요. 그래서 미치려고 하는 거죠.

당신은 그걸 알겠죠. 릴리가 말했다. 이런 일은 일어나요. 하지만 그녀는 어른이에요. 어떤 사람은 원하는 걸 갖고 어떤 사람은 못 가지죠.

맞아요. 넬이 말했다. 게다가 그녀는 건강도 좋지 않아요.

오나의 병은 수년간 서서히 진행되어 왔다. 그녀는 몸무게가 많이 늘었고, 살이 불어날수록 몸 자체는 더 허해졌다. 그와 더불어 그녀는 대담성도 잃었다. 그녀로 하여금 삶을 헤쳐 나가도록 해 주던 자신감이 증발해 버렸다. 그녀는 우유부단하고 불안정해졌다. 모든 것을 두려워하게 되었다. 집 밖으로 나가고 싶어 하지 않거나, 지하철 같은 모든 종류의 터널에 들어가길 꺼려 했다.

오나는 여러 의사들을 전전했다. 누구도 그녀의 상태에 대해 명확히 알려 주지 못했다. 이것일 수도 있었고, 저것일 수도 있었다. 그녀는 이따금 쓰러지기도 했다. 최근에는 보도에서 쓰러져 병원으로 실려가 듣지도 않는 약을 다시 처방받았다. 현재 그녀는 고함을 지르고 밤에 파티를 해 대는 시끄러운 이웃이 있는 곳에 살고 있었다. 아침이면 잔디밭에 주삿바늘이 흩어져 있었다. 그곳에 사는 것은 오나가 견디기에 어렵고 더럽고 두려운 일이었다. 오나가 정말로 두려움에 빠질 수 있다는 사실은 넬에게는 새로운 개념이었다.

티그는 자신에게 돈이 있다면 아들들을 위해서 오나에게 집을 사 주고 싶다고 말했다. 그는 넬을 쳐다보지 않고 공중에 대고 그렇게 말했다. 그는 아들들이 많이 걱정한다고 말했다.

티그 자신은 아들들을 걱정했고, 그 때문에 넬은 티그에 대해 걱정했다.

걔들은 좋은 아이들이에요. 아이들을 만나 본 릴리가 말했다. 그렇게 예의 바를 수가. 자기 어머니를 돕고 싶어 하는 거예요.

저도 알아요. 넬이 말했다. 오나와 아이들은 모두 그녀가 다른 세입자가 없는 자신만의 집에 사는 게 더 좋을 거라고 생각하고 있어요. 그러면 더 조용하겠죠. 하지만 그녀는 그럴 형편이 안 되는걸요.

그리고 티그는, 그는 어떻게 생각해요?

티그는 상의를 하려고 하지 않아요.

릴리는 넬을 예리하게 바라보았다. 당신을 뭘 할 수 있죠? 그녀가 물었다.

넬은 자신이 무엇을 할 수 있는지 알고 있었다. 그녀에게는 뜻밖에 생긴 돈이 있었다. 많은 금액은 아니지만 그래도 충분한 유산을 받았던 것이다. 그녀는 그 돈을 은행에, 안전한 투자처에 집어넣었다. 그 돈은 그곳에 비난하듯 놓여 있었다. 그리고 아무도 그 돈에 대해 언급하지 않았다.

릴리는 넬이 집을 구하는 데 도움을 주었다. 당시 부동산 시장에서는 과열된 광적 경쟁이 벌어지고 있었다. 물량이 너무 빨리 넘어가서 어지러울 정도라고, 그래서 쉽지 않은 일이라고 릴리는 말했다. 오나가 공급이 많았을 때 집을 사고 싶어 했더라면 좋았을 것이다. 그렇지만 삶이란 으레 그런 법이었다. 뿐만 아니라 오나는 요구 사항이 많았다. 빈곤 지역은 피할 것. 그녀는 가난해지는 걸 두려워했다. 너무 어둡지 않은 곳일 것. 계단이 지나치게 많지 않을 것. 인근에 전차 정류소가 있을 것. 그녀가 걸어갈 수 있는 가게가 있을 것. 정원이 있을 것.

처음에 릴리는 오나와 그녀의 아들 중 하나를 항상 동반해서 차에 태우고 돌아다녔다. 그렇지만 그녀가 넬에게 나중에 알려 주었듯이, 아무런 성과가 없었다. 그녀는 궁궐을 원해요. 그녀가 말했다. 아들들은 그런 집들은 너무 크다고 그녀에게 말하죠. 이 아이들, 걔들은 괴로워해요. 엄마가 행복하길 바라고 있어요. 좋은 아들들이에요. 그런데 그녀는 큰 거 원해요. 당신 집보다 큰 거 원해요.

나는 그건 감당할 수 없어요. 넬이 말했다.

릴리는 어깨를 으쓱했다. 내가 그렇게 말했어요. 그런데 그녀가 안 믿어요.

도덕적 혼란

그 후에는 넬이 릴리와 함께 릴리의 하얀 차를 타고 집을 보러 다녔다. 릴리는 마치 스키를 타는 것처럼 몸을 앞으로 구부리고 차를 운전했다. 몇몇 협소한 진입로에서 그들은 곤란한 상황을 겪었다. 릴리가 비비추를 차로 밟고 지나갔던 것이다. 넬은 그녀의 시력이 괜찮은지 의심스러웠다. 그럼에도 불구하고 그들은 어느 정도 기준에 적합한 집을 찾았다. 작은 뒤뜰과 데크, 유리창으로 둘러싸인 아침 식사용 코너, 그리고 위층에 작은 침실 세 개가 있는 반독채 이층집이었다.

집 판매자인 다소 젊은 두 남자는 소파에 앉아서 잠재적 구매자들이 계단을 쿵쾅거리며 올라가는 것을 바라보았다. 그들은 큰 창문 앞에 있는 제라늄, 몇 개의 시든 베고니아 화분을 정리해 놓기는 했지만, 그 정도로 그쳤다. 심지어 청소기도 돌리지 않았다. 이런 시장 상황에서 왜 신경을 쓰겠는가?

저런, 릴리가 지하실에서 말했다. 이 쓰레기는 치우면 돼요. 적어도 습기는 없네요. 키가 큰 사람한테는 문제가 되겠지만, 큰 사람이 누가 있나요? 세탁실용으로 그다지 나쁘지 않아요. 위층에는 벽을 허물어 버리고, 채광창을 달 수 있어요. 한 사람이 쓰기에 충분하죠. 멋진 집이 될 수 있어요.

내 말 알겠죠?

넬과 릴리는 부동산 사무실로 서둘러 가서 때맞춰 구매 가격을 제시했다. 한나절 늦었더라면 집이 팔려 버렸을 거라고 릴리는 말했다. 오나가 월세를 낼 예정이었다. 그녀가 그렇게 합의하고 싶어 했다고 아들들은 말했다. 넬이 자신을 도와 주는 게 싫었던 것이다. 월세는 모든 것을 충당하기에 충분한 돈이 아니었지만, 오나는 그런 사실을 몰랐다.

넬과 오나는 더 이상 말을 주고받지 않았다. 그런 지 꽤 오래 되었다. 아들들이 중재 역할을 했다.

아들들에게 힘든 일이라는 것을 넬은 알고 있었다. 그녀는 그들에게 연민을 느꼈다. 심지어 오나에게까지 연민을 느꼈다. 비록 그것은 노력이 좀 필요한 일이기는 했지만. 그녀는 자신이 본질적으로 관대한 사람이 아니라고 결론을 내렸다. 몇몇의 괴짜 친구들, 그러니까 수정 구슬 같은 것에 집착하는 유형들은 오나는 넬이 전생에서 저지른 나쁜 짓에 대한 업보라고 말했을 것이다. 그들은 오나에게 잘해 주는 것이 넬이 해야 할 일이라고 말했을 것이다. 그런 식으로 볼 수도 있겠군, 하고 넬은 생각했다. 다른 식으로 보자면, 넬은 모든 사람의 호구였다.

넬은 티그에게 말하지 않고 계약을 마쳤다. 그녀가 그에게 말해 주자 그는 두 가지 말을 했다. 당신 미쳤군요. 고마워요.

당신 좋은 사람이에요. 릴리가 말했다. 그녀는 딱딱한 쿠키가 담긴 통 두 개와 꽃무늬 쪽지 두 개를 보냈다. 하나는 넬에게, 다른 하나는 오나에게 보내는 것이었다.

잠시 동안 고요가 찾아들었다. 넬은 자신이 고결하게 행동했다고 느꼈다. 오나는 좀 더 안전하다고 느꼈고 넬과 티그의 끔찍함에 대한 불평을 멈추었다. 티그는 걱정을 좀 덜었고 아들들은 후련해했다. 넬은 자신이 올바른 결정을 내린 거라고 친구들에게 말했다. 그녀는 친구들의 믿기지 않는다는 듯한 반응을 즐겼다. 오나가 이제까지 넬에 대해 험담을 늘어놓았음에도 불구하고.(친구들은 오나가 한 말을 넬이 알고 있다는 사실을 알았다. 그들 자신이 말을 전해 주었던 것이다.) 넬이 오나에게 집을 사 주었다고? 자기가 무슨 성인(聖人)이라도 된다고 생각하는 거야?

집은 수리가 필요했다. 릴리가 지적한 것처럼 집에는 언제나 수리해야 할 것이 있었다. 앞쪽 현관, 에어컨, 페인트칠(그것은 아들들이 도와 주었다.). 그리고 지붕도 있었다. 지붕 수리가 공짜로 되는 것은 아니었다. 그렇지만 오나는 훌륭한 취향을 갖고 있었다. 언제나 그래 왔고, 그것은 아직도 그녀가 지니고 있는 역량 중 하나였다. 그녀가 가구를 다 배치하고 나자, 집은 예전 모습을 찾아볼 수 없게 되었다. 새 집처럼 만들었어요. 릴리가 닐에게 전해주었다. 다른 모든 사람들과 마찬가지로, 오나는 릴리에게 반했고, 차를 마시자고 그녀를 초대했던 것이다.

그러나 이러한 평정 상태는 오래가지 않았다. 오나의 건강은 처음에는 나아지는 듯했으나, 이제는 하강 곡선을 그리고 있었다. 다리가 떨렸고 계단을 오르내리는 데 어려움을 겪었다. 더 이상 모퉁이의 가게에 갈 수 있을 것 같지 않았다. 데크에 놓아둔 커다란 화분에 물 주는 것도 너무 힘겨웠다. 그녀는 밤에 어떤 소리를 듣곤 했고(너구리일 가능성이 높았지만, 릴리가 말했듯이, 어디에서 나는 소리인지 아무도 알 수 없는 노릇이었다.) 그것 때문에 공포에 질렸다. 아들들이 경보 장치를 설치했다. 그러나 경보가 실수로 울리는 일이 한번 발생하자 오나는 그것을 더욱더 무서워하게 되었다. 그래서 그들은 장치를 제거해 버렸다.

어쩌면 복용하는 약 때문에 그녀가 이런 두려움을 느끼는 것일지도 모른다고 아들들이 말했다. 그녀는 새로운 약 한 가지, 아니 두 가지, 아니 세 가지를 복용하고 있었다. 그녀는 이런 약들을 복용하고 싶지 않았다. 그것이 자신의 상태를 악화시킨다고 생각했다. 게다가, 그녀는 자신이 거리의 부랑자로 전락하게 될 거라고 확신하고 있었다. 자신이 저축한 돈을 다 써 버리고, 돈이 없어지면, 사실상 집주인인 넬이 자신을 쫓아낼 거라고 생각했다.

나는 그런 짓은 절대 하지 않을 거예요. 넬이 말했다. 그러나 오나는 넬이 그럴 거라고 생각했다.

오나가 표현하는 공포의 기저에는 자신이 내고 있는 월세를 넬이 깎아 주거나 받지 않아 주었으면 하는 바람이 있었다. 아들 중 하나가 넌지시 그것을 알려 주었다. 그러나 넬은 재정적인 면에서 최대 속도로 달리고 있었다. 뿐만 아니라, 자신이 너무 극단으로 내몰렸다는 느낌을 받았다. 나는 충분히 굽혔어, 하고 그녀는 생각했다. 한 번만 더 굽히면 완전히 부러지고 말 거야.

아들들은 오나가 아파트로 이사하기를 바랐다. 가격이 적당하고 엘리베이터가 있는 곳. 오나는 결정을 내리지 못했다. 그녀는 계단을 올라갈 수 없었지만, 다른 한편 엘리베이터는 터널처럼 폐쇄된 곳이었던 것이다. 그녀는 점점 비정상적인 상태가 되어 가고 있다고 아들들은 말했다. 그녀는 불면증을 호소했다. 그러나 여러 명의 부동산 중개 업자를 고용해 보고 결과가 신통치 않았던 많은 가능성들을 추진해 본 후, 그들은 드디어 적합한 무언가를 찾게 되었다. 그곳은 침실이 하나였고, 작지만 관리가 용이했다. 더 안전하고 오나가 감당할 만한 곳이었다. 그녀는 마지못해 동의했다. 이사하고 싶지 않았지만, 현재 집에서도 머물고 싶지 않았던 것이다.

넬은 집을 팔기 위해 릴리에게 전화를 걸었다.

가구가 그대로 있는 게 언제나 더 나아요. 릴리는 말했다. 가능성을 볼 수 있잖아요. 그리고 이건 좋은 가구니까. 그녀는 날을 잡아 집을 공개하고 싶어 했고, 오나는 마침내 그것에 동의했다. 아들 하나가 현장에서 도와 줄 예정이었다. 다른 아들은 잠재적 구매자들 무리를 오나가 상대하지 않아도 되게끔 하루 동안 함께 다른 곳에 가 있기로 했다. 릴리가 그들을 상대할 것이었다.

넬과 티그는 유럽 ― 베네치아를 여행 중이었다. 그곳에 한 번도 가 본 적이 없었고, 그곳 여행을 계속 동경해 왔던 것이다. 이제 모든 사람들이 오나의 집이라고 부르는 집을 팔면 생길 돈으로 그들은 여행 경비를 감당할 수 있게 되었다.

그런 여행을 할 때가 되었지, 하고 넬은 생각했다. 그 두 사람은 오나를 중심으로 돌아가는 잿빛의 잔잔한 소용돌

도덕적 혼란

이로부터 스스로를 분리할 필요가 있었다.

릴리는 진입로까지 자신의 하얀 차를 몰고 와서 주차를 하고 몸을 일으켜 차에서 내렸다. 그녀는 정문 계단을 한 걸음씩 올라갔다. 발이 점점 더 아파왔다. 그녀는 초인종을 눌렀다. 그녀가 들어가서 모든 것을 점검하고 집 공개 준비를 하도록 오나가 문을 열어 주기로 되어 있었다. 그러나 아무도 나오지 않았다.

릴리가 정문 현관에 서서 어떻게 해야 할지 궁리하고 있을 때 아들들이 차를 끌고 나타났다. 그들도 초인종을 눌렀다. 그러다가 그들 중 장남이 담장을 올라가서 화분을 딛고 내려섰다. 그리고 유리창으로 둘러싸인 아침 식사용 코너의 전면 창을 통해 집 안을 들여다보았다. 오나는 바닥에 쓰러져 있었다.

아들은 발로 유리창을 차다가 다리 정맥을 베였다. 오나는 죽어 있었다. 나중에 의사는 그녀가 몇 시간 전에 죽었다고 말했다. 뇌졸중이었다. 부엌 식탁에는 차 한 잔이 그대로 놓여 있었다. 아들은 다리를 움켜쥐고 핏자국을 남기면서 절뚝거리며 현관문으로 걸어가 다른 이들을 집 안으로 들였다. 구급차를 불렀다. 첫째 아들은 다리를 공중에 치켜 올린 채 바닥에 누워 있었고 둘째 아들은 마른 행주로 지혈을 하려고 애썼다. 릴리는 종잇장같이 창백한 얼굴로 떨면서 거실의 소파에 앉아 있었다. 그렇게 끔찍한 일은 한 번도 본 적이 없어요. 그녀는 거듭해서 말했다.

나중에 이 모든 것에 대해 전해들었을 때, 넬은 이런 발언을 릴리에게 무언가 심각한 문제가 있다는 첫 번째 신호로 받아들였다. 이것은 릴리가 이제까지 목격한 가장 끔찍한 일이 아니었기 때문이었다. 절대 그럴 리가 없었다.

당연히 집 공개는 취소되었다. 바닥이 피바다가 된 집을 팔 수 없는 노릇이었던 것이다. 그러나 나중에, 가구를 모두 치우고 몇 주가 지난 후에, 릴리는 다시 시도했다. 그렇지만 그녀의 마음이 떠났다는 걸 넬은 알아차렸다. 예전의 열정, 더 나쁜 것에서 더 좋은 것이 도출될 수 있으리라던 그녀의 신념이 사라졌다. 뿐만 아니라 그녀는 그 집 자체를 두려워했다.

이 집은 어두워요. 그녀가 넬에게 말했다. 이런 어두운 곳에 아무도 안 살고 싶어요. 그녀는 덤불을 좀 정리하는 것이 좋겠다고 제안했다.

넬과 티그는 집에 가 보았다. 그곳은 어둡지 않았다. 오히려 좀 지나치게 밝은 편이었다. 밝다는 것은 여름에 더울 것

도덕적 혼란

이라는 의미였다. 그래도 그들은 가지를 몇 개 잘라 냈다.

지하실, 거기엔 물이 가득 찼어요. 릴리가 전화 통화를 할 때 말했다. 그녀는 속상해했다. 티그는 즉시 차를 운전해 가 보았다. 지하실은 바싹 마른 상태예요. 그가 넬에게 말했다.

넬은 차를 마시자며 릴리를 초대했다. 수선화가 만발했다. 릴리는 창밖으로 꽃들을 응시했다. 저 꽃 이름이 뭐죠? 그녀가 물었다.

릴리. 넬이 말했다. 집 안 팔아도 괜찮아요. 다른 사람이 할 수 있을 거예요.

당신을 위해서 해 주고 싶어요. 릴리가 말했다. 골치 아픈 일을 많이 겪었잖아요.

집이 어둡다고 생각하시죠. 넬이 말했다.

그렇게 끔찍한 일은 한 번도 본 적이 없어요. 릴리가 말했다. 끔찍해요. 피가 너무나 많았어요.

오나의 피는 아니었어요. 넬이 말했다.

피였어요. 릴리가 말했다.

오나가 아직도 거기 있다고 생각하는 거죠. 넬이 말했다.

당신은 모든 걸 이해하는군요. 릴리가 말했다.

제가 다 알아서 처리할게요. 넬이 말했다. 이런 일을 하는 사람들을 알고 있어요.

당신은 좋은 사람이에요. 릴리가 말했다. 그리고 넬은 릴리가 내려놓고 있다는 것, 넘겨주고 있다는 것을 알아차렸다. 이해해 주고 모든 것을 알아서 처리하는 사람이 되고 싶지 않은 것이다. 이제 넬이 릴리를 위해 그렇게 해야 할 차례였다.

넬은 풍수를 하는 친구에게 전화를 했고, 그 친구는 수정 구슬과 정화 작업 전문가를 찾아 주었다. 요금을 내야 하며, 현금을 선호한다고 친구는 말했다. 알았어. 넬이 말했다. 그 사람에게 오나에 관한 것이나 죽음에 대해 아무 말도 하지 마. 편견 없는 정확한 판독이 되었으면 하거든. 오나는 아직도 집에 있는 것일까? 복수심 때문에 집 매매를 방해하는 것일까? 넬은 그렇게 생각하지 않았다. 오나가 그런 진부한 짓을 하리라고 상상할 수 없었던 것이다. 하긴, 그 두 사람 다 똑같이 진부함을 연출해 낸 책임이 있었다. 첫 부인, 두 번째 부인. 그들은 고정 배역을 맡을 수 있었을 것이다.

티그는 넬을 차로 집까지 데려다주었지만, 들어가지 않고 차 안에 그대로 있었다. 그는 이런 것에 관여하고 싶지 않았다. 넬은 열쇠로 문을 열고 들어갔다. 그리고 수전이라는 이름의 수정 구슬 전문가를 들어오게 했다. 수전은 가냘픈 유형의 여성이 아니었다. 탄탄한 체격에 효율적이고 사무적인 사람이었다. 그녀는 현금 지불금이 든 봉투를 받아서 손가방 안에 넣었다. 꼭대기 층부터 시작합시다. 그녀가 말했다.

수전은 집을 다 훑었다. 모든 방에 다 들어가 보고, 지하실로 내려갔다가, 데크까지 나갔다. 각 구간에서 그녀는 머리를 한쪽으로 갸우뚱한 채 가만히 서 있었다. 마지막으로 그녀는 부엌으로 들어갔다.

이제 집에는 아무도 없어요. 그녀가 말했다. 하지만 바로 여기에 혼령들이 드나드는 통로가 있어요. 그녀는 아침 식사용 코너를 가리켰다.

통로라고요? 넬이 말했다.

일종의 터널 같은 거죠. 연결 고리. 수전은 침착하게 말했다. 그들은 바로 이곳을 통해서 이승으로 들어왔다가 나가는 거예요.

여기서 누군가가 죽었어요. 넬이 말했다.

그런 경우, 그들은 저승으로 빨리 넘어가기 위해 일부러 여기로 오는 거예요. 수전이 말했다.

넬은 잠시 생각해 보았다. 혼령들은 악한 거예요, 선한 거예요? 그녀가 물었다.

악할 수도 있고 선할 수도 있어요. 수전이 말했다. 온갖 종류의 것들이 있죠.

집에 악한 것이 있으면 뭘 해야 하나요?

그들 주변에 불을 켜 놔야죠. 수전이 말했다.

넬은 어떻게 그 일에 착수할 것인지 물어보지 않았다. 통로를 막아 버리거나 다른 곳으로 옮기면 혼령들이 싫어할까요? 그녀가 물었다. 상상의 친구가 등장하는 아이들 게임과 아주 비슷했다. 효과만 있다면, 하고 그녀는 스스로에게 말했다.

그들에게 물어볼게요. 수전이 말했다. 그녀는 가만히 서서 귀를 기울였다. 괜찮다고 하네요. 그런데 통로가 마당으로 옮겨졌으면 한대요. 너무 멀리 옮기는 것은 싫대요. 이 근처가 좋다고 해요.

그렇게 하죠. 넬이 말했다. 심지어 혼령들도 선호하는 부동산이 있는 것 같았다. 그다음엔 뭘 하죠?

그다음에 그들은 둥글게 춤을 추었고 종소리로 마무리했다. 수전은 손가방 안에 종을 갖고 있었다. 자, 그녀가 말했다. 통로가 막혔어요. 하지만 더 확실히 하기 위해서…… 그녀는 샐비어 한 묶음을 꺼내서 부엌 서랍 안에 넣어 두었다.

저렇게 두면 한동안 접근하지 못할 거예요. 그녀가 말했다.

고마워요. 넬이 말했다.

이제 다 괜찮아요. 넬이 릴리에게 말했다.

당신은 정말 친절해요. 릴리가 말했다.

그러나 다 괜찮지 않았다. 릴리는 아직도 집을 무서워했다. 그곳에는 오나가 아닌 무엇이 있었다. 무언가 더 오래되고, 더 어둡고, 더 끔찍한 것이. 그곳에 있던 뭔가가 동요되었고 깨어나서 표면으로 부상했다. 피가 있었다.

이후에, 넬은 이것이 알츠하이머병, 릴리를 사람들로부터, 예전에 그녀가 알고 있던 세계로부터 곧 데려가 버린 무언가의 시초였을 거라고 사람들에게 말했다. 그러나 그녀는 더 나은 곳으로 갔다. 과거가 없는 곳, 아니 과거의 일부가 존재하지 않는 곳. 이곳에는 그녀가 오래전에 알았던 여러 사람들이 여전히 살아 있었다. 그녀의 남편도 아직 살아 있었다. 그는 그녀가 집에 돌아오기를 기다리고 있었다고 그녀는 말했다. 그는 그녀가 혼자 밖에 나가 있는 것을 좋아하지 않았다. 그는 그녀가 친숙한 도자기 장식품이 있는 거실에 있기를 원했다. 특히 땅거미가 진 후에는.

릴리의 성인 자녀들은 조치를 취했다. 그들은 릴리가 자신의 집에 살 수 있도록 간병인을 구했다. 그러는 게 그녀에게 더 편안할 거라고 그들은 생각했다. 그녀는 이제까지 한 번도 해 보지 않았던 수채화 그리기를 시작했다. 그녀가 그리는 그림은 밝고 활기차고 햇빛으로 가득 차 있었다. 꽃 그림이 대부분이었다. 넬이 그녀를 만나러 가면 그녀는 행복하게 미소를 지어 주었다. 당신을 위해서 특별히 쿠키를 만들었어요. 릴리가 말했다. 그러나 실제로 만들어 놓은 것은 하나도 없었다.

오나의 집을 구매한 사람들은 두 명의 게이들이다. 넬의 친구이자, 나중에 밝혀졌듯이, 릴리의 예전 고객이었던 두 명의 예술가 타입의 게이들. 그들은 이 층 뒤쪽으로 들어오는 햇빛을 좋아한다. 그들은 그곳에 작업실을 만들었다. 벽을 몇 개 허물고 몇 개를 더하고 채광창을 만들고 장식을 새로 했다. 그들은 자신들의 고양이를 위해 특이한 장치를 만들어 놓았다. 고양이가 센서를 통해 작동시키면 벽에서 나오고 들어가는 고양이 화장실을 설치한 것이다. 고양이는 유리창으로 둘러싸인 아침 식사용 코너에서 이상하게 행동한다고 그들은 넬에게 말한다. 마치 무엇을 바라보는 것처럼 앉아서 창밖을 응시한다는 것이다.

도덕적 혼란

혼령들을 바라보는 거야. 차를 마시고 집수리를 어떻게 했는지 구경하러 온 넬이 말한다. 우리는 그것들을 마당으로 나가도록 만들었어. 통로를 거기로 옮겨 달라고 했거든.

뭐라고? 게이들이 말한다. 한량들이라고? 우리 집에 한량들이 우글거리는 건 아니겠지! 그들은 웃음을 터뜨린다.

아니, 혼령들. 넬이 말한다.

이윽고 넬은 오나와 티그와 자기 자신과 수정 구슬 전문가 수전에 관한 이야기(그들은 넬이 종을 가지고 둥글게 춤추는 부분을 가장 좋아한다.) 그리고 또한 릴리에 관한 이야기를 그들에게 들려준다. 물론 이야기를 약간 변형한다. 당시 느꼈던 것보다 좀 더 재미있게 만든다. 뿐만 아니라, 이야기 속의 모든 사람들은 실제보다 좀 더 착하다. 릴리만 빼고. 릴리는 개선시킬 필요가 없는 사람이다.

게이들은 그 이야기를 좋아한다. 그것은 괴이하며, 그들은 괴이한 것을 좋아한다. 게다가 그것은 자신들의 집에 관련된 이야기이기 때문에 자신들의 이야기이기도 하다. 이야기가 덧붙여지면 거주지에 개성이 더해지는 것이다. 우리한텐 혼령이 있다! 그들이 말한다. 누가 상상이나 했겠어? 집을 팔 때 그걸 광고 전단에 넣어야겠다. 매력적인 작업실. 붙박이 고양이 화장실. 혼령.

그러나 나는 그 모든 것으로 다른 어떤 것을 할 수 있을 것인가. 자신의 집으로 천천히 향하며 넬은 생각한다. 그 모든 불안과 분노, 그 애매모호한 선한 의도들, 모든 얽힌 삶들, 그 피. 나는 그것에 대해 이야기할 수도 있고 그것을 묻어 버릴 수도 있다. 결국, 우리는 모두 이야기가 될 것이다. 아니면 우리는 혼령이 될 것이다. 어쩌면 그 두 가지는 똑같은 것일 수도 있다.

래브라도의 대실패

지금은 10월이다. 그런데 어느 10월인가? 짧고 강렬하게 빛나다가 점진적으로 사그라드는 햇빛, 빨간색과 주황색 이파리가 있는 10월들 중 하나. 아버지는 벽난로 옆 안락의자에 앉아 있다. 그는 다른 옷 위에 검은색과 흰색 체크무늬 실내복을 걸치고 있고, 오래된 가죽 슬리퍼를 신은 발을 무릎 방석 위에 올려놓았다. 그러니까 밤인 것이다.

어머니는 아버지에게 책을 읽어 주고 있다. 어머니는 안경을 만지작거린 후 책 위로 몸을 구부린다. 아니, 구부린 것처럼 보인다. 사실은 굽은 게 어머니의 현재 모습이다.

아버지는 미소를 짓고 있다. 그러니까 그가 좋아하는 부분임이 틀림없다. 그의 미소는 왼쪽이 오른쪽보다 더 높이 올라간다. 6년 전에 아버지는 뇌졸중을 앓았다. 우리는 아버지가 완전히 회복된 것처럼 행동한다. 그리고 실제로 아버지는 거의 다 회복되었다.

이제 무슨 일이 일어나고 있어요? 내가 코트를 벗으며 묻는다. 나는 이야기를 예전에 들어 봤기 때문에 이미 알고 있다.

그들은 이제 막 출발했단다. 어머니가 말한다.

아버지는 말한다. 그들은 잘못된 비축 물자를 갖고 갔어. 아버지는 그 사실에 즐거움을 느낀다. 아버지 자신은 잘못된 비축 물자를 가져가지 않았을 것이다. 사실 그는 그런 무분별한 여행을 애초에 떠나지 않았을 것이다. 아니, 적어도 지금은 그렇게 생각한다. 비록 한때는 더 무모하고, 좀 더 충동적이고, 운명에 맞닥뜨리고 위험을 극복하는 자신의 능력에 좀 더 확신을 가졌지만. 멍청이들. 아버지가 미소를 지으며 말한다.

하지만 그들이 잘못된 비축 물자 말고 무엇을 가져갈 수 있었겠는가? 백설탕, 흰 밀가루, 쌀. 그 당시에는 그런 것을 가져갔다. 콩가루, 황으로 방부 처리한 사과, 건빵, 베이컨, 돼지기름. 무거운 것들. 그때는 냉동 건조 기술이 없었고, 편한 포장 수프도 없었다. 나일론 조끼도 없었고, 주머니 크기의 슬리핑백도 없었으며, 가벼운 방수포도 없었다. 텐트는 이집트면으로 만들어서 방수를 위해 기름을 발랐다. 담요는 양모로 만들어졌다. 여행용 배낭은 캔버스 천 소재였고, 가죽끈과 허리에 무리가 덜 가도록 이마에 거는 이마 멜빵이 달려 있었다. 그것에서는 타르 냄새가 났을 것이다. 그뿐 아니라 장총 두 개, 권총 두 개, 탄환 1200발, 카메라, 그리고 육분의(六分儀)°도 있었다. 그다음에는 요리 기구와 옷가지도 있었다. 그 모든 무게를 각각의 모든 연수육로(沿水陸路)로 운반하거나, 나무틀에 캔버스 천을 씌운 5.5 미터 길이의 카누에 싣고 강을 거슬러 올라가야 했다.

그러나 탐험가들은 그런 것에 전혀 기죽지 않았다. 적어도 처음에는 그랬다. 그들은 두 사람, 두 젊은 미국인이었다. 그들은 이전에 캠핑 원정을 가 본 적이 있었다. 그러나 그것은 위도상 더 따뜻한 지역에서 이루어진 일이었다. 서쪽에서 황혼이 깃드는 가운데 유쾌하게 타오르는 불길과 갓 잡은 송어가 지글대는 프라이팬 앞에서 향기로운 저녁 파이프 담배를 피웠다. 그들은 야생적인 장소의 유혹, 알려지지

○ 두 가시적 물체 사이의 거리를 재기 위한 이중 반사 광학 도구.

않은 것에 대한 도전을 노래한 멋진 키플링°풍의 한두 구절을 돌아가며 읊을 수 있었을 것이다. 이때는 1903년, 탐험이 남자다움을 시험하는 도구로서 여전히 유행했고, 남성성 자체가 여전히 유행이었으며, 그것이 청렴이라는 단어와 당연히 연결되는 것으로 생각되던 시기였다. 남자다움, 청렴, 자유로움을 느낄 수 있는 황야. 물론 총과 낚싯줄을 지니고 있어야 했다. 자급자족하여 먹고살 수 있었다.

탐험대의 리더인 허버드는 야외 활동 전문 잡지 제작에 종사했다. 그의 친구이자 사촌인 월러스와 함께 아직 탐사되지 않은 마지막 땅인 래브라도°°의 황야를 뚫고 들어가서, 탐험에 대한 일련의 기사를 자신이 써냄으로써 이름을 날리겠다는 것이 그의 생각이었다. (그는 정확히 이렇게 말했다. 나는 내 이름을 날리겠다.) 더 구체적으로, 그들은 물고기가 풍부한 전설적 내륙호인 미치카모 호수에서 흘러나온다고 알려진 나스코피강으로 올라갈 것이다. 그곳에

○ Joseph Rudyard Kipling(1865~1936). 영국의 소설가, 산문가, 시인, 동화 작가. 당시 영국 식민지였던 인도, 버마 등지를 배경으로 한 이국적 이야기와 애국주의적 시로 큰 인기를 끌었다.
○○ 캐나다의 가장 동쪽에 위치한 주인 뉴펀들랜드 래브라도주의 일부. 20세기 중반에야 캐나다의 일부가 되었다.

서 그들은 인디언들이 매년 여름 북미 순록 사냥을 위해 모여드는 조지강으로 갈 수 있을 것이다. 그리고 그곳에서 허드슨만 교역소를 거쳐 해안으로 다시 나올 수 있다. 인디언들과 있을 때 허버드는 아마추어식 인류학 연구를 할 예정이었다. 그것 역시 사진을 곁들여 기사화할 수 있을 터였다. 구식 총을 들고 동물 시체 위에 발을 올려놓은 텁수룩한 머리의 사냥꾼. 넓게 뻗친 뿔이 달린 절단된 머리. 구슬 목걸이와 번득이는 눈을 가진 여자들이 짐승 가죽을 씹거나 바느질하거나 무엇이든 하고 있는 모습. 마지막 야생 인간들. 뭐 그런 식으로. 그런 주제에 관한 관심이 아주 높았다. 그는 먹거리도 묘사할 것이다.

(하지만 이 인디언들은 북쪽에서 내려왔다. 서쪽과 남쪽에서 올 때는 어느 누구도 강을 따른 경로를 택하지 않았다.)

이런 이야기에는 백인 남자들이 출발을 계획할 때 항상 늙은 인디언이 나타난다. (나타나도록 되어 있다.) 그들에게 경고를 하려고 온 것이다. 그는 본심이 친절한 사람이고 그들은 무지하기 때문이다. 그곳에 가지 마시오. 그는 말한다. 거기는 우리는 절대로 가지 않는 곳이오. 이런 이야기에 나오는 인디언들은 어투가 정중하다.

왜 안 됩니까? 백인 남자들이 묻는다.

거기에는 나쁜 영혼들이 산다오. 늙은 인디언이 말한다. 백인 남자들은 웃으며 그에게 감사를 표하고, 그의 조언을 무시한다. 원주민들의 미신이야, 하고 그들은 생각한다. 그래서 그들은 가지 말라는 경고를 받은 곳으로 가고, 그런 다음, 많은 역경을 겪은 후, 죽는다. 늙은 인디언은 그 소식을 듣자 머리를 가로젓는다. 멍청한 백인 남자들. 그렇지만 그들에게 무슨 말을 해 줄 수 있겠는가? 그들은 존중이란 것을 전혀 모른다.

이 책에는 그런 늙은 인디언은 등장하지 않는다. 왜 그런지 모르겠지만 제외되었다. 그래서 아버지가 그 역할을 자처한다. 저들은 거기로 가지 말았어야 하는데. 그는 말한다. 인디언들은 절대 그쪽으로 가지 않았지. 그렇지만 그는 **나쁜 영혼들**은 언급하지 않는다. 먹을 것이 아무것도 없다고 말한다. 인디언들에게 그것은 똑같은 일이었을 것이다. 먹을 것이 영혼들로부터 나오는 게 아니라면 어디에서 나오겠는가? 음식이란 그냥 존재하는 것이 아니라 우리에게 주어지는 것이다. 혹은 우리로부터 거두어지는 것.

허버드와 월러스는 적어도 여행 첫 단계에 그들과 동반해주고 짐 운반을 도와줄 인디언들을 여러 명 고용하려고 애썼다. 그러나 어느 누구도 가려고 하지 않았다. 그들은 너

도덕적 혼란

무 바쁘다고 말했다. 사실 그들은 지나치게 많은 걸 알고 있었다. 그들이 알았던 것은 그곳에 먹을 것을 모두 싸 갈 수는 없다는 사실이었다. 싸 갈 수 없다면 사냥을 해야 했다. 그렇지만 대부분의 경우 사냥할 것이 아무것도 없었다. 너무 바쁘다는 말은 죽기에는 너무 바쁘다는 뜻이었다. 또한 그들이 지나치게 예의가 발랐던 나머지 이 명백한 사실을 지적할 수 없었다는 뜻이기도 했다.

두 탐험가들이 제대로 한 일이 한 가지 있었다. 안내인을 고용했던 것이었다. 그의 이름은 조지였고, 그는 크리 인디언,° 아니 부분적으로 크리 인디언이었다. 당시에는 그런 이들을 혼종이라고 불렀다. 그는 제임스만 출신이었는데, 그곳은 래브라도의 악랄한 진면모를 다 알기에는 너무 먼 곳이었다. 조지는 자신을 고용한 사람들을 만나기 위해 한 번도 가 본 적이 없는 뉴욕까지 남쪽으로 내려갔다. 그는 미국에 가 본 적이 없었고, 심지어 도시에 가 본 적도 없었다. 그는 침착했고, 자기 주변을 둘러보았다. 택시가 무엇이고 그것을 어떻게 사용하는지 알아냄으로써 상당한 수완을 보여 주기도 했다. 그의 사리 판단 능력은 나중에 매우 유

° 북미에서 가장 큰 원주민 집단이다. 전통적으로 수렵 생활을 해 왔다.

용하게 사용되었다.

조지는 상당한 녀석이야. 아버지가 말한다. 조지는 이야기 전체에서 아버지가 가장 좋아하는 인물이다.

집 어디엔가 아버지의 사진이 있다. 아직 정리되지 않은 다른 사진들과 함께 앨범 뒤쪽에 꽂혀 있을 것이다. 그 사진은 카누 여행 같은 것을 하고 있는 30년 더 젊은 아버지를 보여 준다. 사진 뒷면에 그런 것을 적어 두지 않으면 다 잊어버리게 된다. 그는 연수육로를 횡단하는 중이라고 한다. 그는 면도를 하지 않았고, 흑파리와 모기 같은 것 때문에 머리에 두건을 두르고 있으며, 넓은 멜빵을 이마에 건 채 무거운 배낭을 지고 있다. 그의 머리는 짙은 색이고 번들거리는 얼굴은 많이 탔으며 깨끗한 것과는 거리가 먼 상태다. 그는 약간 사악해 보인다. 해적, 또는 정말 북부 삼림의 안내자 같다. 늑대가 도착하기 직전에 가장 좋은 장총을 가지고 한밤중에 갑자기 사라져 버리는 그런 안내자. 그러나 자신이 무엇을 하고 있는지 아는 자.

조지는 자신이 무엇을 하고 있는지 알아. 아버지가 이제 말한다.

그러니까 뉴욕을 떠난 후에 말이다. 뉴욕에 있는 동안에는 조지는 별다른 도움이 되지 못했다. 어디서 쇼핑을 해야

도덕적 혼란

하는지 몰랐기 때문이다. 두 남자는 뉴욕에서 자망을 제외한 모든 필수 보급품을 샀다. 자망은 북쪽에서 살 수 있을 거라고 생각했다. 여분의 모카신°도 구입하지 못했다. 그것이 최대의 실수였을 것이다.

그런 다음 그들은 출발했다. 기차를 타고 그다음에는 배를 탔으며 그다음에는 더 작은 배를 탔다. 구체적인 묘사는 지루하다. 날씨는 나빴고, 음식은 형편없었으며, 교통수단은 어느 하나 제시간에 도착하지 않았다. 그들은 자신들의 짐이 어디 있는지 궁금해하며 부두에서 몇 시간, 심지어는 며칠씩 기다렸다.

오늘은 이 정도로 해요. 어머니가 말한다.

아버지 주무시는 것 같은데요. 내가 말한다.

전에는 잠이 드는 일이 없었는데. 어머니가 말한다. 이 이야기를 읽을 땐 말이다. 보통 자신의 목록을 만드느라 분주했지.

아버지의 목록이요?

무엇을 가져가야 할지 정리한 목록.

○ 사슴 가죽 같은 부드러운 가죽으로 만든 북미 원주민의 전통 신발.

아버지가 잠든 동안 나는 이야기의 중간을 건너뛰어 다음 부분으로 간다. 세 남자는 드디어 래브라도의 황량한 북동부 해안에서 내륙으로 들어갔고, 마지막 출발지를 떠나서, 본격적으로 여행을 하고 있다. 7월 중순이지만, 짧은 여름은 곧 끝날 것이다. 그리고 그들은 800킬로미터가 넘는 거리를 가야 한다.

그들의 과업은 길고 좁은 그랜드 호수°를 항행하는 것이다. 그 최극단 부분으로 나스코피강이 흘러든다. 적어도 그들이 들은 바로는 그렇다고 했다. 그들이 보았던 유일한 지도, 50여 년 전에 초기 백인 탐험가가 엉성하게 그려 놓은 그 지도에서 그랜드 호수로 합류하는 강은 하나밖에 없었다. 모든 인디언들이 언급했던 강은 하나밖에 없었다. 어디론가 연결되는 강 하나. 다른 곳에 대해 왜 언급하겠는가? 다른 곳에 대해 누가 알고 싶어 하겠는가? 먹거나 활용할 수 없기 때문에 이름이 없는 식물도 많다.

그러나 사실은 강이 네 개 더 있었다.

첫날 아침에 그들은 들떠 있다. 월러스는 그렇게 기록하고 있다. 그들의 희망은 원대하고, 모험이 그들을 부르고 있

○ Grand Lake. 래브라도주에서 가장 큰 호수.

다. 하늘은 새파랗고, 공기는 상쾌하며, 해는 밝게 비치고, 우듬지는 그들에게 손짓하는 것 같다. 그들은 손짓하는 우듬지를 조심할 만큼의 제대로 된 지식이 없다. 점심으로 그들은 플랩잭°과 시럽을 먹고, 행복감에 가득 찬다. 자신들이 위험 속으로 들어가고 있다는 것을 알지만, 스스로가 불멸의 존재라는 것 역시 알고 있는 것이다. 북쪽에서는 그런 기분에 빠지기 십상이다. 그들은 카메라로 사진을 찍는다. 자신들의 카누, 여행용 배낭, 그리고 서로의 모습을 찍는다. 콧수염을 기르고, 스웨터를 입고, 다리에는 각반 모양 덮개를, 머리에는 중산모 같아 보이는 것을 쓰고서 쾌활하게 노에 기대서 있다. 가슴 아픈 광경. 하지만 결말을 알고 있을 경우에만 그렇다. 현재 그들은 삶에서 최고의 시간을 누리고 있다.

아버지의 또 다른 사진. 연수육로가 나왔던 사진에서와 같은 여행 중에 찍은 것 같다. 아니면 아버지가 똑같은 두건을 쓰고 있는 것일지도 모른다. 이번에 아버지는 카메라 렌즈를 보고 웃으면서 도끼로 면도를 하는 시늉을 하고 있다. 두 가지 허풍을 떠는 사진이다. 즉, 그의 도끼는 면도칼처럼

○ Flapjack. 귀리를 주재료로 버터, 시럽 등을 넣고 납작하게 만든 바.

날카롭고, 그의 까칠한 수염은 너무 억세서 도끼로만 베어 낼 수 있다는 것. 유쾌한 장난, 카누 여행용 농담이다. 그도 한때는 이 두 가지를 다 믿었던 것이다. 물론 비록 비밀스러운 믿음이기는 했지만.

두 번째 날 세 남자는 나스코피강 어귀를 지난다. 그곳은 섬 뒤에 가려져 있고 물가처럼 보인다. 그들은 그곳에 강어귀가 있으리라고 꿈에도 생각하지 못한다. 그들은 호수의 끝까지 다다른 후, 그곳에서 보이는 강으로 들어간다. 방향을 잘못 튼 것이다.

나는 일주일 넘게 래브라도 이야기로 다시 돌아가지 못한다. 내가 돌아왔을 때는 일요일 밤이다. 장작불은 활활 타오르고 아버지는 그 앞에 앉아서 그다음에 어떤 일이 펼쳐질지 기다리고 있다. 어머니는 베이킹파우더 비스킷과 카페인을 제거한 차를 재빨리 차려 낸다. 나는 쿠키가 있는지 찾아본다.

모든 게 좀 어떠세요? 내가 묻는다.

좋아. 어머니가 말한다. 그런데 너희 아버지가 운동을 별로 안 하네. 어머니에게 **모든 것**이란 아버지를 의미한다.

아버지에게 산책 나가라고 시키세요. 내가 말한다.

시키라고. 어머니가 말한다.

그러니까, 그렇게 제안하시라고요.

너희 아버지는 걷기 위해 걷는 건 소용없다고 생각하지. 어머니가 말한다. 어떤 곳으로 가는 게 아니라면.

심부름을 보내세요. 내가 말한다. 어머니는 이 말에 대꾸조차 하지 않는다.

발이 아프다고 하는구나. 나는 벽장 속에 거의 새것이나 다름없는 장화와 신발이 나란히 놓여 있음을 생각한다. 최근에 늘어난 장화들과 신발들. 아버지는 계속 다른 것을 사들이고 있다. 맞는 신발을 사기만 한다면, 자신의 발을 아프게 하는 그 무엇이 사라질 거라고 생각하는 게 틀림없다.

나는 찻잔을 가져오고 접시를 각자 앞에 놓는다. 허버드와 월러스는 어떻게 되어 가고 있나요? 내가 묻는다. 그들이 부엉이를 먹는 부분까지 나갔나요?

먹을 게 거의 없지. 아버지가 말한다. 그들은 다른 강을 타고 올라갔어. 맞는 강을 찾았다 하더라도, 다시 시작하기에는 너무 늦었어.

허버드와 월러스와 조지는 힘겹게 강을 거슬러 올라간다. 한낮의 열기에 숨이 막힐 듯하다. 파리 떼가 그들을 괴롭힌다. 작은 것은 핀에 찔린 자국만 하고, 큰 것은 엄지손가락만 하다. 강에서 항행을 하기는 거의 불가능하다. 그들은 짐을 실은 카누를 자갈 바닥의 얕은 강이나 격류 주변의 연수육로 위, 또는 혹독하고 표시가 없고 무질서한 숲 사이로 끌고 가야 한다. 강은 그들 앞에서 계속 펼쳐지고 그들 뒤에서는 미로처럼 닫혀 버린다. 강변은 점점 더 가팔라진다. 연이어 나타나는 언덕. 윤곽은 완만해 보이지만 중심은 단단하다. 황량한 풍경이다. 둘쑥날쑥한 가문비나무, 자작나무, 사시나무, 모두 가늘고 길게 늘어서 있다. 어떤 부분은 다 타 버려서 전소되고 쓰러진 나무줄기 때문에 앞으로 나가는 길이 막혀 버렸다.

그들은 얼마나 시간이 지나서야 자신들이 다른 강을 타고 올라가고 있다는 사실을 깨달았을까? 너무 오랜 후에야 알아차렸다. 그들은 음식을 다 운반하지 않아도 되도록 일부를 은닉처에 둔다. 일부는 내버린다. 그들은 북미 순록을 용케 총으로 사냥한다. 그것을 먹고 발굽과 머리는 내버려 둔다. 발이 아프다. 모카신이 닳고 있다.

드디어 허버드는 높은 언덕으로 올라가고, 그 정상에서 미치카모 호수를 본다. 그러나 그들이 타고 올라가던 강은 그곳으로 연결되지 않는다. 호수는 너무 멀리 있다. 그토록 멀리까지 숲을 헤치고 카누를 끌고 갈 수는 없다. 되돌아가야 한다.

저녁에 나누는 그들의 대화는 더 이상 발견과 탐험에 관한 것이 아니다. 그 대신 그들은 무엇을 먹을지 상의한다. 내일은 무엇을 먹고, 돌아오면 무엇을 먹을지에 대해. 그들은 차림표, 만찬, 성대한 잔치를 그려 본다. 조지는 이런저런 동물을 총으로 쏘거나 잡는다. 여기에서는 오리, 저기에서는 뇌조, 캐나다 어치. 그들은 자망이 없기 때문에 낚싯바늘과 줄을 이용해서 송어 여섯 마리를 힘겹게 한 마리씩 잡는다. 송어는 얼음물처럼 깨끗하고 신선하지만, 겨우 15센티미터밖에 되지 않는다. 턱없이 부족한 양이다. 여행이라는 작업에는 그들이 섭취할 수 있는 것보다 더 많은 에너지가 소모된다. 그들은 야위어 가며 서서히 스러지고 있다.

한편 밤은 점점 더 길어지고 점점 더 어두워진다. 강의 가장자리에는 얼음이 언다. 밀려오는 얼음장같이 차가운 물을 헤치고 강의 얕은 부분으로 카누를 끌고 나면 그들은 덜덜 떨면서 숨을 몰아쉰다. 첫 눈발이 날린다.

거기는 험준한 지역이야. 아버지가 말한다. 말코손바닥사슴도 없지. 심지어 곰도 없어. 곰이 없다는 것, 그건 언제나 나쁜 신호야. 그는 그곳, 아니 그 가까운 곳에 가 본 적이 있다. 같은 종류의 지형. 그는 경탄과 향수, 그리고 일종의 서글픔이 담긴 어조로 그것에 대해 이야기한다. 이제는 물론 비행기를 타고 갈 수 있지. 그들이 갔던 경로를 몇 시간 안에 다 돌 수 있어. 그는 경멸하듯 손가락을 젓는다. 비행기에 대해서는 그만하도록 하자.

부엉이는요? 내가 묻는다.

무슨 부엉이? 아버지가 되묻는다.

그들이 먹었던 부엉이요. 내가 말한다. 카누가 폐기되고, 성냥이 망가지지 않도록 그걸 귀에 꽂았던 곳이라고 생각되는데요.

그건 다른 사람들 얘기인 것 같다. 아버지가 말한다. 나중에 똑같은 일을 시도했던 사람들. 이 사람들은 부엉이는 먹지 않았다고 생각해.

그들이 부엉이를 먹었다면, 무슨 종류였을까요? 내가 묻는다.

수리부엉이나 북방 올빼미였을 거다. 아버지가 말한다. 운이 좋았다면 말이지. 그것에는 고기가 좀 더 붙어 있지. 그렇지만 더 작은 것이었을 수도 있어. 그는 멀리 있는 개처럼 가늘고 으스스한 짖는 소리를 연달아 낸다. 그런 후 미소를 짓는다. 그는 지저귀는 소리로 위쪽 지역의 모든 새들을 식별할 수 있다. 지금도 여전히 할 수 있다.

너희 아버지는 오후에 낮잠을 너무 많이 잔다. 어머니가 말한다.

피곤하신가 봐요. 내가 말한다.

그리 피곤할 리가 없을 텐데. 어머니가 말한다. 피곤해하면서 안절부절못하기도 해. 식욕도 줄어들고 있고.

취미 생활이 필요한 게 아닐까요. 내가 말한다. 집중할 수 있는 뭔가가요.

예전에는 취미가 아주 많았지. 어머니가 말한다.

나는 그 모든 취미들이 다 어디로 갔을지 궁금해한다. 취미 활동 도구와 재료는 아직도 어딘가에 있다. 대패와 알코올 수준기(水準器), 말린 파리를 묶는 깃털, 활자를 확대하는 기계, 화살을 만들기 위한 뾰족한 침. 이런 잡동사니는 공예 유품처럼 느껴진다. 고고학적 유적지에서 발굴해서, 숙고해 보고 분류한 다음, 한때 어떤 삶을 살았는지 유추하는 데 사용되는 그런 종류의 유적.

그는 회고록을 쓰고 싶다고 말하곤 했지. 어머니가 말한다. 일종의 설명서 같은 것. 자신이 가 보았던 모든 장소에 관해서 말이야. 여러 번 시작했는데, 이제는 흥미를 잃었어.

잘 보이지도 않으니.

테이프 녹음기를 사용하실 수 있잖아요. 내가 말한다.

오, 제발, 어머니가 말한다. 도구를 또 들이라고!

바람이 휘몰아치다가 잠잠해지고, 눈은 내리다가 멈춘다. 세 남자는 횡단을 해서 다른 강으로 간다. 그곳이 더 나은 곳이기를 바랐지만, 그렇지 않다. 어느 날 밤 조지는 꿈을 꾼다. 신이 빛나고 밝고 상냥한 모습으로 그에게 나타나서, 친근하지만 단호한 태도로 말한다. 나는 송어를 더 이상 내어 줄 수 없다. 그는 말한다. 하지만 네가 이 강을 따라가면 그랜드 호수까지 문제없이 갈 수 있을 것이다. 강을 떠나지만 않으면 내가 너희를 안전하게 나아가게 해 줄 것이다.

조지는 다른 이들에게 자신의 꿈에 대해 이야기해 준다. 그들은 그 이야기를 무시한다. 그들은 카누를 버리고 이전의 경로에 다다르기를 바라며 육로로 들어선다. 너무 많은 시간이 흐른 후에 그들은 이전 경로에 다다른다. 그리고 그들이 처음 올라오기 시작했던 강 계곡을 따라 내려간다. 그러면서 자신들이 캠프 장소로 사용했던 곳에서 버렸던 음식이 남아 있는지 뒤진다. 그들은 거리를 세는 게 아니라 날짜 수를 센다. 얼마나 많은 나날이 그들에게 남아 있으며,

도덕적 혼란

얼마나 많은 나날이 걸릴 것인가. 그러나 그것은 날씨, 그리고 그들의 원기에 달려 있다. 그들이 얼마나 빨리 갈 수 있는가에. 그들은 곰팡이가 생기고 있는 밀가루 덩어리, 돼지기름 약간, 뼈 몇 개, 북미 순록 발굽 몇 개를 발견한다. 그들은 그것을 끓인다. 마른 겨자가 담긴 작은 통. 그들은 그것을 수프에 섞어 먹고 힘이 나는 것을 느낀다.

10월 셋째 주, 상황은 다음과 같다.

허버드는 더 이상 나아갈 수 없을 만큼 약해졌다. 그는 모닥불이 타오르는 가운데 담요로 몸을 감싼 상태로 텐트 안에 남겨졌다. 다른 두 명은 계속 나아갔다. 그들은 걸어 나가서 그를 위해 도움을 요청할 수 있기를 바라고 있다. 그는 그들에게 마지막으로 남은 콩가루를 주었다.

눈이 내리고 있다. 저녁으로 그는 진하게 우려낸 차와 뼈 육수, 그리고 그의 마지막 모카신으로 만든 삶은 생가죽을 조금 먹는다. 그는 그것이 정말 맛있었다고 일기에 쓴다. 이제 그는 신발이 없다. 다른 두 사람이 성공하고 돌아와 자신을 구해 주길 간절히 바란다. 그가 그렇게 기록해 놓았다. 그럼에도 불구하고 그는 아내에게 작별 메시지를 쓰기 시작한다. 그는 자신에게 소가죽 장갑 한 켤레가 있는데 내일

끓여 먹을 수 있기를 고대한다고 쓴다.

그런 다음 그는 잠든다. 그리고 그 후 죽는다.

며칠 간 경로를 따라 내려간 후, 월러스 역시 포기했다. 그와 조지는 헤어졌다. 월러스는 예전에 버렸던 음식 중 최근에 발견한 것, 몇 줌의 곰팡이 핀 밀가루를 가지고 되돌아가고자 한다. 그는 허버드를 찾을 것이고, 그들은 함께 구조를 기다릴 것이다. 그러나 그는 눈보라 속에 갇혔고 방향 감각을 잃어버렸다. 지금 이 순간 그는 나뭇가지로 만든 피난처에서 눈이 잦아들기를 기다리고 있다. 그는 놀라울 만큼 쇠약하며, 더 이상 허기를 느끼지 않는다. 그는 그것이 나쁜 신호임을 알고 있다. 그가 하는 모든 행동은 느리고 신중하다. 동시에 비현실적이기도 하다. 마치 스스로의 몸이 그와 분리되어, 자신은 몸을 바라보기만 하는 것처럼. 낮의 하얀 빛이나 모닥불의 붉은 불길 속에서(그에겐 아직도 모닥불이 있다.) 보이는 자기 손가락 끝 지문의 소용돌이무늬는 기적적인 것으로 느껴진다. 그러한 선명함과 구체성이라니. 그는 마치 지도를 따라가듯이 직조한 담요의 문양을 더듬는다.

그의 죽은 아내가 그의 앞에 나타나 잠자리를 준비하는 것에 대한 실질적인 여러 가지 조언을 해 주었다. 좀 더 두꺼

도덕적 혼란

운 가문비나무 가지를 밑에 깔면 더 편안할 거예요. 그녀가 말했다. 어떤 때는 그녀의 목소리만 들리고 어떤 때는 모습이 보이기도 한다. 그녀는 푸른 여름 드레스를 입고 있고, 긴 머리는 빛나는 고리 모양으로 감아올려 고정했다. 그녀는 완벽할 정도로 편안해 보인다. 그녀의 등을 통해 피난처의 기둥이 보인다. 윌러스는 이런 것에 더 이상 놀라지 않는다.

더 멀리 떨어진 곳에서는 조지가 계속해서 걷는다. 걸어서 벗어나기 위해. 자신이 어디로 가고 있는지 대략 알고 있다. 그는 원조를 구해서 되돌아올 것이다. 그렇지만 그는 아직 벗어나지 못했고, 여전히 그 안에 있다. 눈이 그를 둘러싸고, 텅 빈 잿빛 하늘은 그를 감싼다. 어느 시점엔가 그는 자신의 발자국을 발견하고 이제까지 자신이 원을 그리며 걷고 있었음을 알아차린다. 그 역시 야위었고 쇠약하지만, 호저 한 마리를 간신히 총을 쏴서 잡는다. 그는 잠시 멈춰서서 찬찬히 생각해 본다. 그는 돌아서서 호저를 가지고 이제까지 왔던 길을 되돌아가 그것을 다른 이들과 함께 나누어 먹을 수 있을 것이다. 아니면 혼자서 다 먹고 앞으로 나아갈 수도 있다. 되돌아간다면 그들 어느 누구도 살아서 나갈 수 없다는 것을 그는 알고 있다. 하지만 계속해서 나아간다면 적어도 한 가지 가능성이 있다. 적어도 그에게는. 그는 뼈를 모아 가며 계속해서 나아간다.

조지는 올바른 판단을 했어. 아버지가 말한다.

일주일 후, 저녁 식탁에 앉아 있던 중, 아버지는 뇌졸중
으로 다시 한번 쓰러진다. 이번에는 양쪽 눈의 시력 절반과
단기 기억력, 그리고 자신의 위치에 대한 감각을 잃게 된다.
일 분 사이에 아버지는 모든 것을 깜박한다. 그는 거실을 마
치 한 번도 와 보지 않은 곳인 양 더듬으며 걷는다. 의사는
이번에는 회복되지 않을 것 같다고 말한다.

시간이 흐른다. 이제 창밖에는 라일락이 흐드러지게 피었
고, 아버지는 그 꽃들을 볼 수 있다. 아니, 그 일부는 볼 수
있다. 그런데도 아버지는 지금이 10월이라고 생각한다. 그렇
지만 아버지의 핵심적인 부분은 아직까지 남아 있다. 그는
안락의자에 앉아서 주변을 파악하려고 노력한다. 소파 쿠
션은 어떤 구별할 만한 지표 같은 것이 없으면 거의 똑같아
보인다. 아버지는 마룻바닥에 반사되어 빛나는 햇빛을 바라
본다. 그가 최대한 해낼 수 있는 추측은 그것이 강이라는 것
이다. 극단적인 상황에서는 기지를 발휘해야 한다.

저 왔어요. 아버지의 마른 뺨에 키스하며 내가 말한다.
아버지는 대머리가 될 기미가 전혀 없다. 머리칼은 얼어붙

도덕적 혼란

은 쇠백로처럼 은백색이다.

너는 갑자기 아주 나이가 들어 보이는구나. 아버지가 말한다.

우리가 판단하기로는 아버지는 지난 사오 년 정도의 세월을 상실했고, 그 이전 몇몇 시기도 기억에서 사라졌다. 아버지는 나에게 실망을 느끼고 있다. 내가 무엇을 했기 때문이 아니라 뭔가를 하지 못했기 때문이다. 나는 젊은 상태로 남아 있지 못했다. 젊음을 유지할 수 있었다면, 나는 아버지를 구할 수 있었을 것이다. 그러면 아버지 역시 예전 모습 그대로 남아 있었을 것이다.

아버지를 즐겁게 해 줄 무언가를 생각해 낼 수 있으면 좋겠다. 나는 녹음한 새소리를 들려주어 보았지만 아버지는 별로 좋아하지 않았다. 그가 예전에는 알고 있었지만 더 이상 기억할 수 없는 무엇인가가 있다는 사실을 그것이 상기시켜 주었기 때문이다. 이야기들, 심지어 짧은 이야기도 아무런 소용이 없다. 두 번째 쪽으로 넘어가면 아버지는 이미 시작 부분을 다 잊어버린다. 자신만의 플롯이 없다면 우리는 어디에 존재하겠는가.

음악이 더 낫다. 그것은 한 방울씩 전개된다.

어머니는 무엇을 해야 할지 몰라서, 물건을 재정리한다.

컵과 접시, 서류, 책상 서랍. 바로 지금 어머니는 밖에서 정원의 잡초를 혼란스러운 광분 속에서 뽑아내고 있다. 흙과 개밀이 공중에 날아오른다. 적어도 잡초 제거는 다 끝날 것이다! 바람이 분다. 어머니의 머리는 마구 헝클어졌다. 머리칼이 깃털처럼 머리 주변에 날린다.

나는 오래 머물 수 없다고 어머니에게 말했다. 그러니? 어머니가 말했다. 그렇지만 차는 마실 수 있겠지. 불을 지피면……

오늘은 안 돼요. 나는 단호하게 말했다.

아버지는 어머니가 밖에 있는 것을 어느 정도 볼 수 있다. 그리고 그는 어머니가 들어오기를 바란다. 그녀가 창의 반대편에 있다는 사실이 싫은 것이다. 어머니가 자신의 시야에서 벗어나 잠적하도록 내버려 둔다면, 그녀가 어디로 가 버릴지 누가 알겠는가. 영원히 사라져 버릴 수도 있다.

나는 아버지의 온전한 손을 잡는다. 어머니는 곧 들어오실 거예요. 내가 말한다. 그러나 곧이란 일 년일 수도 있다.

나는 집에 가고 싶다. 아버지가 말한다. 지금 그가 있는 곳이 바로 집이라고 말해 줘 봐야 아무 소용이 없다는 것을 나는 알고 있다. 아버지가 의미하는 바는 전혀 다른 것이기 때문이다. 예전 상태로 돌아가고 싶다는 뜻이다.

도덕적 혼란

우리는 지금 어디 있어요? 내가 묻는다.

아버지는 교묘한 표정으로 나를 바라본다. 나는 그가 실수하도록 유도하는 것인가? 숲속에. 그가 말한다. 우리는 돌아가야 해.

우리는 여기선 괜찮을 거예요. 내가 말한다.

아버지는 생각해 본다. 먹을 게 별로 없잖아.

우리는 비축 물품을 제대로 가져왔어요. 내가 말한다.

아버지는 안심한다. 하지만 장작이 별로 없어. 그는 그것에 대해 걱정한다. 매일 그 말을 한다. 발이 시리다고 그는 말한다.

장작을 더 모을 수 있어요. 내가 말한다. 베어 내면 돼요.

그는 안심할 수 없다. 이런 일이 일어나리라고 한 번도 생각하지 못했다. 그가 말한다. 아버지는 뇌졸중에 대해 말하는 것이 아니다. 자신이 뇌졸중을 앓는다는 사실을 모르기 때문이다. 아버지는 길을 잃을 줄은 몰랐다고 말하는 것이다.

우리는 뭘 해야 할지 알잖아요. 내가 말한다. 어쨌든, 우리는 괜찮을 거예요.

우리는 괜찮을 거야. 아버지가 말한다. 그러나 확신이 없는 목소리다. 그는 나를 신뢰하지 않는다. 그리고 그의 판단은 옳다.

실험실의 소년들

실험실의 소년들은 소년들이 아니었다. 그들은 젊은이들이었지만, 아주 젊은 건 아니었다. 그중 몇몇은 이미 관자놀이 부근 머리가 성글어지고 있었다. 그들 중 하나에 대해 (한 번에 한 사람씩) 이야기한다면, 그를 절대로 소년이라고 부르지는 못할 것이다. 그렇지만 집단으로 볼 때면 그들은 소년들이었다. 그들은 따옴표가 쳐진 소년들이었다. 그들은 부두에 모두 함께 서 있었고, 일부는 상의를 벗었다. 피부는 그을렸다. 당시 햇빛은 더 옅었고 오존층은 더 두꺼웠지만 그래도 그들은 햇볕에 탔다.

소년들은 근육이 있었고, 미소도 짓고 있었다. 요즘 남자들의 얼굴에서 더 이상 볼 수 없는 미소. 그와 같은 얼굴은 전시(戰時)에 형성된 것이다. 그런 얼굴에는 파이프, 그리고 콧수염이 잘 어울렸다. 소년들은 파이프를 갖고 있었고(파이프 한두 개가 생각나는 듯하다.) 그중 한 명은 콧수염을 기르고 있었던 것으로 생각한다. 그의 사진에서 그것을 볼 수 있다.

나는 소년들이 아주 매력적이라고 생각했다. 아니다. 나는 매력이라는 것을 알기에는 너무 어렸다. 그 대신 나는 그들이 마술적인 존재라고 느꼈다. 그들은 간절히 열망하는 종착지, 추구의 대상이었다. 그들을 보러 가는 것은(적어도 기대를 하는 동안에는) 행복한 행사였다.

소년들은 매년 봄, 새싹이 돋고 흑파리와 모기가 출현할 즈음 실험실에 도착했다. 그들은 다양한 곳으로부터 왔다. 매년 다른 사람들이었다. 그들은 아버지와 함께 일했다. 그게 무슨 일인지 나는 잘 몰랐지만, 실험실 자체가 신나는 곳이기 때문에 일도 신나는 것이지 않았을까 싶다.

우리는 무거운 목재로 된 노 젓는 배를 타고 그곳까지 갔다. 그 배는 800미터 정도 떨어진 집이 다섯 채인 마을에서 건조된 것이었다. 노 젓기에 상당히 능숙한 어머니가 노를 저었다. 아니면 비틀리고 구불구불한 오솔길을 따라서 걸어갔다. 쓰러진 나무와 그루터기를 뛰어넘고 커다란 바위를 빙 두르고 몇 개의 미끄러운 나무판자가 물이끼 위에 건너질러 놓여 있는 젖은 곳을 가로지르면서 축축한 나무와 천천히 썩어 가는 낙엽의 곰팡이 냄새를 들이마셨다. 그곳은 걸어가기에는 너무 멀었고 우리 다리는 너무 짧았다. 그래서 대부분의 경우 우리는 노 젓는 배를 타고 갔다.

실험실은 통나무로 지은 것이었다. 엄청나게 커 보였지만, 아직도 남아 있는 실험실 사진 두 장을 보면 오두막처럼 보인다. 그래도 그곳에는 통나무 철책이 있고 그물망을 두른 현관이 있었다. 실내에는 우리가 만지면 안 되는 물건들이 있었다. 위험한 액체 속에 여섯 개의 작은 앞다리를 기도하는 손가락처럼 모아 쥐고 떠다니는 하얀 구더기가 담긴 병들, 독인 듯한 냄새가 나고 실제로 독인 코르크, 각각 작고 매혹적인 검은 혹 같은 머리를 가진 건조된 곤충들이 길고 날카로운 핀으로 고정된 쟁판. 이 모든 것은 너무나 엄격하게 금지되어 있어서 어지러울 지경이었다.

실험실에 있을 때면 우리는 얼음 저장고에 숨을 수 있었다. 언제나 밖에서 보는 것보다 안이 더 넓은 침침하고 신비로운 장소였다. 그곳에는 침묵이 감돌았고 얼음 덩어리를 차갑게 보관하기 위해 톱밥이 가득했다. 때로는 위쪽에 구

도덕적 혼란

멍을 뚫고 농축 우유를 담은 위에 납지를 붙인 주석 통이 있었다. 어떤 때는 조심스럽게 모아둔 버터 토막이나 베이컨 조각도 있었다. 다른 때는 이미 뼈를 제거하고 손질한 강꼬치고기나 민물 송어 같은 생선이 이가 나간 에나멜 파이 접시 위에 놓여 있기도 했다.

우리는 거기에서 무엇을 했던가? 실제로 할 만한 일은 아무것도 없었다. 우리는 스스로가 사라진 것처럼, 우리가 어디 있는지 아무도 모르는 것처럼 가장했다. 그것 자체가 이상하게도 활기를 북돋아 주었다. 그런 다음 밖으로 나왔다. 침묵을 벗어나 솔잎 향기와 물결이 연안에 세게 부딪히는 소리, 그리고 우리를 부르는 어머니 목소리 속으로 나왔다. 노 젓는 배를 타고 집으로 노를 저어 갈 시간이 되었던 것이다.

얼음 저장고 속에 있는 생선을 잡은 것은 소년들이었다. 그들은 저녁 식사로 그 생선을 요리했다. 그들에 대해 알아야 할 또 한 가지 특이한 사실은 그들 스스로 요리를 했다는 점이었다. 주변에는 요리를 해 줄 여자가 없었다. 그들은 텐트에서 잤다. 캔버스 천으로 된 커다란 텐트 하나당 두세 사람이 같이 잤다. 그들은 공기 매트리스와 두툼한 케이폭° 슬리핑 백을 갖고 있었다. 그들은 많이 까불면서 놀았다. 아니, 나는 그랬다고 믿고 싶다. 그들이 맨발을 텐트 밖으로 내놓은 채 자는 척하는 사진이 있다. 발을 내놓은 소년들의 이름은 캠과 레이다. 이름이 있는 것은 그들뿐이다.

누가 이 사진들을 찍었는가? 그리고 왜 찍었을까? 아버지? 어머니가 찍었다면 얼마나 흥미로운 사실일까? 사진을 찍으며 어머니는 웃음을 터뜨렸을 것 같다. 그들은 연기를 하면서 즐거워했을 것 같다. 아무런 결과가 초래되지 않을 것을 모두가 알기에 더 지속되었던 무해한 장난 연애였을지도 모른다. 사진 앨범에 소년들의 사진을 붙이고 그 밑에 설명을 써 놓은 것은 어머니였다. 소년들, 실험실 소년들, 캠과 레이, '수면 중'.

어머니는 침대에 누워 있다. 침대에 누워 지낸 지 이제 1년이 되었다. 어떤 의미에서 그것은 의지적인 행동이다. 어머니는 점차적으로 시력을 상실했고, 그런 다음에는 자꾸 넘어지곤 해서 혼자 산책을 할 수 없게 되었다. 그래서 누군가가, 어머니의 연로한 친구들 중 한 사람이 함께 있어야 했

○ 거대한 열대 나무인 판야나무 씨를 감싸고 있는 실크 같은 솜.

도덕적 혼란

다. 그러나 그 두 사람이 팔짱을 끼고 나섰을 때도 어머니는 발을 헛디뎌 휘청거렸고, 그러면 두 사람 모두 넘어졌다. 어머니는 눈 주위에 한두 번 멍이 들었고, 결국은 갈비뼈가 부러졌다. 침대 옆 탁자 위로 넘어지고 나서, 침대로 다시 올라가기 위해 병 안에 든 딱정벌레처럼 아픔을 무릅쓰고 몸을 일으키려 애쓰다가 다시 넘어지면서 방바닥에서 오랜 시간을 보냈던 것 같았다. 그리고 (어머니가 반대했지만) 낮 동안 와 있도록 고용된 도우미에 의해 발견되었다.

그런 후 어머니는, 비록 그렇게 말하지는 않았지만, 걷는 것을 두려워하게 되었고, 자신의 두려움에 분노하게 되었다. 마침내 어머니는 저항적 태도를 보였다. 어머니는 모든 것에 저항했다. 시력 상실, 행동적 제약, 넘어짐, 부상, 두려움. 비참함의 근원이 되는 이 모든 것들에게서 손을 떼고 싶어 했다. 그래서 이불 아래로 도피했다. 화제 돌리기 같은 것이었다.

이제 어머니는 걸으려고 노력해도 걸을 수 없다. 근육이 너무 약화된 것이다. 그렇지만 심장은 언제나 튼튼했고, 그 덕분에 삶을 지탱할 수 있다. 어머니는 곧 아흔두 살이 된다.

나는 어머니의 오른편에 앉는다. 그쪽 귀가 잘 들린다. 다른 쪽 귀는 청각을 완전히 상실했다. 이 잘 들리는 귀의 청각과 촉각만이 어머니와 외부 세계의 마지막 접촉 통로다. 한동안 우리는 어머니가 여전히 냄새를 맡을 수 있다고 생각했다. 우리는 장미와 프리지아와 협죽초와 사향연리초같이 향기 좋은 꽃만으로 만든 꽃다발을 가져와서 어머니의 코 밑에 대 주곤 했다.

이거 맡아 보세요! 우리가 말했다. 향기 좋지 않아요?

어머니는 아무 말도 하지 않았다. 평생 동안 어머니는 대부분의 사람들보다 거짓말을 적게, 훨씬 적게 했다. 한 번도 안 했다고 할 수 있을 정도였다. 거짓말이 필요한 상황에서는 침묵하곤 했다. 다른 부류의 어머니는 이렇게 말했을 것이다. 그래, 아주 좋구나. 정말 고맙다. 그러나 그녀는 그런 말을 하지 않았다.

아무 냄새도 못 맡으시는 거죠, 그렇죠? 마침내 내가 말했다.

못 맡는다. 어머니가 말했다.

어머니는 모로 누워 몸을 웅크리고 눈을 감고 있지만, 잠든 건 아니다. 녹색 양모 담요는 턱까지 끌어 올려져 있다. 손가락 끝이 밖으로 나와 있다. 거의 뼈만 남은 주름투성이 손가락을 작은 주먹이 되도록 불끈 쥐고 있다. 어머니 손을 펴서 마사지를 해야 하는데, 어머니가 주먹을 너무나 꽉 쥐고 있기 때문에 그것은 아주 힘든 일이다. 마치 보이지 않는 밧줄을 움켜쥐고 매달려 있는 것 같다. 배에 있는 밧줄, 절벽에 있는 밧줄, 배 밖으로 떨어지지 않도록, 위로 올라갈 수 있도록 절대적으로 매달려야 하는 밧줄.

어머니는 잘 들리는 귀를 베개에 대고서 모든 것을 차단하고 있다. 나는 어머니가 내 말을 들을 수 있도록 그녀의 머리를 조심스럽게 옆으로 돌린다.

저예요. 내가 말한다. 어머니의 귀에 대고 말하는 것은 어둠을 지나 내가 상상도 할 수 없는 곳으로 연결되는 길고 좁은 터널의 끝에 대고 말을 하는 것과 비슷하다. 어머니는 그곳에서 하루 종일 무엇을 하는가? 하루 종일, 그리고 밤새. 무슨 생각을 하는 것일까? 어머니는 지루할까, 슬플까, 정말로 무슨 일이 일어나고 있는 것일까? 그녀의 귀는 파묻힌 활동의 전체 세계에 이르는 유일한 연결 고리다. 그것은 버섯과 같다. 서로 연결된 실 줄기의 커다란 관계망이 저 아래쪽에서 여전히 살아 있고 번성하고 있다는 것을 보여 주기 위해 땅 밑에서 솟아오르는 짧고 희미한 신호.

내가 누군지 아세요? 나는 귀에 대고 말한다. 귀는 생김새마저 버섯 같다.

응. 어머니가 말한다. 그리고 나는 그것이 진실이라는 것을 안다. 내가 말했듯이 그녀는 거짓말을 하지 않는다.

이러한 때에 내가 할 일은 어머니에게 이야기를 들려주는 것이다. 어머니가 가장 듣고 싶어 하는 이야기는 자신에 관한 이야기, 젊은 시절의 자신에 관한 이야기다. 훨씬 더 젊었던 시절의 그녀 자신. 그런 이야기에는 미소를 짓는다. 때로는 심지어 이야기에 참여하기도 한다. 어머니는 더 이상 수다스럽지 않고, 혼자서는 플롯을 이어 나갈 수 없지만, 어떤 일이 일어나고 있는지, 혹은 한때 어떤 일이 일어났는지 알고 있다. 그리고 한두 문장 정도는 말할 수 있다. 내가 이러한 과업을 수행하는 데는 제약이 있다. 어머니가 한때 내게 이야기해 주었던 몇 안 되는 이야기만 다시 들려줄 수 있기 때문이다. 그녀는 신나는 이야기를 가장 좋아한다. 혹은 그녀의 강한 면모를 비춰 주는 이야기(모든 역경을 헤치고 자신의 뜻을 이루는 것), 또는 재미있는 이야기를 좋아한다.

실험실의 소년들 기억나세요? 내가 묻는다.

응. 어머니가 말한다. 그것은 정말로 기억한다는 뜻이다.

그들 이름은 캠과 레이였어요. 그들은 텐트 안에 살았어요. 발을 텐트 밖으로 내밀고 있는 사진이 있어요. 그거 기억하세요? 그해 여름을?

어머니는 기억한다고 말한다.

그 당시 어머니가 정말로 어떤 모습이었는지 나는 잘 그려 볼 수 없다. 아니다. 어머니의 얼굴을 그려 보는 것이 힘들다. 그녀의 얼굴에는 이후의 수많은 모습들이 퇴적물처럼 겹쳐 있어서 나는 다른, 더 이전의 얼굴 모습을 복원하지 못하는 것 같다. 심지어 그녀의 사진조차 내가 떠올릴 수 있는 그 어떤 모습과도 부합하지 않는다. 그렇지만 나는 어머니의 본질을 기억한다. 그녀의 목소리, 그녀의 냄새가 어떠했는지, 그녀에게 기대는 것이 어떤 느낌이었는지, 그녀가 부엌에서 만들어 내던 안정감을 주는 달그락 소리, 심지어 노래 부르는 소리까지. 어머니는 노래를 부르곤 했다. 한때는 교회 성가대에서 노래를 부르기도 했다. 목소리가 좋았다.

그녀가 부르던 노래를, 그 일부를 기억한다.

불어라, 불어라, 감미롭고 낮게, 서해의 바람이여
무엇인가로부터 오라
무엇인가를 건너가라
그를 내게 다시 불어 다오

나의 작은 이들, 나의 예쁜 이들이 자는 동안……°

나는 어머니가 행복해서 노래를 부르는 거라고 생각했다. 그렇지만 실제로는 우리를 재우기 위해서 불렀을 것이다. 나는 이따금 자는 척하면서 자지 않을 때도 있었다. 그럴 때면 나는 몰래 베개 위에 올라가서 벽에 있는 구멍을 통해 내다보았다. 나는 부모님 몰래 그들을 바라보는 것을 좋아했다. 내가 잘 보고 있어. 어머니는 계란을 삶을 때, 비스킷을 구울 때, 심지어 자녀인 우리에 대해서도 그렇게 말하곤 했다. 당시엔 누군가가 바라봐 주기만 해도 방어막을 두른 듯한 효과를 볼 수 있었다. 그래서 나는 부모님을 바라보았다. 그렇게 하면 그들이 안전하게 보호받을 수 있었던 것이다.

나의 오빠는 가만있지 못하는 성격이었다. 그는 기획하는 일이 있었고, 맹렬히 활동하고 싶어 했으며, 무언가 톱

○ 빅토리아 시대의 계관 시인인 앨프리드 테니슨(Alfred Lord Tennyson, 1809~1892)이 지은 『공주 (The Princess)』에 나오는 시에 작곡가 구스타브 홀스트(Gustav Holst, 1874~1934)가 곡을 붙인 것이다. 원시는 여기에 인용된 것과 약간 다르다. 불어라, 불어라, 감미롭게 낮게, 서해의 바람이여. 낮게, 낮게, 숨 쉬고 불어라,/ 서해의 바람이여!/ 넓은 바다를 건너가라,/ 죽어가는 달로부터 오라, 그리고 불어라,/ 그를 내게 다시 불어 다오./ 나의 작은 이, 나의 예쁜 이가 자는 동안.

도덕적 혼란

질하고 망치질할 것이 있었다. 그는 물을 한잔 마셔야 했고, 그런 다음에는 지금이 몇 시인지, 그리고 아침이 될 때까지 얼마나 시간이 남았는지 알고 싶어 했다. 어머니는 저녁 시간의 작은 일부라도 자신을 위해 남겨 놓을 수 있기를 바라면서 약간의 절박감에서 노래를 불렀을 것이다. 성공할 경우에 그녀는 등유 램프를 켜 놓고 탁자에 앉아 크리비지 카드게임을 하곤 했다.

어떤 날 저녁에는 아버지가 없을 때도 있었다. 그는 실험실에서 늦게까지 일하다가 어스름에 오기도 했고, 한 번에 몇 주씩 채집 여행을 가기도 했다. 그럴 때면 어머니는 혼자였다. 부엉이가 밖에서 부엉부엉 울고 아비새가 구슬픈 소리를 내는 동안 어머니는 독서를 하며 저녁 시간을 보냈다. 아니면 먼 곳에 사는 자신의 부모님과 여동생들에게 편지를 썼다. 날씨와 한 주 동안 있었던 일들에 대해서는 묘사했지만 자신의 감정에 대해서는 아무것도 쓰지 않았다. 내가 그걸 아는 이유는 나 역시, 성인이 되고 멀리 떠난 이후에 그녀에게 이런 편지를 받아 보았기 때문이다.

어머니는 일기를 쓰기도 했다. 무엇 하러 정성 들여 일기를 썼던 것일까? 어머니와 그녀의 여동생은 그들의 합동 결혼식 전날 밤에 일기장을 모아 모닥불을 피웠다. 그리고 어머니는 그 관습을 평생 유지했다. 그냥 없애 버릴 거면 무엇하러 글을 썼던 것일까? 어쩌면 크리스마스카드에 한 해 동안 있었던 주요 사건들을 적기 위해 크리스마스까지 일기장을 남겨 두었던 것일 수도 있다. 그런 다음, 새해 첫날에 지난해를 지워 버리고 다시 시작했던 것일 수도 있다. 그녀는 편지도 태웠다.

나는 그 이유를 한 번도 물어보지 않았다. 그녀는 그저 이렇게 말했을 것이다. 잡동사니를 좀 더 없애기 위해서. 그것이 어느 정도 사실이었겠지만(어머니는 즐겨 말했던 것처럼 싹 쓸어 버리는 것을 좋아했다.) 유일한 이유는 아니었다.

글을 쓰고 있을 때 부드러운 램프 불빛에 윤곽을 드러내던 어머니의 뒤통수 모습은 기억할 수 있다. 머리칼, 어깨의 곡선. 그러나 얼굴은 기억할 수 없다.

그래도 어머니의 다리에 대해서는 선명한 영상을 간직하고 있다. 회색 플란넬 바지를 입은 다리. 그러나 하루 중 특정 시간의 모습만 기억할 수 있다. 해가 하늘에 낮게 걸려 있고, 노란 빛줄기는 나무를 통과해서 물 위에 반짝거리는 늦은 오후. 그 시간이면 우리는 특이한 물체가 있는 호수가 내려다보이는 비탈길을 따라 걸었다. 그 물체는 붉은색으로 칠해진 작은 시멘트 주추였다. 그것은 경계선 표지에 불과

도덕적 혼란

했지만, 당시에는 제단처럼 초인적인 힘으로 가득 차 있는 것으로 느껴졌다.

우리는 그곳에서 아버지가 실험실에서 돌아오기를 기다렸다. 건조한 날씨에는 잘 부서지고 비가 온 후에는 부드러워지는 순록 이끼로 덮인 바위에 앉아서 모터보트 소리가 들리는지 귀를 기울였다. 그러려면 아주 조용히 해야 했다. 그리고 나는 어머니의 회색 플란넬 바지에 기대곤 했다. 어머니의 가죽 장화 역시 기억한다. 나는 이 장화의 세세한 부분들, 그것의 주름, 끈 같은 것을 어머니의 얼굴보다 더 잘 기억할 수 있는지도 모른다. 장화는 변화하지 않았기 때문이다. 그 장화는 어느 순간 사라져 버렸다. 아마도 내다 버렸을 것이다. 하지만 버릴 때까지 그것은 똑같은 모습이었다.

비탈길을 따라 걷기, 불가사의한 주추, 기다림, 기댐, 조용히 하기. 분명 이런 의식, 이 모든 것 덕분에, 아버지가 부두에 가까워질수록 점점 더 커져 가는 윤곽을 해를 배경으로 드러내며 나타났을 것이다.

가끔 실험실의 소년들 두어 명이 아버지와 함께 우리 집에 와서 우리와 함께 저녁을 먹었다. 저녁 식사의 주요리는 생선이 대부분이었다. 선택 가능성이 있는 다른 메뉴는 스팸이나 콘비프나 베이컨, 또는 운이 좋으면 계란이나 치즈로 만든 무언가였다. 전쟁 중이었기 때문에 고기라고 할 만한 것은 모두 배급을 받아야 했지만, 생선은 쉽게 구할 수 있었다. 아직 플롯을 갖고 있던 시절의 어머니는 손님이 올 예정이라면 부두로 낚싯대를 들고 내려가서 낚시줄을 한두 번만 던지면 된다고 말하곤 했다. 그것으로 다 해결되었던 것이다. 삼십 분 내로 저녁 식사에 내놓을 강꼬치고기를 넉넉히 낚을 수 있었다.

그런 다음 그놈들 대가리를 후려치는 거지. 어머니는 나중에 사귄 친구들, 도시 친구들에게 말했다. 그러면 짠! 그런 다음 곰들이 냄새를 못 맡도록 내장을 호수에 버렸어. 그녀는 아주 약간 자랑을 하고 있었던 것이다. 친구들은 어머니가 어린아이 둘을 데리고 아무것도 없는 곳에 올라가는 것이 미친 짓이라고 생각했다. 그렇지만 그들은 미쳤다고 말하지 않았고, 용감하다고 했다. 그러면 어머니는 웃음을 터뜨렸다. 아, 용감하다고! 그녀는 말했다. 두렵지 않았기 때문에 용기가 필요하지 않았다는 것을 암시하는 것이었다.

아마도 캠과 레이는 저녁 식사에 와서 생선을 먹었을 것이다. 정말로 그랬기를 바란다. 그 두 사람은 소설에 등장하

　　　　　　　　　　　　　　도덕적 혼란

는 인물이다. 내가 한 번도 읽어 보지 못한 소설. 나는 그들에 대한 기억이 없지만, 열두 살인가 열세 살쯤에 그들의 사진과 사랑에 빠졌다. 캠과 레이는 영화배우보다 훨씬 더 나았다. 그들, 아니 그들의 사진은 더 실제적이었기 때문이다. 나는 더 섹시하다라는 말은 몰랐지만, 그들은 그렇기도 했다. 그들 두 사람은 정말 생기로 가득 차 있고 매우 모험심이 강하고 즐거워 보였다.

이제 그들은 우리 집 이 층에 있다. 어머니가 시력을 완전히 상실한 후 그들 사진과 더불어 나머지 사진 앨범을 내가 관리하기로 했다.

모든 사진들은 흑백 사진이고, 좀 더 오래된 것들은 갈색빛이 돈다. 이 사진들은 어머니가 태어난 1909년부터 그녀가 앨범을 꾸미는 데 대한 모든 생각을 포기해 버린 듯한 해인 1955년에 이르는 시간을 담고 있다. 그렇지만 어머니는 그 기간 동안에는 매우 꼼꼼하게 정리를 해 놓았다. 편지를 소각하고 일기장을 없애 버렸지만, 자신의 흔적을 다 덮어 버렸지만, 그녀조차도 일종의 증명 같은 것을 원했던 것이다. 그녀가 가벼운 발걸음으로 자신만의 시간을 관통해 갔음에 대한 증거. 또는 자신을 찾기 위해 오솔길을 따라오는 누군가를 위해 여기저기 흩뿌려 놓은 몇 개의 단서들.

각 사진 밑에는 어머니의 조심스러운 글씨가 적혀 있다. 회색 종이 위에 까만 잉크로 쓴 것이다. 이름, 장소, 날짜. 첫 장에는 주일용 정장을 차려입은 할아버지, 할머니가 그들의 첫 자동차인 포드와 함께 노바스코샤의 하얀 외벽 집 밖에 자랑스럽게 서 있는 사진이다. 그다음에는 노쇠해 가는 고모할머니들 사진이 여러 장 있다. 그들은 무늬 드레스를 입고 있고, 해 때문에 드리운 그림자는 그들의 안구와 주름을 더 깊어 보이게 만들고 코 밑에 작은 콧수염을 그려 놓는다. 어머니는 리본에 뒤덮인 아기로 등장했다가 레이스 칼라가 달린 드레스 차림에 곱슬머리를 가진 작은 소녀로 변한다. 그다음에는 멜빵바지를 입은 왈가닥 소녀가 된다. 그즈음에는 여동생들과 남동생들도 등장하고, 그들도 차례대로 성장한다. 할아버지는 육군 의사 군복을 새롭게 장착한다.

1919년 독감°에 걸리셨어요? 내가 어머니의 귀에 대고 묻는다.

짧은 침묵. 응.

할머니도 걸리셨어요? 이모들은? 삼촌들은요? 할아버지

○ 1918~19년에 전 세계를 휩쓴 독감으로 전체 인구의 5분의 1을 죽음으로 몰아넣었다.

도덕적 혼란

도 걸리셨나요? 그들 모두 걸렸던 것 같다.

어머니는 누가 간호해 줬어요?

또 다른 침묵. 할아버지가.

할아버지는 정말 유능하셨나 봐요. 내가 말한다. 그들 중 어느 누구도 죽지 않았던 것이다. 그때는.

어머니가 생각하는 동안 잠시 동안의 머뭇거림. 그러셨던 것 같구나.

그녀는 자신의 아버지와 맞서 싸웠지만, 그래도 그를 사랑했다. 그는 고집 센 사람이었다고 그녀는 말하곤 했다. 그는 의지가 강한 사람이었다. 언젠가 어머니는 자신이 할아버지와 너무 비슷하다고 내게 말한 적이 있었다.

이제 어머니는 십 대 소녀다. 긴 바지와 줄무늬 상의로 된 수영복을 입고서, 해변에 늘어선 소녀들 사이에서 장난을 해 대고, 서로 어깨동무를 하고 있다. 바닷가에 있는 소녀들 무리에 대해서는 이렇게 쓰여 있다. "사랑스러운 열여섯 살." 어머니는 가운데에 있다. 이름은 아래에 씌어 있다. 제시, 헬린, "나", 케이티, 도러시. 그다음에는 겨울에 찍은 비슷한 사진. 목도리와 코트를 걸친 소녀들, 귀마개를 한 어머니. 조이스, "나", 케이, "폭풍에 맞서는 중". 초기에 정리한 사진들 속에서 어머니는 항상 자신을 따옴표를 한 나라고 지칭했다. 나는 나라는 뜻을 담은 문서화된 의견을 인용하듯이.

또다른 모습. 이번에 그녀는 굴레를 쥔 채 말과 코를 맞대고 있다. 그 아래에는 다음과 같이 씌어 있다. 딕과 "나". 요즘 어머니는 말에 대한 이야기에 호응을 보인다. 그 이야기는 반복적으로 들려줄 수 있다. 말들의 이름은 딕과 넬이었다. 넬은 쉽사리 겁에 질렸고, 힘든 일을 열성적으로 해냈다. 그리고 어머니를 태운 채 도망가 버린 일이 있었다. 어머니는 안장에서 미끄러졌다. 죽을 때까지 질질 끌려갔을 수도 있었고, 그랬다면 나는 태어나지 않았을 것이다. 그러나 그런 일은 일어나지 않았다. 어머니가 늘 말했듯이, 음울한 죽음처럼, 어머니는 꼭 붙잡고 있었던 것이다.

딕 기억하세요?

응.

넬은 기억하세요?

넬?

어머니를 태우고 도망가 버렸잖아요. 어머니는 음울한 죽음처럼 꼭 붙잡고 있었잖아요. 기억나세요?

이제 어머니는 미소를 짓는다. 그곳에서, 그녀를 우리에게서 분리하는 길고 어두운 터널의 끝에서, 그녀는 그 야생의 질주를 다시 하고 있다. 심장이 공포에 질린 기쁨으로 미친 듯이 뛰는 가운데, 고삐와 안장 머리에 죽어라 매달린 채 초원 위를 거쳐 꽃이 만발한 사과나무 과수원을 통과한다. 그곳, 어머니가 있는 곳에서는 사과꽃 냄새를 맡을 수 있을까? 그것을 서둘러 지나갈 때 얼굴을 스치는 공기를 느낄 수 있을까?

헛간 문을 절대 열어 놓지 마라. 그녀의 아버지가 그녀에게 말했다. 말이 갑자기 달아나면, 집으로 가기 위해 헛간으로 향할 테고, 그럴 경우 문을 통과할 때 문틀에 부닥칠 수도 있단다. 그리고 보라, 그녀는 말을 잘 듣고 문을 열어 놓지 않았다. 넬은 전율하고 땀을 흘리고 입에 거품을 물고 눈을 굴리면서 헛간 앞에서 정지한다. 어머니는 몸을 일으키고 고삐를 놓고 내린다. 그들 둘 다 흥분을 가라앉힌다. 행복한 결말이다.

어머니는 행복한 결말을 좋아한다. 그녀가 젊었을 때, 그러니까 내가 어렸을 때, 행복한 결말을 맺지 않는 책들은 최대한 빨리 책장 속에 정리해 버렸다. 나는 슬픈 이야기는 하나도 반복하지 않으려고 노력한다. 그러나 결말이 없는 이야기, 적어도 나는 결말을 들어 보지 못한 이야기들이 있다. 그리고 내가 들고 다니다가 어머니를 방문할 때 꺼내 놓는 보이지 않는 이야기 파일에서 그런 이야기를 마주칠 때면 나는 호기심에 못 이겨 어머니를 괴롭힌다. 무슨 일이 일어났는지 알고 싶기 때문이다. 그렇지만 그녀는 버틴다. 이야기를 해 주지 않는다.

그녀가 사랑하는 사람들(그녀와 비슷한 연령대의 사람들), 그들 대부분은 죽었다. 남아 있는 자들은 거의 없다. 어머니는 누군가 죽을 때마다 개별적 죽음에 대해 알고 싶어 하지만, 그런 다음에는 그 사람들을 전혀 언급하지 않는다. 그녀는 그들을 자신의 머릿속 어딘가에, 자신이 선호하는 모습으로 안착시켜 둔 것이다. 그들이 속한 시간의 층 속으로 되돌려 놓은 것이다.

여기 겨울옷을 입은 그녀가 또 나온다. 종 모양 모자, 털깃을 세운 코트, 플래퍼° 스타일. 도넛을 먹는 "나". 대학 시절에 여자 친구가 찍어 준 사진일 것이다. 대학 시절은 그녀 스스로 얻어 낸 시간이다. 그것을 위해 그녀는 일을 해서 돈을 모았다. 경제 공황이 몰아닥친 시기였으니 쉬운 일이

° 1920년에 기존의 다소곳한 여성 행동 양식을 거부하고 보다 자유롭고 대담한 행보를 보였던 여성들을 지칭하는 말. 미니스커트, 단발머리, 짙은 메이크업 등이 그들의 패션 스타일이었다.

도덕적 혼란

아니었을 것이다. 그녀는 자신의 아버지에게 감시와 규제를 받지 않으려고 집에서 먼 대학을 택했다. 어차피 그녀의 아버지는 그녀가 고등 교육 기관에 진학하기에는 너무 경솔하다고 생각하고 있었다. 그런데 그녀는 끊임없이 향수에 시달렸다. 그렇다고 해서 스피드 스케이팅을 하지 않은 건 아니었다.

몇 년간의 공백이 있다. 그리고 이제 그녀는 결혼을 한다. 신랑 신부와 들러리들은 어머니의 세 자매 중 가장 어린 여동생이 만든 화환으로 장식한 커다란 하얀 집 현관 앞에 열을 지어 서 있다. 그 여동생은 결혼식 내내 울었다. 둘째 여동생은 결혼식 주인공의 한 사람이다. 그녀 역시 동시에 결혼하기 때문이다. 옆머리와 뒷머리를 짧게 자른 아버지는 발을 벌리고 긴장한 채 서 있다. 신중해 보이는 외모다. 고모와 삼촌과 부모님과 형제자매들이 함께 모여 있다. 그들은 엄숙해 보인다. 1935년이다.

이 시점부터 설명에서 어머니는 나가 아닌 머리글자로 자신을 나타낸다. 자신의 새로운 머리글자로.° 또는 자신의

○ 당시 대부분의 서양 여성들은 결혼 후에 남편의 성을 따랐기 때문에 새로운 이름이 생겼고, 따라서 머리글자도 바뀌었다.

이름을 완전히 배제하기도 한다.

이제 어머니의 결혼 생활이 등장한다. 중요한 사건 몇 가지가 빠져 있다. 신혼여행은 카누 모험이었다. 카누는 어머니가 한 번도 다루어 보지 않았던 종류의 배였지만, 그녀는 곧 능숙해졌다. 그러나 신혼여행 사진은 한 장도 없다. 곧 나의 오빠가 강보에 싸여 나타나고, 곧 그 세 사람이 모두 숲에 있는 모습이 보인다. 그들은 텐트 안에 살고, 아버지는 휴식 시간에, 실험실에서 일하지 않는 시간에, 자신들을 위한 통나무집을 짓는다. 어머니는 모닥불에 요리를 하고 호수에서 빨래를 한다. 그리고 시간이 날 때면 활쏘기를 연습한다. (바로 여기 활을 쏘고 있다.) 아니면 캐나다 어치들에게 직접 먹이를 주거나, 필름에 흐릿한 궤적을 남기며 얼음같이 차가운 호수에 풍덩 뛰어들기도 한다.

내가 태어났을 때는 통나무집이 이미 다 완성된 뒤였다. 그것은 미늘 판자벽 시공법으로 지어졌고, 침실이 세 개 있었다. 방 하나는 부모님의 것이었고, 작은 방은 오빠와 나의 방이었다.(우리는 판재로 만든 이층 침대가 있었다.) 그리고 나머지 하나는 손님방이었다. 내 머릿속 파일에 들어 있는 통나무집의 모습은 마룻바닥이 대부분이다. 나는 아마도 그곳에서 가장 많은 시간을 보냈을 것이다. 마룻바닥, 또

는 그 가까이에서. 나는 소리 파일도 갖고 있다. 붉은 소나
무를 스치는 바람 소리, 먼 곳에서 다가오는 모터보트 소리.
정문 옆에는 철판 한 조각이 붙어 있었다. 어머니는 저녁 식
사 준비가 되었다는 것을 알리기 위해 못으로 그 철판을 쳤
다. 나는 원할 때마다 그 소리를 들을 수 있다.

통나무집은 이제 없어졌다. 철거된 것이다. 누군가가 그
자리에 훨씬 더 근사한 집을 지었다.

그럼에도, 여기, 어머니가 통나무집 밖에 서서, 캐나다 어
치에게 모이를 주고 있다. 이제 그녀는 말과 포드 자동차와
꽃무늬 옷을 입은 이모들의 세계와 동떨어진 곳에 있다. 통
나무집에 다다르기 위해서는 협궤 열차를 타거나 최근에
닦인 1차선 자갈길을 이용해야만 했다. 그리고 그다음에는
배를 타거나 오솔길을 걸어야 했다. 그 주변은 온통 나무들
이 들쭉날쭉 자라고, 광활하고, 곰이 우글거리는 숲이었다.
차갑고 위험한 호수에는 아비새가 있었다. 때로는 늑대가
울부짖었고, 그럴 때면 작은 마을의 개들은 깽깽거리고 컹
컹 짖었다.

이즈음에 실험실도 다 완성되었을 것이다. 그것은 통나
무집이 지어지기 전에 완성되었다. 가장 중요한 일을 가장
먼저 해야 했던 것이다.

캠과 레이의 사진이 많은 걸로 보아, 그들은 분명 특별한 존재들이었을 것이다. 그들은 실험실 부두에 있는 모습, 텐트 안에 있는 모습, 통나무 실험실 건물의 계단에 앉아 있는 모습으로 등장한다. 다른 사진에서는 자전거를 가지고 있다. 아마도 기차에 실어 가져왔을 것이다. 그런데 왜 가져왔던 걸까? 숲속에는 자전거를 타러 갈 만한 곳이 없었다.

하지만 그들은 새로 난 자갈길을 따라 마을까지 자전거를 타고 갔을 수도 있다. 그 자체가 하나의 개가였을 것이다. 혹은, 그들의 자전거에 장비가 가득 실려 있는 걸로 보아 평평한 오솔길 어디에선가 채집 여행을 하고 있는 것일 수도 있다. 여행용 배낭, 꾸러미, 더플백, 그리고 까맣게 그을은 캠핑용 깡통이 양옆에 달려 있다. 그들은 위쪽이 무거운 자전거를 넘어지지 않게 세우고 서서 전시(戰時)의 미소를 짓고 있다. 상의를 벗은 채 그을린 피부와 근육을 드러내고 있다. 그들은 얼마나 건강해 보이는지!

캠은 죽었어. 언젠가 어머니가 말했다. 아직 시력이 남아 있었던 과거에, 나와 함께 이 사진을 보고 있을 때였다. 새파랄 때 죽었단다. 그녀는 불행한 결말에 대해서 이야기하지 않는 자신의 규칙을 깼다. 그러니까 이것은 어머니에게 매우 중요한 의미가 있는 죽음이었던 것이다.

왜 죽었죠? 내가 말했다.

이런저런 질환이 있었어. 어머니는 병에 대해 절대 구체적으로 말해 주지 않았다. 병명을 말하는 것은 병을 불러일으키는 짓이다.

레이는 어떻게 되었어요?

그에게 무슨 일인가 있었어. 어머니가 말했다.

참전했나요?

잠깐의 침묵. 잘 모르겠구나.

나는 이 질문을 하지 않을 수 없었다. 전사했나요? 그가 너무 일찍 죽었다면, 그것이 적절한 사망 방법이라고 나는 생각했던 것이다. 나는 그가 영웅적이었기를 바랐다.

그러나 어머니는 굳게 입을 닫는다. 아무 말도 하지 않을 것이다. 하루에 죽은 소년은 한 명 언급하는 걸로 족했던 것이다.

어머니가 마지막으로 사진 앨범을 훑어보았을 때, 그러니까 마지막으로 볼 수 있었을 때, 그녀는 여든아홉 살이었다. 아버지가 사망한 지 5년째 되던 해였다. 그녀는 자신이 시력을 상실하고 있다는 사실을 알았다. 그녀는 모든 것을 마지막으로 보고 싶어 했던 것이라고 나는 생각한다. 자기 자신을, 그를, 지금의 자신에게는 그토록 아득하게 느껴지고, 그토록 근심 없고, 그토록 빛으로 가득 차 있던 그간의 세월을.

앨범을 가까이 보기 위해 그녀는 몸을 수그려야 했다. 어머니의 시력이 나빠지고 있었을 뿐만 아니라 사진 역시 흐려지고 있었다. 사진들은 희미해지고 바래 가고 있었다. 어머니는 초기 시절을 휙휙 훑어보았다. 수영복을 입고 소녀들과 함께 있는 자신을 향해 미소를 지었고, 그런 다음 자신의 결혼 사진을 보고 다른 미소를 지었다. 실험실 소년들이 부두에 함께 모여 있는 단체 사진을 한동안 바라보았다. 여기 소년들이 있네. 어머니가 말했다. 그녀는 페이지를 넘긴다. 아버지가 거대한 호수 송어가 매달린 낚싯줄을 들고 어머니를 정면으로 응시하고 있다.

물고기를 잡는 건 괜찮았어. 어머니가 말했다. 하지만 그걸 손질하는 일에는 선을 그었지. 우리는 그렇게 합의했어. 네 아버지가 항상 물고기 손질을 했지. 그들은 그런 합의를 보았던 것이다. 누가 무엇을 할 것인지에 대해. 나는 그들의 분업이 자연의 법칙이라고 생각하며 자랐다. 이런 합의의 일부가 어머니의 주도로 이루어졌다는 사실은 내게 금시초문이었다.

도덕적 혼란

그때 그녀는 이전에 한 번도 내게 언급한 적이 없던 사실을 말해 주었다.

어느 해 여름에, 어머니가 내게 말했다. 인디언이 한 명 실험실에 왔단다.

인디언이요? 호수에 사는 인디언 중 한 사람을 말씀하시는 거예요? 그런 인디언들이 있었다. 그들은 덫을 놓아 사냥하고, 물고기를 잡았다. 그리고 이따금 카누를 타고 지나가기도 했다. 전쟁 동안에는 사람들은 가솔린이 별로 없었다. 요즘 인디언들은 모터보트를 갖고 있다.

아니. 어머니가 말했다. 인도에서 온 인도인(indian).

이 색다른 조수를 고용한 건 아버지다운 일이었다. 아버지 자신은 인도인을 고용하는 일에 전혀 거부감이 없었을 것이기 때문에 그 인도인이 어떤 어려움에 맞닥뜨릴지 전혀 알아차리지 못했을 것이다. 딱정벌레를 진지하게 연구하는 사람이라면 누구든 아버지의 친구였던 것이다. 하지만 그 인도인이 채식주의자에 힌두교 신자였다면? 만일 그가 회교 신자였다면? 숲에 올라가면 항상 베이컨이 있었다. 훈증을 하면 오래갔고, 음식을 부치는 데 유용했다. 계란이 있을 때면 계란, 그리고 스팸, 생선을 부치는 데. 그리고 그 기름을 장화에 발랐다. 회교 신자는 베이컨에 어떻게 대처했을 것인가?

좋은 사람이었나요? 내가 물었다. 그 인도인 말이에요. 그의 사진은 없었다. 나는 확인해 보았다.

그랬을걸. 어머니가 말했다. 그는 테니스복을 가져왔더라. 그리고 테니스 라켓도.

왜 그랬던 거죠? 내가 물었다.

나도 모르겠구나. 어머니가 말했다.

그러나 나는 알고 있었다. 인도에서 온 젊은이는 전원으로 간다고 생각했던 게 틀림없다. 전원이라는 단어가, 한때, 다른 곳에서, 의미했던 곳으로. 사냥과 승마 경기를 할 수 있고 잔디 위에서 차를 마시고 향초 화단 사이를 거닐며 테니스를 칠 수 있는 영국의 전원 주택을 상상하고 있었을 것이다.

그는 실험실 소년들 일원이 될 자격을 갖출 만한 교육을 받았을 테고, 그렇다면 부유하고 지위가 상당하며 시종을 많이 거느린 인도인 집안 출신일 것이다. 그의 가족들은 그가 곤충 연구를 시작한 것을 보고 특이하다고 생각했을 것이다. 그렇지만, 다윈과 같이 다수의 영국 상류층도 과거에 그렇게 했던 것이다.

하지만 그들은 이런 종류의 황야에서는 연구 활동을 하

도덕적 혼란

지 않았다. 이 젊은 인도인은 어떻게 해서 이토록 먼 곳, 신대륙을 가로질러 알려진 세계의 맨 끝까지 흘러왔던가.

그게 몇 년도였어요? 내가 묻는다. 전쟁 중이었나요? 제가 태어난 뒤였나요? 그러나 어머니는 기억을 할 수 없었다.

그즈음에(어머니가 아직 걸을 수 있었던 때, 그녀가 넘어지기 시작하던 때) 어머니는 내게 한 번도 언급한 적이 없던 다른 것을 말해 주었다. 반복적인 꿈을 꾼다고 그녀는 말했다. 똑같은 꿈을 계속해서 꾸는 것이다. 그것 때문에 어머니는 두려움과 슬픔을 느꼈다. 비록 그렇게 말하지는 않았지만.

꿈속에서 그녀는 숲속에 혼자 있었다. 홀로 작은 강 옆을 걷고 있었다. 딱히 길을 잃은 것은 아니었지만, 주위에는 아무도 없었다. 그곳에 있어야 할 사람들이 아무도 없었다. 아버지도, 오빠도, 나도 없었다. 그녀의 남동생들이나 여동생들, 친구들, 부모님도 없었다. 그들이 어디로 갔는지 그녀는 알 수 없었다. 모든 것이 매우 고요했다. 새도 없었고, 물소리도 들리지 않았다. 위쪽에도 텅 빈 푸른 하늘 외에는 아무것도 없었다. 그녀는 강을 가로질러 높게 쌓여 있는 통나무 더미에 다다랐다. 그것은 길을 막고 있었다. 그녀는 미끄러운 통나무 위로 올라가야 했다. 손을 번갈아 움직여서 가까스로 몸을 이끌고 위로, 위로, 위로 공중을 향해 올라갔다.

그다음에는요? 내가 물었다.

그게 전부야. 그녀가 말했다. 그러면 잠에서 깨게 되지. 그리고 나서는 같은 꿈을 또 계속 꾸는 거야.

그 꿈에 대해서 던질 수 있는 한 가지 질문은 이것이다. 왜 어머니는 그 꿈을 꾸는가? 나는 그것이 궁금했다. 그러나, 또 다른 질문, 내가 이제야 생각해 낸 질문은 바로 이것이다. 왜 어머니는 나에게 그 꿈에 대해 말해 주었는가?

이상한 것이 또 하나 있다. 호수 사진, 노를 저어 타는 배 사진, 실험실 사진 등 앨범에 붙이는 데 선택되지 않은 낱장 사진들이 들어 있던 봉투 안에서 그녀의 일기 몇 장을 발견했다. 그러니까 한 장도 안 남기고 다 태워 버리지는 않았던 것이다. 몇 장은 간직했다. 그녀는 그것들을 골라서 뜯어내고 훼손되지 않도록 보호해 둔 것이다. 그런데 왜 이 부분이었을까? 나는 꼼꼼하게 살펴보았지만, 알아낼 수 없었다. 어떤 극적인 사건도 일어나지 않았고, 어떤 주목할 만한 반응도 기록되어 있지 않았다. 이것은 내가 찾을 수 있도록 남겨 둔 메시지인가? 실수였을까? 완벽하게 아름다운 날!!! 외에는 아무것도 씌어 있지 않은 종이를 왜 남겨 둔단 말인가?

지금은 사 년이 흐른 뒤다. 어머니는 훨씬 더 늙었다. 우리는 장수한다. 어머니는 언젠가 자기 집안 여자들에 대해 이렇게 이야기한 적이 있었다. 그다음에 그녀는 이렇게 말했다. 아흔이 넘어가면 일 년마다 열 살씩 나이를 먹는단다. 그녀는 자신이 점점 더 흐릿해지고, 점점 더 얇고 건조해지고, 점점 더 희미한 속삭임이 되어 가리라고 예견했다. 그리고 그녀는 그렇게 되었다. 하지만 아직도 미소는 짓는다. 그리고 아직도 좋은 귀를 통해서 소리를 들을 수 있다.

나는 그녀에게 말할 수 있도록 그녀의 머리를 베개에서 돌린다. 저예요. 그녀는 미소를 짓는다. 이제는 말을 거의 하지 않는다.

딕과 넬 기억하세요? 나는 시작한다. 그 두 마리의 말 이야기는 대부분의 경우 효과적이다.

대답이 없다. 그녀의 미소가 깜박거리다 사라진다. 다른 이야기를 골라야 한다. 인도인 기억나세요? 나는 말한다.

짧은 침묵. 어떤 인도인?

어느 해에 실험실에 왔던 인도인이요. 어머니가 북쪽에 살 때요. 기억하세요? 인도에서 왔어요. 테니스 라켓을 갖고 있었죠. 저한테 그에 대해서 말씀해 주셨잖아요.

내가?

인도인은 아무 희망이 없다. 그는 되살아나지 못할 것이다. 적어도 오늘은. 나는 다른 것을 시도한다. 캠이랑 레이 생각나세요? 사진 앨범에 그 사람들 사진이 몇 장 있잖아요. 그들은 자전거가 있었죠. 기억나세요?

긴 침묵. 아니. 어머니가 마침내 말한다. 그녀는 절대 거짓말을 하지 않는다.

그들은 텐트 안에서 잤어요. 내가 말한다. 텐트 밖으로 발을 내밀고요. 어머니는 그 사진을 찍었죠. 캠은 젊어서 죽었어요. 질환이 있었죠.

그녀는 베개 위 머리를 돌려 좋은 귀를 닫아 버린다. 눈을 감는다. 이것으로 대화는 끝이다. 그녀는 저 안쪽에 있다. 아주 멀리, 전설의 시간 속에. 그녀는 무엇을 하고 있을까? 어디에 있는 걸까? 말을 타고 나무 사이를 질주하고 있을까? 폭풍과 맞서고 있을까? 원래 자신의 모습으로 되돌아갔을까?

소년들의 운명은 이제 내게 달려 있다. 인도에서 온 젊은이의 운명 역시 마찬가지다. 나는 그가 고정 틀 안에 든 테니스 라켓을 겨드랑이에 끼고, 작은 기차에서 거대한 가죽 여행 가방을 끌고 내리는 모습을 그려 본다. 여행 가방 안에

도덕적 혼란

는 무엇이 들어 있었을까? 근사한 실크 셔츠. 고급 캐시미어 재킷. 편안하지만 우아한 신발.

그는 우드득 소리를 내며 마을 부두를 향해 자갈길을 내려온다. 그런 다음 그곳에 서 있다. 그의 혼란스러운 감정 숲, 그리고 더 많은 숲을 거쳐, 죽은 가문비나무가 마치 불탄 것처럼 까맣고 헐벗은 모습으로 무릎 깊이의 물속에 서 있는 늪지를 지나고, 화강암 암반에서 폭발되어 생긴 구멍을 통과하고, 닫힌 창문처럼 푸르고 텅 빈 호수를 지나고, 그다음에는 더 많은 숲과 더 많은 늪지와 더 많은 호수를 지나 여행을 하면 할수록 더 깊어지는 혼란스러운 감정이 그물처럼 그의 위로 내려앉는다. 그의 영혼은 앞에 펼쳐진 공허한 공간이 지닌 끌어당기는 힘을 느낀다. 나무와 나무와 나무의 끌어당김, 바위와 바위와 바위의 끌어당김, 바닥 없는 물의 끌어당김을. 그는 증발해 버릴 위험에 처한다.

구름 같은 흑파리 떼와 모기떼가 벌써 그를 공격하고 있다. 그는 돌아서서 멀어지는 기차를 쫓아가며 멈추라고, 자기를 구해 달라고, 집으로 데려다 달라고, 아니 적어도 도시까지만이라도 데려다 달라고 외치고 싶다. 그러나 그럴 수 없다.

그는 실험실이 어디인지 아직 모르지만, 그곳에서 모터

보트가 출발했다. 진수식도 없고 근사한 것도 없다. 손으로 만든 조악한 나무배다. 그는 그런 배를 본 적이 있다. 그러나 부유한 곳에서는 보지 못했다. 배는 잔잔한 물 위로 삐걱거리며 그를 향해 다가온다. 호수는 석양빛에 반짝인다. 배에는 분명 농부로 보이는 사람이 앉아 있다. 땅딸막한 체형에 찌그러진 펠트 모자를 쓰고 낡은 카키색 재킷을 입은 이. 그리고 그는 이제 그 농부의 환한, 그러나 기민한 미소를 본다. 저 사람은 여행 가방을 들어 주기 위해 파견된 하인이다. 아마도 잔디밭과 테니스장이 있는 전원의 주택은 저 언덕 주변의 숲속에 숨겨져 있을 것이다. 아니면 그와 이럭저럭 비슷한 그 옆의 숲속에.

배를 타고 있는 이는 아버지다. 그는 나무를 베고 있었다. 그런 후에, 물이 천천히 새고 있던 배를 긴급히 수리한 후, 기름투성이 밧줄을 잡아당겨 시동을 거는 모터와 짧고 격렬한 씨름을 벌였다. 그는 이틀 동안 수염을 깎지 않았다. 나무 수액과 기름 때문에 커다란 손이 더러워졌고 옷에 얼룩이 졌다. 그는 모터를 끄고, 부두에 뛰어내려서, 한 번에 배를 끌어 올린다. 그런 다음 기름투성이 손을 앞으로 내밀며 인도인에게 성큼성큼 걸어간다.

인도인은 얼어붙은 채 서 있다. 이것은 예의범절상 위기

도덕적 혼란

상황이다. 그가 이 육체노동자와 악수를 하는 건 당연히 가당치 않은 일이다. 이 노동자는 그를 환영하며, 그의 여행 가방을 더러운 배 안에 들어 올려 놓고, 그의 테니스 라켓을 거칠게 다룬다. 그리고 그를 저녁 식사에 초대하며 생선 요리를 약속한다. 생선이라고? 생선이라니, 이게 무슨 말인가? 이제 아버지는 소년들이 텐트에서 그를 편안히 대해 줄 것을 확신한다고 말한다. 텐트? 무슨 종류의 텐트? 이 소년들은 누구인가? 도대체 무슨 일이 일어나고 있는가?

나는 때때로 그 인도인과 그가 북쪽에서 겪었을 고난에 대해 생각해 본다. 그는 분명 인도로 돌아갔을 것이다. 그는 분명 어느 정도 자유로워지자마자 집으로 꽁지가 빠지게 도망갔을 것이다. 그는 들려줄 이야기가 한두 가지 있었을 것이다. 흑파리와 통나무집 실험실, 그리고 맨발을 텐트 밖으로 내밀고 있는 두 명의 젊은 야만인들에 대해서.

나는 캠과 레이가 이야기에서 더 많은 비중을 차지하기를 바라기 때문에 그들에게 야만인 역할을 맡겼다. 내가 아는 것보다 더 많은 역할, 그리고 그들이 수행했을 법한 것보다 더 많은 역할을. 나는 그들에게 타향살이 신세의 고학력 인도인을 즐겁게 해 주는 과업을 부여한다. 그들은 아마도 그의 등을 철썩 치거나, 괜찮을 거라고, 좋아질 거라고 말할

실험실의 소년들

것이다. 그들은 그를 낚시에 데려가고, 그에게 방충제를 좀 주고, 곰 이야기 몇 가지를 들려줄 것이다. 어쩌면 그들은 그가 너무 불안해하지 않도록 실험실 자체 내에 그를 위한 잠자리를 마련해 줄 것이다. 밤에 아비새 소리를 처음 듣게 되면 충격을 받을 수 있기 때문이다. 그들은 그에게 담배 파이프를 보여 줄 것이다. 그다음에는 자전거도 보여 주면서, 그가 테니스 라켓을 가져온 것에 대해 스스로가 멍청하다고 느끼지 않도록, 그토록 쓸데없는 탈것을 숲속으로 가져온 자신들의 어리석음을 지적할 것이다.

이 모든 것은 그들에게 해야 할 역할을 부여할 것이다. 나는 그들이 엑스트라의 지위에서 벗어나 앞으로 나오기를 바란다. 그들이 말하는 역을 맡았으면 한다. 그들이 빛나기를 바란다.

이제 여기 그들이 움직이기 시작한다. 그들 두 사람은 실험실에서 부두를 향해 언덕 아래로 내려간다. 그들은 인도인을 맞이하고, 그가 배에서 내리도록 손을 잡고 부축해 준다. 해는 낮게 걸려 있고, 서쪽의 구름은 주황색 도는 분홍색으로 물들었다. 내일은 날씨가 좋을 거야. 바람도 좀 불겠지만. 아버지는 가죽 여행 가방을 배에서 간신히 내린 다음, 부두 위로 힘겹게 올라가며 찡그린 얼굴로 하늘을 쳐다보

도덕적 혼란

면서 말한다.

캠은 여행 가방을 든다. 레이는 담배 파이프에 불을 붙인다. 누군가가 농담을 했다. 무엇에 관한 농담인가? 나는 들을 수 없다. 이제 캠, 레이, 그리고 우아한 인도인, 이 세 사람은 부두를 따라 걷는다. 아버지는 무슨 이유에서인지 붉은 금속 가스통을 들고 뒤따른다. 숲의 짙은 녹색을 배경으로 붉은색은 눈부시게 두드러진다.

인도인은 어깨 너머로 뒤돌아본다. 오직 그만이 내가 바라보고 있는 것을 감지할 수 있다. 그러나 그게 나라는 것은 모른다. 그는 긴장하고 있기 때문에, 이상한 곳에 있기 때문에, 그것이 숲이나 호수 그 자체일 것이라고 생각한다. 그런 다음 그들은 모두 실험실을 향해, 언덕을 올라가고, 나무 사이로 사라진다.

　몇몇 이야기를 먼저 읽어 준 제스 애트우드와 그레임 깁슨을 포함하여, 이 책 집필에 도움을 준 모든 사람에게 감사한다. 나의 출판 대리인인 피비 라모어, 비비언 슈스터, 그리고 다이애나 매케이에게 감사한다. 미국 더블데이의 자회사 낸 텔리스의 편집자들, 영국 블룸스베리의 리즈 콜더, 캐나다의 매클렐런드 앤드 스튜어트의 엘렌 셀리그먼에게 감사한다. 지칠 줄 모르는 교열자인 헤더 생스터, O. W. 토드의 루시아 치노와 로라 스텐버그, 페니 케버나, 세라 쿠퍼와 마이클 브래들리, 콜린 퀸, 존 노타리안니와 스콧 실크, 진 골드버그, 그리고 조얼 루비노비치와 셸던 쇼이브, 앨리스

리마, 그리고 아일린 앨런과 멜린다 대베이에게 감사한다.

나는 루스, 해럴드, 그리고 르노어, 매슈와 그레임(아들), 맥스, 보니, 그리고 핀, 잰드라 빙리, 그리고 말을 잘 달래는 말 조련사이지만 이 책의 등장인물은 절대 아닌 폴렛 자일스에게 감사한다.

이 책에 실린 이야기 몇 편은 다음 매체들에 실렸다.

「나쁜 소식」:《가디언》, 2005;《플레이보이》, 2006.
「요리와 접대의 기술」:《토론토 라이프》, 2005;《뉴 스테이츠먼》, 2005.
「혼령들」:《토론토 라이프》, 2006.
「래브라도의 대실패」는 1996년에 약간 다른 형태로 블룸스베리 퀴드 시리즈로 먼저 나왔다. 이 이야기와 관련된 실제 이야기는 딜런 월러스의 『래브라도 황야의 유혹』에서 원본을 찾을 수 있다. 1905년에 플레밍 H. 레블 컴퍼니에서 출판되었고, 1977년에 뉴펀들랜드의 브레이크워터 북스에서 재출간되었다.
「실험실의 소년들」:《조이트로프: 올-스토리》, 2006.

　　　　　　　　　　　　　도덕적 혼란

이 책의 제목 '도덕적 혼란'은 그레임 깁슨이 집필하다가 1996년에 중단한 소설의 제목이다. 그의 친절한 허락을 얻어 이 책에 사용한다.

옮긴이 **차은정**

이화여자대학교 영어영문학과와 같은 과 대학원을 졸업하고,
영국 서식스 대학에서 영문학 박사 학위를 받았다. 대학에서
영어를 가르쳤고, 마거릿 애트우드의 『고양이 눈』『눈먼 암살
자』『오릭스와 크레이크』 그리고 조지 오웰의 전기인 『오웰의
코』를 우리말로 옮겼다.

도덕적 혼란

1판 1쇄 펴냄	2020년 10월 27일
1판 3쇄 펴냄	2021년 3월 23일
지은이	마거릿 애트우드
옮긴이	차은정
발행인	박근섭, 박상준
펴낸곳	(주)민음사

출판등록 1966. 5. 19. (제 16-490호)
서울특별시 강남구 도산대로1길 62(신사동) 강남출판문화센터 5층(06027)
대표전화 02-515-2000 팩시밀리 02-515-2007
www.minumsa.com

*잘못 만들어진 책은 구입처에서 교환해 드립니다.